El castillo de la memoria

Olga Nolla

El castillo de la memoria

EL CASTILLO DE LA MEMORIA
© 1996, Olga Nolla

De esta edición:
© 1996, Aguilar, Altea, Taurus, Alfaguara, S.A. de C.V.
Av. Universidad 767, Col. del Valle
México, 03100, D.F. Teléfono 688 8966

- Ediciones Santillana S.A.
  Carrera 13 Nº 63-39, Piso 12. Bogotá.
- Santillana S.A.
  Juan Bravo 38. 28006, Madrid.
- Santillana S.A., Avda San Felipe 731. Lima.
- Editorial Santillana S.A.
  4ª, entre 5ª y 6ª, transversal. Caracas 106. Caracas.
- Editorial Santillana Inc.
  P.O. Box 5462 Hato Rey, Puerto Rico, 00919.
- Santillana Publishing Company Inc.
  901 W. Walnut St., Compton, Ca. 90220-5109. USA.
- Ediciones Santillana S.A.(ROU)
  Boulevar España 2418, Bajo. Montevideo.
- Aguilar, Altea, Taurus, Alfaguara, S.A.
  Beazley 3860, 1437. Buenos Aires.
- Aguilar Chilena de Ediciones Ltda.
  Pedro de Valdivia 942. Santiago.
- Santillana de Costa Rica, S.A.
  Av. 10 (entre calles 35 y 37)
  Los Yoses, San José, C.R.

Primera edición en Alfaguara: abril de 1996

ISBN: 968-19-0289-0

Diseño:
Proyecto de Enric Satué
© Ilustración de cubierta: Walter Torres
Impreso en México

Índice

Los López de Villalba y los Ponce de León
(cuadro genealógico)

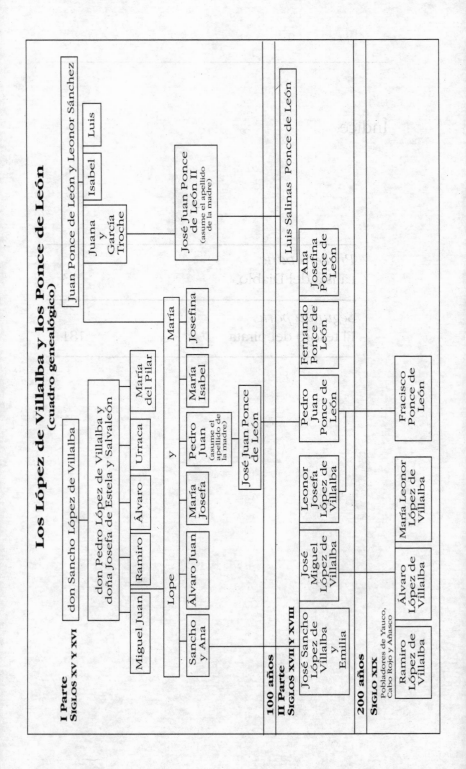

A mi madre Olga Ramírez de Arellano, a sus antepasados y a toda su estirpe.

Nota aclaratoria de la autora:
Aunque algunos eventos y nombres propios coinciden con los documentos históricos, todos los personajes son pura ficción. Cualquier semejanza con personas de la realidad es accidental. Entre los textos utilizados como referencia o punto de partida de la imaginación se encuentran la biografía de don Juan Ponce de León, de Vicente Murga Sanz, *El siglo diecisiete en Puerto Rico* de Tomás López Canto y la *Crónica de la Guerra Hispanoamericana* de Ángel Rivero. Deseo agradecer a la doctora Mercedes Casablanca el haberme familiarizado con el libro del padre Murga y a René Grullón por su asesoramiento en lo referente a casi todos los libros que tuve que leer.

*"Si yo no escribo, todo será olvidado.
La literatura es una segunda lectura
de la historia."*

*"El presente siempre es el descubrimiento
de la novedad del pasado."*

CARLOS FUENTES

*"El inconsciente es la historia de la humanidad desde
tiempos inmemoriales."*

CARL JUNG

Primera parte:

La isla del Diablo

I

Navegamos por un mar apacible que parece tragarse
todo el azul del cielo. Como el viento es muy leve, el
capitán ordena tensar las velas y avanzar despacio,
bordeando la costa, para ir observando los grandes
llanos cubiertos de tupidos y verdes bosques. Al fondo, en lontananza, se eleva la cresta violácea de una
cordillera sin fin que rehusa ceder terreno a los valles
que trepan por las laderas. Durante la tarde, las naves se
deslizan por una superficie de suaves pliegues que al
aproximarse el atardecer se va tiñendo de oro. Siempre, a lo largo y a lo ancho y hasta donde alcanza la
mirada, la cordillera permanece erguida en el horizonte como un muro impenetrable. Detrás estará el
otro mar, el de las grandes olas coronadas de espuma,
el mar que se lanza furioso contra los acantilados de
piedra y los arrecifes de coral. Entre las piedras de sus
oscuros abismos habitan monstruosos peces que de-
voran a los navegantes incautos. Sus recios vientos
inflaron nuestras velas que estiradas como globos nos
empujaron hasta estas islas.

Debe sin duda el Creador haberse esmerado
en su labor al modelar estas tierras, dice nuestro Almirante, a quien le he escuchado elogiarlas constantemente y de ellas escribe maravillas a los reyes; y
elabora sus alabanzas con gran arte me parece, pues
nuestro Almirante, que es hombre de mar, lo es también de letras y es grande su ingenio y maestría con

las palabras aunque él declare lo contrario, pues es también muy grande su modestia en estas cuestiones de escrituras, que no en lo que concierne a las artes de navegar, pues en esto se vanagloria con sobrada razón. Eso he pensado siempre al escucharlo hablar, las más de las veces solo, pues suele pasearse en las noches por la cubierta y subir a la popa, donde conversa con sus pensamientos. Son largas conversaciones en las cuales su imaginación se desborda, y no son pocas las veces en que lo he escuchado comparar estas tierras con una mujer: la lozanía de su piel fresca y húmeda, la generosidad de sus pezones duros y sus muslos redondos. Es un hombre dotado de imaginación y eso supongo que lo convierte en un poeta, mucho más que a otros que pretenden serlo aburriendo a sus semejantes con insípidas rimas. Mi capitán, nuestro Almirante, digo, tiene alas doradas en su imaginación. Viene buscando oro para que su empresa resulte un buen negocio para los reyes y creo que de tanto desear el oro éste va a aparecer, y encontraremos ciudades empedradas con piedras de oro macizo, rodeadas de muros que brillan a la distancia y ciegan a los caminantes. Y es probable también que existan árboles con manzanas de oro y ríos, fuentes, montañas con corazones de oro y lapislázuli y bosques perfumados de almizcle, que si podemos imaginarlos deben de existir, pues he escuchado decir a los teólogos y otros doctos señores que si pensamos a Dios es porque existe; no podría ser de otra manera. Bien dicen los sabios de la Santa Madre Iglesia que la fe es la más excelsa de las virtudes.

El mar detrás de la cordillera es bravío; las tormentas cruzan y azotan el vasto océano que hemos atravesado para llegar hasta aquí, pero una vez pasado el cerco de las islas que parecen eslabones de una cadena, el aire cambia y hasta la luz, más opaca en la costa norte a causa de la bruma salada, se torna más sensual, más translúcida, en esta costa sur. Las islas todas, con sus altas y azules montañas, impiden que los vientos del norte agiten estas aguas. De ahí que el sur sea plácido y las olas, en vez de precipitarse contra la tierra y golpearla, acaricien las arenas como los perros lamen las manos de sus amos. Por eso la costa norte de estas islas es hostil y la costa del sur acogedora, sin las crueles piedras afiladas por el viento de sal. Cuando nos aproximábamos vimos a nuestra izquierda muchas islas pequeñas, se percibían las siluetas oscuras de sus montañas en el horizonte, mas giramos a la derecha por parecernos mayor y más agraciada la que ahora reconocemos a distancia. Como el sol ilumina las laderas de la cordillera, casi me atrevo a pensar que es el lomo de un dragón de oro. Duerme un sueño de siglos, y si despierta, moriremos todos. De modo que navegamos en silencio y el capitán ha subido a la popa a contemplarlo. Creo retiene el aliento al ver lo que ve: los llanos y los ríos, las costas de arenas grises, grisáceas y doradas o cubiertas por unas plantas de follaje apretado, con raíces que se hunden en el agua. Hoy nuestro capitán no habla ni con sus pensamientos. Está ensimismado y una sonrisa casi imperceptible le agita las comisuras de los labios. Hace apenas unos minutos hemos pasado frente a un puerto de excelente resguardo, un brazo de mar profunda penetra en tierra entre dos promontorios y se abre en abanico frente a un llano pedregoso. Nuestro capitán lo ha observado con su catalejo. Tendríamos que haber entrado con las naves, o haber enviado un esquife con marineros a sondear la entrada. Nuestro capitán no lo ha juzgado prudente. Sus ojos expertos han aprobado lo que ha visto, y ya. A esto se debe, probablemente, que ahora sonría como un niño, y aunque la noche se nos tira encima haya ordenado que continuemos la marcha.

Hemos llegado a la esquina suroeste de la isla cuando la esfera incandescente del sol comienza su descenso. Todo el borde del cielo se incendia en oro y rojo, en malvas y rosados; el azul en lo alto de la bóveda celeste se ha quedado solo, pues el mar que surcamos es de oro y brilla más que los cálices y los sagrarios de Roma. Lo juro por lo más santo. De pronto, la esquina suroeste nos sorprende porque el terreno se alza y cae de repente al agua, como si algún gigante lo hubiera cortado a hachazos. El acantilado tiene paredes sobre trescientos metros de alto que refractan la luz de particular manera; diríase que han sido encaladas por los ángeles de tan blancas y limpias que relucen. Más allá de su altura, la costa se accidenta en bahías y colinas; playas y verdes ríos se suceden en profusión y prisa hasta que el capitán ordena tirar anclas en una playa en donde desemboca un ancho y caudaloso río. Ya la noche se ha cerrado sobre nosotros y es poco lo que puedo describir de esta costa. El espinazo de la cordillera se prolonga, por partes, hasta el borde del mar, pero en la playa junto al río en el que el Almirante ha ordenado tirar anclas hay una vega boscosa entre las laderas de la cordillera y el mar. Debe ser tierra fértil ésta que tan altos y frondosos árboles alimenta, y de la costa nos llega un aroma que nos pone la piel deseosa y nos inclina a la ensoñación. El capitán ha ordenado dormir. Él mismo ha bajado a su camarote y se ha hecho servir una cena frugal mientras escribe en su diario con una larga pluma de ganso que moja en tinta sin apenas darse el respiro de una pausa; su ingenio se exacerba con la cercanía de lo desconocido e imprevisto, con el deseo de encontrar ciudades que le confirmen ha llegado a la India y a la China que ha conocido en los libros y en la imaginación de nuestros tiempos. Y el sueño, si lo vence, lo llevará a un mundo donde será recibido en la corte del Gran Kan.

Mañana bajaremos los botes para llegar hasta la playa y buscar agua fresca y algunas provisiones si las hay, frutas si hay para que no se nos caigan los dientes, carne fresca de caza o de pesca si hay, para fortalecer los ánimos. Me acuesto entre mi gente tratando de conciliar el sueño, pero el perfume de la tierra en reposo envuelve las naves con un embrujo singular; sé que muy pocos duermen, casi todos repasarán las imágenes acumuladas durante la travesía de hoy. Yo no puedo dormir. El aroma de la isla acaricia con manos de mujer los cuerpos de los hombres que gimen y suspiran en la oscuridad. El capitán ha explicado que no nos detendremos mucho tiempo. Debemos apresurarnos hacia La Española para socorrer a los compañeros que quedaron el año pasado en el Fuerte Navidad. Les hemos traído cerdos y gallinas para la crianza, semillas para la siembra y sacerdotes para suministrar los sacramentos y evangelizar a los nativos. Hemos traído vino, harina, almendras, puerco salado, aceite, pasas y dátiles. Hemos traído queso manchego del mejor y turrones de Alicante y de Murcia. Van a dar saltos de alegría. Yo también tengo el corazón demasiado alterado para dormir. Mejor iré a cubierta a contar las estrellas y las constelaciones y a esperar que amanezca para iniciar el desembarco. Durante la tarde, y por varias horas, un grupo de delfines acompañaron a las naves. Sus lomos plateados se curvaban al unísono sobre el oro blando de las aguas. Horas antes habíamos navegado por entre ejércitos de aguavivas; era como si hubiesen sembrado el mar con flores de carne violeta. Al dejarlas atrás vi calamares, más chicos que los de España, nadando cabeza primero y empujándose con los tentáculos; y después, a través de las aguas transparentes vi largas cintas de cientos de peces de brillantes colores, rojo, azul, amarillo y rosado, apartarse a nuestro paso. En la mancha de sardinas que atravesamos antes de doblar por los acantilados, los alcatraces y las gaviotas se zambullían en busca de su presa; las sardinas brincaban, miles de ellas, iridiscentes, y los pájaros volvían a alzar el vuelo con una sardina atrapada en el pico, la cual procedían a engullir rápidamente. Bien dice nuestro capitán que estas islas son maravilla y muy en especial esta mar del sur, la cual me ha seducido como una novia desde que penetramos el cerco de estas islas.

Cuando navegábamos hacia el atardecer, las gaviotas revoloteaban constantemente alrededor de las naves. Comen los desperdicios que tiramos al mar y en eso no se diferencian de las gaviotas del Mediterráneo y del Cantábrico, aunque me ha parecido observar son algo más pequeñas; pero igual de feroces y de blancas, más blancas quizá por la intensidad del sol del trópico. Todo es tan intenso en estas islas. He subido a cubierta para abrirme al perfume que emana de la tierra, de sus altos árboles y sus raíces profundas. Como es noche sin luna, las estrellas se desdoblan y multiplican en racimos y puñados, ramilletes y ramos apretados como los capullos de los almendros de España en la primavera. Nunca había visto tantas estrellas; debe ser el efecto de la proximidad de esta tierra.

II

—¡Caballeros!

La voz de don Juan Ponce resonó por entre las coyunturas de los hierros de nuestras armaduras harto calientes.

—¡Este camino parece porqueriza! Atrecharemos por las montañas, y si la maleza nos lo impide, nos abriremos paso con el hacha y el cuchillo. Iremos en fila por la senda trazada y si fuéramos asaeteados buscaremos refugio de inmediato. Les ruego no permanezcan como blancos fáciles, ¡no sean idiotas!

Acatamos su autoridad, pero la marcha, por forzosa, no deja de inquietarnos. Nos parece que miles de ojos asoman por entre los arbustos y las ramas del abundoso follaje. Don Juan ha mandado aviso a los cristianos que se encuentran desperdigados por la isla tratando de ganar el sustento en minas y cultivos, no sea que los tomen por sorpresa y los asesinen mientras se refocilan con las indias en los bohíos. A sangre y fuego habrá que someterlos. ¡Por Santiago! Ya mi brazo está deseoso de empuñar la espada para matar infieles.

Tan pronto lo supimos, nos apresuramos a organizar una expedición. Para hacer los entierros, don Juan Ponce envió adelante un destacamento de cuarenta hombres. Algunos días después, nosotros emprendimos el viaje por un camino malo y enlodado debido a las lluvias recientes. Juan González había llegado, ensangrentado y en harapos, con la noticia. Venía con treinta y seis flechazos y una lanzada por los lomos y una puñalada por el hombro derecho y cuatro manotazos por la cabeza toda abierta. Habían sorprendido a la Villa, contó entre jadeos, mientras dormían; él era el único sobreviviente. Todos los españoles habían sido asesinados, incluyendo a don Cristóbal. No quiso hacer caso de la advertencia de la india, dijo González con un último aliento antes de desvanecerse. Después contó cómo él también se lo había advertido, porque como entendía la lengua, lo había escuchado decir a los caciques principales, que atacarían la Villa y acabarían con los españoles. Don Cristóbal de Sotomayor hizo frente a los caciques y sus indios como todo un caballero castellano, no en balde nuestros padres y nuestros abuelos fortalecieron sus brazos y nuestra sangre matando infieles. Huir hubiera sido una cobardía indigna de nuestra raza, aunque no deja de ser necio dejarse matar, porque afrontar fuerzas muy superiores numéricamente es más necedad que valentía. Bien lo decía mi padre al adiestrarnos en el manejo de las armas a mí y a mis hermanos. En el patio del Castillo de Villalba aún retumban sus palabras. Pudo más en Cristóbal la honra de una gloriosa muerte que el amor a la vida.

Mi noble amigo había sido advertido, contó González, por una india que moría por la hermosura de su tez blanca y sus rizos rubios y quién sabe qué otras hermosuras. Una noche la india se deslizó sin ser notada entre los soldados de guardia y llegó hasta el lecho donde dormía don Cristóbal. ¡Oh noche amable más que el alborada! Es de suponer que no era la primera vez que la princesa india se lanzaba a esta aventura amorosa, pero entre los gemidos de placer de la amada en el amado transformada hubo de insistir en que su hombre huyera, al menos él, antes de que sus hermanos, caciques y tribus enteras, arrasaran el poblado. De nada le valieron las lágrimas ni su sincera y auténtica aflicción.

Sean cuales fueran las razones de don Cristóbal, lo cierto es que estos indios, de tan simples que son, agotan la paciencia. Mi noble amigo debe de haberse sentido conmovido, pues no sucede a diario, como no sea en los libros, que una mujer traicione a su familia por el amor de un hombre. Debe haberse sentido conmovido y halagado, que una mujer es buena medicina para un guerrero, el mejor paliativo a sus trabajos, pero que ¡por Santiago!, ahora que lo pienso, lo más probable haya sido que desconfiara de ella y sospechara alguna trampa.

No hizo caso de la advertencia mi buen amigo y pagó con su vida. ¡Por Santiago! Estos indios están cabrones y merecen que nuestras huestes los hagan papilla. Tan mansitos que eran al principio, nos traían regalos y nos rendían honores como si fuéramos dioses. Aunque tal vez era sólo que nos querían tener contentos mientras medían nuestras fuerzas, en lo que tanteaban el terreno. Pero tan pronto los pusimos a trabajar, como no es su costumbre, que son flojos de vicio en lo que se refiere a doblar el lomo al trabajo, se nos han ido rebelando. Ahora esto es el colmo; ese montón de españoles muertos requiere un escarmiento. Les haremos la guerra por todas partes y manera que yo pudiere y los sujetaremos al yugo y obediencia de la Iglesia y de sus Majestades y tomaremos a las mujeres e hijos y los haremos esclavos y les haremos todos los males y daños que pudiéremos, como a vasallos que no obedecen ni quieren recibir a su señor y le resisten y contradicen. Así lo ha expresado don Juan Ponce, varón de armas tomadas y hombre valiente como pocos, aunque de talante bastante misericordioso. Nunca lo he observado deslizarse hacia la crueldad y obtener placer y deleite de su ejercicio como he observado la crueldad apoderarse de otros hombres, algunos honrados soldados. Acá en Las Indias he visto a los españoles tornarse sañudos y crueles, no sé si por las incomodidades de estos calores y estas comidas o por la desmedida codicia, la cual los vuelve impacientes. En La Española he visto a los castellanos maltratar a los indios como nunca en España los vi maltratar moros.

Don Juan Ponce no es así. Sin ser débil intenta ser lo más justo posible, o al menos así me ha parecido. Dicen que se asemeja a su tío el Duque de Cádiz; la nobleza le viene por la familia paterna, pues los Ponce de León pelearon hombro con hombro junto a los grandes de España, con don Gonzalo Fernández de Córdova y el Duque de Medina-Sidonia, y entraron con los reyes Fernando e Isabel en la anhelada Granada. También mi padre entró en Granada ese día inolvidable para la gloria de la cristiandad. Como yo era aún demasiado joven para ir junto a él y mi hermano, mi madre, que es clarividente, me lo iba describiendo detalle por detalle, lo vistoso de las ropas y los blasones, azules, rojos, amarillos, púrpura, las espadas de empuñadura de oro y plata y las agudas y altas picas dibujadas sobre las torres de alabastro y los muros rosados de La Alhambra, la gracia sin igual de los caballos y sus crines trenzadas con cintas de seda. Fue ese el día más hermoso de la cristiandad y por él y para él lucharon por generaciones mis antepasados. Diríase que luego, después de esa epifanía, nuestra estirpe perdió razón de ser, que nunca lo logrado ha de ser acicate a grandes hazañas, sino más bien lo por lograr, aquello que aspiramos a construir con nuestro esfuerzo, y por eso hemos venido a estas islas mi amigo don Cristóbal y yo, que Dios lo tenga en su gloria como de seguro será aunque haya muerto sin confesión, por lo bravo y honrado de su quehacer y lo intachable de su conducta cristiana. ¡Por Santiago que vengaremos su muerte y estos indios de mala madre lo van a pagar caro! Van a entender a sangre y fuego que lo ganado con la espada se defiende con la espada y que el que a sangre vive a sangre muere para honra y fama de su estirpe. ¡Cabrones!

Ha habido que desmontar para subir los riscos y cruzar la cordillera. Don Juan avanza a pie justo detrás de los criados que van cortando maleza y lianas y broza; estas selvas se enredan de tal manera, que si no es a cuchillo no ceden paso. El verde tiene algo de animal en acecho, como si fuera a abalanzarse sobre nosotros. Estorba para la guerra. Vive Dios que añoro bastante las planicies desarboladas de Castilla y Andalucía. No paramos ni para beber agua; un criado recorre la tropa con los pellejos atados con correas alrededor del cuello y nos ofrece de beber. Hace un calor de los mil demonios, pero al subir el lomo de la montaña va refrescando un poquito. Ya desde aquí se contempla el sur y don Juan ordena descansar mientras se sienta sobre una piedra ancha y lisa a contemplar el mar en lontananza. Desde este otero, el mar parece una piel metálica y aceitosa. Si no lo conociera como conozco mi propio cuerpo, el mar me produciría pavor. Cuando vi estas tierras por primera vez era sólo un muchacho aventurero que viajaba en la nave del Almirante. No sé qué extraño impulso me hizo regresar, años después, luego de haber visto tantos castellanos padecer penurias, enfermedad y muerte, envidias, injurias y traiciones, comenzando por el mismo Gran Almirante, mi señor. Pero en el fondo sé que volví porque mi brazo fue criado para la guerra, y sin la excitación de la batalla la vida carecería de sentido. Ya ardo en deseos de comenzar el escarmiento a estos indios cabrones.

—¡Lope, hijo!

Oigo su voz y casi seguido un criado viene a avisarme.

—Su Excelencia el Gobernador desea hablarle.

En una docena de zancadas me encuentro frente a él. Así de cerca, es notable el parecido con su tío don Rodrigo: la barba crespa y rubia, el gesto voluntarioso en los bordes de la boca. Mi padre decía que don Rodrigo Ponce de León, Conde de Arcos y Duque de Cádiz, era el Aquiles de la Guerra de Granada. Contaba mi padre que de niño gozábase en reconocer los arneses, en probar el temple de la espada, en embrazar la rodela. No deseaba sino dormir sobre el escudo. En los grandes peligros, cual si fuera de mármol o de bronce, no sentía; sobre las fatigas estaban la agitación de su espíritu, su incansable sufrimiento y su confianza en el vencer, que cuando llegaba era un tardo alivio a su corazón fogoso. Y sin embargo, continuaba mi padre con austera devoción de viejo soldado, sus órdenes más parecían ruegos que mandatos, pues no quería acordarse de que podía mandar lo que rogaba.

—¿Su Excelencia mandó por mí?

Al escucharme, don Juan frunce el ceño y me mira ojo a ojo. Sostengo su mirada. Don Juan parece divertido con mi desafío, pues ríe suavemente, con malicia, y se da una palmada sobre el muslo derecho:

—¡Por Dios que nos ha salido bravo este mozuelo! Lope, te quiero a mi derecha cuando caigamos sobre estos infieles.

Y añade, catando mi figura y disposición:

—Sí que te pareces a tu padre. Es un hombre de bien, un caballero. Juntos ganamos gloria en la conquista de Lonja. ¡Viérades a los moros y las moras subir hacia el castillo! Las moras llevaban la ropa blanca y las niñas el oro fino. Con la artillería abrimos un portillo en los muros y entramos con gran algarabía de gritos de guerra, caballos, armaduras y espadas. ¡Fue un gran día ése! Pero bueno, que ya te habrán contado, estas historias las habrás escuchado todos los inviernos de labios de tu padre cuando se reunían alrededor del hogar para aliviarse del rigor del frío. ¡Qué cosa!, ¿te das cuenta, hijo? Ya hablo como un viejo nostálgico.

Dióse otra palmada sobre el muslo y sonrió, pero pude detectar la preocupación que le roía el seso.

—Lope, hijo, que se nos alborotan estos indios y habrá que descuartizar unos cuantos dellos, pues.

—Vuestra Excelencia sabrá lo que es justo. Mi brazo está dispuesto.

—Entonces prepárate, Lope. Mañana caeremos sobre ellos.

El sol ya estaba bastante alto y eran casi las diez cuando llegamos al lugar. Las casas y la iglesia habían sido devoradas por el fuego y a los cadáveres carbonizados, y a los que no quedaron tan carbonizados, la tropa que se enviara adelante había procedido a darles cristiana sepultura, en especial a don Cristóbal, a quien por su rango y abolengo así le correspondía. Su cadáver ceniciento fue reconocido por el anillo labrado con el escudo de su casa, el cual llevaba siempre en el índice de la mano derecha. Miré las tumbas sin llorar, porque la guerra es como el gran océano, que nos curte el alma y nos la pone hecha un cuero, una adarga que aguanta golpes y lanzazos al doblar cada esquina de cada día. Luego caminé hasta la desembocadura del río y me desahogué sin que nadie me viera. Me atragantaba de rabia. ¡Por Santiago! Pronto sabrán estos infieles quiénes somos los castellanos.

Caemos sobre la primera aldea como un azote vengador, pasando por la espada a todo ser viviente que se interponga en nuestro camino. Los relinchos de los caballos se hacen eco del estruendo de las armaduras y los gritos de guerra. Las mujeres y niños acosados huyen y se refugian en los bosques. Los varones, los más, dan la pelea y nos hacen frente con sus lanzas y flechas, con sus cuerpos indefensos y sus ojos llenos de odio. Tras arrinconarlo contra un árbol, hundo mi espada en el blando pecho de un joven que al morir me mira como miran los venados, con una especie de tristeza teñida de incomprensión. De la misma manera miran algunas indias a los españoles cuando éstos las tumban entre los matorrales para satisfacer sus apetitos. Aunque las hay más bellacas que las mismísimas putas andaluzas, que se entregan al varón sin pudor ni recato; no deja de ser extraño el entusiasmo de algunas de estas indias por refocilarse de continuo. Pienso en esto mientras derribo hombres y sufro las flechas que me rozan los brazos y las piernas y me abollan la armadura y el yelmo. ¡Qué cabrones! ¡Ya verán quién es Lope López de Villalba! ¡Si me viera mi padre! Ahora descansará de sus afanes guerreros en la soledad de piedra de su castillo. Allá será casi media tarde, y mi madre, que es clarividente, le contará cómo me esfuerzo por llevar gloria a su linaje. Le contará cómo alzo el brazo para atestar los golpes y cómo mi bravo corazón se enardece. Estos infieles luchan como desesperados, poco les falta para querernos destrozar con dientes y uñas si es preciso. Ya la sangre me llega al codo de matar tantos indios; a la derecha del cuello de mi montura veo a Juan Ponce cortando brazos, ¡ya se abalanza sobre aquel que huye despavorido y le cercena la cabeza de un solo golpe! Para su edad se esfuerza mucho, yo diría demasiado; me acerco para luchar junto a él y esto lo entusiasma: de un tajo parte en dos a un indio que se le tiraba encima.

Ya los que quedan vivos han huido, pero aún los buscamos hurgando en la maleza con lanzas y espadas. Hemos tomado algunos prisioneros para ser vendidos como esclavos; son trece, o quince si contamos dos niñas. Hace un calor de madre y los jodidos

mosquitos se nos meten dentro de los hierros por ;
tigar la paciencia e incomodarnos aún más; a Alonso
de Añasco lo ha picado una araña pequeña y dice que
se le duerme el brazo, que la araña lo ha envenenado
como sierpe ponzoñosa. Probablemente esta noche
tendrá fiebres. Don Juan ha dado instrucciones de no
perseguir a los fugitivos. Dice que con el escarmiento
basta y que lo importante no es matarlos, sino poner-
los a trabajar, pues los necesitamos para las minas y
las labranzas, no hemos cruzado el océano afrontan-
do tantos peligros para quedarnos con las manos vacías y es necesario procurar el sustento de la tropa y
los vecinos.

Don Juan ha ordenado la retirada y regresamos a los escombros de la Villa de Sotomayor, donde
acampamos. Es un valle en extremo deleitoso y de
nuevo llego hasta la desembocadura de las corrientes
aguas, puras, cristalinas del río para contemplar los
bordes pantanosos atiborrados de plantas. Algunas tienen flores rojas y amarillas y otras trepan por los árboles, se enroscan en las ramas como yedras amantes
de la altura y el riesgo. La vegetación arropa esta isla
como una madre, la amarra y acurruca entre sus incontables brazos. Esta isla más parece lugar encantado por hados que tierra poblada por unos hombres y
mujeres que andan mostrando sus vergüenzas como
si Jesucristo nuestro Señor no estuviera a la diestra
del Padre. Digo y repito que es especialmente encantado y encantador este valle y este río, rico en oro me
parece, pues los indios de don Cristóbal lavaron bastante en el poco tiempo que trabajaron. Habrá que
construir casa de piedra a una distancia prudente del
río, por si suben las aguas; habrá que trazar las calles
y la plaza, el edificio de gobierno y la iglesia; habrá
que comenzar de nuevo. Al menos así podré sentir que
la sangre no me ha llegado al codo inútilmente. Y le
encontraremos una Virgen al pueblo para que inter-

...antes frente a Dios y todos los san-
...ovecha.

...después caímos sobre la aldea de otro
...Ponce había ofrecido la paz si los caci-
qu...etían, pero sólo dos dellos aceptaron. Uno
al que llam...n Agueybaná y otros de nombre Guarionex
y Orocobi se habían reunido para planificar la guerra
total o el exterminio de los españoles. Pero no les dimos suficiente tiempo para llevar a cabo sus diabóli-
cos planes, que en la guerra fue que se acuñó ese refrán
que dice que el que da primero da dos veces. Entramos en cabalgada cortando cabezas a diestra y siniestra y como los sorprendimos comenzaron a gritar
como loros. Unos corren y otros se nos tiran encima como
perros rabiosos, veo a Martín García zafándose de uno
que le muerde las pantorrillas, lo ha atravesado por el
mismo medio del pecho con el acero de su ancha espada; otros giran despavoridos y se enroscan como
serpientes para volver a abrirse y abalanzarse sobre
nosotros. Vientres abiertos, brazos y cabezas cortadas,
desgajadas de sus troncos, yacen por doquier. La sangre se esparce por el polvo y los matojos y se acumula
en riachuelos y charcos. Al final de la jornada hemos
capturado a los cabecillas y hemos vencido sin matar
gente en demasía, que no conviene en este caso. Don
Juan repartirá en encomiendas a los indios sobrevivientes y a los otros, los tomados como esclavos, los
venderá entre los vecinos que toman armas, para que
los pongan a trabajar como Dios manda.

***

En los libros de Francisco de Lizaur, contador del
Rey don Fernando regente de Castilla, quedó, con
fecha de enero del 1511, una relación referente a la
venta de esclavos indios, tomados prisioneros en la

primera guerra defensiva hecha por Juan Ponce de León, donde se especifica que, del botín capturado por el capitán García Cansyno, los vecinos Cristóbal Farías, Francisco Ortiz, Jorge López y Cristóbal de Guzmán, entre otros, compraron esclavos a veintisiete pesos cada uno.

Además del capitán García Cansyno, otros capitanes de Juan Ponce tomaron asimismo prisioneros y gran botín de hamacas, yuca, redes y un perro, o perra, que al venderse se adjudicó en catorce pesos oro.

En junio del mismo año del 1511, el joven Lope López de Villalba recibió la siguiente carta, escrita por su señora madre doña Josefa de Estela y Salvaleón, y que fuera entregada a sus manos por gestión de la reina doña Juana:

Año 1511; Villa de Villalba, Reino de Navarra.

Amado hijo:
Como sé que sabrás, extraño sobremanera tus pasos que solían anunciarme la proximidad de tu presencia. Un hijo es el tesoro más preciado de una madre, pero un hijo como tú, Lope, es más de lo que una madre pudo soñar, hasta una madre como yo, que más parezco vivir dentro de los sueños que entre los vivos. El día que naciste yo vi la estrella que vino a ocupar el marco de la ventana y entonces supe que nunca tendría que preocuparme. Esa estrella nació contigo, y la llevas en medio de tu frente. Es un signo, amado hijo, el signo de tu fortuna. Y sé que el ángel más hermoso de Jesús mi señor te protege y te guarda para mí y para tu descendencia. Ya sé, hijo, lo que has luchado por traer gloria a nuestra casa. Cuando llegaron las noticias a través de los servidores de la Reina, tu padre sonrió complacido, porque bien sabes que su orgullo es inmenso, y más aún aquel que abona la honra de su linaje. Llegó una nota del secretario de

los reyes y yo sentí de golpe una alegría que me hizo llorar de felicidad. A tu padre creo que se le humedecieron los ojos, pero fingí no darme cuenta para no avergonzarlo. Con la carta apretada contra su pecho subió al salón principal del castillo y se paró frente a la gran chimenea de piedra. Sobre ella, si recuerdas, hay un lienzo de tu abuelo, don Sancho de Villalba, pintado por un artista italiano que visitó estos parajes cuando don Sancho aún andaba derecho, que luego se le torció el espinazo, después de la caída del caballo. Aún lo recuerdo, hijo. Venía a galope el muy bravo señor, todo cubierto por su armadura de hierro y bronce, pulida que brillaba todo él como un sol de estío, y tuvo la perra suerte de que un zorro saltó, a saber cómo y por qué, lo más probable que asustado de aquel estruendo que se le tiraba encima, y el caballo, es extraño en un caballo veterano de tantas guerras contra moros y otras bestias feroces de estos y otros montes, pues el caballo, Lope, se encabritó, vete tú a ver si es raro, y lo que es peor, pisó unas piedras lisas y resbaló, cayendo al suelo jinete y montura conjuntamente. Por suerte el caballo no tuvo que ser sacrificado, pues no se le quebró pata alguna; son muchas las monturas que he visto yo decapitadas de un solo tajo con esas grandes espadas que pesan más que un muerto. Tu abuelo quedó como molido a palos, no volvió a andar derecho. Pero era tan grande e inquebrantable su voluntad, de eso doy fe, Lope querido, que se puso de pie y comenzó a andar como si nada. Yo que lo vi desde la torre del castillo me apresuré a bajar; tú estabas en la cuna, lo recuerdo, una cuna de bronce con balanceo dulce, la hice pedir a Francia para ti, Lope. Tu hermano ya bajaba las escaleras y cruzaba el patio y los muros exteriores. Los sirvientes también corrieron a ayudarlo, pero quiso caminar él solo aunque bien se notaba que casi no podía. Murió a los pocos meses y la pena que me dio fue que no lo conocieras, que no fuera él quien te enseñara a montar y te entrenara en el manejo de las armas. A tu hermano sí llegó a darle algunas lecciones y tu padre, recuerdo, sonreía con una sonrisa que le iluminaba toda la cara; era la felicidad del amor de un padre hacia su hijo, la cual se enciende de orgullo como se enciende la virtud teñida por el pecado de la soberbia, Lope, sólo a ti me atrevo a decirte esto porque eres el hijo de mis sueños y sólo a ellos me atrevo a confesar estos extraños pensamientos, pues también mi padre tenía este orgullo que yo digo, y a mí me inculcaron desde niña la responsabilidad hacia el buen nombre de los Salvaleón, invencibles guerreros que deben su fama a las luchas contra los moros por el deber cristiano de recuperar sus heredades. Pues tu padre, como te decía, se paró frente a la chimenea de piedra y miró el retrato de don Sancho, lo miró frente a frente, como si se cuadrara ante un superior militar, y le comunicó la noticia: he aquí que tu nieto Lope se destaca en las luchas contra infieles al otro lado del gran océano, allá en Las Indias, esas tierras legendarias donde aún es de noche cuando acá ha amanecido, y donde aún es de día cuando acá anochece. En mi mente las palabras resonaron como si tu padre las hubiera voceado en medio del patio del castillo y su eco rebotara por los arcos y las galerías, pero es probable lo dijera muy por lo bajo, como quien reza ante el altar de sus ancestros. Las armaduras, lanzas y ballestas, adargas y rodelas que cubren las paredes del salón principal rodeaban el retrato al óleo de don Sancho, quien parecía asentir e iluminarse, a su vez, de orgullo.

Ya ves, Lope, hijo, la gloria con que regalas a tus padres amantísimos, y cuán presente estás en esta casa, aunque mucho más aún en mis pensamientos, de donde no te apartas ni un instante. Enhorabuena.

Recibe un abrazo de tu madre,

Josefa de Estela y Salvaleón

Doña Josefa selló la carta, que quedó lacrada y con el sello de los Salvaleón impreso sobre la pasta rojo bermellón, y de inmediato mandó a llamar al mensajero de la Reina. Luego se dirigió a la ventana de su alcoba y estuvo contemplando al caballo y a su jinete hasta que se perdieron en el horizonte. Había olvidado, ya demasiado tarde se acordaba, de decirle a su Lope que volviera al hogar, que ya era suficiente gloria todo aquello de Las Indias y los infieles allende el mar océano y que ella quería verlo, quería tenerlo cerca para saber quién era, pues sólo Lope lograba parecerle tan real como sus sueños. Hacía unos meses que venía pensando en fraguar un matrimonio ventajoso para Lope, alguna joven inocente y bella y con cuantiosa dote, amén de las ventajas que traían las relaciones de parentesco, alianzas necesarias en la lucha contra las duras realidades de la vida, y creía haber encontrado a la mujer adecuada. No era excesivamente hermosa, es verdad, pero mostraba bondad hacia los pobres y tenía una imaginación que divertía a doña Josefa. Tocaba el arpa como un ángel y gustaba, además, de leer libros prohibidos tales como los sonetos del toscano Petrarca y los poemas de los trovadores provenzales, lecturas atrevidas para una joven española. Los libros debían haber llegado a sus manos de forma clandestina, quizás por medio de los parientes de su madre, quien era francesa. Doña Josefa había conocido a la joven en la corte, en ocasión de unas fiestas en honor a doña Germana la esposa del rey. Habían simpatizado una con la otra y se habían hecho confidencias. Se llamaba Guiomar y era hija del hidalgo Tomás de Castro, hombre muy ducho en los negocios de Su Majestad y funcionario principalísimo de la Corte. Muy pronto volvería a escribir a Lope, se dijo mientras veía el sol ocultarse detrás de las colinas sembradas de trigo;

allá, donde estaba su Lope, pensó no sin cierto sobresalto, aún faltaban muchas horas antes de que el sol abandonara el mundo.

III

Lope se ajustó el calzón al enderezarse en la hamaca donde dormía desde que terminaran los trabajos de la fundación de la villa. Aquel 3 de diciembre del 1511 fue una sorpresa cuando Miguel Díaz de Aux, alcalde mayor nombrado por el Almirante Diego Colón, lo había hecho llamar para que se personara ante él. En la guerra para sofocar la rebelión de los indios, había luchado bajo el mando de Ponce de León, quien fuera destituido de su cargo por el rey don Fernando, a tono con la decisión de las cortes de adjudicarle a don Diego Colón la jurisdicción sobre la isla de San Juan. No esperaba, por tanto, ser favorecido por los nuevos funcionarios, de quienes se decía buscaban desgraciar a Juan Ponce frente al rey. Miguel Díaz de Aux lo recibió con estudiada cortesía y le comunicó su intención, por decreto del Virrey don Diego, de reconstruir la villa a orillas del Río Guaorabo, la cual había sido destruida durante la rebelión.

—Pienso —dijo Miguel Díaz de Aux— que un joven como su merced es idóneo para estos trabajos. La villa, por si le interesa saberlo, se llamará San Germán en honor a la segunda esposa del rey don Fernando.

Lope no dudó un instante. Dio por seguro, entonces, que la buena estrella que su madre veía en medio de su frente era cosa verdadera. Aquel valle y aquel río ancho y caudaloso, aquel mar apacible que navegó cuando avistó la isla por primera vez desde la nave de don Cristóbal, hormigueaban en su ánimo. Recordó las arenas doradas de las playas y la vega de árboles como torres y dijo de inmediato que sí, con tanto entusiasmo, que Miguel Díaz de Aux rió divertido:

—Mucho me place, don Lope, su afición a poblar.

Y era, en efecto, el impulso de fundar un pueblo lo que le hacía cosquillas en la sangre cuando algunos días después se pusieron en camino, un impulso más poderoso aún, tal vez por desusado, que el de lanzarse a matar infieles. Eran una veintena de españoles, además del centenar de indios encomendados a Miguel Díaz de Aux, y tomaron el camino trazado desde la Villa de Caparra hasta las orillas del Río Guaorabo, cruzando por la Sierra de Juan González. Iban cargados, esta vez, con instrumentos de construcción y de labranza, hachas, clavos de hierro, cerdos, gallinas, reses y semillas.

Al llegar a la cresta de sierra, pasaron cerca de un valle rodeado de altas montañas. Era tan hondo el fondo y eran tan bien formadas las paredes, que parecía un gigantesco cuenco de porcelana. En uno de los rincones del valle había unas piedras enterradas en la tierra formando círculos y rectángulos que intrigaron a Lope. A través de Juan González, quien acompañaba a la expedición, Lope pidió a los indios que le indicaran el nombre de aquel lugar. Éstos se mostraron inquietos y contestaron con evasivas; miraban a través de sus interlocutores como si éstos fueran transparentes y elaboraban unas respuestas vagas e imprecisas que Juan González descifró, y simplificó, diciendo que allí vivían sus dioses. Lope y otros jóvenes animosos pensaron destruir aquel espacio del Demonio y sus trampas, pero Juan González y el fraile lograron disuadirlos por prevenir, dijeron, un posible alzamiento. No convenía, dijeron. Y sí convino, por el contrario, la prudencia y discreción de Juan González y el buen fraile, quien por derecho debió insistir en destruir aquellas piedras que ofendían a Dios. Su buen juicio prevaleció sobre su celo religioso, lección poco aprovechada posteriormente en Las Indias, por desgracia, y aunque Lope y otros jóvenes castellanos no podían comprender las sutilezas que la edad y la experiencia otorgan, acataron el criterio de sus mayores. Esa noche, al armar campamento en lo alto de la sierra, los indios durmieron intranquilos, pero al despuntar el día y reemprender la marcha en dirección oeste, fueron recuperando la aparente impasibilidad tras la cual solían refugiarse.

Los trabajos comenzaron tres días después. Según el plan, una calle con casas a ambos lados desembocaría en el cuadrángulo de la plaza: a un extremo la iglesia y al otro la futura alcaldía o casa de gobierno, tal y como corresponde a quienes piensan que el reino de Dios y el reino de este mundo son, o deben ser, reflejo uno del otro; y alrededor de las edificaciones, los corrales de cerdos y gallinas y las labranzas de yuca, maíz y ajos, que son los cultivos propios de estas islas. Ya desde los primeros años de poblamiento, los bravos adalides masticaron la yuca y el casabe sentados en hamacas como si fueran el pan de trigo que comían sentados en los bancos de piedra de la meseta castellana.

Lope había contemplado el trazado de la plaza y la calle con satisfacción. En aquel momento, había pensado que el mundo tenía sentido. Si su brazo podía matar a cuantos infieles fuera necesario a ambas orillas del gran océano y se sabía merecedor de gloria y fama ante sus antepasados por ello, en lo más recóndito de su corazón Lope sentía que fundar pueblos era su verdadero destino. Y aquel día, junto al puñado de soldados de Miguel Díaz de Aux y dirigiendo los trabajos del centenar de indios de su encomienda, Lope sintió que él sabía ya, y desde siempre, dónde debían ir las casas, a qué distancia una de la otra; él ya se sabía de memoria el ancho de las calles, las dimensiones de la plaza y el alto de los techos, porque lo tenía impreso en el corazón. Marcar un espacio, dividirlo y adjudicarle funciones, unas públicas y otras privadas, es como crear un mundo y nos acerca a Dios, había pensado Lope. También por eso debe ser costumbre antigua el bendecir las casas, las plazas y las calles, los puentes y las torres, no sea que el Maligno se las apropie.

Ahora, al levantarse de la hamaca, Lope sintió calor. Había llovido la noche anterior y el sol comenzaba a evaporar los charcos. Una especie de leve niebla subía de la tierra. Salió al balcón y contempló la calle, las casas de madera y los bohíos a ambos lados y al final, justo frente a la iglesia, la casa de piedra que Miguel Díaz de Aux había mandado a construir para él y para alojar a su señor don Diego Colón. La casa, modesta si se comparaba con el espléndido alcázar a orillas del Río Ozama que se había construido en La Española, tenía una escalera de piedra y una segunda planta con ancho balcón y arcos de medio punto. Un friso labrado rodeaba la casa por tres de sus lados y detrás se extendía un huerto murado y sembrado de limoneros y naranjos, además de caimitos, guayabos y nísperos, frutas del trópico que los indios comían y que eran muy deliciosas. Después de tomar su tarro de leche tibia, desayuno frugal que solía servirle la vieja criada india, Lope se dirigió al río a supervisar el lavado de oro. A lo largo de las riberas, grupos de indios, hombres y mujeres, cernían la arena del Río Guaorabo en busca de los polvos y las pepitas doradas que quedaban atrapados en el fondo de los coladores. Algunas indias jóvenes estaban buenas de carnes, y Lope las miraba doblarse con el regocijo sagrado con que los hombres siempre han mirado a las mujeres hermosas. Sus brazos y sus muslos, duros y mojados, brillaban al sol como si fueran tierra compacta y pulida, y sus cabellos largos y negrísimos eran casi líquidos; se movían como se mueve el río en las noches sin luna. Hoy ya habrían sacado algún oro, pensó Lope echando a un lado las tentaciones de la carne, y efectivamente así era, pues el Río Guaorabo era el más rico de Boriquén, según decían los mismos indios.

Luego de supervisar el lavado de las arenas, Lope se dirigió a las tierras de labranza, donde había dejado instrucciones de que sembraran más yuca en tres cuerdas adicionales que Miguel Díaz de Aux le adjudicara recientemente. Quería también criar caballos y con ese propósito debía cercar algunas cuerdas de pasto. Llevaba este objetivo en mente cuando le salió al paso un soldado a caballo, quien le entregó una carta.

—Del capitán general de la isla de San Juan, don Juan Ponce, mi señor, a don Lope López de Villaba —dijo el soldado, quien estiraba el cuello al hablar.

Lope quedó atónito, mas logró disimular:

—¿Desea respuesta inmediata?

—No señor.

—Pues puede irse.

—¡Sí, señor!, —dijo el soldado y, muy turbado, espoleó su caballo.

"¡Acabe de irse, idiota! ¿Por qué me miraba como esperando que dijera algo? ¡Habráse visto lo entrometida que es esta gente!", pensó Lope, furioso porque los chismes, dimes y diretes burocráticos le agotaban la paciencia. La carta lo intrigaba; no esperaba comunicación alguna de don Juan y menos aún desde que trabajaba para Miguel Díaz de Aux. Refugiado entre las raíces de un árbol grandísimo que los indios llamaban ceiba, leyó:

Querido Lope, hijo:

Los años y los trabajos me van quebrantando el cuerpo, bien podrá ser verdad para alivio y respiro de mis enemigos y detractores inflados de alevosía, que la envidia es, ciertamente, cosa del Diablo, pero no han hecho mella en el temple de mi alma, que parece espada de acero toledano de brava y animosa que se encuentra, y muy en especial por la empresa que llevo comenzada, la cual pretende descubrir tierras nuevas para sus Majestades y desta forma acrecentar los territorios que sabiamente gobiernan. Voy en busca de la isla de Bimini, nombrada mucho por los indios de Cuba, y voy también a ver si es cierto aquello de que hay en esa isla un río cuyas aguas devuelven, a quien las bebe, los años mozos. No me vendría mal poder saltar, como antes, sin que me dolieran los huesos, y correr tras infieles sin que flaqueen mis piernas ni titubee mi brazo justiciero. Después de todo, es justo que el cuerpo y el espíritu se correspondan. La expedición consiste de dos naves de mi propiedad, la Santa María de la Consolación y la Santiago, bien dispuestas de hombres y de víveres, y un bergantín. Ardo en deseos de navegar por mares desconocidos y ponerle nombre a las cosas, que es lo mismo que parirlas y darles vida propia. Como conozco el brío de tu ánimo y el valor de tu brazo, te escribo para ver si logro contagiarte de mi entusiasmo y decides unirte a la expedición. Dentro de algunas semanas arribaré al puerto de San Germán procedente del Higuey y podrás comunicarme tu decisión personalmente. Mi esposa doña Leonor, así como mis hijas Juana, María e Isabel, suelen lamentarse que ya no nos visites en nuestra casa de Caparra, donde solías divertirlas con tus ocurrencias y las gracias cortesanas que aprendiste de tu madre, gran dama a la que llevo siempre grabada en el recuerdo de aquella última vez, durante la Guerra de Granada, en que estuve en el castillo de Villalba con el objetivo de llevarle a tu padre el señor conde un mensaje de los reyes. La mujer honesta es un tesoro inapreciable, Lope, hijo, y sé que naciste de

una raza de mujeres guardianas del honor de su linaje. Nosotros, caballeros siempre a los pies de nuestras
señoras, debemos protegerlas y cuidarlas, amarlas y
regalarlas, y como en eso y tantas otras cosas nos
entendemos, ruego reanudes tus visitas a nuestra casa,
que si bien tus trabajos en la Villa de San Germán te
lo han impedido en los últimos tiempos, podrás disponer de licencia para ello cuando convenga y así lo
solicites, en un futuro no muy lejano; así espero. Por
lo pronto, considera mi petición.

> Saludos afectísimos,
> Juan Ponce de León

Lope leyó la carta varias veces.

IV

La nao Santa María de la Consolación y la nao Santiago arribaron al puerto de San Germán el 8 de febrero del 1513. En La Española, los oficiales de la Corona le escribieron al rey Fernando informándole del viaje de exploración, cuyos gastos eran costeados por el propio Juan Ponce, de lo cual el rey se alegró mucho, pues era su intención el que se estableciera definitivamente en Bimini. Quería así hacer justicia a su vasallo y hacer a un lado de una vez y por todas los enojosos litigios con don Diego. En los documentos de la época no consta que Lope López de Villalba se uniera a la expedición. El registro de la nao Consolación especifica que iban diez gente de mar y diez gente de tierra y ocho grumetes. Entre la gente de tierra, además del señor Juan Ponce de León, otros tres caballeros lo acompañaban: Cristóbal de Manzanedo, Fernando de Encinas y Gaspar Fernández. El registro de la nao Santiago detalla sólo seis grumetes y ocho gente de mar, entre los que se encontraban el maestre Diego Bermúdez y el piloto Antón de Alaminos.

El diario que Juan Ponce llevó de este viaje, en el cual descubrió la península de La Florida, nombre que le dio por haberla avistado el día de Pascua de Resurrección, se encontró casi quinientos años después en el fondo de un baúl del arzobispado de San Juan. Sobrevivió a la polilla, el fuego y la humedad que castigan a estos trópicos y lee así:

3 de marzo, jueves

Salimos del puerto de San Germán poco después del mediodía. Lope no ha querido acompañarnos pues le urge construirse una heredad. El hecho no deja de contrariarme, pero no debo permitir que los enojos envenenen mis humores. Yo también he querido, al establecerme en la isla de San Juan Bautista, fundar un pueblo. Por ello tomé la decisión de construir a Caparra en su asentamiento actual, cerca de las minas y las labranzas, porque los vecinos se acostumbren a trabajar sus tierras y vivir de la abundancia que sólo el trabajo provee. También por eso traje a mi familia a vivir conmigo, por dar el ejemplo del hogar cristiano y evitar los amancebamientos con indias y negras. Pero ha querido la fortuna de que, aparte de las intrigas cortesanas donde median la envidia y el rencor, mi mando no agrade a don Diego, razón por la cual emprendo esta aventura, pues en Bimini podré, quizás, fundar el mundo nuevamente, esto si Dios lo quiere y si encuentro el río que me devuelva el brío del cuerpo, pues sólo así podré volver a comenzar. Mucho me place la decisión de don Fernando de permitirme poblar a Bimini, puesto que otros le hicieron petición y tuvo la merced para conmigo de concedérmela.

4 de marzo, viernes

Hoy los navíos anduvieron ocho leguas hasta que salió el sol. Buenos vientos nos llevan rumbo al noroeste.

9 de marzo, miércoles

Ayer navegamos por unos bajos que dicen de Babieca y pasamos una isla que dicen del Viejo, que está a veintidós grados y medio y otro día surgieron otras islas, una dicha Caycos y otra Yaguna, en veinticuatro grados. Estas islas, algunas, son meras isletas, chatas en su mayoría, meros bancos de arena blanca las más, pero las aguas que surcamos son un cristal de azul transparente, y desde la borda de la Consolación pueden verse las escuelas de peces, que hay en abundancia por estos mares. Le hubieran gustado a doña Leonor, mi santa. Recuerdo cómo en la travesía del Higuey a Caparra miraba el mar a ver si los veía saltar. Creo que ama el mar más aún que yo. Aunque ha parido cuatro veces, parece una niña; será por eso que la quiero con la ternura que se suele reservar para los hijos.

14 de marzo, lunes

Hoy catorce hemos llegado a Guanahaní, que es la isla primera que descubrió el Almirante don Cristóbal Colón en su primer viaje. La llamó San Salvador pues le salvó la esperanza de encontrar tierra y no morir de hambre a consecuencia de un motín a bordo, que la ignorancia produce muchos males; los más, si mal no juzgo.

27 de marzo, domingo de Pascua

Vimos una isla antes no vista por los españoles, pues no la reconocimos. La he nombrado La Florida, ya que la he descubierto un domingo de Pascua, que es el día de las flores. Si el Almirante don Cristóbal no hubiera girado hacia el sur, se habría topado con ella. Tiene luenga costa de anchas playas sin que se vean montañas en horizonte alguno. Tierra tan chata es cosa rara en España u otros parajes de los que he leído, como no sea el desierto, pero estos lugares tienen agua en abundancia y vegetación excesiva. Hemos tomado posesión de esta isla de La Florida. Tiramos ancla en una rada protegida y transportados en las yolas hemos saltado a tierra. A cierta distancia de la playa, frescas y hermosas arboledas cobijaban el canto de cientos de pájaros. Hincando la rodilla derecha en la arena dorada he tomado posesión en nombre de sus Majestades. Hemos buscado indios para comerciar con ellos y preguntar por el paradero del río que devuelve la mocedad, pero no hallamos bohíos ni huellas de habitación por parte alguna.

21 de abril

Hicimos vela desde el viernes 8 y hemos navegado frente a las costas por reconocer la isla, que es bien extensa al parecer, más que ninguna otra hasta ahora conocida en estos mares. Ayer descubrimos unos bohíos de indios. Al ver nuestras naves comenzaron a correr por la playa dando voces y llamándonos. Quise entonces dialogar con ellos y salí a tierra con un puñado de castellanos, don Cristóbal de Manzanedo y Gaspar Fernández, entre otros, pero los indios procuraron tomar la barca, los remos y las armas; y por no romper con ellos y alborotar esta tierra los sufrimos, pero dieron a un marinero con un palo en la cabeza y hube de pelear con ellos. Juan de Sevilla daba trancazos a derecha e izquierda, y hasta Jorge, el marinero negro, arremetió contra ellos. Con sus varas de puntas de agudos huesos y espinas de pescado, los indios hirieron a otros dos de mis hombres. Iban sufriendo poco daño, y como la noche se nos venía encima recogí a mis hombres con enojoso esfuerzo y regresamos a las naves. Mientras, habíamos perdido el bergantín en una fuerte corriente que se lo llevó hacia un lugar desconocido y lo hemos esperado algún tiempo sin que volviese. Pienso que ha quedado varado en el Mar de los Sargazos, un paraje del que he leído sin topármelo nunca en mis idas y venidas por estos mares. Pero yo soy más hombre de tierra que de mar.

No hay en mí esa pasión por la travesía oceánica que aqueja a otros hombres, que es como si el mar tomara posesión de su espíritu y no pudieran descansar en tierra por mucho tiempo. Eso me cuentan Juan Bono de Quejo y Pedro Bello. El primero es capitán de estas naves Consolación y Santiago, y el segundo es el maestre de la Consolación. Estos hombres sienten el llamado del mar como sienten el llamado de Dios aquellos que ingresan a las órdenes religiosas. Pero el mar, cuando desata su furia, destruye a sus adeptos, por lo cual más bien parece asunto del Demonio que de Dios.

Esperamos al bergantín junto a un río donde tomamos agua y leña, aunque debimos abandonar el agua luego, por ser salobre. Acudieron entonces a estorbarnos setenta indios y tomé a uno de ellos para piloto y para que aprendiese nuestra lengua. Y puse a este río el nombre de La Cruz por la Santa Cruz de Nuestro Redentor y por pregonar su doctrina por estas geografías y dejé en él una piedra labrada con su nombre.

8 de mayo, domingo

Doblamos por un cabo que he llamado Cabo de Corrientes, porque allí corre tanto el agua, que tiene más fuerza que el viento, y no deja ir los navíos, aunque den todas las velas. Toda esta costa es limpia y de hondura de seis brazas, y el cabo está en veintiocho grados y quince minutos.

3 de junio

Recorremos la costa yendo unas veces al norte y otras al nordeste y encontramos islas, isleos y peñascos a los que he nombrado con nombres cristianos. Hoy nos hemos topado con un navío averiado por una

tormenta y le hemos dado carena. Mis hombres ayudaban a reparar el casco del San Cristóbal, que así se
llamaba el navío averiado, cuando acudieron indios
en canoas. Los indios habían llamado a los castellanos desde la orilla, pero al ver que éstos no salían a
tierra, queriendo levantar un áncora para enmendar-
la, pensaron que se iban y se metieron en sus canoas
y llegaron prestamente y agarraron el cable del San
Cristóbal para llevárselo. A los castellanos nos fue
forzoso darles batalla. Huyeron en sus canoas y nosotros tras ellos les tomamos cuatro mujeres y les que-
bramos las canoas.

4 de junio

Esperamos viento para ir en busca del cacique Carlos
que dicen los indios de los navíos que tiene oro, y
llegó una canoa con un indio que entendía el castellano, quien dijo que aguardasen, que el cacique quería
enviar oro para rescatar a los cautivos, y así esperando aparecieron hasta veinte canoas y algunas atadas
de dos en dos. Unos se dirigieron a las áncoras y otros
comenzaron a pelear desde las canoas y al no poder
levantar las áncoras quisieron cortar los cables. Ordené entonces armar una barca, la cual los persiguió e
hizo huir. Mis hombres mataron algunos indios y tomaron cuatro prisioneros. A dos de los prisioneros los
envié al cacique con el mensaje de que quería paz
aunque me hubieran asaeteado a un castellano.

11 de junio

Al día siguiente de nuestra reyerta con los embajadores del cacique Carlos, arribamos a un puerto y co-
menzamos a medir su profundidad, pues era bueno
para resguardo en caso de tormenta. Salió alguna de
mi gente a tierra y acudieron indios diciendo que el

cacique Carlos vendría con rescate de oro. Mandéles preguntar por las aguas que devuelven el brío al cuerpo pero no quisieron responder. Sólo algunos diz que asentían con la cabeza. Pero todos sus gestos eran engañosos porque seis días más tarde aparecieron hasta ochenta canoas y no venían con rescate sino con flechas y lanzas y atacaron las naves con ferocidad y alevosía y dando gritos, pero no causaron daño a mis castellanos porque les respondimos con tiros de artillería y ballestas y no osaron acercarse, por lo cual sus flechas no alcanzaban las naves, de modo que se retiraron.

14 de junio, martes

Me he sumergido en cuanto río he encontrado sin obtener resultados y no logro que los indios me lleven al río que deseo. He decidido, por lo tanto, regresar a La Española y a San Juan, puesto que hemos trabajado luengas jornadas y deseo dar nuevas de estas islas descubiertas por mí a sus Majestades. De regreso repasaré algunas islas e isleos por precisar su ubicación y tamaño.

21 de junio

Durante toda la semana fuimos en demanda de once isleos que habíamos visto al oeste y las he llamado Las Tortugas, porque en un rato en una noche en que bajamos a una dellas tomamos ciento y setenta tortugas y tomáramos muchas más si hubiéramoslo deseado, y también matamos catorce lobos marinos y se mataron muchos alcatraces y otras aves que llegaron a cinco mil. Se han divertido largas horas mis soldados tirando la ballesta y traspasando bestias con sus espadas. Juan de Sevilla y Francisco Domínguez, ambos marineros, fueron los que más aves mataron.

Estaba el campo cubierto de cadáveres y la playa enrojeció de sangre. Estas matanzas son deporte propio de guerreros, pero hemos salado alguna carne luego del festín. Asamos las carnes frescas en fogones de leños montados a cierta distancia de la playa y las llamas al subir lamían el aire puro que soplaba del mar. El rojo de las brasas parecía repicar y reproducirse en el contorno de las aguas y la luna de tan redonda más parecía claraboya que objeto celestial. El aire de estos isleos es tan puro que bien se ve que estamos cerca del Paraíso. Es seguro que el río, o fuente, o manantial que devuelve al hombre a la inmortalidad, debe de estar por estos lugares, pues es razón que donde perdimos la inocencia al probar la manzana prohibida y con ella perdimos la vida eterna y tuvimos por ello que esforzarnos y sufrir penurias y enfermedades, es razón el que allí sea donde podamos recuperarlos. Bien decían los antiguos que todo en la vida tiene su contrario y por eso he andado con estos trabajos por estos parajes en campañas que ya no convienen a mis años, más propensos a la silla y los almohadones, los mimos de mis hijas y los de nietos, si Dios tiene la gracia de concedérmelos.

25 de julio

Hoy día de Santiago Apóstol anoto en este diario, para gloria de quien tanto ha guiado mi espada, que navegamos por unas islas que parecían anegadas, y estando parados y no sabiendo por dónde pasar con los navíos, envié un esquife a reconocer por dónde podríamos pasar. Y como no encontraron pasaje tuvimos que dar una vuelta por el borde de los bajos. Entonces de improviso y asombrosamente nos topamos con una isla que no habíamos visto nunca antes, y era hermosa en extremo por sus doradas playas de aguas azules y limpísimas. Era muy particular la trans-

parencia de aquellas aguas y observé que un río de
grandes piedras cubiertas de musgos y flores de varia-
dos colores descendía hacia la costa a no muy grande
distancia de las arenas. Mandé tirar las áncoras y bajamos en aquel paraje que aparecía ciertamente encantado debido al frescor de su follaje, a las flores que
colgaban en racimos violeta, amarillos y rojos de las
altas ramas y al canto ininterrumpido de centenares
de pájaros. Caminando por la playa observé que el
agua parecía brotar debajo de las arenas y como estábamos a cierta distancia de donde las olas mojaban la
costa, quise por curiosidad y hábito hacer un cuenco
con las manos y llevarme a los labios aquella agua
que brotaba. Grande fue mi sorpresa al saborear su
dulzor, su aroma a montaña y a bosque, sabores aje-
nos a la sal y al coral de los mares. Algo me dijo entonces que bebiera, que aquél era mi destino, pero no
lo comuniqué a mis hombres por no enloquecerlos,
pues si perdía la razón alguien debía dar noticia a mi
familia y a sus Majestades, y acongojado, con el corazón saltándome en el pecho, me fui deslizando casi
sin que se dieran cuenta mis hombres, que estaban
como embobados y paralizados, hasta el río que bajaba por la ladera de la montaña. Las piedras eran res-
balosas por el musgo baboso que las cubría, pero me
fui agarrando y poco a poco subí hasta donde encontré una charca. Sobre ella había un claro en el techo
del bosque, y el sol dejaba pasar rayos que parecían
venir del mismo santísimo Dios, tan finamente dibuja-
dos se veían atravesar la vegetación. En la charca no
pude más. Sin hacer caso de los gritos de mis hombres, quienes probablemente temían a las bestias feroces, a las serpientes venenosas o a los monos
asesinos de que nos hablaran en otra isla, me quité el
yelmo y la armadura, las botas y todas y cada una de
las ropas que cubrían mis vergüenzas y así como vine
al mundo, en pelota, me sumergí en las aguas como

en un nuevo bautismo. Quedé refrescado en extremo, volví a beber y sentí cómo un nuevo vigor se apoderaba de mis brazos y de mis piernas. Entonces salí del agua y me acosté sobre una gran piedra chata para que aquellos finos rayos de luz divina secaran mis miembros todos y juro que en aquel momento me sentí mejor que nunca antes en mi larga y azarosa existencia. Mis hombres, que me observaban a distancia siguiendo mis órdenes, pensaron sin duda que había perdido la chaveta, muy en especial el piloto de la nao Santiago, Antón de Alaminos, quien es hombre muy despierto y experimentado, y cuando bajé saltando de piedra en piedra como un muchacho se miraron espantados, tanto así que no tuve que insistir en que abordáramos las naves de inmediato, pues creyeron que el Maligno hacía su habitación en aquella isla. Muchos juraron escuchar su risa entremezclada al susurro del follaje, y hasta yo mismo puede ser que lo oyera, aunque era tanta mi excitación que podía haber escuchado cualquier cosa. Levamos áncoras y dejamos atrás aquel paraje rápidamente, ya que soplaba un buen aire y los marineros estaban ansiosos de aprovecharlo.

Temprano en la noche, en la soledad de mi camarote, hice la prueba. Tomé un cuchillo e hice un pequeño corte en el dorso de mi antebrazo. Tal y como había temido, soñado, esperado, anhelado por largos años, la sangre no fluyó y el corte volvió a cerrarse. Aturdido, loco de felicidad, he estado casi toda la noche acostado en la popa y mirando las estrellas, y como no puedo creerlo vuelvo a hacer la prueba y cuantas veces la hago la herida se cierra sin sangrar.

28 de julio

Al abandonar la isla he anotado su ubicación en mis mapas, pues si es cierto lo que sospecho, he encontrado lo que buscaba cuando ya había desistido de seguir buscando. El destino nos tiende trampas. Hoy me he sentido tan alegre y lleno de vigor, que ardo en deseos de volver al hogar y a doña Leonor, a quien de seguro alegrará mi buen ánimo.

8 de agosto

Bordeamos durante varios días la costa de Cuba, que es isla de gran tamaño y con una forma alargada y estrecha como un lagarto. No quise detenerme pues me apremiaba regresar, pero envié a la nao Santiago hacia el oeste a que reconociera a Bimini y yo llegué adelante en la nao Consolación a La Española, al puerto en el Río Ozama, para enviar mensaje a sus Majestades, que otros pueden adelantarse a informarles y debe en toda justicia saberse que fui yo, Juan Ponce de León, quien primero descubrió La Florida.

V

Las nuevas del descubrimiento de la península de La
Florida, que Juan Ponce creyó ingenuamente isla, llegaron a oídos de los reyes de España, don Fernando
y su hija doña Juana, quienes lo hicieron llamar para
que se personara en la corte. Hizo velas don Juan al
poco tiempo en el carabelón de su propiedad, la nao
Consolación, y al remontar el Guadalquivir iba lleno
de brío, pensando en la extrañeza de la certidumbre de
que había encontrado el río soñado en aquella isla.
Estaba como sobrecogido de terror sagrado ante la
posibilidad de lo verdadero y se protegía con la incredulidad: aquello nunca sucedió, se repetía, lo había
soñado, eso sin duda debía ser. Pero luego, sus hombres también habrían soñado con él, o habrían sido
hechizados por las sirenas invisibles que poblaban el
viento. Su esclavo Fernandico aseguraba haberlo visto subir por el río hasta una charca humeante donde,
eso era seguro, vivía El Diablo o algún otro espíritu
maligno. Tanto era el temor de los hombres, que ninguno había bebido de las aguas del manantial. Después que abandonaron la isla, don Cristóbal de
Manzanedo estuvo persignándose toda la noche mientras sudaba, bajo unas mantas gruesas, un frío mortal
que se le había metido en los huesos. Antón de
Alaminos, que era el más valiente de sus hombres,
enfermó de nostalgia y le rogó a don Juan que le permitiera regresar a su aldea pirenaica. Pero Juan Ponce

se sentía mejor que nunca, y no era tan sólo como él pensaba que se sentía, pues doña Leonor al recibirlo quedó asustada de su vigor sexual, asustada y gozosa, por qué no decirlo, los criados se reían y cuchicheaban al verla cantar a todas horas, no sólo cuando inspeccionaba las jaulas de pájaros en el jardín, sino también al repasar la ropa blanca, lo cual solía hacer junto a sus hijas, sentadas las cuatro en la galería del patio interior. Juan Ponce había querido traer a Leonor consigo en la travesía a España, pero no le era posible dejar a sus hijas sin la protección de la madre. Y menos aún después que los indios caribes atacaran Caparra y la dejaran hecha escombros humeantes mientras él merodeaba por La Florida y otras islas. Le preocupaba que fueran a regresar. Su casa de piedra había sufrido pocos daños y la villa muchos; hubo algunos muertos y gran pérdida de víveres y hacienda. Los caribes robaron pollos y cerdos además de implementos de labranza y armas. Mucho debía él velar por sus tiernas niñas, que eran las mismas entretelas de su corazón, y su renovado vigor lo alegraba, sobre todo por asegurarle que viviría lo suficiente como para proveerles de dote generosa y por ende vidas cómodas, con el bienestar que corresponde.

Juan Ponce piensa todo esto al navegar río arriba, cruzando campos labrados a través de los milenios que en su largueza aún aseguraban la subsistencia de sus cultivadores. Las vides y los olivos alternan cada cierta distancia, en ese ondular suave e inexorable de las tierras de Al-Andalus. Las parcelas de hileras de cultivos se entrecruzan como los bloques de color y textura de un tapiz; es maravilla ver cómo la tierra misma parece un manto de elaborado diseño. Mucho puede lograr la laboriosidad de los hombres, pensó don Juan al comparar estos terrenos con la feracidad de las tierras recién descubiertas. En medio del ritmo establecido por las líneas de cultivo y su frecuencia alterna, surgen en el paisaje castillos de piedra con torres almenadas, los más en ruinas desde que fuera ganada Al-Andalus para la cristiandad. Y de pronto, a lo lejos comienza a perfilarse la silueta de la ciudad, con las torres y los muros de la catedral y del alcázar dorados por el atardecer y, más dorada todavía, que brilla como un mismo sol debido a los azulejos árabes que la recubren, la Torre del Oro frente al puerto.

Los muelles son un hervidero, con los barcos cargados de mercancías y los comerciantes y marineros yendo de un lado a otro con sus asuntos de dineros. Unos descargan lanas de Inglaterra y loza de Holanda, otros cuchillos y armas de Alemania. Al atracar la Consolación, varios funcionarios reales suben a bordo. Vienen encargados por don Fernando de escoltarlo hasta el Alcázar y Juan Ponce los sigue por entre los vericuetos de callejones y almacenes hasta el carruaje que los conducirá a la presencia del soberano. Al igual que los muelles, Sevilla parece un hormiguero humano y por las calles, en los balcones y en los mercados, la gente se arremolina para llevar a cabo, ya sea por insidia o por terquedad utópica, algún proyecto.

Don Fernando no lo recibió en el Salón de los Embajadores, sino en una sala de audiencias más pequeña, junto a unos jardines donde se entrelazaban los cantos de pájaros y surtidores, jardines aún cuidados por jardineros moros que habían abrazado sin demora la nueva fe y habían quedado a cargo de aquellos espacios creados para el deleite humano. La silla de don Fernando, de lujoso y alto espaldar, se encontraba sobre una tarima alfombrada. Juan Ponce llegó hasta sus pies e hincó una rodilla en señal de obediencia. Don Fernando lo hizo levantarse con un breve gesto de la mano y, complacido con su presencia, sonrió.

—Don Juan, es un gusto tener con nosotros a tan leal vasallo.

—Es mío el honor, Alteza; mis años aún no hacen mella en la voluntad conque deseo serviros.

—Pero qué dice usted, si me asombra su aspecto, nunca pensé verlo todavía más joven y animoso luego de largas guerras con infieles y sufrimientos sin tregua en tierras lejanas.

—Se engaña usted, Alteza, ya sabe cómo los ojos nos traicionan a menudo.

Juan Ponce intenta disimular. Ciertamente su aspecto no representa sus cincuenta y tantos años. El miedo a ser descubierto le congela el corazón.

—¿Me está diciendo mentiroso? Tenga usted cuidado con las palabras, que bien sé que somos más o menos de la misma edad. ¿No es su prima Francisca de su misma edad aproximadamente, y no fue ella dama de la Reina antes de que el Almirante descubriera Las Indias?

—Sí señor, perdone usted, que no sé lo que me digo, no quise ni por asomo ensayar una ofensa. Debo estar agotado por la larga travesía, aunque sólo nos ha tomado veintiún días, Majestad, viera usted cómo los vientos nos empujaron hacia la hermosa patria y la alegría que amanecía en mi corazón al volver a ver sus campos sin igual en el mundo y comprobar la fuerza y el valor de nuestra raza.

Algo halagado, pero no del todo convencido, don Fernando repasó a Juan Ponce desde las calzas hasta el sombrero. No podía evitar desconfiar de un hombre viejo que parecía joven, pues el Demonio se disfrazaba bien, eso era de seguro, y don Fernando no iba a pasarle ni una al Maligno ni a enemigo alguno si podía evitarlo. Cierto que había quien decía que él, Fernando de Aragón, había hecho un pacto con el mismo Diablo, bien que se lo tenían informado sus hombres de confianza, los cuales tenía desperdigados por el reino dándole noticia de cuanto ocurría. Era necesario debido a las muchas traiciones de que era objeto. Decían, y lo decían a menudo, que Fernando de Aragón platicaba con el mismísimo Lucifer. No era como el rey Fernando pariente de su primera mujer, el Fernando a quien llamaban El Santo y ante quien se rindió la Sevilla de los moros. Este Fernando se reía mucho cada vez que visitaba la tumba de su tocayo, ubicada en un lugar de honor en la gigantesca catedral, pues le hacía gracia, sí señor, que hubiera un Fernando El Santo y un Fernando El Diablo, aunque por supuesto que al primero se lo decían a la cara y a él no. Mas él bien sabía las murmuraciones que revoloteaban por las galerías de la corte; aquellos austeros guerreros castellanos, navarros y aragoneses se paseaban algo incómodos bajo los techos de alfarje y las delicadas bóvedas estalagtíticas, pero no por eso dejaban el hábito de la maledicencia, del cual el rey se informaba, y a veces estimulaba, para usarlo a su favor si le era provechoso. Mirando a Juan Ponce, quien estaba turbado por el giro imprevisto de la conversación, don Fernando consideró que algo ocultaba. Era tan vasta su experiencia en la sutil hipocresía de su oficio y en las técnicas de manipulación de la política que lo notó enseguida. Prefirió dejarlo pasar, sin embargo, porque Juan Ponce era un varón honrado como pocos, o por lo menos así se lo habían especificado sus más minuciosos informantes. Algo había, sin embargo. No había duda, consideró de nuevo, y don Fernando cerró un poco los ojos para mirar mejor a don Juan. Detrás de su corona de oro y sus capas de armiño lo observaba en silencio sufrir lo indecible, porque el rey callaba y Juan Ponce sudaba frío sabiendo que este rey astuto como nadie le maliciaba alguna trampa.

Finalmente el rey puso fin a su suplicio y le increpó:

—Dígame, pues, don Juan, qué tierras ha reclamado para los Reyes.

—Tuve la dicha de avistar una isla muy grande, la mayor que se ha visto en Las Indias, y es plana como un desierto pero cubierta de bosques y cruzada por ríos. La he llamado La Florida por haberla visto por vez primera el día de Pascua de Resurrección, mi señor.

—Ya he tenido noticias del hallazgo y mucho me place. Y sus habitantes, ¿habéis hablado y comerciado?

—Son belicosos en extremo, Majestad, y proceden con alevosía. No es posible creer nada de lo que dicen, y si algo revelan es para causar daño.

—Ya vio cómo encontró a Caparra a su regreso; ¡una calamidad! Habrá que enviarles a los buenos frailes para que los bauticen y los enseñen a obedecer.

—Será lo mejor, Majestad, ya que nuestros intentos fueron en vano. Capturé algunos para utilizarlos como pilotos, pues conocen bien las aguas y las islas que abundan en ellas, a más que las corrientes y los vientos para navegar les son conocidos, pues ellos son diestros navegantes por su propia cuenta; si viera usted cómo amarran sus canoas y la velocidad que alcanzan con el solo empuje de los remos.

El rey sonrió, divertido con los esfuerzos cortesanos de don Juan.

—Y bien, Juan Ponce, ¿reclamó algunas islas para La Corona?

—Sí, sí, claro, Majestad: Las Tortugas, Anegada, Bahamas y otras muchas algo más pequeñas. Viera usted la abundancia de islas que hay, aunque las más son muy chicas y con lagunas salobres adentro que más parecen islas de agua que de tierra. En todas ondea la bandera de España. He escrito una relación oficial que le será entregada a sus administradores para su debido registro y he mandado a hacer mapas. Además, he labrado piedras en sus costas indicando que esos territorios os pertenecen.

—Bien hecho, Juan Ponce, muy bien, vuestro trabajo da pruebas de lealtad sin condiciones, lo cual me complace. He pensado honraros y recompensar vuestros afanes, porque os apetezca pacificar esos territorios y estableceros en ellos con vuestra familia.

Juan Ponce iba a decir algo, pero un gesto autoritario de don Fernando lo detuvo.

—Este asunto de don Diego Colón me resultó enojoso, pero las Cortes sostuvieron los derechos del primogénito de don Cristóbal, usted comprenderá.

—Sobran las explicaciones, Majestad; no las he pedido y basta que usted ordene para que yo obedezca. Si en el comienzo le arrebaté las varas del poder civil a los lugartenientes de don Diego, fue por parecerme que carecían de su favor. Pensé que como vasallo me debía a vos y no a don Diego. Ruego me excuse si le causó algún inconveniente.

—Nada, nada, don Juan, no exagere, usted creyó que yo hubiera querido quitarle a don Diego la jurisdicción sobre Sant Joan.

—No he dicho eso, Majestad, perdone si asumo lo indebido. Pensé incorrectamente lo que no era cierto.

—Así es mejor, don Juan. Creo que a veces su honradez le impide entender los asuntos políticos del reino.

—Quiera Dios que comprenda algo, Majestad, o por lo menos lo suficiente para no perjudicar a mi señor.

—Y no perjudicarse usted... Bien. ¡Váyase a descansar de su travesía, que ya estoy fatigado de verlo ahí parado sin saber dónde poner las manos! Vaya, vaya con Dios. Volveré a verlo dentro de unos días.

—Gracias, señor, con su permiso me retiro.

Y haciendo varias reverencias, don Juan Ponce se retiró para dar paso a varios cortesanos que esperaban impacientes un turno ante el rey. Desde su silla de alto espaldar, el rey lo vio salir con el rabo del ojo izquierdo mientras escuchaba las querellas de un oficial del puerto. La sospecha, esa amarga amiga de los monarcas, no se le descolgaba del pensamiento; la actitud de Juan Ponce le había parecido discretamente engañosa.

Tan pronto pudo retirarse a sus habitaciones, Juan Ponce se derrumbó sobre el lecho con dosel de terciopelo rojo y columnas doradas. Se daba perfecta cuenta de que su actitud reservada y su aspecto juvenil habían exacerbado las suspicacias de don Fernando, quien ya sin tomar en cuenta las torpezas de don Juan, tenía fama de desconfiado. Daba miedo la manera en que sus ojos se clavaban en su interlocutor y le hurgaban el cerebro. Más allá del borde del dosel, don Juan veía el artesonado del techo y se dejó seducir por la armonía de los diseños y por el friso adornado con caracteres aljamiados. La alcoba no era muy grande, pero abría a una galería de ajimeces a través de los cuales se colaba el perfume de los jardines. Olía a los famosos jazmines de Sevilla que habían exacerbado su sensualidad cuando apenas tenía catorce años. Agotado, don Juan dejó de luchar contra las oscuridades que lo jalaban hacia el fondo de un sueño reparador.

Durmió profundamente hasta que unos golpes en la puerta lo hicieron pensar que venían a llevárselo preso. Lo tomaban a la fuerza por los brazos mientras él gritaba que era inocente y lo lanzaban de cabeza a un calabozo húmedo lleno de ratas y cucarachas. De un brinco despertó del todo al volver a escuchar los golpes en la puerta. Aliviado de la pesadilla, respiró admirando la belleza de los zócalos y el artesonado y saltó al suelo para abrir. El criado se excusó al verle la cara de sueño y los ojos hinchados. Traía una bandeja con una cena y dos cartas.

La primera era de su prima Francisca:

Querido Juan:

Recién me entero estás en Sevilla y deseo verte. Mañana te espero a las diez de la mañana, en la sala de los espejos azules de mi casa.

Tuya afectísima,
Francisca Ponce de León,
Duquesa de Zahara

La segunda estaba sellada con el escudo de los Salvaleón.

Muy estimado don Juan Ponce:

Me he enterado a través de la reina doña Juana que estaréis pronto en Sevilla, dado lo cual me apresuro a enviarle mis respetos y la petición de una entrevista con usted, ya que preciso noticias de mi amado hijo Lope López de Villalba, a quien usted conoce bien, pues él me ha descrito su noble carácter y su espíritu valeroso. Lope mi hijo es lo más que amo en el mundo, preciado señor don Juan Ponce, y por ello quisiera estrechar la mano que lo guió contra los infieles y mirar los ojos que lo vieron. Algo de él traerá usted en la mirada. Dirá que mi amor de madre es excesivo, pero no importa, como tampoco importa que la reina doña Juana se la pase para arriba y para abajo con el muerto de su marido, paseándolo por los extensos territorios de Castilla. La reina hubiera querido que don Felipe no se le muriera nunca, o morir ella primero, pues la pasión que sintió por su belleza la cegó a todo otro bien de esta tierra. Poco le importan el poder y las riquezas a una mujer que ha heredado el mayor reino del mundo y que podría volverse a casar con cualquier miembro de las nobilísimas casas reales de Europa.

A petición de la reina doña Juana, iré a visitarla dentro de pocos días a su residencia en el Alcázar de Sevilla. Mucho espero poder hablar con usted. No olvido la ocasión, en los lejanos días de nuestra juventud, durante la Guerra de Granada, en que nos visitó en Villalba.

Reciba usted mis respetos,
Josefa de Estela y Salvaleón,
condesa de Villalba

Al despuntar el día Juan Ponce despertó sobresaltado. El lujo que lo rodeaba le resultaba incómodo; estaba acostumbrado a la tropa y, más recientemente, al balanceo de las naves y al cielo desnudo y estrellado. Se vistió lo más rápido que pudo y contempló su rostro en el espejo con el propósito de lavarlo. Se asustó. No es que fuera de nuevo un hombre de veinte años, pero sin duda su piel era más tersa y sus ojos veían con algo menos bruma que antes. La barba crespa y rubia parecía tener menos canas y al sonreír asomaban dos hileras de dientes perfectamente sanos. Lo último lo alegraba mucho, pues antes de su venturosa experiencia había comenzado a sufrir de dolores de muelas y temía perder los dientes y con ellos, definitivamente, la juventud y gran parte del placer de la buena mesa. Lo único que le quedaba a los viejos sin dentadura era el vino. Además, las encías descarnadas de los ancianos le daban asco.

Acicaló sus cabellos, su barba y sus bigotes, limpió sus uñas y vistió calzas limpias. Cuando salió a la galería de ajimeces lo invadió el perfume de las mañanas del Alcázar. Ardía en deseos de caminar las calles de la ciudad y poner a mover sus piernas entumecidas por la travesía oceánica. Atravesó varios patios, saludando con saludo militar a los soldados que hacían guardia bajo los arcos ojivales y en las puertas de los muros almenados. Finalmente atravesó la última puerta y respiró la libertad de la calle.

Era una ciudad que desconocía la línea recta. Estrechos callejones irregulares desembocaban en plazas íntimas y arboladas, con pozos de agua fresca rodeados de macetas de geranios. De seguro no habría dos casas iguales, ni dos solares con espacios idénticos, unos serían anchos y otros alargados, con pasillos que abrían a patios que a su vez daban paso a otros pasillos, otros patios, otros balcones. Siempre a Juan Ponce le había gustado caminar a Sevilla y descubrir sus rincones, pues era un poco como descubrir la ciudad que él mismo hubiera querido construir en su isla. A orillas del río Ozama, en La Española, don Diego construía una ciudad de la meseta castellana, con los portales de piedra labrada y los patios desnudos, sin surtidores ni árboles ni vegetación alguna, más apropiados para ejercicios militares que para el solaz del espíritu. Sevilla, por el contrario, tenía calles tan estrechas que si se extendía un brazo desde un balcón podían tocarse los muros de enfrente. Cada cierto trecho reaparecían los muros almenados cubiertos de yedra de las tapias de los jardines de la nobleza. Algunos se engalanaban con elegantes cipreses.

Y de pronto, pasando la Lonja y los muros de un convento, allí estaba la catedral. Era como una montaña perforada por cuevas y entretejida como un encaje impenetrable o como un gigantesco navío diseñado para que nunca pudiera flotar, para que no zarpara ni llegara jamás a su destino. Y allí estaba, varado para siempre, respirando resignado su inmovilidad y acumulando siglos de frustración y resentimiento. Decíase que fue originalmente la Mezquita Aljania, construida por los abasidas y reconstruida por los emires almohades y vuelta a reconstruir recientemente por los reyes cristianos. Los miembros del cabildo, al considerar la remodelación actual, obedecieron al criterio de uno de sus miembros, quien, al preguntársele por las obras, era de sobra conocido que había dicho: "Fagamos una iglesia tan grande que los que la vieren acabada nos tengan por locos." Razón profundamente sincera, pensó Juan Ponce, mas no se aventuró en la penumbra de sus naves y capillas. Siguió de largo hasta los muros del palacio arzobispal y dobló a la derecha. Desde lejos avistó las tapias del palacio de la duquesa de Zahara y apresuró el paso.

Eran justo las diez cuando golpeó en la puerta y un criado lo condujo al salón de los espejos azules. Para llegar a él había que atravesar el patio de los jazmines, un cuadrángulo sembrado de limoneros y de un variado surtido de arbustos de flores blancas. Las enredaderas de jazmines trepaban por las paredes de ladrillo. Francisca lo esperaba sentada frente a un bargueño o escritorio árabe que se cerraba y era portátil, de modo que los nobles de Al-Andalus podían llevar consigo sus papeles y asuntos administrativos cuando iban a la guerra contra otros reinos musulmanes o contra los cristianos. Era una mujer madura de perfil aristocrático, y viéndola doblada sobre sus papeles, Juan Ponce admiró su concentración, prueba adicional de un carácter que siempre tuvo por férreo. El esfuerzo de resolver algún litigio de dineros le arrugaba la frente, y sólo cuando tuvo a don Juan a pocos pasos pareció percatarse de su presencia. Levantó la cabeza:

—¡Juan!

Conmovido, Juan Ponce besó las dos manos que se le extendían.

—¡Señora!

Lo hizo sentar a su lado sin dejar de mirarlo y quiso preguntarle por las niñas Juana, María e Isabel, y por Leonor su esposa, y por el niño Luis, claro, mas sólo pudo contemplarlo despacio y sonreír.

—Me recuerdas a mi padre, siempre te lo he dicho. Pero él era una máquina de guerra, y tú eres un descubridor. Si yo hubiera sido hombre, yo también habría dormido con la armadura puesta.

Juan Ponce sonrió. Cuánto hubiera disfrutado él de luchar hombro a hombro con Francisca. De niños ella tomaba la espada y lo retaba. Luchaba bien, con ánimo extremado y fiereza. Se le escapaba a la madre y a las dueñas para irse a jugar con los varones. En una ocasión se había fugado con ellos y habían pasado la noche en un bosque, jugando al Amadís y Galaor. Francisca era una Oriana sin desmayos de ninguna clase, pero cuando aullaron los lobos sintió miedo. Iluminándose con hachones, los criados de don Rodrigo los habían encontrado abrazados y tiritando de frío.

—Habrías derrotado ejércitos tú sola.

—Me adulas, pero me gusta. Sigue, sigue.

—Atravesarías el campo de batalla en tu caballo color ceniza, que se llamaría Bradimán, y a tu paso los enemigos caerían fulminados.

—¿No vendrías a salvarme si soy derribada?

—No serás derribada nunca; ¡nunca!

—¿Pero, y si lo soy?

—Entonces cortaría cabezas y brazos; para abrirme camino hasta ti los cuerpos destrozados caerían por miles a mi paso.

Francisca rió con ganas mientras se estrechaban las manos y se miraban a los ojos.

—Ah mi Doncel del Mar.

—Ya no tanto, Francisca, los años.

—¡Pero si te ves mejor que nunca!

Y al decir esto lo miraba admirada.

—El trópico te sienta bien, primo. Cuéntame de tu viaje de exploración.

Juan Ponce le contó de los indios y las tortugas y la isla de La Florida. Y adornó su historia con un relato de cómo había atado sus marineros al mástil de la nao para que no se tiraran al mar al escuchar el canto de las sirenas. No le contó del río de piedras musgosas y Francisca adivinó que algo le ocultaba, pero era una aristócrata de pies a cabeza y no hizo preguntas. Guardó silencio un rato y lo dejó contarle de sus pleitos con los hombres de Diego Colón.

—Debes pedirle al rey que te nombre Capitán General de la isla de San Juan, para que la defiendas de los indios antropófagos de las islas más pequeñas.

—Si tú lo sugieres.

—Lo aconsejo, primo, que es algo más que una sugerencia, aunque nunca será tan fuerte como una orden.

—¿Me das órdenes tú a mí?

—Lo he hecho a menudo sin que te des cuenta.

—¿Es una orden?

—No, pero conviene. Es un nombramiento del rey. Tendrás tropas y naves a tu mando. Recuerda que tener una nave significa que te puedes comunicar directamente con el rey, que no estás aislado y a merced de las autoridades locales. Tus enemigos no podrán tocarte.

—¡Francisca! A mí, te confieso, me gusta dedicarme a la agricultura. ¡Si vieras mis sembradíos de yuca, que, como te he contado, es una raíz, o tallo subterráneo, comestible y muy delicioso, que hace las veces de pan entre las sencillas gentes de Indias!

—No puedes estar desprotegido, primo.

—¡Canallas!

—Ni más ni menos. Pero bueno, no dejarles salirse con la suya, ¿eh? Hablaré con el rey.

—Al llegar me recibió en seguida.

—Él sabe lo que le conviene. Anota: lo que debes hacer es convencerlo de los peligros de esos indios, que según me has contado asaltan y queman los poblados españoles.

—Están desesperados, Francisca, son unas gentes desnudas que sólo cuentan con lanzas rudimentarias para su defensa.

—No hablas como un soldado.

—Te digo que en el corazón soy un agricultor. Sólo a ti me atrevo a decírtelo, no sea que lo tomen por una debilidad, que no lo es; es más difícil construir que destruir, es más importante construir que destruir. Si tuviera heredades en Castilla, las tendría trabajadas que es un primor por muchos peones. ¡Ya verías los viñedos y los trigales qué hermosura!

—¿Quieres administrar algunas de mis tierras en Andalucía?

Juan Ponce sonrió agradecido, pero negó con la cabeza.

—Gracias por la confianza, pero no. Ya me siento de allá. Tengo mis heredades en Las Indias, mis propias tierras, ganadas con mi espada. Allá se han criado mis hijas. Allá se casarán y fundarán un pueblo. ¡Si ya estoy sintiendo nostalgia por aquella isla verdísima cruzada de ríos caudalosos! Si vieras la feracidad de los bosques, las copas de los árboles se unen y hay que abrirse paso con hachas y machetes de tupida que se hace la maleza. Es una tierra ricamente vestida de lujurioso verde donde viven hombres desnudos, mientras Castilla es una tierra desarbolada por las guerras contra los moros donde viven hombres muy vestidos.

—Creo que ya no volverás a España.

—Volveré para servir a mi rey y a vos, señora, pero mi corazón está allá.

—¡Afortunada Leonor!

—Yo pienso, mi señora, que vuestro otro primo Luis, señor de las villas de Villagarcía y Rota, y vuestro marido, es aún más afortunado en serviros.

—Estamos viejos para estos bretes, Juan.

Sonaba resignada. Mientras hablaba, a Francisca se le perdía la mirada en el patio de los jazmineros. Parecía indagar por el paradero de un pájaro cuyo canto se escuchaba temblar entre las florecitas blancas. Añadió:

—Tuve que casarme con él, Juan.

—¡Claro! Era conveniente.

—Sabes que las responsabilidades de mi condición lo exigían.

—Tu hijo heredará el título de don Rodrigo; será Duque de Arcos. De Cádiz no.

—Tuve que devolverle Cádiz a la Corona; por el comercio de Indias, por los viajes de descubrimiento y conquista. El rey tiene muchos planes.

—Mucho te debe el rey.

—Eso es lo más que conviene. ¿Vendrás a cenar esta noche con nosotros? —y lo miró con ternura. Aquella hermosa señora, varonil y maternal a la vez, era un gran amor en la vida de Juan Ponce. Hubo épocas, en su primera juventud, en que no podía concebir la vida sin ella, a quien debía tanto o más que a una madre.

—Vendré. Así saludaré a Luis. He puesto nombre a mi hijo por él.

—Lo sé.

Juan Ponce besó las manos de Francisca y se detuvo aún un largo rato, paseando con ella de su brazo por las galerías del palacio y por los patios y jardines donde los surtidores se unían a los pájaros para agradar el oído. Los perfumes de las flores competían con el aroma de los pinos y se turnaban para seducir a los que paseaban entre ellos.

Dos días más tarde, Juan Ponce visitó a doña Josefa en los aposentos de la reina doña Juana. La encontró poco o nada avejentada por los años y poseedora de un aire juvenil y exaltado. Parecía estar un poco alelada, como fuera de este mundo y muy en el interior de ella misma, detalle que Juan Ponce había observado en las mujeres de espíritu delicado cuando se veían forzadas a vivir entre rudos guerreros. Pero doña Josefa de Estela y Salvaleón poseía una gracia especial, veía todo tan claro y de inmediato, que sus palabras llegaban para quedarse. Se instalaban en el cerebro de quien la escuchaba para nunca irse de allí. Hoy su exaltación nerviosa sólo estaba atenta a las noticias de su hijo.

—Dígame usted, don Juan, cómo está mi Lope. Cuénteme usted de su valor y de su arrojo, de su destreza en las armas.

—Su hijo es un valiente, señora.

—¿Y come bien? ¡Con qué de porquerías tendrá que mantenerse, cuando acá, en Villalba, yo hacía alimentar con almendras y yerbas aromáticas a las cabras que se reservaban para la leche y el queso de Lope!

—Come lo que cualquiera, señora. Es un hombre sencillo, leal, amado por todos, ¡hasta por mis enemigos!

—¡Oh!, es cierto. ¡Qué desconcierto, don Juan! ¿Lo he ofendido?

—De ninguna manera. Aprecio tanto a Lope que lo he invitado a que visite a mi familia en Caparra.

—¿Por qué no os acompañó en el viaje de exploración? Me escribió que vos lo invitasteis.

—Ignoro sus razones. No se las he exigido.

—Me impresiona usted, don Juan.

Se habían sentado en unas sillas, cubiertas de tapices, frente a un ajimez. A través de los arcos, y más allá de los jardines del Alcázar, se veía la torre de la Catedral.

—Pero cuénteme de su aspecto, él siempre escribirá que está bien para no darme pena y no será del todo sincero.

—Es un mozo muy honrado. Mis hijas lo procuran mucho, pues les agrada, aparte de sus dotes como soldado y caballero, la dulzura de sus maneras.

—¿No ha estado postrado por alguna fiebre del trópico?

—No que yo sepa, pero puede ser. Hay mosquitos; son nubes, olas, tormentas de ellos; y hay arañas venenosas, hormigas gigantes, alacranes y escorpiones...

—¡No siga su merced! ¡Con sólo el pensamiento se me eriza la piel! Aunque Lope es invulnerable, mi corazón de madre se acongoja.

—Doña Josefa, su hijo es un joven saludable y bien veo que debe a su madre la hermosura y la gracia con que lo ha dotado la naturaleza.

—Es muy gentil nuestro paladín de Indias. Y listo. Parecería que frecuenta la Corte, pues sus halagos así lo indicarían.

—Señora, humildemente me postro a los pies de su ingenio preclaro. Bien veo que no me equivocaba al favorecer a Lope.

—No me lo retenga en Indias, don Juan, se lo suplico. Piense que acá le espera un matrimonio ventajoso y un futuro más holgado.

—Él deberá decidir, señora. Pero hombres como él son precisamente los que yo necesito para fundar un pueblo.

—Con gente que acá no tiene nada, que son los más, le basta y le sobra. Interceda con Lope para que vuelva.

—No le prometo nada. Yo no mando en él.

—Lo aprecia mucho.

—Más aún la aprecia él a usted, a quien sospecho ama sobre todas las cosas.

—¡Bueno! Dígale que pienso en él cada instante que sigo viviendo. ¿Se acordará?

Don Juan asintió.

—¡No se lo lleve a matar indios! ¡Déjelo tranquilo con su oro y sus yucas en ese pueblo que ha fundado, que así no correrá tanto peligro de ser asaeteado por un salvaje!

—Si no castigamos a los indios, asolarán nuestros sembradíos y robarán nuestro ganado.

—Ya me han informado que usted será nombrado Capitán General de la isla de San Juan. Para que castigue a los indios por sus fechorías.

—A mí aún no me han informado.

—Ya ve cómo es la Corte. Las palabras de peso van precedidas por habladurías.

—Los reyes se rodean de bufones.

Doña Josefa rió con la ocurrencia, pero no miró a Juan Ponce. Parecía reírse consigo misma.

—¡Así es! ¿Cuándo regresará a Las Indias?

—En algunas semanas será, cuando reciba órdenes.

—Y su nombramiento.

—Será.

—Avíseme antes de partir para enviar cartas a mi Lope, y vituallas decentes, para que añore a Villalba y regrese, que a los hombres se les gana por el estómago.

Don Juan no pudo más y las palabras le salieron sin proponérselo.

—Allá él es primero, señora, es fundador de estirpe y de pueblos, un privilegio que a pocos hombres les es otorgado y que le redundará en gloria y fama para la posteridad. Acá tiene un hermano mayor.

—Lo sé, don Juan. Es lo que mi corazón adivina sin que salga una palabra de la boca de Lope.

Estaba seria ahora. Ella, que veía a través del tiempo, estaba viendo en el libro de los años cosas que no entendía.

Don Juan Ponce de León recibió de manos del rey don
Fernando el título de Adelantado de La Florida y el
cargo de Capitán General de la isla de San Juan, y puso
el rey a su disposición cinco naves a modo de Armada
o flota, para que con ellas persiguiera a los indios fugitivos por aquellos mares e islas, y dándoles caza en
sus guaridas en las islas más pequeñas, terminar con sus
vidas o esclavizarlos de manera que sus actos no cau-
saran más daño a las propiedades de la Corona española, ni ofrecieran riesgo de vidas de cristianos. Así
provisto, don Juan regresaba a la isla cargado de honores y privilegios. Grande era la alegría que iba a
recibir su familia y en especial sus hijas, pues ahora
podría casarlas bien sin temor a que su mala situación
lo impidiera. Ya ansiaba regresar a los brazos de doña
Leonor. Era cierto que amaba a su prima Francisca;
habían disfrutado tardes maravillosas en los patios del
palacio y en los paseos por el campo. Habían viajado
a uno de los castillos de la familia y su primo Luis fue
todo gentilezas para con él. Una noche en el Alcázar
el rey había celebrado un banquete y se habían encendido los candelabros del Salón de los Embajadores
para albergar a los comensales. Músicos italianos alegraron la Corte con sus aires elegantes. Había bailado
con Francisca y con la reina doña Germana, quien era
una joven hermosa cuyas gracias lo llenaron de bienestar. Pero ya no se encontraba completamente cómodo en la Corte. La larga estadía en Las Indias lo había
cambiado. Había una suavidad de maneras en las islas
que ya eran suyas también; otros ritmos lo movían.
Cuando la nave capitana donde viajaba don Juan iba
bajando por el Guadalquivir e iba dejando atrás los
castillos y los viñedos y los trigales de la ondulada
superficie andaluza, a don Juan el corazón le daba
saltos como si fuera un niño que monta su caballo por
primera vez. Sus adoradas hijas le echarían los brazos
alrededor del cuello y le darían grandes besos, pues

eran muy dulzonas; y su hijo Luis también, cuando viniera a casa desde La Española, donde estudiaba con los buenos frailes. Y Leonor, su Leonor, ganas de despojarla de sus modestos vestidos era lo que tenía, ganas de deslumbrarse con la blancura de sus pechos era lo que tenía. Las naves bajaban con la corriente y los campesinos corrían por las riberas para verlos pasar. En uno de los pueblos se celebraba una romería, y los músicos se desplazaron hasta la orilla para cantarles adiós. Algunos gritan que tienen parientes en La Española. Les mandan saludos. Tras la nave capitana, a la que Juan Ponce llamó Florida, viene la nao de su propiedad, la Consolación, y otras cuatro provistas por el rey, todas bien abastecidas de armas, hombres y alimentos.

En la desembocadura del Guadalquivir se ha reunido mucha gente para despedirlos y desearles una travesía libre de peligros. Don Juan mira a sus hombres. Algunos que habían venido con él en la Consolación volvían a Indias. Otros no. Antón de Alaminos, por ejemplo, expresó su deseo de regresar a su aldea desde el día en que llegaron a aquella isla donde fluía el manantial del Diablo, como decía el propio Antón. Ya estaría entre los suyos haría rato, sentado junto a la chimenea de su casa en Valcarlos, contándole a los aldeanos sobre sus aventuras. Le añadiría algunos dragones de fieras fauces y sirenas de grandes pechos y pezones rosados, historias de ciudades con torres de oro. Y, sobre todo, contaría cómo había visto al mismísimo Diablo aquel día en aquella isla, sus ojos de brasas ardientes brillando entre las ramas del follaje. Tenía los ojos redondos y rojos, aseguraba, y como su piel era verde se escondía fácilmente en los bosques de Indias. El rabo también era verde, continuaba, y fueron muchas las discusiones con el cura que presenciaron los amaneceres de Valcarlos, que si el rabo del Diablo era peludo o pelado como los rabos de las

unta era roja o negra o si tenía un
escorpiones. Las arañas del trópico
l Maligno, aseguraba el piloto, pues
enaba la sangre como el pecado en-
Pero Pedro Bello, el maestre de la
Consolación, regresaba con Juan Ponce y también regresaban Diego Bermúdez y Lorenzo Ramón, expertos navegantes que iba a necesitar para el manejo de
sus barcos en la empresa de pacificar a los indios de
las islas pequeñas.

Ya antes de llegar a la desembocadura del Guadalquivir habían comenzado a sentir la brisa del océano, y cuando las quillas se hundieron en la mar salada
dejando atrás el veril salobre, las velas ya se hinchan
satisfechas y las naos enfilan en dirección suroeste.
Atrás quedaba el mundo conocido, la patria, los cimientos, pero lo raro era, para Juan Ponce, que regresaba a lo nuevo y desconocido como quien vuelve a
casa, porque volvía a los brazos de su mujer e hijos y
a su cama ancha en su casa de piedra, pero también
volvía al futuro, a lo que iba a construir. En el reino de
la memoria, pensó, el futuro es mucho más que un
espejismo; si no fuera una certidumbre no nos esfor-
zaríamos tanto por construirlo.

Fue una travesía feliz. Los fuertes vientos les
fueron propicios y las seis naves enfilaron sus proas
para entrar por la boca de la bahía de Sant Joan tan
sólo un mes después de haber salido de Sevilla. Eran
las diez de la mañana y el sol ascendía, imperturbable,
por un cielo sin nubes. En el muelle los esperaban un
grupo de personas, entre ellos un conglomerado de
parasoles donde don Juan, desde que adivinó a su
Leonor, no tuvo ojos ni cabeza para otra cosa que
aquella comba de volantes blancos. Ya al chocar los
maderos de la nao y el muelle estaba como hechizado
con la sonrisa de Leonor, y cuando bajaron la escalerilla
fue el primero en descender a tierra y abrazar a su

esposa, que se sentía en el séptimo cielo al ver llegar triunfante a su Juan, acompañado de naves de guerra y hombres a su mando, prueba fehaciente del favor de los reyes. Quiso hacerle preguntas, pero él sólo la abrazaba fuertemente, como para asegurarse de que era ella. Al cabo, y con renuencia, tuvo que soltarla, pues las niñas le reclamaban abrazos.

Tan pronto hubo dado órdenes para alojar la tropa, se dirigió al hogar apresuradamente y se encerró en la alcoba con Leonor, solos bajo el dosel de encaje, solos para poderla desvestir, al principio con prisa porque moría por su carne abierta, mas luego despacito, besándola con una devoción que la hizo estremecer en lo más íntimo. Nunca esperó, ni siquiera soñó, ser amada así, ser deseada así en sus años de madurez. El placer la invadía y la inundaba de tal manera, que creyó enloquecer. Durante varios días no salieron de la alcoba. Sólo abrían la puerta para recibir bandejas de comida y devolverlas vacías, y únicamente cuando escuchó el llanto de sus hijas doña Leonor pareció volver a la realidad e insistió en que debían verlas. Don Juan ni las oía, sólo quería escuchar a Leonor; le pedía que cantara como las sirenas mientras la recostaba desnuda sobre la alfombra y le envolvía las piernas con un mantón rojo que le había comprado en Sevilla. Entonces le pedía que le besara el cuello, que le besara la espalda y el miembro varonil. Le pedía que lo dejara penetrarla, le pedía que se negara al principio, que se hiciera la esquiva; a veces hasta que le pusiera resistencia física porque esas eran las reglas del juego del amor, que a menudo más parecía guerra que juego. Una semana después, don Juan aún no quería que Leonor saliera a ver a las niñas. Accedió cuando notó el cansancio de Leonor, que ya no podía más con su cuerpo. Le dolían todos los huesos, tenía ojeras y se quedaba dormida masticando los pedazos de yuca, las coles y los jamones de las bandejas; él tenía que cargarla hasta las ya no tan limpias sábanas de holanda. Entonces se preocupó y la vistió con ropas recién planchadas y la dejó dormir sin importunarla sexualmente; y veló por su sueño como si fuera el mismo santo grial lo que guardaba.

VI

Lope y don Miguel Díaz de Aux fueron a recibir a don
Diego Colón, quien llegó a San Germán en dos naves
de alta popa. Tiraron ancla en la dulce bahía abierta,
y el hijo del Almirante venía al frente de sus hombres
como hiciera su padre; sólo que vestido con más lujo.
Una vez en tierra lo condujeron a la casa de piedra
construida para él, y desde el balcón en la planta alta
contempló el valle, las crianzas de animales, las minas
y los sembrados. A su lado Miguel Díaz de Aux le
explicaba cómo trazaron la calle y cuáles vecinos vivían dónde y a qué se dedicaban. Justo frente a ellos
estaba la iglesia, de madera todavía y en medio de
una plaza sin empedrar. La tierra apisonada solía con-
vertirse en un lodazal cuando llovía.

—Debe empedrarla cuanto antes.

Don Diego hablaba en voz baja, sin emoción.
Entonces añadió, en tono amable:

—Muéstreme usted los libros de las minas.

Miguel Díaz de Aux obedeció. En el salón de
la casa de piedra extendieron los libros sobre la mesa
del comedor. Daban cuenta del dinero gastado y del
oro recogido. También registraban las cosechas y los
parimientos del ganado vacuno, porcino y caballar.
Los candelabros estuvieron encendidos hasta avanzada la noche; Diego Colón revisaba cuidadosamente la
contabilidad de sus heredades.

Serían alrededor de las siete de la mañana cuando escuchó los primeros disparos. Iba al balcón para ver qué sucedía cuando un criado penetró en la habitación y gritó:

—¡Los indios, son los indios y nos matarán a todos!

Sintió pánico. El criado, que era negro, continuó diciendo que venían de otras islas en sus canoas; habían desembarcado durante la noche y se escondieron en el bosque hasta que amaneció. Entonces entraron en San Germán dando gritos y flechando indiscriminadamente a hombres, mujeres y niños. Con hachos encendidos se dirigieron a los bohíos y a las estructuras de madera de los españoles. Ya la iglesia arde cuando Miguel Díaz de Aux, acompañado de hombres armados, llega hasta la habitación de don Diego. Lo rodean como un escudo humano y así, con gran peligro de sus vidas, bajan a la calle, donde derriban a varios indios semidesnudos que se les tiran encima con rabia desusada. Poco a poco se abren paso a mojicones, a fuerza de sudor y sangre pegada a las paredes, entre las llamas y los gritos. Se deslizan por detrás del huerto y se adentran en los cultivos, alejándose de la villa hasta esconderse en el bosque al pie de la cordillera. Mientras, los otros españoles batallan contra flechas y dardos envenenados. En su modesta casa de madera, Lope lucha por defender su propiedad. Como el balcón de la casa arde, intenta tirar tierra a las llamas y grita a la criada que busque agua. Pero la criada india, que es esclava, se ha escondido entre los matorrales al borde de la villa. Se fugará con los asaltantes si logra convencerlos de que se la lleven. Lope va a buscar agua él mismo y una flecha le roza un brazo. Se agacha y empuña la espada; olvidado de su casa y sus cultivos, se lanza en medio de los asaltantes dando golpes fuertes a lado y lado. Ante su embate los indios retroceden. Lope grita a los vecinos que se unan a él. Ya los indios han quemado casi toda la villa y han cargado sus canoas con comida; se han robado armas, pollos, cerdos y hasta una jaula con un par de canarios que un vecino de Lope había traído de España. Al ver cómo los españoles se reorganizan, los indios corren a sus canoas y se alejan con sorprendente velocidad. Así como llegan, se van, pero la villa está en ruinas. De la iglesia sólo quedan maderos humeantes y la cruz de plata que había sobre el altar yace entre los escombros.

Lope y los vecinos se sientan a tomar aliento; algunos se acuestan bocarriba, cara al sol, y se hechan cubos de agua por la cabeza. Los indios encomendados, que habían huido despavoridos, comienzan a regresar. Lope y los vecinos se miran desalentados.

—Y ahora qué, Lope.

Es Diego Ramírez, un vecino que ha laborado junto a Lope en el trazado de las calles y la ubicación de las viviendas. Es extremeño y acostumbrado a la adversidad y nunca parece sucumbir al cansancio. Lope suspira, pero no vacila en decir, con determinación:

—Pues ahora, ¡a volver a empezar; vamos!

Ya estaban comenzando la limpieza cuando Miguel Díaz de Aux y sus hombres regresaron, todavía rodeando a don Diego a manera de escudo.

—¡Carajo!

Miguel Díaz de Aux estaba furioso. El trabajo de más de un año destruido en un dos por tres. Era un golpe muy duro para él. Al ver los destrozos, don Diego palideció.

—¿Y las naves de mi propiedad, sufrieron algún daño?

Era evidente que no se sentía bien. Las naves, le dijeron, levaron anclas y se alejaron mar afuera cuando avistaron los incendios. Se maliciaron alguna trampa y quisieron poner a salvo la propiedad de su señor, dijo alguien que intentaba despejar el camino para que don Diego pasara. Ahora las naves regresaban, se veían las velas, como montañas de nube, acercarse a la costa. Al verlas, don Diego tomó la prudente decisión de partir de inmediato hacia Caparra. Ya pensaría cómo castigar a los hombres a bordo por su cobardía.

Lope vio cómo las naves se alejaban y se sintió muy solo. Llamó aparte a Miguel Díaz de Aux y le dijo:

—En el futuro, todas las iglesias de la villa de San Germán deberán ser blancas como si fueran encaladas en la mismísima Andalucía. Los hospitales, si podemos construirlos algún día, lo cual conviene porque son para el cuerpo lo que la iglesia es para el alma, deberán ser azules como las playas del sur de esta isla, cuando haya las pinturas para pintarlos. Cada vez que nos destruyan la villa sabremos el color que tendrá la iglesia y el color que tendrán los hospitales. Y sabremos exactamente cómo reconstruirla, una iglesia y enfrente la casa de gobierno, y entre ambas una plaza.

—Tenemos que traer negros, Lope.

Miguel Díaz de Aux se mostraba preocupado. Lope tuvo que estar de acuerdo.

—Sí que son flojos estos indios.

—Pelean porque ésta era su tierra.

—Se van a morir todos, por cabrones. ¡Por tercos!

—Negros, Lope. Son fuertes. Trabajan duro. Y ésta no es la tierra de sus antepasados.

Lope recordó aquel día remoto en que, casi niño todavía, avistó por primera vez esta costa. Y recordó que don Cristóbal había estado enfermo con unas fiebres. Lo había curado un marinero negro al moler ciertas yerbas en un mortero y dárselas de beber. Eran conocimientos antiguos de su gente, había dicho el negro.

—Negros, sí. Sin negros no se puede —dijo Lope, repentinamente convencido.

***

Ya volvemos a poner a la villa en pie con mucho esfuerzo y sudando la gota gorda, cuando recibo unas cartas de mi madre. Las ha enviado por medio de Juan Ponce. A los funcionarios de San Germán también nos notifican del nombramiento de don Juan como Capitán General de las islas y a cargo de varias naves con sus respectivas tripulaciones. Don Miguel parece contrariarse, pero debe disimular ante mí. Yo me alegro mucho y no disimulo ante don Miguel.

—Iré a Caparra a ver a don Juan Ponce.

Así digo y el funcionario de Diego Colón no se atreve a contrariarme ni a negarme licencia.

Había enviado noticias de mi visita, pero no esperaba este recibimiento. Al bajar del caballo veo los ojos brillantes de las niñas entre los balaústres de las ventanas que abren al jardín. Un esclavo negro me hace pasar a la galería interior, que es en forma de ele y con techo de tejas. Allí, rodeado de verdísimas plantas y de su adorada familia, está don Juan. Al verme se levanta y viene hasta mí. Nos abrazamos. Siento aprecio verdadero por este hombre. No se da por vencido. Además, luce mejor que nunca, hasta se ve rejuvenecido.

—Le han venido bien esos meses en España, señor.

—¿Ah? Sí, sí, claro.

—Lo felicito por su nombramiento. Debe darles un buen escarmiento a esos indios. Ya sabe usted que atacaron a San Germán cuando don Diego estaba en la villa.

—Ya lo sé. Es lamentable. ¡Buen susto que se dio don Diego! Salgo pronto en una expedición a las islas, para dar caza a los bandidos que saquean nuestros poblados. Venga, venga por aquí.

Don Juan me toma del brazo con afecto y me conduce hasta donde está sentada doña Leonor. Es una mujer hermosa y las canas entremezcladas a su pelo negrísimo le otorgan cierto aire de fragilidad. Está más delgada y sonríe con cansancio. Beso su mano extendida y ella me regala su dulce voz:

—Qué alegría verlo, don Lope. Aquí mis hijas deseaban volviera a visitarnos.

Son preciosas. Me deleita mirarlas. Son tan lindas que cuando sonríen se me eriza la piel. Beso la mano de Juana y me mira frente a frente. Es algo voluntariosa y se le nota en la sonrisa que posee un corazón inclinado a la bondad. Me han informado que un caballero de nombre García Troche ha solicitado su mano. Pero por la manera en que me mira, nadie lo diría. No se ha decidido por ser aún muy joven, pero, ¡qué encanto!, estas niñas son agraciadas en extremo, ¡cómo me miran! Me siento devorado por tres pares de ojos y me gustan las tres, ¡qué bien me siento! Debe ser verdad lo que dicen, que el hombre sin mujer es como un árbol sin sol; crece sin brío, endeble de espíritu; si de sólo mirarlas siento la sangre que me sube y me baja, cállate corazón, las mujeres deveras hacen falta, y no sólo para la cama, que ésas se consiguen fácilmente; hacen falta para sentir su respiración dulce, para sentirme envuelto en la presencia que ellas convocan. Creo que en las mujeres Dios se esmeró. Miro a Isabel, la miro porque he sentido que me devora con los ojos. Es la más joven y, tal vez por eso, la más coqueta. Abre y cierra las pestañas al hablar; cada vez que los abre sus ojos verdes me fulminan. María, la del medio, es la más callada. A veces, si la miro, la sorprendo distraída. Su pensamiento parece estar en otra parte. De vez en cuando se detiene a mirar al padre y lo contempla con embeleso. Bien se ve que es la más que lo ama, pero él parece favorecer a Juana por su carácter fuerte y varonil. A mi madre le gustaría Isabel, por despierta y chispeante, creo que sí. Pero uno nunca sabe, con lo extraña que es mi madre a veces, ¡tanta historia que inventa! A mí, mientras más las miro y más las escucho hablar, más me gustan. ¡Caramba que hablan mucho estas mujercitas! Forman como un corillo cuando converso aparte con don Juan de asuntos de gobierno, bien se ve que disfrutan juntas, casi parecen cómplices contra el padre y a la madre la defienden con uñas y dientes. A mí, después de pensarlo un poco, creo que la que me gusta es María. Sí, creo que sí, qué linda frente tiene, qué piel tan blanca. Debajo de su blusa de encaje imagino unos pechos deliciosos; le suben y le bajan al respirar; y tiene un cuello largo, elegante, y una manera de sonreír que me arrebata el sosiego. ¡Santo Dios! María, mírame. Mírame por favor, no bajes los ojos. Sonríe. Debo haberla asustado con mi inesperada pasión, pues no me mira. Debe haberse dado cuenta de lo que siento. ¿Y qué siento? Ay, madre, si no estuvieras tan lejos te preguntaría qué es esto. Madre amada, ni en medio de la más cruenta batalla me había sentido tan asustado. En el castillo de Villalba sentirás, no lo dudo, mi agitación. Madre, si conoces que no conozco el miedo, ¿qué me está pasando? Sé que ahora estarás dando vueltas en la cama. No podrás conciliar el sueño. Creo que mejor me despido. He extendido mi visita demasiado y doña Leonor se ve verdaderamente cansada. Don Juan me cuenta que estás espléndida, madre, y me dice lo que ya sé, que quieres que regrese a Villalba. Aunque él no parece convencido, cumple con decírmelo. No me dice lo que tú me dices en las cartas, que me quieres casado con la joven De Castro. ¡Ay, madre, qué hermosa se ve María! Ahora, al despedirse, me ha mirado a los ojos y su mirada es tan dulce que me han dado ganas de llorar. Me despido de las tres hermosas hijas de don Juan y de doña Leonor; todos me piden que vuelva mañana, en especial don Juan. Tiene que haber notado mi turbación y no se enoja. Por lo tanto, no ve con malos ojos mi interés en sus hijas. Como es muy zorro en asuntos de amores, debe haber calculado que me gustarían sus hijas. Pero todo dentro del respeto más absoluto. Bien se sabe que don Juan vela por el honor de sus hijas más que por su propia vida. Es un hombre con un orgullo no exento de modestia. Eso le ha valido mucho en su trato con el rey don Fernando, quien lo quiere de aliado. No lo quiere de enemigo. No debo olvidar ese detalle.

Cuídate las espaldas, dice mi madre. Me lo repite en las cartas. Debo ir a verla pronto pues hace cinco años que no nos vemos y mis trabajos en estos años han sido muchos. El sol del trópico me ha curtido la piel y las guerras me han endurecido el corazón. Me siento fuerte y no dudo poder hacer lo que quiera. Y lo que yo quiero, debo decírselo a mi madre personalmente, es construir un pueblo. Debo decírselo cara a cara para que me entienda. Para que me crea. Si no, va a seguir creyendo que yo sólo puedo pensar lo que ella cree que yo pienso. Quiero fundar una ciudad. Así el mundo se parecerá a mí. Al menos se parecerá a mi sueño. Me siento cómodo en San Germán, a pesar del calor y los mosquitos y los indios que incendian y echan a perder nuestro esfuerzo. Aunque no es en vano, pues ya hemos reconstruido la villa y lo primero que voy a hacer cuando regrese va a ser encalar la iglesia. Será blanca como las iglesias de Andalucía, porque el blanco es la suma de todos los colores como Dios es la suma de todas las cosas. Por eso la casa de Dios tiene que ser blanca. Los moros sabían eso.

Llevo una semana visitando diariamente la casa de Juan Ponce, y ya las niñas me reciben como a un miembro de la familia. Mañana don Juan partirá hacia las islas pequeñas que sirven de guarida a estos indios saqueadores de haciendas. Dicen que cuando capturan españoles los torturan y los asan para comérselos. El Diablo anda suelto por estas islas, debo velar por mi alma. Don Juan me ha encargado que vele por su familia en su ausencia, lo cual me complace sobremanera, pero debo regresar a San Germán con los caballos que he comprado, ayer llegó el barco de Cádiz con la media docena de yeguas que necesitaba para comenzar la crianza. Voy a criar caballos de raza andaluza para venderlos a la Corona, para ser utilizados en las guerras de conquista de la tierra firme. Además de vacas, tendré caballos. Las minas de oro no van a durar mucho. He sacado buen provecho dellas, pero los indios se mueren de catarro y de tristeza; creo que es más de lo último. Todavía tengo algunos indios de la encomienda y he comprado dos negros que me han parecido fuertes en extremo. Se encargarán de los caballos; creo que para ese trabajo son excelentes. Estos negros los trajeron unos comerciantes italianos que los habían comprado en Portugal. Ya hacía tiempo que había pedido algunos a través de Miguel Díaz de Aux y don Diego. Hacen falta hombres fuertes para trabajar estas tierras, y los negros están acostumbrados al calor.

Ayer me atreví a escribir a María. Eran sólo unas líneas diciéndole que ella era la luz del mundo. Es la luz de mis ojos. Quise escribirle versos como los del toscano Petrarca, pero el ingenio no me da para tanto, y no tenía su libro conmigo para poder copiar algunos. Entonces me vino a la mente el romance de Gerineldo, que de niño mi madre cantaba sentada junto a la ventana de la torre del castillo de Villalba. Lo cantaba acompañándose del laúd y yo me aprendí de memoria algunos versos por haberlos escuchado tanto. Mi madre tenía una voz que me ponía a soñar, y cuando ella cantaba el romance de Gerineldo a mí me parecía que veía al paje en el jardín, me parecía que oía a la princesa decirle al paje: Gerineldo, Gerineldo, paje del rey más querido, quién te tuviera esta noche en mi jardín florecido. Esa copla siempre la he sabido de memoria y era de lo único que me acordaba, pero no me pareció apropiado porque la princesa es una mora y el paje un cristiano, aunque tiene final feliz porque ella se escapa con Gerineldo y se bautiza en la fe cristiana, pero no era apropiado para María. Es curioso cómo cuando nos enamoramos todos somos poetas. Pero es que entonces necesitamos palabras para ordenar lo que estamos sintiendo, y las palabras se vuelven algo muy importante. No sé por qué me acuerdo del romance de Gerineldo más que de ningún otro. Es muy excitante el que ella lo meta en su cama a escondidas del padre. ¡María! Ella no se atrevería nunca. Ha sido educada como cristiana vieja y el honor de su casa es lo más importante. ¡Cómo me gustaría meterme en su cama a escondidas! Juan Ponce nunca me perdonaría, ni yo me perdonaría una traición así, pero puedo soñar, fantasear que la abrazo desnuda entre las sábanas. El Diablo se me mete por dentro, debe estar dentro de mí cuando me atrevo a estas fantasías. *¡Vade retro!* Hay que estar pendiente porque cuando menos lo pensamos, el Maligno se apodera de nuestra alma. ¡Santo Dios! Me persigno varias veces. María adorada, perdóname. Eres la más pura de las mujeres y te he ofendido con el pensamiento. Mi madre, si logra adivinar lo que he estado pensando, va ha sentirse avergonzada de mí. Me siento abrumado de vergüenza. No sé cómo voy a mirar a María hoy.

Pero la miro. Entro a la casa como todos los días y saludo como todos los días. Me reciben con el cariño de siempre. María me mira a los ojos como nunca antes y no parece enojada por el atrevimiento de mi carta. Por su mirada sé que la ha recibido. Les digo que velaré por ellas mientras Juan Ponce esté en misión de matar a los indios que se comen a los españoles. Las veo temblar atemorizadas pues temen por su padre, pero él las tranquiliza con la seguridad de su valor. Iré a San Germán la semana próxima a atender mis propiedades, pero luego voy a volver a asegurarme que todo marcha bien. Ellas me miran agradecidas. Entonces digo:

—Cuando regrese a San Germán, lo primero que haré será encalar la iglesia.

María me mira y dice, muy seria:

—Las iglesias blancas son las más lindas.

No lo puedo creer. A veces pienso que la he conocido toda la vida. Doña Leonor me mira con mucho cariño y se lo agradezco. He sido acogido en esta familia como si fuera un hijo de la casa. Me preocupa doña Leonor. Se ve cada día más cansada. A pesar de ser tan animosa, su corazón es débil. Ayer al subir unas escaleras le faltaba el aliento y tuvo que sentarse. Dijo que le dolía el pecho. Debe reposar. Yo daría mi vida por estas mujeres. Deveras lo digo. Mientras esté en San Germán, García Troche velará por ellas. Ya lo hemos hablado.

***

Bien es de suponer que el exterminio de la población nativa llevado a cabo en La Española, a fuerza de cabalgadas y otras carnicerías, donde ensartaban al que les hiciera frente con saña y alevosía sin igual, iba a tener el efecto de cortar de cuajo la procedencia de los brazos trabajadores. Sabido es que algunos poblados indígenas cometieron suicidio en masa antes que tener que sufrir la humillación y el sufrimiento de trabajar para los europeos. Varios cronistas han narrado cómo los españoles encontraron aldeas donde hombres, mujeres y niños yacían boquiabajo, esparcidos en el polvo y los sembrados luego de haberse envenenado todos por común acuerdo. Por esta razón, las minas de La Española, y los cultivos también, estaban necesitados de brazos. De modo que mientras en Sevilla, y por decreto del rey Fernando, se barajeaban los dimes y diretes de organizar una armada al mando de Juan Ponce, en La Española, sin autorización real, se lanzaron al mar otras tres armadas. Diego Colón obedecía al instinto feudal de proteger sus tierras heredado de sus antepasados por línea materna, instinto doblemente reforzado por su nobilísima esposa doña María de Toledo. Según el acuerdo de los capitanes con don Diego, con el importe de la venta de los cautivos que tomaran se cubrían los gastos de las armadas. Los participantes también recibían un por ciento de las ventas. Anticipándose a don Juan, y con la excusa de castigar el asalto y saqueo de San Germán, las armadas bajaron a Guadalupe y Martinica. Así fue cómo cuando don Juan Ponce salió hacia Guadalupe con su armada, más que un benefactor de los pueblos españoles, fue visto por muchos de éstos como un competidor. Y uno con la anuencia del rey, lo cual movía a envidia a los más codiciosos, que eran muchos.

No consta en documento alguno el número de hombres con que contó Juan Ponce en esta expedición contra los indios antropófagos, dado que los incendios, las polillas, los comejenes y las cucarachas han devorado esos papeles y otros muchos igualmente valiosos. En el Archivo de Indias sólo se ha encontrado un legajo donde se enumeran los armamentos de que dispusieron, los cuales se resumen así: Seis arcabuces para el campo, que con sus moldes y cucharas de cobre para hacer pelotas pesaron once arrobas, y dos quintales de pólvora de espingardas. Para las dichas carabelas: cuatro quintales y nueve libras de pólvora; cincuenta ballestas con sus gafas, trescientos ovillos de hilo para cuerdas de dichas ballestas, para servir también en la guerra; ciento noventa y seis docenas de saetas y trescientas cincuenta docenas de casquillos de saetas; diez docenas de lanzas de jinetas y veinte docenas de dardos para las dichas carabelas; doscientas tablanchinas de drago, guarnecidas en angeo con sus manijas de cordeles y cojines; dos quintales y cuatro libras de plomo para pelotas de los dichos arcabuces y más trescientos. Allende de los dos falconetes de metal con sus carretones y treinta remos grandes que restaron de la armada de Tierra-Firme e doce petos con sus armaduras de cabeza, e barvotes, e guadracos e seis espingardas de hierro con sus atacadores.

Los bastimentos entregados a la armada de Juan Ponce se enumeran de la siguiente forma: Ochocientos noventa y dos quintales de harina de trigo, una arroba y ocho libras de bizcocho para proveimiento de la armada; cien pipas de vino con tres mil arrobas de vino; cuatrocientas docenas de pargos; doce botas de sardinas; setenta y dos fanegas de garbanzos; seis cahices de haba nueva; trescientas arrobas de aceite; trescientas nueve arrobas de vinagre; ciento veinte ristras de ajos de los nuevos. Entre las herramientas y menaje, llevaban dos chinchorros para pescar.

Así provisto para que sus hombres no padecieran hambre, pero sin cirujano y con poca gente de tierra, Juan Ponce se echó a la mar nuevamente, con el deseo de obedecer a su rey y acabar de una vez y por todas con los devoradores de hombres y con el objetivo práctico de capturar indios. Poco le avenía a Juan Ponce el oficio esclavista, a pesar de haberlo practicado consistentemente en Las Indias como parte del quehacer civilizador. También lo consideraba parte del deber cristiano, ya que aunque luego los ataran al

cepo, les hacían el favor de bautizarlos y así salvaban
sus almas del infierno, que es la oscuridad y el sufrimiento para toda la eternidad. Don Juan reflexionaba
sobre éstas y otras muchas rarezas mientras se acoda-
ba en la baranda de la nao La Florida, mirando cómo
se perdía en el horizonte la silueta de su isla de Sant
Joan. Ánimo de combatir no tenía. Tampoco tenía miedo. Sentía, eso sí, una indiferencia dolorosa. Le importaba poco la expedición. Lo que le importaba era
Leonor, cuya salud empeoraba. Estaba cansado y tenía ganas de dormir varios años, 50, 100 tal vez, y
despertar a un mundo nuevo que tuviera que volver a
comenzar a conocer. Ya sabía demasiado y todo lo
que veía y escuchaba le parecía haberlo escuchado
antes. Sólo que entonces, al despertar, ya habrían
muerto sus seres queridos. Por eso no quería dormir,
no quería pegar un ojo. Quería estar despierto junto a
Leonor cada minuto y ahora no lo estaba por causa de
los malditos indios que incendiaron Caparra y San
Germán. Esta expedición era como si soñara; no era
él quien daba órdenes, quien velaba las velas. Era otro
el que asumía el mando mientras él dormía. No podía
despertar, como si toda una parte de su alma estuviera sumida en un pantano. Lo que tenía que hacer era
llevar a Leonor a la isla encantada y darle a beber del
agua que nos libera de la muerte antes de que la pe-
lona la raptara. Había pensado muchas veces en hacerlo. Aunque no estaba seguro de poder volver a la
isla, había anotado su ubicación y era probable que
volviera a encontrarla. Si el rey no lo mantuviera tan
ocupado, podría hacerlo. Y debía ser pronto pues
Leonor no se veía bien.

En los días siguientes las naves de Juan Ponce
rodearon algunas islas pequeñas sin encontrar rastro
de poblados. Sólo al cabo de varias semanas avistaron unas canoas y tomaron quince prisioneros, mujeres y hombres jóvenes que traerían buen precio.

Parecían venir huyendo de otros cazadores y fue grande la consternación de sus rostros al verse acorralados por las grandes naos. Trataron de huir tirándose al mar, prefiriendo los tiburones y aquel abismo azul por tumba, pero Juan Ponce se paró en la proa de La Florida y gritó:

—¡No los dejen ir! A aquél, mirad que se zambulle el muy ladino, ¡tiren la red para atrapar a aquellos!

A fuerza de alaridos y trancazos y tras muchos trabajos, lograron salvarles la vida y era grande la furia de los antropófagos en que les privaran del honor de morir en el mar. Encadenados, los encerraron en la bodega de La Florida y sus aullidos se escucharon toda la noche. Parecían lobos y los hombres de mar se estremecieron aterrados, porque la luna estaba llena esa noche y algo de sus antepasados campesinos se les revolvía en las entrañas, como si fuera de mal agüero la coincidencia de la luna llena con los lamentos de los cautivos. Juan Ponce paladeó desconcertado su pequeña hazaña. Si bien era cierto que deseaba salvar a Caparra y servir a su rey, los detalles le disgustaban y no lograba concentrarse. Mas como quince esclavos no era suficiente para cubrir gastos y dejar ganancia, prosiguió rumbo hacia otras islas.

Arribaron a Guadalupe unos días después, y como no vieran rastro de pobladores se aventuraron a enviar a tierra algunas mujeres y algunos niños, para que se abastecieran de agua potable y lavaran ropa. En ello estaban las mujeres, sus brazos desnudos salpicados de lavaza y sus cabelleras sueltas al sol para secarse, ya que lo primero que hicieron al llegar a tierra fue lavarlas, cuando de repente saltaron de los árboles unos indios desnudos y se las llevaron a ellas y a los niños, y a los que oponían resistencia les clavaban cuchillos en la garganta. Al escuchar los gritos, los hombres avisaron a Juan Ponce y se lanzaron a los

botes para rescatar a las mujeres, mas ya antes de llegar a la playa caían al agua traspasados por flechas
envenenadas, las cuales les producían una muerte
dolorosa, pues al agonizar botaban una espuma verde por la boca que sembró el espanto entre la solda-
desca. Enfurecido, Juan Ponce en persona saltó a tierra,
con su armadura reluciente y su casco de plumas
encarnadas, y al verlo a él y a algunos de los caballeros armados que lo rodeaban, los indios se dieron a la
fuga. Decidido a castigarlos y, por supuesto, a tomar
prisioneros, pues la furia no le borraba su sentido del
deber, Juan Ponce se internó en la selva seguido de
sus hombres.

Anduvieron un trecho harto molestos por el
calor y la humedad, que era tanta, que los árboles
sudaban, los troncos tenían el pellejo gris y rugoso
como el de un elefante, y las hojas, verdísimas y duras, brillaban como si acabara de llover. Algunas flores, como pájaros rojos y violeta, colgaban de las ramas
más bajas y por sus delicados pétalos bajaban dimi-
nutas gotas; más parecían lágrimas que rocío. Era como
avanzar por dentro de una cueva de encaje verde. Iban
algo aturdidos cuando escucharon palabras en castellano. Eran, sin duda, voces de mujeres que gritaban
aterradas. Sin pensarlo mucho, Juan Ponce y sus hombres se dirigieron hacia lo más profundo de la selva,
de donde provenían las voces.

Entraron al poblado de chozas de paja disparando sus ballestas y arrojando sus lanzas y los que
allí se encontraban se dieron a la fuga. Pero el regocijo
de las mujeres ante sus salvadores fue breve. De los
árboles que rodean el poblado comienzan a llover flechas, las cuales, por estar envenenadas con el zumo
de la piel del sapo amarillo, pronto hacen desplomar-
se a los bravos adalides. La trampa ha sido urdida con
astucia por estos salvajes comedores de hombres.
Aunque con una flecha en el brazo izquierdo y otra en

la pantorilla, las cuales le han atravesado el hierro de las placas y el cuero de la bota, Juan Ponce permanece en pie. Sólo él sabe por qué el veneno no surte efecto en su organismo. Los indios, asombrados, bajan de los árboles y lo rodean, pero no osan acercarse. Un haz de luz que se cuela entre las copas de los árboles cae sobre la armadura de Juan Ponce y los deslumbra. Convencidos, se postran frente a él.

Juan Ponce comprende, pero no puede alegrarse de seguir con vida. Siente vergüenza de no morir junto a sus hombres, vergüenza de no poder morir nunca, vergüenza de la gloria inmerecida que va a alcanzar y de que lo consideren un dios. Él, que no posee poder sobrenatural alguno, puede engañar fácilmente a estos salvajes, quienes le otorgan todos los poderes posibles sobre la vida en virtud de ser invulnerable a la muerte.

Sintió tan gran congoja en el corazón al ver a sus hombres desparramados por la blanda tierra, y a las infelices mujeres que le sirvieron, igualmente muertas y con hilos de baba verde manando de sus bocas, que se consideró deshonrado. Era para él una deshonra estar vivo, y maldijo el día y la hora en que bañó sus carnes en el manantial de aquella isla, que con tanto acierto había sentido Antón de Alaminos que era habitación del Diablo.

Era tan grande el dolor de su deshonra, que deseó la muerte. Le pidió perdón a Dios, allí en medio de aquel semicírculo de salvajes antropófagos, por la soberbia de haber querido ser inmortal. Pero aquel a quien pedía no respondió; era el cielo más azul y más silencioso que podía concebirse; como una piedra dura y pulida era aquel cielo terrible. Sólo le pareció escuchar, entre las altas ramas de un árbol gigantesco, la risa del Maligno. La sangre que corría por sus venas y le golpeaba en las sienes se le enfrió tanto que empezó a temblar. Sólo al cabo de varios minutos pudo recuperarse, y respirando hondo para airear los pulmones, alzó la cabeza y miró desafiante a los indios postrados. Luego extirpó sin emitir queja alguna las flechas envenenadas que atravesaban su brazo y su pantorilla. El gesto dramático surtió efecto. Los indios gimieron espantados y volvieron a postrarse con los rostros hundidos en la tierra.

Con voz autoritaria y en perfecto castellano, que si no entendían las palabras con el tono bastaba, Juan Ponce ordenó, enfurecido, que le entregaran cincuenta hombres y cincuenta mujeres jóvenes para llevarse consigo como esclavos. Con la espada en la mano fue escogiéndolos personalmente, y tomándolos por el cabello les ataba los brazos a la espalda con las sogas que los españoles habían traído para este menester. Cuando los hubo reunido a todos, los hizo atar en fila, y mandó a los indios restantes a que recogieran los cadáveres de los españoles y sus lavanderas y sus niños y los cargaran, amarrados a maderos, hasta la costa. De esta manera regresó Juan Ponce a la playa y, al verlo rodeado de salvajes y de cadáveres, grande fue el asombro y la incredulidad de los escasos soldados y marineros que le quedaban, algunos en los barcos y otros en tierra, los cuales deliberaban si internarse en la selva a buscar a sus compañeros.

Esta hazaña fue de tal magnitud, que los marineros no osaban contarla, en parte porque les quitaba el placer de imaginar, ya que no daba lugar a la exageración propia de la fantasía, y en años venideros los cronistas omitieron el episodio o lo sustituyeron por versiones más prosaicas, pues si decían la verdad nadie iba a creerles sus mentiras.

***

—Lope, deveras le agradezco que haya velado por mi familia durante mi ausencia.

—Era mi deber, señor. Además, su merced sabe el afecto que me une a los suyos.

—Algo sospecho, Lope.

Al decir esto Juan sonríe divertido, pero la preocupación marca líneas en su rostro. A través de la ventana que da al jardín, desde donde paseo para ejercitar mis piernas y tomar el sol veo y escucho a los hombres inmersos en sus asuntos. En realidad, no es que Juan se canse, pues está fuerte como un toro y su brazo, cuando empuña la espada, tiene el temple que debieron tener Godofredo de Bouillon y Ricardo Corazón de León, nobles caballeros que hicieron guerras por recuperar la tierra de Jesucristo Nuestro Señor de manos de los infieles. Mi padre admiraba a estos caballeros y me leía historias sobre ellos, para que supiera lo que era un hombre de bien y cómo los hombres ganaban gloria y fama con su valor. No, no es que Juan esté cansado físicamente. Es que se preocupa por mí, porque estoy muy abatida; mi pobre cuerpo ya no puede con la guerra que es esta vida. Yo sé que se preocupa por la suerte que puedan correr nuestras hijas en esta tierra habitada por salvajes. No quiere que regresen a España. Desea que su simiente permanezca en esta isla; para que se multipliquen y la pueblen, qué ilusión la de mi pobre Juan, yo lo siento suspirar entre mis brazos cada noche. Tal parece guardara un secreto por los gemidos que a veces se le escapan, aunque al besarme dice que es muy feliz, que yo soy la luz y la razón de su vida. Nunca soñé un amor así; mi padre montaba a mi madre sin acariciarla ni decirle al oído que la amaba, por eso ella sentía el matrimonio como una servidumbre y así me lo enseñó. Pero es que mi padre pensaba que hablar de sentimientos era una debilidad y los hombres no podían mostrar debilidad. Juan es distinto; tanto, que cuando yo me muera se va a quedar más solo que nadie porque soy su mejor amiga. Él me confiesa a menudo que los hombres no se dicen la verdad unos a otros por no mostrar debilidad. Yo no quiero morirme por no dejarlo solo, ni a mis hijas, ni a mi niño Luis que estudia con los frailes en La Española, pero cada día se me hace más difícil respirar. Me falta el aire. ¡Ay! Debo ir a sentarme en el banco de piedra debajo del limonero. Desde aquí veo llegar a Gaspar García Troche. Es un hombre de bien y ha ganado favor ante los ojos de Juana. Se casará con ella y vivirán en esta casa y tendrán muchos hijos. Eso espero, porque no voy a vivir para verlo. No me apena tanto. Unos mueren para que otros nazcan; si los árboles viejos del bosque no se secaran y cayeran, no llegaría el sol a los retoños y no crecerían árboles nuevos. Mi abuela, que era gallega, sabía estas cosas porque los gallegos son animales del bosque. ¡Cómo la recuerdo! Era más dulce que el almíbar y el membrillo juntos, y cuando me arrullaba entre sus grandes senos me sentía envuelta por su amor. Era muy cariñosa. Una vez fui con ella a Galicia, viajamos varios días hasta llegar a un castillo de piedra húmedo y frío, con una torre altísima que tenía asientos de piedra a cada lado de las ventanas. Desde lo alto de la torre se veía un paisaje de colinas ondulantes y ríos plateados; los cultivos y los bosques eran los más verdes que yo había visto hasta que llegué a Las Indias. Cuando primero vine a La Española, andaba embobada, junto a Juan, por los caminos de la selva. Eran de un verde más oscuro que los bosques de Galicia y las hojas de los árboles eran más duras, pero me acordaba de las colinas alrededor de Lugo.

Desde aquí no oigo la conversación de los hombres, pero veo a Lope sentado en un butacón y escuchando con atención lo que dice mi Juan. García Troche también lo escucha, y se acaricia la barba con un gesto muy característico de él. Cuando habla con Juana, a veces también lo hace. Es un hombre muy serio. ¡Con el humor tan lindo que tiene mi Juan! Me hace reír con los chismes que se inventa, o con los chistes, algunos subidos de tono, que le escucha a los soldados. Le gusta verme reír. Yo creo que nada lo hace más feliz que verme doblada de la risa. Por lo cual procuro complacerlo. Pero no es difícil, porque yo me río mucho. Pienso que he tenido suerte en la vida. Buena suerte fue casarme con Juan, eso fue lo mejor; y después tener hijos sanos. También fue buena suerte que los indios no incendiaran nuestra casa cuando saquearon a Caparra. Las niñas y yo nos escondimos, con algunos esclavos, en las bodegas. Escuchamos a los indios pasar dando gritos y escuchamos las quejas de sus víctimas. Supongo que a la esclava negra de Pedro Zamora, a la que se llevaron, se la habrán comido. Me contaron después, y estuve a punto de desmayarme, que las manos y los pies de una persona son la parte más exquisita y la reservan para los jefes y los brujos. ¡Qué asco! Nosotras estábamos muertas de miedo cuando los escuchamos robarse los cerdos del corral y las dos docenas de pollos del gallinero. Como estos salvajes no tenían estos animales antes de llegar los españoles, no saben cuidarlos para que tengan cría. Se los habrán comido todos.

A la verdad que dura mucho esa reunión. ¿Será que Juan está concertando los matrimonios de Juana y de María? Me habría llamado si así fuera. Son muy jóvenes aún para empezar con los trabajos y las responsabilidades de una familia, aunque ya saben cuál es el punto de coción perfecto de un guiso y saben organizar la ropa blanca. Si se casan bien tendrán muchas esclavas, pero eso no quiere decir que no sepan guisar y zurcir, pues bien decía mi abuela que sólo el que sabe puede enseñar y luego supervisar. Si yo no hubiera sabido guisar no habría podido enseñar a la negra Crucita, que ahora cocina mejor que yo. El que yo sepa me da derecho a exigir; ella sabe que yo sí sé lo que está bien cocido.

Juan no es el mismo desde que regresó del viaje de descubrimiento de La Florida. Vino rejuvenecido y con un vigor varonil que me hizo la mujer más dichosa del mundo. Estaba bien alegre y en su cabeza bullían, revueltos, sueños y planes concretos. Que si esto, que si aquello; se fue a Sevilla y regresó de Sevilla sintiéndose dueño del universo. Pero luego del regreso del viaje de la armada contra los indios caribes, Juan ya no estaba alegre. Sin saber cuándo ni dónde, la congoja se había instalado en su corazón. No ha querido decirme qué sucedió y cómo sus buenos hombres Diego Bermúdez y Lorenzo Ramón, quienes lo acompañaron a La Florida y a Sevilla, habían sido asesinados. Algo me contó de una emboscada en la isla de Guadalupe, pero no me explicó cómo él pudo sobrevivirla. Entiendo que lo entristezca haber perdido muchos buenos soldados y marineros, pero él cumplió con su deber y tomó muchos prisioneros. A pesar de estar tan escaso de hombres de tierra, de Guadalupe prosiguió a Dominica y allí tomó 30 mujeres y 30 hombres más. Todos estos prisioneros los vendieron en pública subasta en La Española y pagaron buen precio por ellos, en buenos ducados de oro, porque los hacendados y los mineros de La Española están muy necesitados de brazos. Los otros capitanes de armadas, como Bono de Quejo, hermano del que fue a La Florida con mi Juan, y Antón Cansinos, y Juan Gil, también vendieron sus cautivos de guerra a muy buen precio.

Entonces no comprendo el quebranto del alma de Juan. Como no sea sólo el asunto de mi salud; pero es que intuyo algo más, algo innombrable que no puede, o no quiere, decirme. Será por no darme pena, pero, ¿qué mayor pena para mí que no poder consolarlo? No me importa lo que sea. Tal vez ha traicionado a alguien, eso puede ser motivo de mucho dolor. Si yo tuviera que traicionar a alguien, traicionar a mis hermanos por salvar a mis hijos o a mi Juan, por ejemplo, eso sería un dolor increíble. Si yo traicionara a Juan por salvar mi vida, por ejemplo, o por salvar a mis hijos, aunque eso nunca lo haría porque no podría. Son suposiciones que se me ocurren. No puede ser algo así. Tal vez guarda un secreto que le ha confiado el rey Fernando, y como el rey murió, no sabe si revelarlo. ¿Qué podrá ser?

Hoy no me siento nada bien. Debe haberme sentado mal el desayuno a pesar de los cuidos y mimos de Crucita. Es tan buena esa negra. Por la manera en que quiere a mis niñas se ve que le hacen falta sus hijos, que se le murieron dice, de unas fiebres, pero debe ser que se los quitaron para venderlos. Voy a ir a misa mañana y rezaré por ella. Tengo un dolor fuerte en el corazón. Me quedaré quieta a ver si pasa. Si pido ayuda me va a doler más. Todavía veo a Juan, Lope y García Troche conversando en el marco de la ventana. No puedo escuchar lo que dicen. Asuntos de dineros, no lo dudo.

Cuando Juan entregó la armada, le dieron una buena cantidad de ducados de oro. En los últimos años Juan ha incrementado su hacienda considerablemente; ya no tendrá que sentirse pariente pobre, que es desagradable. Mis parientes de Galicia eran bien ricos, y cuando íbamos a visitar, mi prima me trataba con condescendencia. Éramos de la misma edad y sus ropas eran más bellas que las mías, su cuarto era más grande y lujoso y tenía muchas criadas para ella sola, mientras que en casa había sólo tres criadas para toda la familia. Ella había aprendido a montar a caballo y yo no, y usaba aretes de oro y amatistas, y perlas que resaltaban la blancura de su piel. Lo malo era que aunque no lo dijera, sus lujos chocaban tanto con mi modestia que me ofendían, me sentía insultada y pequeñita e insignificante como una hormiga. Pero no me quejo; he sido una mujer con mucha suerte. ¡Qué guapo que se ve Juan todavía! Al ponerse de pie se ve derecho y firme. Sus ojos azules, en vez de ser fríos, como suelen ser los ojos de ese color, son dulcísimos. Al menos cuando me mira. No debe mirar así a las víctimas de su espada, no señor. Y bueno, si ahora es rico se lo ha ganado con su espada, como Rodrigo Díaz de Vivar y Amadís. Los hatos de ganado son el mejor negocio. Creo que de eso es que están hablando. Lope es mucho más joven e inexperto y busca consejo para manejar sus negocios en San Germán. García Troche es un hombre de letras, muy ordenado y meticuloso en sus cuentas. Me gustan estos hombres que saben que la vida es algo más que espadas y caballos. A pesar de que los entrenaron para destruir, ellos quieren construir. Yo pienso que trabajar es más bonito que hacer la guerra, pero no lo digo en voz alta porque es como mentar la soga en la casa del ahorcado. Aunque Juan está de acuerdo conmigo; hemos hablado sobre esto, pero muchos hombres vienen a estas nuevas tierras por no tener que labrar los campos o picar piedras y prefieren tener esclavos que lo hagan por ellos. Sólo el caso de los hidalgos pobres es casi al revés. En España no hay trabajo para ellos y acá sí. En España no pueden trabajar con sus manos y acá más o menos da lo mismo que lo hagan. Aun así, algunos no se quieren ensuciar las manos, lo cual es indigno de su condición, y compran esclavos para que trabajen por ellos. Quieren hacerse ricos pase lo que pase, contra viento y marea, para no volver a pasar hambre. Y en realidad, a pesar de los peligros, acá se pasa mejor que en España, porque el frío no se nos mete en los huesos y uno está más tranquilo lejos de la Corte. Si no fuera por la envidia sería aún mejor, pues las intrigas que tejen y destejen los hombres para obtener riqueza y poder no tienen fin. Yo no quiero ni enterarme de lo que dicen de mi Juan, y todo por arrebatarle sus bienes y su favor ante el rey.

Quiero acercarme a la ventana para escuchar las voces de los hombres, pues de pronto me siento muy sola. Pero no puedo levantarme. El dolor en el pecho ahora es insoportable. Se me nubla la vista. Todo se ha vuelto oscuro. No veo a Juan. Me he quedado ciega. Tampoco puedo gritar. Ahora sí veo a Juan. Sí, es su barba crespa y rubia y sus ojos dulcísimos y se acerca a mí. Menos mal que vuelvo a verlo, porque creo que voy a desplomarme; el dolor en el pecho ya no lo resisto.

VII

Los viajes de María Ponce de León de San Germán a
Caparra se convirtieron en un ritual que marcó la vida
de la familia. Cada tres meses, María hacía venir un
carabelón propiedad de García Troche para que la
llevara a ver a su padre y a sus hermanas. Y una vez
al año, para la Navidad, las hermanas y el padre venían a San Germán. Se hospedaban con María y Lope,
en una casa de ladrillo y mampostería con un balcón en la segunda planta. El balcón era del ancho
de seis hombres y en él las hermanas se mecían en
sillones de caoba para recuperar sus ilusiones. Cada
vez que se reunían y recobraban la infancia y la adolescencia, los golpes de la vida, que amenazaban con
quitarles la alegría, desaparecían como por arte de
magia. La casa estaba en la plaza de San Germán, y
desde el balcón se veía la iglesia, blanca como serían
siempre todas las iglesias de San Germán y como lo
había especificado Lope desde el día en que empren-
dió la segunda reconstrucción de la villa. También
según su plan, frente a la iglesia estaba la casa de
piedra edificada para alojar al virrey Diego Colón y
donde se reunía el Cabildo de San Germán.

    El día que Lope obtuvo de don Juan el permi-
so para casarse con María, luego de la muerte repen-
tina de doña Leonor, había pensado enseguida en una
casa de cinco dormitorios, porque María le dijo que
ella no se mudaba a una casa donde no hubiera espa-

cio para toda su familia. Lope entonces mandó a buscar a La Española una brigada de carpinteros y albañi-
les, y cuando el periodo de luto riguroso por la madre
hubo terminado, ya la casa estaba lista. En la planta
baja Lope ubicó su oficina y un almacén de cueros y
aperos de labranza. A la segunda planta se entraba
por un zaguán en cuya pared derecha había una escalera del ancho de cuatro hombres, con el lujo particu-
larísimo de que tenía contrahuellas de losa italiana.
Por ella se subía a la galería de la segunda planta.
Junto a la cocina, que quedaba atrás, había otra escalera que bajaba al huerto.

Ya desde que se pusieron las barandas del
balcón y las puertas y las ventanas de los dormitorios, a Lope le parecía escuchar a los niños riendo y
corriendo por las galerías. Era muy grande su impaciencia porque María fuera su esposa, y era tan intenso el amor que por ella sentía, que su respiración,
como una sombra, caminaba junto a él cada instante
del día y de la noche. Cuando dormía velaba por él,
y cuando inspeccionaba los becerros recién nacidos
la respiración de María era su principal interlocutor.
Si montaba los potros jóvenes, le explicaba cómo los
caballos prestan su fuerza a los hombres. En la guerra
un caballo era tan importante como una espada y aún
más todavía, pues transmitía a su amo la velocidad
de sus patas y el poder de su lomo. En las batallas
un caballo y un hombre se movían al unísono como un
solo organismo, y Lope exponía en detalle cómo el
animal obedecía ciegamente y cómo los movimientos
del cuerpo equino eran como los movimientos de su
propio cuello, brazos y piernas. Además, eran tan fie-
les, que era sabido cómo, tras muchos años de ausencia, un caballo reconocía de inmediato a su amo.
Dada la atracción recíproca entre un hombre y un
caballo, no era extraño que hubieran sido originariamente un solo ser. Lope no dudaba de que en algún

lugar del mundo todavía existieran centauros. Es posible que fuera en unos remotos valles de este nuevo continente donde había escogido vivir, pero aún no había noticia dellos. De seguro habitaban campos que en la primavera se cubrían de flores silvestres color violeta, y en las noches buscaban albergue y calor en las cuevas que horadaban unas montañas de nevados picos. Los centauros montaban a las centauras por detrás, como los sementales a las yeguas, y esa ventaja tienen los humanos, razonaba Lope, el que un hombre y una mujer puedan mirarse frente a frente y unir sus bocas, que es su aliento y su alma, a la vez que unen sus cuerpos. Pero el sentir la fuerza de un caballo bajo sus piernas era una emoción inseparable de su hombría. Un hombre sin un caballo lo era sólo a medias. Era una emoción que había aprendido de su padre don Pedro López de Villalba, pero innumerables veces también escuchó el espíritu de su abuelo Sancho instruyéndolo sobre el ritmo del animal, sobre el conocimiento de cómo hacer presión, una dulce presión con el muslo y la pierna sobre el lomo y los flancos, y sentir el flujo sanguíneo del animal unirse al suyo. Por eso no caía si iba al galope y blandía la espada montaña abajo o cerro arriba, y no caía al chocar su espada con la de su contrincante en medio del fragor de una encarnizada lucha.

Le gustaba criar caballos. Los potros se paraban y daban sus primeros pasos al poco tiempo de nacer; ya se les notaba el brío fogoso de su raza. Cuando al fin llevó a la María de carne y hueso a conocer los cercados de caballos, ya tenía una buena cantidad dellos y acababa de venderle dos docenas a Diego Velázquez para que se los llevara a Cuba. Algunos años más tarde le vendería varias docenas a Hernán Cortés para su expedición a México. Bernal Díaz del Castillo y don Pedro de Alvarado montaban los caballos de

Lope aquella noche triste que tuvieron que huir de la capital azteca.

Antes de contraer matrimonio con María, sin embargo, Lope tuvo que hacer un viaje. María insistió. No deseaba que Lope se casara sin el consentimiento de sus padres. Doña Josefa le enviaba cartas a Lope con cuanta persona venía de España a Las Indias, rogándole que regresara. María leyó una de ellas y sintió una sacudida en el bajo vientre; eran unos textos tan apasionados que más parecían de amante que de madre. Quiso conocerla de inmediato. Pero después de pensarlo mejor, no quiso conocerla.

—No. Ve tú. Nos casamos después.

Lope dudó. Temía que su madre lo convenciera de quedarse en Villalba. Si en todos estos años no había regresado era por eso; la razón de su renuncia se le aclaraba ahora.

—Si tú no vas conmigo, no voy.

—No seas cobarde, Lope. Enfréntate tú solo a tu madre. No voy a pelear con ella como si fuéramos dos guerreras peleando por una ciudad.

Lope la miró perplejo y dijo, con desagrado:

—Ante una mujer, un hombre es cobarde sólo si no la defiende como es su deber. Un hombre es el servidor de la mujer que ama.

Estaba enojado. María no lo comprendía, dedujo, con decepción, y se lo dijo. Pero ella se mantuvo en su sitio.

—No sirves a tu madre obedeciéndola ciegamente. Y a mí tampoco. Yo no quiero que me obedezcas. Quiero que hagas lo que en el fondo tú y sólo tú quieres hacer. Y eso sólo lo puedes saber tú mismo.

Entonces Lope dudó más aún. Las mujeres creían saber lo que los hombres querían mejor que ellos mismos. Más confundido que nunca, zarpó hacia Sevilla en un carabelón propiedad de Juan Ponce, y en las noches en alta mar, que le parecieron interminables, subía a la popa a mirar las estrellas y a irse acostumbrando al frío. También se sentía sobrecogido por la nostalgia de volver a los campos de su infancia, los trigales y los viñedos, el cielo sin nubes de Castilla, sus planicies desarboladas; volver a sentir aquel aire seco, tan increíblemente seco. Hasta cierto punto, tener dos patrias era como ser dos personas. Volver a España era otro yo que reaparecía, una región adormecida que se iba despertando a medida que recuperaba los recuerdos. Llegaban poco a poco; con la proximidad de las costas del viejo mundo venían sus torres almenadas, sus guerras fratricidas, sus cruces ensangrentadas y sus iglesias lúgubres.

Sólo pudo ver el perfil de la costa cuando se preparaban para entrar por la desembocadura del Guadalquivir, ya que una espesa bruma cubría el litoral. Los pantanos a ambos lados y luego, al fin, el comienzo de los campos cultivados y las torres de piedra, le devolvieron la voz de su madre. Lope se estremeció. Comenzaba noviembre y el frío arreciaba, se le colaba por las mangas y las costuras de las ropas. Se tiró sobre los hombros la capa de terciopelo forrada de piel de tigre que su madre le regalara cuando cumplió quince años. Llevaba tanto tiempo en el fondo del baúl, que olía a moho y a hongos tropicales. Olía a los ladrillos de San Germán y también olía al culantro del huerto y a los jazmines del patio de su casa. El perfume del recuerdo de María se adueñó de su espíritu. Cuando a lo lejos divisó la Torre de Oro y los muros del Alcázar de Sevilla, todavía el perfume de María lo acompañaba. Le iba explicando, detalle por detalle, los mosaicos de la torre y el bullicio del puerto. María, quien limpiaba una jaula de canarios en ese momento, vio los mosaicos dorados por el atardecer y sintió en las aletas de la nariz el olor del mar que todavía impregnaba las velas cuando las recogieron y las ataron a los mástiles.

—Lope ha regresado a España.

Doña Josefa se buscó en el espejo y encontró un rostro ansioso. Sabía que otra mujer reinaba en el corazón de su hijo. Aunque lo había anticipado muchas veces, no estaba segura de salir airosa del conflicto. Preocupada, cierra los ojos y ve a Lope bajar las escaleras del carabelón y mirar aturdido a su alrededor. Gregorio, el viejo criado, lo reconoce. Lope lo abraza emocionado.

—Cuánto ha crecido, niño —dice Gregorio.

Ha ensanchado de espaldas. Tiene las manos grandes y ásperas de los guerreros de Navarra. A Gregorio le parece ver al abuelo acometer las huestes de los moros. Lope siente el peso del tiempo en sus espaldas. Aunque sólo tiene treintitrés años, la guerra y la proximidad de la muerte le han curtido el espíritu. Al cabo de matar tanto para no morir, uno envejece. Un hombre se pone duro como una piedra a fuerza de blandir la espada. Así habían sido su padre y su abuelo y su bisabuelo y generaciones y generaciones de antepasados que se remontaban a las legiones de Roma.

—Gregorio.

Ahora no dudó. Lo dijo sin titubeos:

—Llévame a casa.

Esa noche durmieron en una posada. Pero tan pronto amaneció, montaron los caballos y tomaron el camino del norte.

Doña Josefa se levanta en medio de la noche. Se asoma a la ventana de su alcoba y ve una luna inmensa bañando de plata las colinas de pinares que se perfilan a lo lejos. Siente frío y cierra la ventana, se tira la manta de armiño sobre los hombros. Entra a la alcoba del esposo, que conecta con la de ella, y lo ve dormir tranquilo: un animal en reposo. Ráfagas de recuerdos la asaltan: las interminables noches que ha dormido junto a aquel corpachón, la fuerza casi sobrehumana de aquellas manos que ahora descansan como pájaros dormidos. La noche de bodas más parecían garras de gavilán desplumando la paloma de su pureza. Doña Josefa suspira y se da vuelta para regresar a su alcoba. El roce de la manta de armiño sobre las antiguas piedras es muy leve, pero la noche está tan silenciosa, que ni los múcaros enamorados se atreven a romper la quietud. Don Pedro abre un ojo y ve la sombra de su mujer deslizarse por la oscuridad.

—Josefa.

Ella se da vuelta.

—Pensé que dormías —dice ella.

—Ven Josefa, déjame calentarte.

Ella se escurre hasta el gran lecho de pilares salomónicos y dosel de terciopelo con bordes de hilo de oro. Se introduce entre las sábanas y entre los brazos del marido, bajo mantas de piel de oso y de visón. Cuando los primeros rayos del sol se cuelan por las ventanas de cristales rojos y verdes, doña Josefa aún duerme.

—Josefa, viene Lope —le dice don Pedro al oído.

Han enviado mensaje desde un poblado donde Lope y Gregorio han pasado la noche. Josefa se despierta sobresaltada. Don Pedro está alegre:

—Vístete, mujer, y haz que preparen una fiesta. ¡Que asen tres venados y varios puercos, que traigan los mejores vinos! ¡Lope regresa héroe de muchas batallas!

Deberá contarle al padre todas sus proezas. Deberá narrarle detalle por detalle las cabalgadas sanguinarias, el valor de los enemigos, su firmeza y constancia ante la adversidad. Don Pedro está como unas pascuas; el orgullo de estirpe, la dimensión más profunda de su corazón, le devuelve el ardor juvenil.

Va y viene impaciente por el gran salón de armas, dando pequeños brincos entusiastas entre los tapices y las armaduras.

Lope divisa desde lejos las torres del castillo y la blancura de las casas del pueblo que se reúne al pie de los muros. Una segunda muralla igualmente blanca rodea al pueblo. Son blancos no por estar encalados, recuerda Lope, quien recién ha atravesado los pueblos de Andalucía. La piedra de los alrededores de Villalba es blanca porque estas montañas, de tan fieras, se tragaron las nubes. No hay ni una en el cielo; el azul está tan imperturbable como lo dejó largos años atrás. Lope y Gregorio entran al pueblo a galope, cruzan las calles empedradas y la gente los ve pasar como si fueran ángeles mensajeros; cruzan el puente levadizo del castillo y entran al patio. Allí, al pie de las escaleras centrales y aguardándolo, están don Pedro y doña Josefa, con sus ropas de gala y sus mantos de terciopelo. Además, están el cura del pueblo y su hermano mayor Miguel Juan, sus hermanos menores Álvaro y Ramiro, sus hermanas Urraca y María del Pilar, rodeados todos de vasallos y criados. Lope siente que la emoción lo ahoga. Nunca le han parecido más altas las torres, nunca tan blancas, nunca tan espléndido aquel patio y aquellas paredes construidas por sus antepasados. Desmonta e hinca una rodilla frente a su padre; le besa el anillo de la mano derecha. Don Pedro lo levanta y lo abraza. El padre tiene los ojos anegados en llanto. A través de sus propias lágrimas, Lope mira a su madre, se desprende de los brazos paternos y la abraza. Doña Josefa no puede hablar. Sólo logra tomar el rostro de Lope entre ambas manos y lo besa amorosamente en la frente. Luego Lope va abrazando a sus hermanos, uno a uno, mientras los criados aplauden y un grupo de músicos franceses entona melodías festivas.

El banquete dura hasta bien pasado el anochecer. Cenan venados, puercos y reses deliciosamente aderezados, quesos y vinos selectos y panes recién horneados, dulces con miel y nueces traídas de Andalucía. Bailan y cantan. La primera danza la baila Lope con su madre. Josefa de Estela y Salvaleón parece una niña que recién comienza a vivir. Tiene ligero el pie y los ojos le centellean. Baila mirando al hijo, las manos unidas en lo alto y girando. Las parejas entrelazan los brazos, avanzan y retroceden. El baile, la música y los vinos hacen reír a Lope. Ríe mirando a su madre dar graciosas vueltas y ella ríe con él.

Sólo al otro día, después que Lope ha disfrutado de un merecido descanso y se encuentran a solas, doña Josefa dice:

—He invitado al hidalgo don Tomás de Castro y a su hija Guiomar para que pasen algunos días con nosotros. Será la semana entrante. Ahora, mi amor, cuéntame de tus heredades en Las Indias.

A Lope se le va el alma a los pies.

—Madre, sabes que amo a María Ponce.

—¡Ya me lo has dicho suficientes veces en tus cartas!

—Madre, usted lee en mi corazón. Yo no tengo que decirle lo que siento.

—Una niña criada en el trópico no va a acostumbrarse a estos agrestes muros.

—Pensamos vivir en San Germán, madre; he construido una casa con un balcón enfrente del ancho de seis hombres.

—Balcón tan ancho es locura, hijo.

—No en el trópico, madre. Es para tomar el fresco. Verá usted cuando venga a visitarnos.

Doña Josefa lo mira con tristeza. Con el índice sella los labios de su hijo y lo atrae a sí. Él se sienta a sus pies y recuesta su gran cabeza de rizos dorados sobre el regazo de la madre. Ella le acaricia el cabello como cuando era niño y Lope se abandona a la infinita dulzura de aquel amor sin límites. Al principio sueña que está rodeado de ángeles, pero luego aparece un rostro de inigualable hermosura. Se esfuerza por saber quién es; no sabe si es su madre o una joven desconocida. Grita: ¡María! y despierta. Doña Josefa lo reprocha:

—Hasta en los sueños la nombras.

—Dormido o despierto, en medio de una misa o de un duelo por los caídos en batalla, cenando o ayunando —confiesa él, obstinado.

Doña Josefa desvía la mirada y la conversación:

—Recuerda que mañana irás de cacería con tu padre.

—Iré. Mucho me place. Miguel Juan, Álvaro y Ramiro también irán. Usaremos arcabuces.

—Matarás venados y palomas.

—Si usted lo dice, así será.

Doña Josefa vuelve a atraerlo a su regazo con mimos y caricias y le canta un romance:

> *A Jimena y a Rodrigo*
> *prendió el rey palabra y mano*
> *de juntarlos para en uno*
> *en presencia de Laín Calvo.*
> *Las enemistades viejas*
> *con amor las olvidaron:*
> *que donde preside amor*
> *se olvidan muchos agravios.*

Durante las semanas que siguieron, Lope escribió a María varias veces.

8 de noviembre, Castillo de Villalba

Querida María:

Por las noches, aquí en Villalba hace un viento frío que cala hasta los huesos; por la falta de costumbre lo paso mal. Añoro la brisa del mar, cálida y envolvente como tus brazos de mujer, que transcurre por las galerías y los dormitorios de la que será nuestra casa. El aire de San Germán es una melodía que nos inclina a la ensoñación. El de las colinas de Navarra, por el contrario, nos fuerza a afrontar las duras realidades de la vida. Ayer fui de cacería con mi padre y mis hermanos Miguel Juan, Álvaro y Ramiro. Salimos de madrugada y tenía el corazón en vilo por la hermosura de la naciente luz otoñal; el frío era tan seco que parecía cortar en finas lascas el aire encogido que se refugiaba en el patio del castillo. Los perros, excitados, ladraban desordenadamente, y cuando los pajes sonaron las trompetas todos salimos en tropel. Cruzamos el puente del castillo y luego la villa con gran algarabía. Era tanta mi emoción, María, que yo estaba que no cabía en el caballo. Imagínate los años que no cazaba, y los recuerdos que traía consigo aquel galopar hacia el sol naciente entre monteros, pajes, caballeros, halcones, lebreles y sabuesos. Iba junto a mi padre y mis hermanos y en el bonete llevaba una pluma colorada.

Al cabo de un rato desmontamos en una arboleda junto a un riachuelo; el sol arreciaba su embate y decidimos yantar unas viandas que trajéramos. En ello estábamos ocupados, conversando sobre el modo en que se iba a ordenar la caza, cuando escuchamos un gran ruido entre las ramas. Todos estuvimos quedos por ver qué cosa será y por las espesas matas vemos un ciervo asomar hocico y astas. Venía fatigado de sed y el sonido del riachuelo lo había conducido hasta nosotros. Rápidamente los monteros soltaron a los perros, los cuales se lanzaron jubilosos a la persecución. El ciervo, asustadísimo, había vuelto a internarse en el bosque y corría como alma que huye del Diablo. Era un ciervo muy ligero y los caballeros sólo podíamos seguir el ladrido de los perros; cada cual iba corriendo sin esperar a los demás. Los que llevábamos buenos caballos corríamos más por atajar la presa, de modo que, como era un monte espeso, nos perdimos. Yo andaba de un lado a otro y daba tantas vueltas que no sabía dónde estaba.

Al cabo de varias horas, ya en extremo fatigado, diviso un caballero que ha desmontado y descansa recostado contra el tronco de un árbol. Me acerco y veo a Miguel Juan, quien me mira muy serio. Yo venía de mal humor, pero no tanto como para no alegrarme por encontrarlo. Entonces, de súbito, María, me ha mirado con un odio que me estremeció.

—¿Sucede algo grave, hermano? —le dije sobrecogido por la mueca que desdibujaba su rostro.

—Ver tu cara me da asco. Es una vergüenza ver a mamá desviviéndose por ti.

Yo estaba mudo de asombro. También empezaba a dolerme el corazón.

—Y nuestro padre ni se diga. Cualquiera diría que conquistaste tú solo, con tu única y mágica espada, todas Las Indias.

Sus palabras me herían más que cualquier espada, más que, lo juro, María, la mismísima Colada del Cid. Y muy especialmente porque me di cuenta que eran harto sinceras.

La envidia es ciertamente la peor de las pasiones. Nunca pensé que Miguel Juan guardara tanto rencor en su corazón. No puedo culparlo, porque el favor que mi padre y mi madre me hacen es muy grande. Él es el mayor y heredará el título y las propiedades; heredará este hermoso castillo blanco, es verdad. Pero yo siempre me he destacado más que él en las armas, por mi mayor fortaleza física sin duda, y por esta razón él ha acumulado resentimiento durante años. A veces yo lo percibía y me hacía el inocente pensando que se le pasaría. Además, estaba demasiado ocupado con mis propios proyectos para prestarle atención. Recuerdo que desde que crecí hasta ser más alto y fuerte que Miguel Juan, ya no le di mucha importancia a su presencia. Debe haberse sentido mejor durante los años que estuve ausente y ahora vuelve a abrírsele la herida.

No me gusta esta situación. Estoy como a la expectativa y como que no me atrevo a amargarle la vida a mi madre con tamaño conflicto, y menos aún a mi padre, y aunque no sea difícil comprender las causas dello, estoy como en ascuas. Tengo una lanza hiriendo mi costado. Nunca me había dado cuenta cabal del resentimiento que atormenta a Miguel Juan e ignoro cómo poner fin a su congoja. Hablarle no resultaría, pues todo lo que yo le diga aumenta su rencor. Pienso en ti a cada instante. Te escribiré de nuevo tan pronto encuentre ocasión.

Tu amantísimo servidor,
Lope López de Villalba

18 de noviembre, Castillo de Villaba

Querida María:
Mi hermano Miguel Juan apenas me habla. Como ya conozco sus verdaderos sentimientos, no disimula frente a mí, aunque todavía disimula frente a mis padres. En la mesa no cesa de alabar mi facilidad de palabra, mi reciedumbre física y mis dotes de soldado, muy en especial el valor que me caracteriza en batalla y en otras ocasiones en que se hace necesario. Como conozco su corazón, la hipocresía de sus halagos me repugna. Quisiera vomitar todos los exquisitos manjares con que mi madre me regala; sólo puedo retenerlos en el estómago por deferencia a ella, que

no disimula en lo más mínimo su preferencia por mi persona sobre la persona de sus otros hijos. Barrunto que a nada bueno puede conducir esta situación. Comienzo a sentir vergüenza. Antes no me daba cuenta porque era muy joven, pero la vida me ha ido abriendo los ojos. Noto que Álvaro y Ramiro también me guardan cierto encono. En el caso de ellos no lo comprendo; a menos que no sea por mamá. Ramiro la adora. Cuando mamá lleva la voz cantante en las conversaciones de sobremesa, que suele suceder a menudo, pues nos narra las historias de los infantes de Lara y Bernardo Del Carpio con tanta gracia y donaire que no hay quien ose decir palabra, Ramiro no le quita los ojos de encima. Y ella, que sabe tañir la vihuela y rasgar el arpa como si fuera un ángel, canta los viejos romances de la historia de España como si hubiera nacido juglaresa y no gran señora. Nuestro padre tiene gran afición por estos cantos y la deja hacer. Mamá tiene una memoria prodigiosa, ya debo habértelo comentado muchas veces. Pero anoche nos sorprendió al cantar el romance de cómo el rey godo don Rodrigo perdió España. El amor loco por La Cava me sobrecogió, y cuando el rey se encierra en el cofre con las víboras para que lo devoren, todos mis hermanos y hermanas, y hasta mi padre, teníamos lágrimas en los ojos. Creo que Miguel Juan hasta logró olvidar, por un rato, que me odiaba.

Pero el olvido no le duró mucho. Temo que nuestra madre se dé cuenta. Ella ve a través de la gente. Si no lo ha visto todavía, debe ser por la felicidad de tenerme a su lado, que le nubla el entendimiento.

Cuídate mucho. Hazles partícipe a tu padre y a tus hermanas un saludo cordial de parte mía.

Siempre a tus pies rendido,
Lope López de Villalba

25 de noviembre, Castillo de Villalba

Querida María:

En respuesta a la invitación de mi madre, don Tomás de Castro y su hija Guiomar han venido de visita. Don Tomás es un señor muy serio y se ve que asume plenamente sus responsabilidades como funcionario de la Corona. Guiomar también es muy seria. Mi madre tenía razón. Es una mujer interesante. No es tan bella como la mora de su mismo nombre, aquella que se tornó cristiana por casar con Montesinos, mas la hermosura de su inteligencia es tal, que uno termina por hallarla hermosa. Le he hablado de mi amor por ti, porque ella conoce, o al menos sospecha, las intenciones casamenteras de mi madre. No quiero engañarla con mis atenciones. Las cuales son muchas por cierto, porque no puedo ofender a mi madre cuando organiza cacerías, tablados y otros festejos. Guiomar, Urraca y María del Pilar fueron ayer de cacería con nosotros y esta vez los perros nos guiaron hasta un ciervo cuyo corazón atravesé con una flecha. Era un ejemplar de grandes astas y delicadas patas, joven y veloz. Nos dio buena carrera. Las damas disfrutaron mucho, pues mis hermanas son expertas jinetas y Guiomar también. Hubieras visto cómo se inclinaba sobre el cuello de su caballo al galopar por el bosque; sus ropas se agitaban como alas de gaviotas alzando el vuelo. Tú también habrías disfrutado. Es una lástima que Miguel Juan me impidiera gozar plenamente de la ocasión. Debí dejar que fuera él quien matara el ciervo; me di cuenta después de lograrlo, cuando me clavó en los ojos el odio cruel de su mirada. La envidia es como un ácido que va corroyendo los cimientos de la alegría del alma.

Después de la cacería hubo una cena espléndida y bailamos hasta entrada la noche. Vi a Ramiro bailar mucho con Guiomar, lo cual me pareció buena señal, aunque aún no he querido comentarlo con mi madre. Por el momento no debo contrariarla. Es tan grande su felicidad, que me falta el ánimo.

Mis saludos a tu padre y a tus hermanas.

Lope López de Villalba

Doña Josefa borda sentada junto a una ventana. El sol se filtra a través de los cristales e ilumina su perfil. Junto a sus pies hay un brasero encendido, pues el frío arrecia. Lope entra a la alcoba sin hacer ruido, algo ensimismado con aquel silencio de encantamiento, con aquella luz que parece acariciar los bordes de los muebles y las piedras y solazarse en la suavidad muelle de las pieles de animales salvajes que cubren las baldosas y los almohadones del lecho. Doña Josefa adorna unos manteles de hilo blanco y la tela cae en cascadas hasta sus pies. En los bordes de sus dobleces la luz de invierno se regodea en la blancura y adquiere tonalidades doradas. Lope contempla el perfil de su madre, nimbado por la luz de la ventana, y suspira.

Ella dice:

—Ven, Lope. Siéntate a mi lado.

—Quisiera hablar contigo, madre.

—Lo sé. He pensado que podemos tenderle una trampa. Así heredarás el título y las propiedades; tú eres el indicado para ser Conde de Villalba y no él.

—Madre, es mi hermano. Es tu hijo.

—Mucho dolor me causa la decisión. También me duele su debilidad, que lo vuelve envidioso y le tiñe la vida de amargura.

—He tratado de disimular para no darte pena.

—Pierdes el tiempo con tanto remilgo. Y bueno, veo que Guiomar no te desagrada.

—Su fantasía me seduce; te das perfecta cuenta. Pero ella parece preferir a Ramiro.

—¡Bobadas! Ella escogerá lo que su padre ordene, y eso lo decido yo.

Lope palidece. La tentación es grande. Un diablito se le ha sentado en el hombro izquierdo. Su madre añade:

—Mañana habrá torneo. Deberás enfrentarte a tu hermano.

Lope no responde, pero al día siguiente, en el torneo, no rechaza el desafío de Miguel Juan a medir fuerzas. Al chocar, saltan astillas de las lanzas con el golpe que se han dado. Miguel Juan es derribado del caballo y rueda al caer, pero se levanta espada en mano. Lope desmonta y se abalanza sobre él, enardecido por la lucha. Los fieros cuerpos se revuelcan en el polvo. Tienen los rostros sañudos y los ojos inyectados en sangre. Alarmado, don Pedro baja a la pista seguido de Ramiro y Álvaro, quienes se acercan con sus monturas.

—¡Basta!

El padre ha gritado con un vozarrón de trueno. Los hermanos bajan los brazos, pero Lope acierta a ver que Miguel Juan esconde una daga de oro. Siente un escalofrío.

Esa noche Lope no pega un ojo; pasa largas horas desperezándose en el lecho. Sobresaltado, se levanta a menudo; teme que una sombra se le aproxime mientras duerme. Recuerda la mirada de odio de Miguel Juan y se estremece. Recuerda el rostro de Guiomar allá en el palco de las damas, su gesto de alarma y su boca dulcísima contraída por el terror. Recuerda el beso que Guiomar le ha dado mientras paseaban por los muros almenados. Subieron a la torre para ver los campos dorados, anaranjados y morados. Pronto caerían las últimas hojas y el gris del invierno se apoderaría del paisaje. Tuvo en ese momento deseos de holgarse con ella, pero lo detuvo la certidumbre de que entonces nunca saldría de aquel castillo. Recuerda, finalmente, las palabras de su madre mientras bordaba junto a la ventana. Si intenta cerrar los ojos se siente inmerso en un río caudaloso. La corriente es poderosa, lo arrastra hacia el fondo y amenaza con despeñarlo por un risco; él se aferra desesperadamente a un árbol. Cuando logra dormir un poco, sueña que, en medio de un río, lucha contra sus enemigos. Ha matado a cientos. Ha rajado cabezas y ha cortado piernas y brazos; el agua está roja de sangre. Son tantos los cadáveres, que forman una especie de dique. Sobrecargado de miembros ensangrentados, el río se agita y ruge, ordena a Lope que cese de matar. Ensoberbecido con el poder de su espada, Lope no escucha y continúa matando. Entonces el río forma una gran ola y con ella golpea a Lope, lo hunde y amenaza con ahogarlo. Presintiendo que ha llegado su fin, Lope salta a la orilla y corre por la llanura. Pero el río no se da fácilmente por vencido y corre tras él. En el momento en que siente la ola va a arroparlo, Lope se despierta. Aunque afuera el viento frío sopla sin misericordia, Lope está sudando.

Miguel Juan no desperdicia la oportunidad de humillar a Lope. Día va y día viene lo ofende, cuestionando su valor y su honradez. Lope se hace el loco, pretende no importarle y esto enfurece aún más a Miguel Juan.

—Quiere matarte.

Guiomar se lo advierte. También le advierte que su hermana Urraca lo sabe y no le importa. Urraca desea casarse con un conde francés y Miguel Juan le ha prometido interceder ante el padre y fraguar una alianza entre ambas familias para lograrlo.

Una tarde Miguel Juan invita a Lope a cazar jabalíes. Será al día siguiente y sólo irán los hermanos y algunos servidores, pues la caza de jabalí es peligro-

sa. Doña Josefa advierte a Lope que no vaya. Teme
por él, y teme tanto, que en un esfuerzo por disuadirlo,
le revela un gran secreto. Acompañados tan sólo por
Gregorio, quien les ilumina el camino, doña Josefa y
Lope bajan a las mazmorras del castillo. Los pasadizos
húmedos y oscuros parecen arterias de un animal
monstruoso y los chillidos de las ratas subrayan el
silencio de sus entrañas. En estos calabozos inmun-
dos han muerto muchas víctimas del capricho de un
señor voluble y de las crueles necesidades del poder.
Lope no pregunta, pero le parece escuchar que arras-
tran unas cadenas. Su madre va delante, fijos los ojos
y la voluntad en el difícil recorrido. Parece que viajaran al centro de la tierra; el trayecto se les hace inter-
minable dada la oscuridad y el aire maleado que
apenas se renueva por los delgados respiraderos. Finalmente, se detienen frente a una puerta de bronce.
Doña Josefa saca una llave de los bolsillos de sus ropas, la cual introduce en la mohosa cerradura. La
puerta gime al abrir y doña Josefa ordena a Gregorio
que encienda velas e ilumine el recinto.

Lope no puede creer lo que ve. Las paredes y
el piso están cubiertos de mosaicos antiguos. Hay
varios nichos y en ellos estatuas de tamaño mediano.
La voz de doña Josefa se torna solemne:

—Éstos, Lope, son los altares de tus antepasados. Cuando se mezclaron con los godos, construyeron
el castillo sobre las ruinas del palacio romano. También
son mis antepasados porque mi abuela era una López
de Villalba. Es un secreto que jamás podrás revelar,
pues la Iglesia considera estos lugares como espacios
del Demonio, ya que son altares paganos. He leído, en
los escritos italianos sobre antigüedades romanas, que
los latinos tenían altares domésticos a deidades protec-
toras a las cuales llamaban lares. Éstos son los lares de
tus antepasados, Lope. Esta herencia milenaria es tuya.
Aquí, por eso, debes quedarte y construir tu futuro.

Lope retiene el aliento al observar las escenas representadas en los mosaicos: una lucha entre gladiadores, una pelea de gallos, un jardín con árboles y balaustradas de mármol, una cacería de jabalí. Se detiene a contemplar la última. El animal, herido de muerte, mira con ojos desorbitados a sus matadores, que lo rodean jubilosos. Extrañamente, entonces, Lope recuerda. Como si siempre hubiera conocido aquellas paredes, las reconoce. Y va deteniéndose con moroso deleite en cada uno de los detalles.

Doña Josefa y Gregorio guardan silencio. Como si estuvieran, efectivamente, en una iglesia, parecería que rezaran, y Lope comprendió de súbito que la memoria es un misterio vasto que se pierde en los orígenes de la raza. Se inclinó sobre los mosaicos del piso y acarició, con las puntas de los dedos, las figuras tan perfectamente dibujadas, los oros y los rojos de los bordes. Luego fue hasta los nichos y pasó sus grandes manos de guerrero sobre las figuras de bronce. La más hermosa representaba una mujer vestida con una larga túnica recogida en la cintura. Llevaba los brazos desnudos, sandalias amarradas al tobillo, y tenía la cabeza algo inclinada hacia la derecha. En sus manos había un cesto lleno de frutas. Lope reconoció en su perfil el de su hermana Urraca. La mirada tenía la firmeza de la mirada de su padre don Pedro. En los otros dos nichos había dos varones. El uno era mancebo, con una espada y casco de guerra, aunque estaba desnudo. El otro era de edad madura, vestido con túnica y con un cetro en la mano derecha y un pergamino en la izquierda. Luego de un largo rato de silencio, Lope dijo:

—Esto, madre, es mi verdadera herencia, la más perdurable. Ahora creo que te entiendo mejor.

Al abandonar aquel recinto, Lope estuvo a punto de santiguarse.

A la mañana siguiente, sin embargo, salió de cacería con sus hermanos. Lejos de disuadirlo, el gran secreto del castillo le confirmaba que no era posible huir del destino. Era como si toda nuestra vida ya la lleváramos en la sangre, pues si el recuerdo era nuestro de nacimiento, también lo sería el futuro. Ya su madre le había revelado el secreto de su clarividencia a él, el escogido, como él haría con aquél en el cual viera la posiblidad de comprenderlo.

Salió a la madrugada entre sabuesos y lebreles, y el frío, más agudo cada día con la proximidad de diciembre, le golpeaba las mejillas. Ya los árboles, casi totalmente desnudos, dibujaban con sus ramas intrincados abanicos y el bosque, más despejado, hacía más fácil la búsqueda de la presa. Anduvieron varias horas tras los perros hasta que cerca del mediodía encontraron varios jabalíes. Todos pudieron huir menos uno, un macho joven que al verse acorralado arremetió contra los caballos hiriendo con sus afilados colmillos al de Miguel Juan, el cual se desplomó, cayendo el jinete al suelo con gran estrépito. Echando espuma por las fauces, el jabalí enseguida arremetió contra él. Con certero instinto y puntería perfecta, Lope disparó su arcabuz. La flecha atravesó el cuello del animal de lado a lado y le traspasó una arteria principal sin duda, pues se desplomó de inmediato. Borbotones de sangre salían por su boca y por sus ojos desorbitados.

Entonces Miguel Juan, fuera de sí, gritó:

—¡Alevoso, cobarde, yo bien sé que tú y tus compinches planean mi destrucción!

Lope se encontró, repentinamente, rodeado por sus hermanos y sus criados. Era evidente que había caído en una trampa. Miguel Juan desenvainó su espada y le ordenó que desmontara. Incrédulo, Lope miró a Álvaro y a Ramiro y sólo encontró dos pares de ojos indiferentes. Miguel Juan dijo:

—Desmonta, hermano, desmonta y pelea por tu vida, que no quiero matarte a traición, como a un perro.

Lope se resistió:

—No deseo tu muerte, hermano.

—¡Mentira! ¡Planeas matarme para heredar el castillo y ser único señor de estos dominios! ¿Crees que soy idiota? ¿Crees que me iba a quedar cruzado de brazos mientras robabas lo que es mío?

Era inútil. Lope saltó al ruedo, decidido a morir como un guerrero de Navarra si así lo escribía la sangre milenaria de los Villalba.

Era justo la hora en que el sol alcanza el cenit y las espadas alzadas chocando se cargaban de destellos cegadores. Los hermanos buscaban herirse arremetiendo con fiereza uno contra el otro. La rabia de Miguel Juan le da una fuerza inaudita y de un golpe hace que Lope pierda la espada. Entonces Miguel Juan se abalanza, espada en mano, para hundirla en el pecho de Lope, pero éste logra evadirla. Con el impulso, Miguel Juan ha caído de bruces en el suelo. Se levanta tambaleante, empapado en la sangre del jabalí, el cual yace, moribundo y desangrándose, en medio del ruedo formado por los caballos. Medio ciego por la tierra sangrante que cubre su rostro, Miguel Juan no puede impedir que Lope, más rápido, le agarre con ambas manos el brazo y se lo tuerza. Miguel suelta la espada y Lope aprovecha para golpearlo con los puños; dos buenos derechazos, a la nariz y a la quijada. Miguel vuelve a caer y Lope espera a que se ponga de pie:

—Y ahora dime quién es cobarde, hermano. Cuidado con tus palabras. Bien sabes que tengo la honra limpia. Y que nunca se diga que Lope López de Villalba ha sido intimidado por nadie.

Y al decir esto miró desafiante a sus hermanos y sus compinches, los cuales, a modo de respuesta, comenzaron a cerrar el cerco. Mientras, Miguel Juan se ha puesto de pie y saca una daga. Como es de oro con empuñadura labrada, brilla como una grande hoguera. Lope entonces saca el puñal de acero que su padre le ha regalado cuando cumplió quince años. Enfrentándose nuevamente, hacen amagos de cortarse. Lope, más ágil, salta y se escabulle, torea los tajos, pero siente que lo cortan entre las costillas. Entonces Miguel Juan se le tira encima, cabeza delante, y lo derriba. Caen al charco de sangre revolcándose. Lope aprieta a Miguel y Miguel a Lope, uno en cólera encendido y el otro de rabia abrasado. En la fiera lucha Miguel se ahoga porque tiene la boca llena de tierra. Lope parpadea de dolor por la herida que la daga del hermano le ha hecho en un costado, pero no es una herida honda y al cabo logra treparse sobre el otro. Con la mano alzada sobre el pecho de Miguel Juan, Lope duda un instante, pero el odio en los ojos del vencido no da lugar a titubeos. Hunde su puñal de acero varias veces hasta que el cuerpo bajo el suyo deja de moverse. La sangre del hermano moja sus manos ya sucias por la tierra y la sangre del jabalí.

Lope entonces se pone en pie para enfrentarse al cerco que lo rodea.

—Has ganado en buena lid, pero de nada te valdrá.

Ramiro ha hablado y mira a Álvaro, quien asiente. El cerco comienza a cerrarse y ya las lanzas y espadas apuntan hacia su corazón cuando se escucha una voz:

—Deteneos si no queréis morir todos.

Es Gregorio, quien va acompañado de una veintena de soldados; éstos apuntan hacia Ramiro y Álvaro. Gregorio añade:

—Venga, niño Lope. Le he traído un caballo.

Lope atraviesa el cerco y sube a la montura que le ofrece Gregorio.

—Su madre estaba preocupada con razón, ya ve usted. Volvamos a casa, mi señor.

Cuando la madre lo ve, ensangrentado de pies a cabeza, sus rizos dorados cubiertos de lodo y hojas, estalla en llanto. Don Pedro, desolado, lo abraza. Lope no sabe si llora por el hijo muerto o por la desgracia de pertenecer a una estirpe fratricida. Entre todos lo conducen a una bañera de agua caliente, donde la madre y Gregorio lo bañan amorosamente, como si aún fuera el niño que regresaba a casa, sucio de atravesar el bosque persiguiendo fieras salvajes. Luego le limpian y vendan la herida. Esa noche, acostado en una blanda cama, entre sábanas limpias y almohadones, Lope reflexiona. No puede calibrar la medida cabal del sufrimiento de la madre. Después de todo, ella misma se había atrevido a sugerir el desenlace. Sabe, porque recuerda, que no es el primer fratricida en la larga historia de la familia. Otros, en otros siglos, incurrieron en el abominable pecado instigados por la ambición y la soberbia o por la enfermedad de la envidia. Aunque se encuentra abrasado por la fiebre y el remordimiento, Lope pide hablar con su padre.

Don Pedro entra al aposento débilmente alumbrado. Frente a la puerta, dos soldados montan guardia. Lope los ve al entrar su padre y pregunta:

—¿Hay guardias velando mi sueño, padre?

—Así lo he ordenado. Es imprescindible; por tu seguridad. Lamentablemente, se han desatado muchos odios.

El rostro de Lope se ha ensombrecido aún más.

—Tengo la honra limpia.

Don Pedro asiente:

—Culpa nuestra, de tu madre y mía, Lope, que te hemos querido demasiado.

Abatido, don Pedro se desploma en una silla de alto espaldar, junto al lecho.

—También es el destino —añade.

Entonces cuenta que él no tuvo problemas con sus hermanos porque casi todos murieron en las guerras contra los moros, y en generaciones justamente anteriores a la suya, los hijos menores se labraron heredades en tierras conquistadas a los infieles. Pero hacía doscientos años un antepasado había sido apuñalado mientras dormía y se sospechó del hermano, quien heredó las tierras y el título. También el bisabuelo de su padre había dado muerte a un hermano que se le había rebelado. Don Sancho le había contado cómo don Fadrique, el hermano rebelde, había sido condenado por la opinión de los habitantes de Villalba. Le cortaron la cabeza y la dejaron en lo alto de una lanza en medio de la plaza, para escarmiento de traidores. El cadáver de Miguel Juan, sin embargo, estaba siendo velado como un hijo de la casa y, como manda la costumbre, sería sepultado mañana con los rituales correspondientes.

—Mejor te mantienes en la cama, Lope. Es lo prudente.

—¿Álvaro y Ramiro quieren matarme?

—Es probable. También Urraca. Se la ha pasado lamentándose frente al cadáver y jurando venganza.

—¿Y mi madre? ¿Por qué no ha venido?

—LLora a gritos frente al cadáver. Llora el hijo muerto y llora por la mano que le dio muerte.

Y añade:

—El odio de tus hermanos la ha derrumbado. No esperaba tanta saña, tanto resentimiento hacia ti.

Lope siente una punzada en el costado y ve que la venda sangra un poco. Mira a su padre con el amor inmenso que le profesa. Se abrazan.

—Perdón, padre.

—Miguel Juan no te perdonaba que fueras mejor que él. Algunos hombres nacen débiles, sin la fuerza necesaria para ser generosos.

—Mejor será que regrese a Las Indias por algún tiempo. De otro modo, será difícil impedir que alguno de mis hermanos me haga traición.

—Tendría que encarcelarlos a todos, desterrarlos o darles muerte. Es demasiado, Lope. Tu madre no sobreviviría al dolor.

—Me iré tan pronto me restablezca un poco.

Don Pedro abraza nuevamente a su hijo. Con pesar en el alma tiene que estar de acuerdo.

El día del entierro de Miguel Juan López de Villalba, el castillo está sumido en un silencio poco usual, como si fuera, todo él, un gigantesco sepulcro. Desde su lecho de convalesciente, Lope escucha los cantos de la misa fúnebre que se celebra en la capilla. Los soldados mantienen guardia frente a su puerta y Gregorio le hace compañía contándole los pormenores del velorio. Lope se ha levantado y camina de un lado a otro del aposento por ejercitarse. A través de la ventana se ve parte del pueblo, los tejados espolvoreados con un manto de nieve y a lo lejos, como dormidas, las ondulantes colinas de Navarra. Aún antes de irse, ya la nostalgia comienza a encerrar el alma de Lope en una cárcel de encaje y fantasía. El castillo lo había seducido con su sabiduría milenaria y ahora debía abandonarlo; ahora que sabía su lugar en el mundo, asumía el destino del desterrado. Pensó en los dioses paganos de sus remotos antepasados y se desesperó.

Daba puños ciegos contra las paredes de piedra cuando escuchó unas voces frente a la puerta. Gregorio fue a indagar y regresó anunciando que Guiomar de Castro deseaba verlo; los soldados querían saber si la visita estaba autorizada, ya que a las hermanas de Lope no se les permitía acceso. Gregorio miró a Lope con un gesto negativo; era preferible desconfiar de ella. Pero Lope deseaba ardientemente verla, e insistió tanto que Gregorio accedió a condición de mantenerse escuchando y alerta, escondido detrás de una cortina. Cuando Guiomar entró, Lope había regresado al lecho y se encontraba hundido entre almohadones y pieles de armiño. Ella venía envuelta en un albornoz de terciopelo rojo y su rostro quedaba casi oculto entre los suaves pliegues de la capucha. Llegó hasta él en silencio y Lope se incorporó y le besó las manos. Luego retiró la capucha y comprobó que los dulces ojos de Guiomar estaban llenos de lágrimas. Entonces no supo por qué lo hizo ni qué extraño impulso pudo más que la prudencia y el respeto a sus mayores. Despojó a Guiomar del albornoz y con sus poderosos brazos de guerrero navarro la levantó en vilo y la metió en la cama con él. Aunque no logró escuchar ni una sola palabra, no le fue difícil a Gregorio adivinar lo que sucedía desde su escondite detrás de la cortina.

La noche siguiente, y en sucesivas noches a lo largo de varias semanas, Guiomar lograba burlar la vigilancia de su padre y de doña Josefa y se introducía sigilosamente en la alcoba. Los guardias, sobornados por Gregorio, juraron silencio, de modo que el ritual nocturno, orquestado con la complicidad de muchos, se cumplía rigurosamente. Durante el día Guiomar llevaba a cabo las actividades rutinarias: labraba junto a doña Josefa, Urraca y María del Pilar; tomaba sus comidas en la mesa, sentada junto a su padre, y aceptaba los halagos y las cortesías de Ramiro, quien ya la consideraba su prometida. En la noche se entregaba a la pasión por el hombre que había amado desde que escuchó su nombre por vez primera en boca de doña Josefa. Ciegos de pasión, Lope y Guiomar parecían ignorar el peligro de ser descubiertos. Ya antes de escuchar los pasos de ella frente a la puerta, Lope tenía el miembro viril más duro y enhiesto que las astas de las banderas en las torres del castillo y una vez la

tenía desnuda entre sus brazos alcanzaba cimas insos-
pechadas de éxtasis, un placer tan profundo como si
de una corriente submarina se tratara, y que se reno-
vaba constantemente y aumentaba, constantemente
también, con el deleite desaforado de Guiomar, cuyos
gritos subían en intensidad a medida que daba rienda
suelta a su audacia inventiva. Lope no cesaba de asom-
brarse con la imaginación de aquella mujer, quien tenía para el forcejeo amoroso el valor que un guerrero
posee para la batalla. Más asombrado aún estaba
Gregorio, quien insistió en montar guardia noche tras
noche con la excusa de proteger a su amo. Enardecido por la experiencia, Gregorio regresaba a su casa
una vez había salido el sol, y la buena señora debió
preguntarse qué hacía el marido aquellas largas noches en el castillo, pues la montaba varias veces de
seguido hasta hacerla morir de gusto, y no encontraba
qué cosa más hacer para complacerla.

Doña Josefa visitaba a Lope todos los días a
las once de la mañana y a las tres de la tarde. Al principio estaba demacrada; las circunstancias de la muerte
del hijo, el odio de sus otros hijos y la inminente partida de Lope habían debilitado su fortaleza. Lope la
abrazaba y la consolaba, preocupado por el dolor de
su madre, algo insólito en ella, a quien siempre consideró la más recia mujer que jamás existiera. Era como
si el destino, al no coincidir con su proyecto, la hubiera confundido. Ya no estaba muy segura si su clarividencia era verdadera, o pura fantasía. Su ofuscación
explicaba, pensó Lope, el que no se hubiera dado
cuenta de los encuentros clandestinos de Lope y
Guiomar.

La noche antes de Lope partir hicieron el amor
innumerables veces, entre besos y lágrimas, canciones y gritos y gemidos, con la angustia de saber que
sería la última oprimiéndoles el corazón; angustia
que acrecentaba el placer así como el frío otorga va-

lor al calor y la soledad a la compañía. Se despidieron al amanecer sin el consuelo de la esperanza de volverse a ver. Guiomar nada pidió al entregarse y nada al despedirse. Dos horas más tarde, mientras cabalgaba junto a Gregorio, quien iba a acompañarlo hasta Sevilla, Lope tuvo la certidumbre de que no volvería a verla. También supo que jamás la olvidaría.

VIII

Lope y María tuvieron su primer hijo un año después
de sus bodas, las cuales se celebraron con grandes festejos en la capilla de Caparra, recién rebautizada Villa
de Puerto Rico. Don Juan no escatimó gastos con
María, a quien regaló una cuantiosa dote, tal y como
hiciera dos años antes con Juana y dos meses después
con Isabel, cuando esta última casó con el licenciado
Antonio de la Gama, juez de residencia y entonces
gobernador de la isla. Así casadas sus hijas, bien casadas, con hombres honorables, don Juan encontró la
paz de espíritu que anhelaba desde que muriera su
Leonor. Tuvo la dicha adicional de que le llegaran nietos, y cada vez que María venía a Caparra en el carabelón que García Troche le enviaba, tenía que traerle
al niño Sancho, que se criaba fuerte y sano y prometía
tener la fortaleza física del bisabuelo homónimo. Entraba a la casa de la antigua Caparra dando gritos y
pidiendo ver al abuelo. Detrás llegaba María, loca de
felicidad de poder abrazar a su padre y a su hermana
Juana, y también de abrazar y comerse a besos a los
niños de Juana, quienes adoraban a la tía.

Las primeras navidades que se reunieron en
casa de Lope y María en San Germán fueron algo especial. Se trajeron a la esclava Crucita, que había sido
cocinera de doña Leonor, y ésta elaboró platos que
desafiaban a la imaginación. Se inventaba delicias con
yuca y con plátano, una fruta que habían importado

del África. Rayaba la yuca y rayaba el plátano manteniendo aparte las masas. Las cucharadas de masa de
yuca se colocaban en hojas de plátano amortiguadas
sobre el fogón y luego se rellenaban con carne en
pedacitos guisada con culantro, cebolla, ajos, ajicitos,
tomate, pimiento y otras cosas más. Repetían el proceso con cucharadas de masa de plátano y doblaban
las hojas, amarrándolas con fibras vegetales. Luego las
ponían a hervir en grandes calderos de agua para que,
al cocerse, el perfume de la hoja penetrara el manjar.
Todo el día se la pasaba Crucita en la cocina, prepa-
rando los cerdos y las reses que serían asados y co-
ciendo hogazas de aromático pan de trigo, tortillas de
maíz y casabe. Las esclavas negras de María y Lope la
miraban para aprender y podía vérselas subiendo y
bajando la escalera trasera que daba al huerto en busca de ingredientes frescos para añadir a los guisos,
porque a Crucita en medio de un sofrito de pronto se
le antojaba que necesitaba más culantro y a correr
se ha dicho para buscárselo de inmediato. Como el
salón de la casa daba al balcón, la noche de Navidad se
abrían las puertas de par en par y toda la familia se con-
gregaba para cantar canciones antiguas mirando la
iglesia blanca y, al otro lado de la plaza, la casa de
piedra que fuera construida para don Diego Colón.
Los vecinos se congregaban con sus castañuelas,
vihuelas y arpas para cantarle a don Juan, pues le
consideraban persona egregia a quien debían reverencia.

Así las cosas, don Juan Ponce debió envejecer
rodeado de la admiración y el amor de su familia, pero
lo cierto era que no parecía que le pasara ni un solo
año por encima y no dejaba de comentarse lo extraño dello. Don Juan no era ajeno a las murmuraciones.
Ya habían disfrutado tres navidades en casa de Lope
y María cuando tomó la decisión: haría una expedición a Bimini y La Florida para poblar estas tierras

que le correspondían por derecho, porque así lo había decretado el rey Fernando antes de morir, decreto confirmado por su nieto Carlos, actual rey de España. Era locura no tomar posesión de aquello que nos corresponde, dijo don Juan al anunciarlo a su familia. Lo que no dijo fue que en algún momento debía por obligación ausentarse, pues el secreto de su inmortalidad ya no lo sería si se quedaba en la isla de Sant Joan. Pronto sus hijas se verían de su misma edad, y luego sus nietos, y morirían ellos y nacerían bisnietos y tataranietos y todavía él tendría cincuenta años. Desta manera el Diablo echaba leña al fuego de su soberbia, que no lo era tanto, pues más le pesaba dejar a los suyos pudiendo disfrutarlos que morir de una vez y para toda la eternidad. "Uno como que se resigna a morir más fácilmente de lo que se resigna a vivir para siempre", pensó don Juan una mañana al abrir los ojos. Revelar el secreto a los suyos era imposible. Destruiría en ellos el respeto a Dios y sus leyes y el respeto al rey; era un conocimiento que les dañaría el alma permanentemente. Si él perdía su alma, al menos no iba a llevarse al infierno a los suyos. Eso sería demasiado egoísta y estaría jugándole el juego al Diablo.

Fue entonces con gran pena que don Juan se despidió de su familia aquella mañana del 26 de febrero del 1521. El puerto de San Germán se había llenado de gente para verlo partir, y muchos de los hombres que manejaban las naves eran colonos de San Germán que deseaban aumentar su hacienda. Otros los había reclutado don Juan en la provincia del Higuey, en La Española, donde aún tenía labranzas de yuca, las cuales alimentaron a la isla de Sant Joan por muchos años, y aún otros se le habían allegado provenientes de la villa de Puerto Rico, que desde hacía escasamente dos años se trasladara a la isleta. Mucho le pesó a don Juan el traslado, pues fue siempre su intención, al poblar la isla, el que se labrara la tierra y se pudieran sustentar los pobladores con el fruto de su trabajo. Ya sea por razones comerciales, o porque el aire era inmejorable en la isleta, o por razones de defensa contra piratas u otros enemigos de la Corona, la mayoría de los vecinos votaron por el traslado. Hernando Mogollón, Sancho de Arango y Diego de Arce, entre otros, votaron a favor. Juan Ponce votó en contra y en su escrito justificando sus razones aduce que: "Porque caso sea verdad que la isleta sea más sano asiento que éste, por ser más airosa y menos montosa, y más apacible para los marineros e gente que nuevamente vienen de Castilla y para los mercaderes y tratantes que vienen a la tierra, no se ha visto así respecto a esto, porque no sean tales hombres los que han de poblar, pues se verían en la tierra e si no hacen sus haciendas irse, sino a los que por la tierra viven, como dicho tengo, porque éstos son los que han de poblar." Pero sus buenas razones no prevalecieron, razón por la cual don Juan instruyó a Lope en la importancia de lo que subrayaba, y Lope prometió que en el caso de San Germán, los cultivos y el sustento de los pobladores tendrían siempre prioridad. Desta manera quedó, casi desde sus orígenes, que la villa de Puerto Rico, ubicada en la isleta y conectada por dos puentes a tierra firme y que luego se llamaría San Juan, se orientaría más hacia el comercio y la de San Germán hacia la ganadería y la agricultura. Al instruir a Lope, don Juan contaba con que al menos la Partida de San Germán, o la mitad occidental de la isla, seguiría las pautas establecidas por él.

Los miembros del Concejo de la Villa de Puerto Rico, antes llamada Caparra, habían aceptado que Juan Ponce mantuviera su casa de piedra en el antiguo asentamiento y hasta habitara en ella, a condición de que también mantuviera casa en la isleta. Así fue como don Juan, Juana, García Troche y los dos niños se habían establecido en lo alto de un peñón de la isleta, desde donde se divisaba la entrada a la bahía y la misma en toda su extensión, y a lo lejos los montes rodeados de puñados de blancas nubes. En el antiguo asentamiento conservaron la casa de piedra, a cargo de un buen número de esclavos y un administrador, y a ella viajaban una vez por semana para supervisar los cultivos. También en ella se reunían con Isabel y el gobernador y con Lope y María si venían de San Germán, en ocasiones especiales tales como el cumpleaños de don Juan o el bautizo de un nieto.

Aquella mañana del 26 de febrero del 1521, don Juan zarpó de San Germán hacia La Florida en dos carabelas bien provistas de gente y bastimentos, sabiendo que, aunque ellos lo ignoraran, nunca más vería a sus seres queridos y sintiéndose el hombre más solo del mundo, pues a nadie podía confiar el secreto de su inmortalidad. Aunque le escribiera al rey don Carlos que estaba dispuesto a gastar lo que tenía para ir a poblar La Florida y que allí fuera alabado el nombre de Cristo, más que reclamar a La Florida deseaba encontrar la otra fuente, la que lo devolviera a la posibilidad de la muerte. Sabía que pasaría el resto de sus días buscándola. El antídoto tenía que existir, de eso estaba seguro, pues bien decían los antiguos que todo en la naturaleza tiene su contrario. Hasta el Diablo lleva dentro de su poder la clave de cómo derrotarlo, pensaba. Don Juan había guardado bajo llave, en un cofre, los mapas de su primer viaje a La Florida y entre ellos estaba, anotada en detalle, la ubicación de la isla del Diablo entre las muchas islas que por los alrededores había. Llevaba los mapas consigo, y antes de dirigirse a La Florida merodeó con sus naves por los lugares que se indicaban. Sin embargo, por más que buscó no logró dar con la isla donde el río de grandes piedras bajaba la ladera del monte y desembocaba en la playa. No podía olvidar su aspecto, la hubiera podido identificar entre miles, cubierta de tupidos bosques y con montes que remataban en piedras afiladas justo en el centro; no muy extensa, con una circunferencia de alrededor de 30 leguas. Pero era como si se la hubiera tragado el mar. Tal vez debió traer consigo algunos de los hombres que lo acompañaron entonces, se decía, sólo que los más habían muerto en la expedición contra los comedores de hombres, y Antón de Alaminos estaría envejeciendo allá en Valcarlos, contándole a sus nietos sobre la isla donde escuchó la risa del Diablo. Era lo más probable, aunque le habían informado que el experto piloto se encontraba en la Nueva España sirviendo a Hernán Cortés, hecho que le había extrañado. Don Juan sintió de pronto nostalgia por Antón y pensó que quería verlo antes de que muriera. Sólo él podría comprender su soledad, pensaba, Antón no sería capaz de reírsele en la cara; sólo él sabría que lo de don Juan no era locura.

En éstas y otras consideraciones ocupaba su ánimo cuando vióse obligado a parar en La Habana para abastecerse de agua y alimento, pues no eran tantas sus reservas. Y estando en esto fuese a visitar a don Diego Velázquez, quien lo recibió con todos los honores que le merecía el Adelantado. Al verlo dióle un abrazo y lo hizo hospedar en su propia casa e hizo festejos en su honor; no sabía qué más hacer para honrarlo. Entonces una mañana del mes de abril, al ver que don Juan lucía preocupado, don Diego Velázquez lo increpó:

—Pero dígame su merced, ¿qué le aflige así, tan grandemente?

Don Juan hundió el rostro entre las manos y suspiró largamente. Luego retiró las manos y miró a don Diego.

—Poco sabe usted lo que vale la muerte.

—Mucha he visto en Las Indias y por ello sé lo que vale la vida.

—La vida sólo tiene sentido porque vamos a morirnos; si no nos muriéramos, la vida carecería de sentido.

Don Diego se inclinó, agarrando sus propias rodillas con ambas manos, una en cada rodilla, y contempló fijamente a don Juan.

—Me asombra usted.

Al ver la seriedad con que Velázquez se expresaba, don Juan cobró ánimo y tomó la decisión de confesarle la verdad. Antón de Alaminos estaba muy pero que muy lejos y quizás habría muerto. Lo había estado pensando durante varios días y al cabo de muchas deliberaciones tuvo que concluir que necesitaba de la ayuda de don Diego Velázquez. Era peligroso, pero Velázquez era un hombre de honor. Entonces se atrevió a decir:

—Mire usted, debo fingir mi muerte.

Velázquez se desconcertó.

—¿Qué dice? ¿Hay alguna conspiración en su contra? ¿Huye usted del rey don Carlos? ¿Qué alevosía se gesta en San Juan?

Don Juan sonrió con amargura y negó con la cabeza.

—No se trata de eso.

Entonces le contó de la isla y su río y de la bendición que creyó poseer y que ahora se le trocaba en maldición, y mientras contaba temió que Velázquez lo creyera loco, pero era tan grande su aflicción y eran tan certeros sus argumentos, que en vez de reír Velázquez quedó consternado.

—Grande y admirable cosa es lo que me cuenta.

—Ya ve usted la desgracia con que me castiga Dios, pues por soberbio quise no morir, y ahora sufro lo indecible al ser dueño de lo que tanto deseé.

—Se ve usted demasiado joven para sus años, es verdad.

Velázquez lo miraba casi sin creer lo que veía y escuchaba, pero en su fuero interno intuyó que era cierto. Un escalofrío le recorrió la espalda.

—Ayúdeme, don Diego. Escóndame unos años, mientras todos se olvidan de mí. Tiene que ser ahora, pues pronto me veré más joven que mis hijas.

Velázquez asintió conmovido, y su valía de hombre de bien venció el miedo que se le trepaba por las pantorrillas.

—No se preocupe. Cuente conmigo. Aquí en mi casa puede alojarse el tiempo que necesite.

—Entonces escuche mi plan.

Velázquez lo escuchó con atención y esa noche don Juan durmió tranquilo por primera vez en varios meses. A la mañana siguiente partió con sus dos carabelas rumbo a La Florida. En la proa de la nao capitana iba don Juan, la frente en alto y disfrutando de la travesía, de la sal que se le metía por los poros y del alivio a su conciencia al haber encontrado una solución temporera a su dilema.

Navegaron bordeando la costa de La Florida por varios días, buscando asentamientos de indios o alguna otra señal de pobladores. Al no encontrarla, don Juan decidió que tiraran anclas frente a la desembocadura de un río. Echaron al agua los botes pequeños y remaron a tierra y todavía no había seña de indios, circunstancia que inquietó a don Juan por parecerle poco usual, ya que en su primer viaje a La Florida, tal y como había anotado minuciosamente en su diario, los salvajes estuvieron acosándolos e importunándolos casi constantemente, sin darles tregua. Pero como el afán del Adelantado era el fundar una villa, o al menos ésa era su intención declarada, el no encontrar oro del cual despojar a los indios no lo desalentó. Casi todos los relatos de testigos que han sobrevivido para la posteridad concuerdan en que tomó la decisión de bajar a tierra al avistar un territorio llano, algo despejado y alto, junto a un caudal de agua potable, dos condiciones imprescindibles para quienes desean construir un espacio adecuado para la civilización. Tras varias horas de excursiones para reconocer los parajes aledaños, los hombres regresaron a la playa sin encontrar cosa alguna digna de mención. Varios días estuvieron en estos asuntos, y al cabo don Juan, aunque algo preocupado por su problema personal, que claro está, él no permitía se notara en lo absoluto, pues lo desmerecía ante sus hombres, decidió que bajaran a tierra las yeguas y terneras, los puercos y ovejas y cabras y todas las maneras de animales domésticos y útiles al servicio de los hombres que traía para su proyecto. Luego mandó hacer cercos para los animales, después de que limpiaran extensiones de monte. Finalmente comenzó a considerar la manera en que trazaría la plaza.

En esto estaban empleados don Juan y sus hombres hacía ya un par de semanas, cuando una mañana irrumpieron en los espacios que se abrían a la civilización un nutrido grupo de salvajes, quienes gritando y dando brincos comenzaron a traspasar a los cristianos con palos puntiagudos y flechas envenenadas. Aunque habían colocado centinelas en lo alto de los mástiles y en las copas de los árboles, los salvajes lograron escurrirse por entre los matorrales con tanto sigilo que no habían sido detectados. En medio del sobresalto general, el Adelantado intentó que sus hombres se organizaran, pero los salvajes seguían llegando en gran número y con gran alboroto, matando a muchos españoles. Al cabo logró que los ballesteros respondieran a los flechazos y los mosquetes hicieron fuego sobre la desnuda y pintarrajeada muchedumbre. También desde los barcos los cañones dispararon, más por asustar a los indígenas que otra cosa, ya que la lucha era muy cerrada; cuerpo a cuerpo eran los golpes y más valían entonces las espadas de bravo acero toledano que la pólvora y las pelotas de hierro.

Don Juan no quiso replegarse de inmediato a las naves al darse cuenta de la desventaja numérica de su gente, en razón de los animales y las provisiones que en tierra ya había, pero al sentirse herido en un muslo por una flecha envenenada, y al verla entrando por un lado y saliendo por el otro, y ver cómo gran número de su gente yacía moribunda a su alrededor, ordenó la retirada. Al ver los españoles regresar a los barcos, los indígenas cobraron más ánimo, pero al cabo de un rato, viendo que los suyos también morían por montones, atravesados por dardos, lanzas y disparos de mosquete que les destrozaban la cara y el pecho —era tanta la sangre que se hundían en ella al caer sobre el polvo—, los indios decidieron retroceder y se perdieron en los matojos con la misma celeridad con que habían llegado. Eso fue una suerte, porque era grande la hacienda de animales que en los cercados había, y no quería don Juan perderlos, ya que él mismo de su dinero había invertido en ellos para así poblar la tierra que por derecho era suya.

Tuvo entonces que decidir dos cosas: si mantenía el poblado en su lugar actual y si continuaba fingiendo que le dolía la herida y casi no podía sostenerse en pie a causa della. A lo primero se dijo no, en razón de que la defensa de aquel lugar era evidentemente difícil, y aunque lo cercaran con muros de adobe, ladrillo o dura piedra, siempre se encontrarían vulnerables por algún lado; de modo que si cumplía dos requisitos, agua potable y buena tierra, el tercer requisito, el de la defensa, no lo cumplía. A lo segundo se dijo sí, pues era fea la herida y ya otros con heridas semejantes habían muerto, y si hasta ahora se había negado a que el cirujano le sacase la flecha aduciendo un dolor insoportable, lo lógico era que prolongara su sufrimiento y entrara en agonía. La situación, favorable para su plan, podía no repetirse. Había querido fundar una ciudad en La Florida antes de llevarlo a cabo, pero no podía pasar por alto esta oportunidad. Hizo saber al cirujano que no necesitaba de sus servicios, y a un negro libre de nombre Juan Garrido, quien lo había acompañado en la conquista y colonización de Sant Joan y quien había insistido en acompañarlo en esta ocasión, lo instruyó para que fuera con él a la cabina de su nave y lo ayudara en cuanto fuera menester. Luego de que recogieran a los animales y los utensilios de labranza que habían bajado a tierra mandó levar anclas, y fue el mismo Juan Garrido quien lo ayudó a acostarse y a cubrir su cuerpo con frazadas, pues fingía fiebres, escalofríos y temblores. Después lo hizo despedir porque no fuera testigo de cosas que más tarde podrían perjudicarlo.

Cuando entraron al puerto de La Habana, don Juan fue llevado en litera hasta la residencia de don Diego Velázquez, quien al principio se alarmó de verlo en aquel estado, inerme y moribundo, y quiso hacer llamar a los cirujanos más capaces de Cuba. Un guiño de don Juan cuando otros no miraban lo hizo caer en cuenta del disimulo, sin embargo, antes de que el daño fuera irreparable, y canceló la orden por ser demasiado tarde, dijo, para remediar el mal que afligía a Juan Ponce. Así fue como Juan Ponce de León fingió morir en Cuba, con la complicidad de don Diego Velázquez, quien sustituyó el cuerpo del muy sieprevivo Juan Ponce con el de un caballero amigo suyo que por aquellos días había fallecido víctima de unas fiebres. Como el caballero no tenía familiares en Las Indias, fácil le fue a Velázquez mandar aviso a la península de que sus restos habían quedado calcinados por un fuego, y envió a través de los mares una pequeña caja negra con las cenizas de un esclavo. El cadáver del caballero, quien poseía luenga y poblada barba negra, fue arreglado para que tuviera algún parecido con Juan Ponce. Velázquez hizo llamar a un esclavo que había venido de África y tenía fama de brujo y lo obligó al silencio so pena de muerte de él y los suyos, un grupo de esclavos vendidos en La Habana recientemente por negreros portugueses y comprados por la casa de Velázquez para trabajos de labranza.

El brujo comprendió lo que de él se exigía sin entender ni una sola palabra del castellano. Miró a don Juan, que se encontraba sentado en un butacón, y miró el cadáver, y con unas tijeras cortó la barba para aumentar el parecido. Luego aplicó unos ungüentos alrededor de los ojos, pomadas como de barro en los pómulos y la frente y finalmente tiñó de castaño rojizo el cabello y la barba. Al terminar su trabajo el parecido era tanto, que ni sus hijos hubieran detectado el engaño, amén del deterioro y la deformidad que acompañan al cese del flujo sanguíneo que oxigena los tejidos. García Troche viajó a La Habana para informarse de los sucesos y asistir al entierro y no dudó ni un segundo de que el cadáver fuera el de su suegro. Fue sepultado en el cementerio de La Habana y su epitafio, inscrito sobre el mármol de su tumba, leía así: *Mole sub hac fortis requiescunt ossa Leonis, qui vicit factis nomina magna suis.* Este latinajo ha sido parafraseado más o menos de la siguiente manera:

Aqueste lugar estrecho
Es sepulcro del varón
Que de nombre fue León
Y mucho más con el hecho.

Y cuando en años posteriores don Juan se paseaba frente a su propia tumba, a pesar de la nostalgia que lo abrumaba solía sentirse halagado porque su valor hubiera sido incorporado a los anales de la Historia. Después se reía de sí mismo para curarse en salud, porque la vanidad humana era un pecado del cual no había sido inocente y que aún podía tentarlo.

Antes de asumir otra identidad y trasladar la propia al cadáver, don Juan dejó su testamento en manos de Diego Velázquez. En él se nombraba a su hijo Luis, que estudiaba con los dominicos en La Española, como heredero de sus títulos. Sus bienes serían repartidos, por partes iguales, entre su hijo Luis y sus hijas Juana, María e Isabel; pero el solar de la antigua Caparra, con casa y esclavos, pasaba a su hijo Luis únicamente, como también los derechos a poblar La Florida. Como ya se ha señalado, mucho hubiera querido don Juan dejar asentadas las bases de este poblamiento, pero no pudo obviar la ocasión que se le presentaba para fingir su deceso, pues no hacerlo conllevaba males mayores. De la hacienda en naves, animales y bastimentos, lo que quedó del poblamiento de La Florida, testó don Juan que fuera vendido y la suma devuelta a sus herederos en pesos de oro, pero Juan de Elías, tenedor de los bienes de difuntos en la villa de San Cristóbal de la Habana, ayudado de Diego de Castañeda, alcalde de dicha villa, se incautó los navíos y lo que en ellos había y todo lo otro lo llevó a Yucatán. Sabido es que las armas y otros bastimentos, además de las naves, fueron vendidos a la Nueva España y túvolo por suerte Hernán Cortés el que hasta sus manos llegaran, en especial la pólvora y otras cosas de las que tenía extrema necesidad. Aún antes del sepelio, al García Troche arribar a La Habana, ya habían desaparecido las dos carabelas y lo que en ellas había. A Diego Velázquez le fue imposible dar con su paradero, y sólo años después vino a saberse lo sucedido.

Los disparejos hechos que jalonaron la muerte del Adelantado dieron lugar a conjeturas y fantasías entre aquellos que se dieron a la tarea de contarla. Algunos siglos más tarde, un fraile diría en su *Historia*

Civil y Geográfica de la isla de Puerto Rico que Juan
Ponce había encontrado la muerte a manos de un
esclavo, quien había sido pagado por doña Leonor la
esposa para que así lo hiciera, en venganza por una
ofensa. Semejante fantasía, y otras parecidas que debemos omitir por respeto al oficio de los cronistas,
divirtieron a don Juan cuando en su día dio en leerlas.

IX

Lope y María guardaron luto por don Juan Ponce durante muchos años. Cada Navidad, las hermanas continuaron reuniéndose en la casa de ancho balcón enfrente; de seis hombres de ancho era el balcón en la plaza de San Germán. La primera Navidad después de la muerte del padre vestían todas de negro e hicieron venir de La Española a su hermano Luis, quien hizo lo posible por consolarlas, infundiéndoles la esperanza de reencontrar al padre en el Paraíso.

—Ánimo, hermanas. Allá estará, entre los ángeles del cielo y muy feliz en la contemplación de Nuestro Divino Creador. No deben llorar por quien está entre los bendecidos del Señor.

Y con éstas y otras delicadas razones, Luis las obligaba a sonreír, aunque bastante tristemente es verdad, porque la pena les doblegaba el alma; apenas dibujaban sonrisas por no contrariar al hermano.

—Estará con mamá, ¿verdad, Luis?

Era María quien así hablaba, y al decirlo las lágrimas le impedían seguir y debía soplarse las narices; era tan incontrolable su dolor que lloraba día y noche. Al principio Lope se preocupó, en especial porque María estaba encinta nuevamente y no quería que la pena le malograra la gestación de su tercer hijo, mas pronto se dio cuenta de que la pena, que sin duda era profunda, no por ello dañaba la salud de María, quien era tan recia de cuerpo como lo había sido su padre. Juana no lo era tanto, su constitución física era más como la de su madre doña Leonor, e Isabel, la más chica, era también la más frágil. La muerte del padre la tuvo en cama varias semanas y el niño que gestaba se malogró. Fue una ilusión que se había desvanecido con la llegada de su primera menstruación en tres meses.

Así que aquellas navidades las pasaron encogidas por el dolor de haber perdido al padre y otras penas, y recibieron casi con indiferencia la noticia de que Luis sería sacerdote dominico. En circunstancias diferentes lo habrían lamentado, por aquello de compartir veladas con el hermano y por el deber inculcado desde la infancia de aumentar la descendencia de los Ponce de León. Ahora se limitaron a mirarlo sin sorpresa.

—Reza por mí —dijo María.

—¿Podrás hablar con el alma de papá? —dijo Juana.

—¿Vas a ser santo? —dijo Isabel.

Luis las miró turbado porque detectó cierta hostilidad en el tono, y sin decir palabra dio media vuelta y las dejó allí en el balcón de enfrente, meciéndose en los sillones de caoba y con las palabras que iban a decirle pugnando por salir de sus bocas.

—¿Qué le pasa?

—Luis es raro, ¿qué quieres?

—¿Y por qué prefiere rezar a casarse?

—¡No critiquen! Está bueno que sea cura. Así iremos al cielo toditas juntas —dictaminó María.

A pesar de la pena y el mal rato se rieron, pero al cabo empezaron a llorar de nuevo, y cuando Lope regresó de mostrarle a sus concuñados las fincas de yuca y caña de azúcar, el ingenio al borde del Río Guaorabo y los hatos de ganado vacuno y caballar, las tres hermanas estaban abrazadas en una esquina del balcón mientras los hijitos de Juana les jalaban las faldas porque ellos también querían abrazar a su mamá.

Ese año las navidades no fueron las mismas, pero en años posteriores las hermanas se fueron recuperando y las fiestas volvieron a ser alegres. Cada año la familia adquiría un nuevo miembro, porque aunque Isabel no lograba tener un hijo, María seguía pariendo. Lope se consideraba afortunado con los cinco hijos, tres varones y dos niñas, que ya tenía para el 1527 y María estaba más hermosa que nunca gracias a las esclavas que criaban a sus hijos y se encargaban de los quehaceres hogareños. Además, los negocios iban viento en popa; vendía caballos a los colonos de la Nueva España con sobrada ganancia y surtía de carne a las naves que hacían escala camino de tierra firme y también camino de regreso a España. La felicidad de Lope era, por ende, casi absoluta. Sólo de cuando en cuando se quedaba como absorto contemplando algún punto en el paisaje: un árbol, un charco de agua, algún pájaro alzando el vuelo. Y era que en ese instante su pensamiento se detenía en el recuerdo de Villalba, su madre, el castillo y Guiomar, el hermano muerto y su propia mano asesina con el puñal de acero en alto. Era como si un pedazo de su ser se hubiera detenido para siempre en ese momento de su vida y volviera a vivir una y otra vez la escena de su crimen. Antes de aquellas navidades del 1527, cuando Lope alcanzaba la apoteosis de su felicidad económica y hogareña, había recibido una carta de su madre que nunca olvidaría.

Primero de octubre de 1527, Castillo de Villalba

Mi muy amado hijo:

Debo escribirte de inmediato porque sepas que Guiomar ha muerto. Aunque no quiso desposar a

Ramiro luego que partieras a América en circunstancias harto dolorosas, y volvió casi de inmediato con su padre a Sevilla, al tiempo casó con un notable caballero de la Corte, el licenciado Antonio de Santa Clara, y tuvo de él dos hijos, un niño y una niña, los cuales la sobreviven y están en salud a Dios gracias, pues su madre falleció de una dolencia infecciosa y temían el contagio. Como bien puedes ver, amado hijo, no estaba para ti el que ella fuera tu mujer, y aún ignoro cómo mis instintos me guiaron en esa dirección; debo haber leído mal mis propios pensamientos; debo haber visto mal las imágenes que me asaltaban en el sueño, pero te juro, hijo, que yo creía Guiomar sería tu mujer al cabo y por eso quise la desposaras, porque varias veces la vi en tu lecho, aquí en tu alcoba del castillo los vi bajo las pieles de armiño y entre las sábanas de holanda que han tenido la dicha de sostener tus amados miembros. Eran visiones tan poderosas y específicas que me convencieron de su verdad, ya ves cómo y de qué manera de un tiempo a esta parte mi clarividencia se ha trocado en densa nubosidad.

Quiero que sepas que desde que te fuiste ya no cantan los pájaros en mi ventana. Tu padre ha envejecido tanto que a duras penas sube las escaleras del castillo y se la pasa de un lado para otro por las galerías, como si te encontrara en la ausencia de ti que le golpea el rostro; y también en la ausencia de Miguel Juan, porque si bien sabía que era débil y por ello incapaz de la generosidad, era su primogénito y en él depositó muchas ilusiones propias de su condición.

Son ya muchos los años que han pasado desde aquel día aciago para nuestra estirpe, y la vejez se va colando por los intersticios de las ventanas de mi fantasía, pero siempre te tengo junto a mí en las tardes en que el sol tiñe de oro mi alcoba. Miro los campos de Navarra más allá de los muros del castillo y la villa de Villalba y sueño que aún eres un niño y pronto entrarás corriendo para anunciarme que has cazado un venado. "Tendremos venado para la cena, madre", me dices muy ufano de tu hazaña. Oh mi amor, mi hijo amado sobre todo lo demás que sobre esta tierra se mueve y respira, dime que volveré a verte, escríbemelo aunque sea mentira.

Ya deveras ignoro si lo que veo en el futuro sea cierto o engaño cruel. Aunque yo nunca lo haya visto en el futuro y tu padre no lo haya hecho oficial, Ramiro asume que heredará el título de Conde de Villalba y con él el castillo y las tierras, los siervos y la villa. Vieras qué espléndida cosecha de trigo hubo este año; las haces se amontonaban del alto de colinas y por doquier lucían su oro quemado. Habrá buen pan en los hornos de los villanos este invierno. Ramiro ya ha asumido la administración de las heredades porque tu padre está muy cansado. Arrastra los pies al pasearse por las galerías siguiendo el rastro de la ausencia de los hijos. Sólo los nietos le alegran las mañanas, pues como ya te he escrito en otras ocasiones, la esposa de Ramiro ha parido dos hijos varones en los primeros tres años de casada. ¡Como coneja pare ésta! Y ahora acaba de parir por tercera vez, una niña bellísima por cierto, de la cual me he prendado desde que la espié entre las mantas que la envolvían. Tiene una carita rosada como porcelana de Italia y unos ojos azules como el cielo más limpio de los veranos de Navarra. Todo le causa gracia, desde los mimos y gorjeos de la abuela, y ésa soy yo, mi Lope, hasta los brincos en el aire que ensayo, como si mona o payasa fuera. Pensarás que sueno a vieja idiota, pero qué quieres, si no has vuelto a los brazos de tu madre y ni conozco a tus hijos, que si los conociera más idiota sería y jugaría con ellos de la mañana a la noche, contándoles las historias de nuestra raza, porque tú bien sabes lo que yo sé, de eso no tengo la menor duda, y es que sólo los que conocen a sus antepasados y los escuchan dentro de su memoria, dentro de la sangre heredada que fluye y continúa a través de las generaciones y los siglos, sólo ésos pueden actuar con tino y dejar huella duradera en la historia de los pueblos. No olvides esto, Lope, y tampoco olvides contarle a tus hijos, a los varones y a las niñas también, que entre las ondulantes colinas de Navarra hay un castillo donde vive una abuela muy pero que muy vieja que cuenta historias y lee el futuro porque conoce el pasado. Si no puedes traerlos tú mismo, siembra en ellos el deseo de conocer este castillo y los secretos de sus mazmorras y siembra en ellos también el deber de contarlo a sus hijos y que éstos a su vez lo cuenten a hijos, nietos y bisnietos, para que no olviden quiénes son. Aquellos que lo olviden regresarán a la nada de donde vinieron, pero los que lo conozcan quedarán entretejidos al tapiz invisible de la conciencia de quiénes somos.

Me voy cansando cuando escribo. Al ir dibujando mis pensamientos con las letras y la pluma me duele cada uno de los huesos de la mano, en especial los de las coyunturas de los dedos. Me miro al espejo y veo mis cabellos caer sobre mis hombros; son color plata de la Nueva España. Las arrugas que rodean mis ojos y mi boca parecen pertenecer a otra mujer. A veces me miro en el espejo y no me reconozco.

La semana pasada arribó al castillo un pintor de Flandes. Creo que el rey Carlos le dijo que viniera, o le ordenó viniera; en el caso del rey sería lo mismo. Dijo que quería pintar un retrato de tu padre y un retrato mío, para colgarlos en las paredes del gran salón del castillo, a ambos lados del de don Sancho. Le hemos dicho que sí, ante todo por no contrariar al rey, y ha comenzado su labor ese mismo día. He instalado al pintor en tu cuarto, Lope, porque aparte de que lleva tantos años vacío es el de más aire y luz, con sus dos altas ventanas, una mirando a poniente y otra al oriente, desde donde se ven las colinas de Navarra que rodean la villa. Ha comenzado con mi cuadro y estoy allí en tu cuarto, hijo, con un tapiz a un lado y al otro la ventana a través de la cual ha dibujado el paisaje, casitas y hasta campesinos pequeñitos con sus vacas, cabras y ovejas. No me parece que esté idealizando mi rostro, mejorándolo quiero decir, pues se me ven más arrugas que a un fraile cisterciense, pero aun así algún favor me estará haciendo, pues debo ser mucho más fea. El aspecto que tengo en el cuadro no me desagrada del todo. La gran nariz de nuestra familia ya está delineada y le imprime mucho carácter a mi rostro. Voy a pedirle que pinte una copia más pequeña para enviártela y que se la muestres a tus hijos, para que conozcan a su abuela. ¡Qué gusto sería tenerlos conmigo a diario y verlos adiestrarse en las armas en el patio del castillo!

Álvaro me ha dicho te envíe saludos si te escribo, cosa que me ha extrañado sobremanera, ya que es la primera vez en todos estos años que lo hace, y además porque él es partidario incondicional de Ramiro, quien te odia. Es en verdad horrible este odio fratricida de nuestra raza; sólo el conocimiento de que es parte de nuestra herencia y por ende de nuestro destino me hace posible aceptarlo. Si así no fuera, andaría llorando día y noche la desgracia de haber perdido dos hijos en un mismo día, uno por víctima y otro por victimario. Vieras que a veces me acuerdo de Miguel Juan y lloro, pues no es que fuera malo, sino que la envidia le envenenó el corazón. A Ramiro también. Álvaro es distinto; es fuerte y valeroso como tú, pero se aficionó a Ramiro porque al ser los más pequeños aprendieron a montar juntos. Desde chiquititos se confabulaban para burlar la vigilancia del ayo y comer más fruta de la que les estaba permitida,

o jugar con las armaduras de sus antepasados. Pero
Álvaro, te repito, es distinto a Ramiro. Sé que a menudo piensa en ti porque lo leo en su mente. Cuando
alguien que está en el castillo piensa en ti, yo lo sé
porque se me acelera el corazón. Creo que los otros
días le contaba de su hermano en Las Indias a la esposa, una joven castellana a quien ha desposado hace
escasamente tres semanas. Es de Burgos, sobrina del
marqués de Fuenfría, y me ha alegrado mucho esta
unión. Álvaro era el único de mis hijos que continuaba soltero y ya sabes cómo nos preocupan estas cosas a las madres, porque nuestros hijos tengan quién
los cuide cuando la muerte nos reclame. Vivirán en el
castillo, Ramiro así lo quiere; dice que necesita a Álvaro. Pronto tendré más nietos junto a mí; porque a
los chicos de Urraca y María del Pilar ya casi ni los
veo, la una por Barcelona y la otra por Granada; ¡demasiado lejos para mis cansadísimos huesos! Nunca
he sido andariega.

Ya iba a despedirme cuando me acordé de lo
más importante y que ya se me olvidaba, quizá porque preferiría no tener que escribirlo. Fue para decírtelo
que comencé la carta. Gregorio también ha muerto.
Murió de viejo durante el sueño y en su casa, mientras
a su lado dormía su compañera de toda la vida. Es
cierto que era sólo un criado, pero fue mucho más
que eso para ti; era tu amigo, tu protector y confiden-
te, te enseñó a montar y a disparar la ballesta. La noticia me ha entristecido y quería decírtelo poco a poco,
para suavizar el golpe. No sé qué más decirte. Ya siento
el dolor que te agarra la garganta al leer mis palabras.

Mis saludos cordiales a tu esposa María.

Quedo, sin más por hoy, en espera de tus
noticias.

Tu madre amantísima,
Josefa de Estela y Salvaleón

Lope sintió, en efecto, como si una garra de piedra le apretara el corazón y la garganta. Estuvo varios días encerrado en su despacho, una oficina que tenía en la planta baja de la casa, atendiendo sólo lo pertinente a los negocios; lo imprescindible no más. Todas las mañanas tempranito acostumbraba montar sus mejores caballos y ni para eso lograba mover el recio corpachón. Parecía que la tristeza fuese a devorarlo, pero era que en su fuero interno se entregaba a la tristeza para vencerla. La muerte de Gregorio lo impresionaba, aquel pedazo de sí mismo que se había quedado en Villalba se sentía mucho más solo. Gregorio había sido su más leal protector, le debía la vida y gran parte de su conocimiento de la vida. Aquel último viaje de regreso a Sevilla y a Las Indias no hubiera podido soportarlo sin Gregorio. Enamorado y fratricida, huía de su hogar, de sus padres y de un hermoso amor. Al menos tenía a dónde huir, le había dicho Gregorio, quien lo instó a labrarse una heredad duradera. La sabiduría de aquel hombre humilde lo conmovía; era casi su padre, y de cierta manera Gregorio también había orientado su hombría hacia el bien hacer y decir. Lo lloró sinceramente, con el corazón inundado de pena.

Quiso la suerte, por desgracia, que no pudiera llorarlo únicamente a él, que no pudiera dedicarle la totalidad de su dolor al menos una vez en la vida, como merecía. El dolor que sintió por la muerte de Guiomar era distinto, más misterioso, pero allí estaba, como una corona de espinas alrededor de su pensamiento. Recordó su hermoso cuerpo blanco y la pasión con que se lo entregaba aquellas noches en que se escurría, con la complicidad de Gregorio, hasta las sábanas de hilo de su lecho. Pensó que su madre veía más de lo que podía comprender y lloró entonces por todo aquel mundo al que pertenecía por derecho pero al que ya nunca podría regresar. La certidumbre de que el regreso era imposible agudizó su dolor. Era una renuncia adicional que debía ocultar a su madre aunque ella lo supiera. Ella misma le rogaba por la mentira; era desgarrador comprobar la necesidad de la mentira que tenían las personas y más aún comprobarlo en su madre, a quien tenía, y con sobrada razón, por la más honesta de las mujeres. La verdadera realidad se le volvía muy confusa a Lope.

Estuvo una semana completa encerrado en su despacho, donde los esclavos le llevaban de comer y atendían a remover los residuos de sus apremios corporales. María no protestó. Sabía que Lope había recibido carta de doña Josefa y eso bastaba. Prefirió esperar a ver qué decía Lope y dejarlo sufrir en soledad lo que tuviera que sufrir. Él sabía que si la necesitaba allí estaba ella, durmiendo en la alcoba de siempre, en la cama de caoba de altos pilares donde había concebido, con regocijo, a sus cinco hijos. Supo por los esclavos que Lope comía poco y dormía menos, que su rostro se desfiguraba en muecas de mal disimulado sufrimiento. Quiso, mas no lo hizo, bajar a consolarlo. Se decidió por la prudencia. A los niños les dijo que su padre necesitaba estar solo, que no lo molestaran por favor; una gran desgracia, que ella aún ignoraba, había acontecido en España, allá en las tierras donde vivían los abuelos. Los niños la rodeaban, extrañados e inquietos, porque estaban acostumbrados a la presencia constante del padre y a la autoridad de su voz, la cual cimentaba la seguridad de sus escasos años.

—¿Papá va a regresar a España?

—¿Te irás tú con él, madre?

Era el pavor al abandono, tan arraigado en los niños, que aguijoneaba sus delicados cuerpecitos. Y María no sabía qué responder, porque ella no recordaba a España; se había criado en La Española y don Juan nunca había llevado a sus hijas consigo cuando viajó a la península. Ella no se sentía de allá, no había pedazo alguno de su vida por aquellos parajes, su padre hablaba poco de su infancia en la tierra de San Tervás del Campo. A veces contaba algo de la Guerra de Granada, donde fue esforzado soldado, pero poco más. Y doña Leonor no era, tampoco, una contadora de historias familiares; lo que recordaba, que mucho debió ser, se lo guardaba para sí, y era de sobra conocido que prefería vivir en Las Indias a vivir en la península. De modo que España era para María el lugar de donde vinieron sus padres y donde vivía el rey Carlos y poco más. Amaba a la isla de San Juan y no se concebía viviendo en otro espacio ni se imaginaba árboles más verdes y mar más azul que el que alegraba sus ojos a diario.

—¿Nos iremos todos a vivir a España, madre? —insistió Sancho, el mayor.

—¡De ninguna manera!

María se sorprendió a sí misma al decir esto. Le había salido de lo más hondo del instinto. Todavía ignoraba lo que le había sucedido a Lope, pero no formaba parte de su planes irse a España. Ni siquiera se le ocurría la posibilidad.

—Ni se me ocurre, Sancho, ni se me ocurre...

Así dijo al niño, que la miraba ansioso, pero realmente se lo repitió a sí misma como quien habla con sus pensamientos, o con los pensamientos de sus antepasados. Don Juan les había inculcado desde la cuna que habían venido a estas tierras para quedarse y fundar un pueblo. Cada hijo que María paría era para ella como un deber cumplido, un destino en proceso.

Los temores de María carecían de fundamento, sin embargo, pues una mañana Lope subió las escaleras que conducían al segundo piso gritando a los esclavos que le prepararan un baño. El encierro de una semana le daba aspecto de náufrago, y cuando irrumpió en la alcoba de María ésta gritó. Al ver aquel corpachón sucio y despeinado pensó era un forajido, un ladrón de caminos, un filibustero o cualquiera de los vagabundos que pululaban por los mares y las tierras del rey. Pero Lope dijo:

—¡María!

En un tono tan desgarrador que ella le abrió los brazos sin dudar un instante más. Lope hundió su miseria de siglos en la carne blanca y perfumada de María y lloró como un niño. Muchas horas de amor y llanto después, le fue contando de la carta. Primero le fue hablando de Gregorio y luego, más tímidamente, de Guiomar. Al final se detuvo en la escena del crimen y miró sus manos horrorizado.

—He asesinado a mi propio hermano.

Lo repitió como si lo confesara por primera vez. Ya lo había confesado a María y a don Juan antes de que se casaran, cuando regresó de España. Pero comunicar su pecado no lo aliviaba; la culpa era intransferible. María lo sabía y lo respetaba por ello. Sólo podía ofrecerle precisamente eso: su respeto y el consuelo de su comprensión.

Poco a poco los miedos de regresar a España desaparecieron y los niños olvidaron preguntar, pero Lope convirtió en costumbre el contarles las historias de sus antepasados. Les contó de don Sancho y don Pedro en las guerras contra los moros, les contó de doña Josefa y cómo era clarividente, les contó del castillo y sus muros almenados, de Villalba la blanca y los aldeanos, de los campos de trigo y los bosques de pinos y abedules, venados y jabalíes. Y también les contó de cómo el Conde de Castilla, Fernán González, había caído prisionero del rey de Navarra por culpa de la infanta y cómo ésta, al enterarse que estaba en prisión por amor a ella, lo visitaba en la cárcel. Entonces él escapaba vestido con las ropas de la infanta. Esta historia se la contaba doña Josefa a Lope cuando era niño para que admirara el valor y el arrojo en las mujeres y era la historia que más le gustaba a las hijitas de Lope y María. Se iban detrás del padre abrazándose a sus piernas para pedirle se las contara una y otra vez.

De modo que el conde Fernán González no era un extraño en el balcón del ancho de seis hombres que miraba la plaza de San Germán, y aquellas navidades del 1527 Lope tuvo que contar la historia varias veces, pues los niños de Juana también se aficionaron al Conde de Castilla. El licenciado de La Gama y García Troche miraban divertidos cómo los niños rodeaban a Lope y abrían sus boquitas llenos de asombro. Y Lope, cómodamente instalado en su rol de fabulador, que le venía como anillo al dedo por herencia y tradición, repetía los versos que había memorizado en su infancia:

Buen conde Fernán González,
el rey envía por vos,
que vayades a las Cortes
que se hacían en León;
que si vos allá vais, conde,
daros ha buen galardón,
daros ha a Palenzuela
y a Palencia la mayor;
daros ha las nueve villas,
con ellas a Carrión;
daros ha a Torquemada,
la torre de Mormojón.
Buen conde, si allá non ides,
daros hían por traidor.

No les contó de las luchas fratricidas de los López de Villalba por parecerle prematuro, pero quiso prepararlos para las duras realidades de la vida contándoles la historia de los siete infantes de Lara por aquello de que el bastardo Mudarra lleva a cabo la venganza por la muerte de su hermano. Las crudas pasiones narradas en la leyenda hacían temblar a los niños y María protestaba:

—No, Lope, los Siete Infantes no. Mejor El Cid.

Pero Lope recordaba la historia de su propia estirpe y consideraba que, de alguna manera, tenía que preparar a sus hijos para ella.

En ésas y otras cuestiones pasaron las festividades navideñas, y la noche del 24 de diciembre la casa se encontraba iluminada y abierta de par en par para recibir los grupos que llegaban a cantar frente al balcón. A las doce cruzaron la plaza para ir a la misa que se celebraba en la iglesia. Iban cantando las alegrías del nacimiento del Niño Jesús. Después regresaron, de nuevo cantando, para disfrutar de la cena que la ya casi legendaria Crucita preparaba para la ocasión. Sólo a veces, durante aquellos días festivos, Lope sintió el aguijón de la pena clavado en el corazón: por Gregorio y por Guiomar, por ambos a la vez, aunque a Guiomar la recordaba menos. La recordaba como se recuerda la visita de un ángel, el triunfo en un torneo, el ser armado caballero por el rey, un poema de amor en una noche de luna llena. La recordaba como se recuerda un tesoro que se tuvo una vez y se perdió, pero que en verdad no se perdió porque en el recuerdo quedó guardado y permanecía intacto.

—Lo que hemos tenido una vez, ya nos pertenece. Nadie puede quitarte el recuerdo, —repetía Lope acodado en el balcón.

Y añadía:

—Si bien recordar no es vivir, el que más ha vivido es el que más recuerdos tiene.

De esta manera reflexionaba Lope, abonando su rol de cuentero con su querencia personal.

A Gregorio lo recordaba más. Era él quien había llegado con los soldados cuando sus hermanos amenazaban con ajusticiarlo y pensar en Gregorio era indagar en la fragilidad de la vida y caminar esa frontera indecisa entre los vivos y los muertos. Con Gregorio podía, si lo deseaba y se lo proponía, conversar largas horas.

Unos meses después de las festividades navideñas, Lope se encontraba en su despacho pensando en éstas y otras cuestiones preocupantes cuando escuchó unos disparos. Provenían de la playa y pronto escuchó gritos también. Armado de un mosquete se asomó a la plaza y vio unos hombres armados irrumpiendo en ella. Se alarmó. No había tiempo que perder. Subió a grandes zancadas la escalera llamando a María y a los niños, quienes acudieron aterrados por los disparos y el alboroto. Entonces Lope llamó a dos soldados que por el frente de la casa estaban y les encargó se internaran en la maleza con su familia y la defendieran con sus vidas.

Una vez se aseguró de que su familia estaba a salvo, Lope trató de organizar a los vecinos para la defensa. Formaron barricadas con unos sacos de azúcar que había en los bajos de la casa y se parapetaron detrás. Pronto Lope supo, por los gritos y el aspecto de los asaltantes, que eran franceses, delincuentes de los que se refugiaban en las islas más al norte para luego bajar en sus barcos y dedicarse a saquear los pueblos de las islas españolas. Los vecinos se defendían como podían, pero era triste ver cómo incendiaban sus propiedades y cómo el fruto de tantos años de dura labor era dada al traste por la maldad de unos forajidos. Al cabo de varias horas de dura resistencia, los vecinos lograron que los piratas se dieran a la fuga, pero se llevaron consigo sacos de azúcar, ganado y caballos. La plaza de San Germán estaba rodeada de escombros humeantes. Lope se internó en el bosque buscando a su familia y al fin la encontró, sanos y salvos todos y abrazados los niños a la madre que trataba, con mimos, de tranquilizarlos. Al ver al padre se abalanzaron sobre él. Lope los consoló, aliviado:

—Ya todo está bien. No pasó nada.

Pero esa noche y las noches siguientes los vecinos se reunieron para discutir el suceso. Los más opinaban que debían mudar la villa. Era demasiado peligroso quedarse en la ubicación actual. Estaba frente por frente al canal de pasaje que usaban los barcos que entraban al Mar Caribe.

—Por lo mismo es conveniente —argumentó Lope.

—Además —dijo— tiene más valor comercial.

Pero aunque las razones expuestas por Lope eran válidas, la seguridad era precaria. Los piratas volverían. Si la Corona ya les había negado fortificaciones en varias ocasiones, lo haría de nuevo y no tendrían más remedio que mudarse a otro lugar donde los franceses no los atacaran. No era una decisión fácil, pero había muchos muertos y mucha hacienda robada y dañada. Habían incendiado el ingenio de Lope, por ejemplo, y muchas cosechas.

—Pidamos un fortín nuevamente —rogó Lope, que se resistía a mudarse.

Y así convinieron de hacerlo, pero pasaron los meses y no prosperaba su petición. Finalmente recibieron noticia de que en estos momentos no era posible, los recursos disponibles estaban comprometidos en las guerras religiosas contra los luteranos alemanes; la lucha contra los herejes era una prioridad del rey. El mismo Antonio de La Gama tuvo la pena de comunicárselo a Lope.

Fue entonces con cierta nostalgia que decidieron empacar y trasladarse a las cercanías del río Guayanilla, que por estar a una legua de la bahía de Guánica, al sur, se encontraba lo suficientemente lejos de la costa para proveer seguridad y a la vez no era tan lejos como para no poderse desarrollar el comercio marítimo. Cargaron las carretas y los barcos que vinieron de la isleta de Puerto Rico y de La Española para este propósito, y era maravilla ver las caravanas de carretas cruzar las colinas y los valles que separaban la costa oeste de la costa sur. En la bahía de Guánica tuvieron que construir un muelle para desembarcar la carga de los navíos. Era un clima mucho más seco, pero sembraron maíz y yuca, caña de azúcar y jengibre, y construyeron su villa con una iglesia blanca a un lado de la plaza y la casa de gobierno al otro lado. Lo importante era no desanimarse. Lope volvió a construir su casa de dos plantas con su oficina en los bajos y un balcón del ancho de seis hombres al frente, y aunque María al principio no se acostumbraba, al cabo comenzó a amar aquellos llanos pedregosos que los rodeaban. Amaba muy especialmente la bahía, con sus aguas azules y los dos promontorios a ambos lados de la entrada. Los domingos después de la misa cabalgaban todos, la familia y algunos vecinos, hasta la costa y los muelles, y el niño Sancho se crió correteando por aquellos llanos con sus hermanos Álvaro Juan y Pedro Juan. Cuando nació su hermana menor, a la que Lope y María llamaron Josefina, ya Sancho había cumplido los doce años y era un hombrecito. Tenía un ayo que lo adiestraba en las armas y quería ser agricultor y ganadero como su padre.

X

Aunque el nuevo asentamiento de la villa de San Germán estuvo libre de ataques durante algunos años, Lope se preguntaba si era posible aumentar la hacienda y las heredades con tantos peligros amenazándolos. Repetidas veces les habían sido negados los fondos para un fortín y no estaban los tiempos para vivir al descampado. A pesar de esto, Lope y los vecinos de San Germán se mostraban determinados a prevalecer ante la adversidad; el hecho de que tuvieran pocas opciones era acicate a su obstinación. En el caso de Lope, había tomado la decisión de fundar un pueblo y lo haría. Ningún gobernador de Indias, ni tan siquiera un rey, iba a derrotarlo. Había sido la voluntad de su suegro el que él estableciera unas pautas civilizadoras y quería ser fiel a su mandato. Qué importaban los ladrones; no se llevaban la tierra; la tierra era de quienes la trabajaban y la vivían y al vivirla la creaban. Le infundían vida con su aliento, la poblaban de espíritus y le otorgaban poder, pues hacían posible que pariera y diera de comer. De acuerdo con estas coordenadas mentales, la familia de María continuó reuniéndose todas las navidades en la casa de San Germán, antes junto al Río Guaorabo y ahora junto al Río Guayanilla, y los niños crecieron con la ilusión de cada Navidad atravesando los doce meses del año.

Josefina tenía doce años y Sancho veinticuatro cuando Lope recibió carta de su hermano Álvaro:

Villa de Villalba, tres de septiembre

Querido hermano:

Durante todos estos largos años que nos han separado nunca te había escrito. Tenía noticias tuyas a través de nuestro padre y nuestra madre, por supuesto,
y he pensado en ti a menudo. Siempre te he querido.
Por eso quiero ser yo quien te informe que ella ha
muerto. Ya estaba anciana y desvariaba algo, pero
hasta el final te estuvo nombrando. No era secreto
para nadie el que te amara más que ninguno de sus
hijos, pero no debo guardarte rencor por ello, ya que
no es tu culpa y no creo que te hayas beneficiado
dello; hayas sacado provecho deshonesto, quiero decir. Muy al contrario. Siempre le he hablado de ti a mi
esposa y a mis hijos, que son cuatro. En sus últimos
años nuestra madre estuvo rodeada de nietos. Quería
mucho a la hija de Ramiro y luego a mi pequeño Juan
Miguel. Desde la muerte de papá toda su vida eran los
nietos. Ella te lo debe haber escrito. Nuestra madre
era una mujer extraordinaria. Mientras te escribo contemplo su retrato y el de papá, pintados por un pintor
flamenco y colocados a ambos lados del abuelo
Sancho, sobre la chimenea del salón de piedra del
castillo. Los leños arden e iluminan los rostros. Ella
parece una reina, de pie junto a una ventana que abre
al paisaje de Navarra. A su lado el flamenco pintó una
mesa repleta de libros. También trazó plumas y pliegos de papel. La conocía, pudo captar sus gustos.
También captó su belleza y su orgullo. Siempre, hasta
en su vejez, nuestra madre conservó una dignidad que
le parecía inseparable de su raza. Cuando contemplo
su retrato no puedo dejar de llorar. ¿Por qué, si ella
me trajo a este mundo, ahora me deja solo? Sé que
debo resignarme, pues es ley de la vida que hay
que morirse; sólo que yo hubiera querido morir

antes que nuestra madre. Nunca antes me había separado de ella, porque yo, ni estuve en guerras ni emigré a América. A mí me tocó quedarme en el castillo y velar por el recuerdo de nuestros antepasados y sus hazañas. Siento deveras que nunca te hayas animado a regresar, pero sé que lo has hecho por evitar males mayores, en especial el desafiar a Ramiro, quien no se quedaría cruzado de brazos si volvieras.

Vieras que Ramiro ha resultado un Conde de Villalba con todas las de la ley. La raza termina por imponerse. Gobierna con justicia y lleva a cabo con celo y devoción la defensa de las heredades. Ha tenido seis hijos, al igual que tú, sólo que únicamente los dos mayores son varones y las demás son hembritas. Mamá amaba mucho a Beatriz Josefa, la mayor de las hembras, quien es una adolescente preciosa y está muy triste por la muerte de su abuela, pues eran inseparables.

Podría seguir escribiendo durante varias semanas pliegos y pliegos interminables, son tantas las noticias que se acumulan con el transcurso de los años, pero nunca he tenido afición a contar, como tenía nuestra madre y como me cuentan que tú tienes. Sólo tú heredaste ese don y debe haber sido por eso que mamá te distinguía, porque siguieras bordando el tapiz del recuerdo con tus fabulaciones.

Espero no causarte demasiada aflicción con la noticia, pero era mi deber comunicártelo. A ti primero. No sufrió. Murió mientras dormía y el día antes había estado cantando junto a Beatriz Josefa unas canciones italianas. Todavía conservaba una bella voz. La enterraremos mañana en la mañana, con todos los honores, en la capilla del castillo y junto a nuestro padre. Ramiro la ha llorado mucho. Y yo, no tengo ni qué decírtelo. Urraca y María del Pilar han venido para el entierro y ahora rezan arrodilladas frente a un altar de la capilla.

¡Dios acoja a nuestra madre en su gloria!

Te repito: no sufrió. Acéptalo con resignación, como yo ya lo he hecho.

Mi esposa te envía sus saludos, a ti y a tu familia, a la cual deseo larga vida y prosperidad continuada en las nuevas tierras paradisiacas —según cuentan los cronistas del rey— aunque no exentas de peligros.

Un abrazo de tu hermano, quien valora tu recuerdo,

Álvaro

Lope quedó sin poder mover ni un dedo por largo rato. No podía ni llorar. Nunca había previsto la posibilidad de la muerte de doña Josefa; pensaba que siempre estaría allí, soñándolo y evocándolo para que la presencia del hijo tuviera peso y se mantuviera vigente en las heredades de Navarra. Doña Josefa era una madre que él había reconstruido con sus recuerdos y tanto María como sus hijos la conocían como si deveras le hubieran hablado, como si ella misma los hubiera mecido en la cuna, solía decir Sancho. Lope llamó a María primero y le comunicó la noticia; luego a los seis hijos, uno a uno, por edad. Primero Sancho y luego Álvaro Juan, María Josefa, Pedro Juan, María Isabel y finalmente Josefina. Todos sintieron su muerte como si la hubieran conocido. Bajaron de la pared la pintura del pintor flamenco que la abuela les había enviado hacía ya muchos años. El retrato estaba enmarcado en caoba dorada y lo fueron besando uno a uno con fervor, con un amor que les salía, puro, de lo más hondo de su ser. Josefina en especial lloró mucho, pues siempre le habían dicho que se parecía mucho a la abuelita de Navarra y hubiera querido conocerla; su ilusión infantil había acariciado el proyecto de ir a visitarla a Villalba y ahora eso era imposible.

María lo sintió como si fuera su propia madre. No la conocía personalmente, pero intuía que, en lo moral, lo mejor de Lope le venía por doña Josefa y eso era suficiente. Además, sintió el dolor de Lope y ella bien sabía lo que era perder a un padre y a una madre. Era un desamparo sin consuelo, una herida que ya nunca volvería a sanar. María también besó el retrato de doña Josefa con devoción, pero no pudo evitar sentir alivio porque supo, al hacerlo, que ahora Lope jamás regresaría a Villalba. Ya no tenía a quién volver. Ahora su destino era irrevocable: acá en la isla de Sant Joan de una vez y para siempre.

Esa noche, y durante noches sucesivas, Lope volvió a reunir a sus hijos como cuando todos eran niños y les contó historias de sus antepasados. Les contó de las hazañas de su padre y de su abuelo en las guerras contra los moros, narró de nuevo cómo cercaron Álora y la tomaron, Álora la bien cercada, tú que estás cerca del río. Les iba describiendo los pendones, el choque de las armas y la sangre que chorreaba por las almenas. Poco a poco, entonces, les fue contando de las incontables muertes que la gloria de la guerra cobra, de su alto, altísimo precio. Y entonces les contó por qué se había quedado en América. Los hijos lo miraron estupefactos, como si no pudieran creer lo que escuchaban.

—Hubiera preferido que nunca me contaras esto, padre —dijo Sancho.

Los demás asintieron y comenzaron a protestar.

—No lo creo —dijo María Josefa.

Y se echó a llorar en los brazos de la madre, quien la consoló como pudo, porque María Josefa lloraba a gritos.

—¡Basta! —ordenó, de pronto, Lope.

Se levantó cuan alto era, que era bastante, y dio un golpe sobre la mesa.

—¡Es la pura verdad! —insistió, angustiado—. Por la memoria de mi madre, por mi honor, debo decirles que si bien fue en defensa propia, yo maté a mi hermano Miguel Juan. Por ese crimen he pagado un alto precio.

Los hijos lo miraron espantados. Luego miraron a la madre. María sólo dijo:

—Vuestro padre dice verdad.

Se produjo un silencio que podía cortarse con navaja. Uno a uno, demudados y enmudecidos, los hijos pidieron permiso para salir. Al final quedaron Sancho, María y Lope. María intuyó que sobraba y salió, no sin antes besar las manos de Lope.

Sancho miró a su padre:

—¿Qué significa esto?

Lope se dejó caer en la silla. El orgullo del hijo lo aturdía.

—Es parte de tu herencia. Es una estirpe fratricida y saberlo importa para estar en vela, atento a que no vuelva a suceder. Y si sucede hay que entenderlo en su contexto real, como un destino.

Las palabras le salían despacio y en voz baja. Sancho lo escuchaba sin pestañear, casi sin respirar, y estuvo largo rato muy serio, como luchando con oscuras fuerzas en su interior. Conmovido al fin, abrazó al padre. No comprendía bien lo que estaba sucediendo, dijo, pero sabía que su padre sufría y era suficiente. Lope intuía lo difícil que era para sus hijos y lo agradeció. Él había tratado de prepararlos, pero en vano. La alternativa a su conflicto, decirlo o no decirlo, era peligrosa. Mejor que supieran. Siempre era mejor saber. Cada vez que veía a Álvaro Juan y a Pedro Juan reñir, que era a menudo, se le erizaba la piel. ¿Y qué del carácter de María Josefa? Ésa montaba como un hombre y cazaba con los varones como si su destino no fuera obedecer, sino mandar. A todos los pretendientes a su bella mano los había enviado a freír espárragos porque querían decirle lo que tenía qué hacer.

—Sancho, debes velar por tu hermana María Josefa. Es voluntariosa.

—Como la tía Urraca debe ser.

Lope sonrió. Sancho comenzaba a comprender cómo en las familias se produce un sistema de repeticiones, a la manera de las composiciones musicales.

—Cuídala.

—Pierda cuidado, señor. María Josefa siempre tendrá mi protección.

Era casi un juramento, Lope se sintió orgulloso de su hijo. ¡Cómo lo hubiera disfrutado doña Josefa! ¡Cómo se hubiera sentido feliz al verlo actuar con valor y honestidad, los rasgos que para ella definían su raza!

Entonces Lope hizo algo que siempre había querido hacer y que le debía a su madre. Poniendo ambas manos sobre los hombros de Sancho, lo miró a los ojos:

—Hijo, ha llegado el momento de confiarte un secreto. No es leyenda, sino realidad. Yo lo he visto con estos dos ojos que te han visto crecer.

Y añadió, en voz baja, bajísima:

—Sólo debes revelar el secreto a quien estés seguro que no lo divulgará. Mira que el Santo Oficio nos puede quemar a todos en la hoguera.

—¿Herejía?

La cara de Sancho era el colmo de la perplejidad. De nuevo, no sabía si quería saber.

—No me diga más, padre.

—Tengo. Muerta tu abuela, y muerto Gregorio, ignoro si alguien más lo sabe. Y siempre alguien debe saberlo.

—El tío Ramiro lo sabrá.

—Es lo que no sé. Mi madre nunca me informó que Ramiro lo supiera. Pero tal vez mi padre, cuando le dio el título, se lo dijo.

—Ojalá así haya sido.

—Ojalá. Pero no lo puedo saber, y a mí me toca decírtelo a ti, para que tú lo digas a aquél de tus hijos que juzgues discreto y merecedor.

La curiosidad exaltaba a Sancho. Estaba muy nervioso. Levantándose, comenzó a cruzar la habitación a grandes zancadas.

—¡Ya! ¡Ya! —decía alzando los brazos en un gesto desesperado.

Sancho sentía que era demasiado, pero al cabo el sentido del deber doblegó su voluntad y escuchó la descripción de las antigüedades paganas ocultas en los cimientos del castillo de Villalba como si siempre lo hubiese sabido. No le produjo sorpresa, contrario a lo que Lope temiera. Era como si ese recuerdo lo hubiera heredado y sólo necesitaba que se colara una delgada grieta de luz para recuperarlo completo. Lope se asombró de que Sancho le describiera las estatuas y los mosaicos.

Cuando en el 1565 la villa de San Germán a orillas del Río Guayanilla fue atacada por los corsarios franceses, quienes continuaban viviendo del pillaje que podían arrebatar a las tierras de la Corona Española, Sancho dirigía las tropas que defendieron a los sangermeños. En el momento más encarnizado de la batalla, cuando aumentaba la resistencia a los embates franceses, Sancho se acordó de las estatuas paganas que habitaban en los nichos de los cimientos del Castillo de Villalba. El mancebo desnudo, con casco de guerra y espada en mano, parecía que lo arengara a continuar la resistencia, mientras el varón de edad madura vestido con túnica, con un cetro en la mano derecha y un pergamino en la izquierda, lo animaba a perseverar en su valor y determinación. Se erguían en su memoria como si estuvieran de cuerpo presente frente a él aunque fuera debajo y tras él que estaban, apoyándolo con su experiencia milenaria.

En el 1567 fueron los indios de las islas pequeñas del Mar Caribe los que asaltaron a San Germán y nuevamente fue Sancho quien dirigió la defensa de la villa. Era famoso por su arrojo y su valor y los sangermeños lo tenían en gran estima. A la voz de ataque, era a Sancho y sus hermanos a quienes todos acudían, y Sancho, gentil como pocos, entendía que su deber de guerrero era precisamente aquel que las circunstancias le brindaban. A los indios Sancho los persiguió un buen trecho y hasta logró tomar algunos prisioneros, que fueron vendidos en el mercado a buen precio, tal y como lo especificaban las leyes de Indias. Sólo si eran prisioneros de guerra podían los indios ser vendidos y por tanto escaseaban bastante. Negros había pocos; siempre estuvieron los vecinos de San Germán en demanda de ellos. Hacían falta muy especialmente para el cultivo de la caña de azúcar, para cortar la yerba alta y verde que cubría los llanos junto a las riberas del Río Guayanilla. Había pocos negros y los colonos siempre querían comprar indios, de modo que el ataque del 1567 fue como caído del cielo. El botín de treinta prisioneros, casi todos hombres jóvenes, fue interpretado como un regalo de Dios. Cierto que los caribes que lograron huir se llevaron reses y sacos de azúcar; era como si cobraran un tributo cada cierto tiempo. O tal vez sólo era que tenían hambre y habían aprendido que robando podían combatirla.

Después del ataque de los caribes en el 1567, el gobernador de la isleta de Puerto Rico fortaleció la guarnición de soldados de San Germán. Siempre los vecinos tenían que pelear hombro con hombro junto a ellos, pero ayudaba tener soldados adiestrados y bien armados. Una noche de luna llena María Josefa sedujo a un soldado; lo había espiado durante los ejercicios militares y había tomado la decisión de que ese hombre era para ella. Se le acercó en silencio cuando esta-

ba de guardia y le acarició la espalda. El muchacho
sucumbió.

Ya para el 1569, sin embargo, los vecinos hablaban nuevamente de mudar la villa. Sancho y sus
hermanos no querían. Se habían casado y sus cultivos
crecían a la par con sus familias. María Josefa decía
que si mudaban la villa, ella y su marido se irían al
Perú. Y así, en efecto, lo hicieron, porque un aciago
día de marzo los piratas franceses volvieron a atacar a
San Germán. Esta vez los destrozos fueron considera-
bles. Entraron hablando en una endiablada jeringonza
mezcla de francés y castellano y fueron muchos los
cuerpos de mujeres y niños que atravesaron con sus
inmundas espadas. Lope y María, ancianos ya, estaban en el balcón de su casa en la plaza principal cuando entraron los malditos. Instintivamente Lope cubrió
a María con su cuerpo y se acurrucaron en una esquina, detrás de unos muebles. Sancho y sus hermanos
salieron a pelear, y Josefina agarró un mosquete para
disparar si fuera necesario. Entonces un franchute altísimo, de barbas rubias y ropas puercas y rotas, subió
las escaleras a grandes zancadas. Al entrar en la sala
se encontró con el cañón del mosquete de Josefina
apuntando a su nariz.

—¡Váyase! —gritó ella.

Pero el pirata se sentó en el sofá de la sala y
empezó a reírse a carcajadas. Señalaba a Josefina con
el dedo y se reía. Aunque estaba casi ciego, Lope tomó
un arma e iba a usarla cuando escuchó el disparo. El
franchute se desplomó. Josefina le había encajado un
tiro justo entre las cejas. En ese momento escucharon
los gritos de alarma de los criados, porque otros
franchutes se llevaban sacos de azúcar del almacén
en los bajos y habían incendiado la casa. Bajaron todos y con cubos de agua intentaron sofocar el incen-
dio, lo cual lograron con mucha dificultad. La casa
quedó chamuscada.

Nunca regresó a su antiguo esplendor. Dos años más tarde se dieron por vencidos. Los ataques de piratas prometían seguir y el gobernador no tenía tropas para enviarles; los pocos soldados que tenía estaban mal alimentados y casi en harapos, los más se fugaban y se iban a las montañas a amancebarse con indias y negras cimarronas. Pronto no hubo soldados en San Germán y ni siquiera la esperanza de tenerlos. Era alarmante observar cómo la isla se despoblaba; todos querían ir al Perú, o a la Nueva España, o a la Nueva Granada. Las historias de riquezas sin límite deslumbraban a ricos y pobres por igual. Sancho nunca lo consideró por entender que su deber estaba en las heredades de su padre; además, en su memoria repicaban las consignas del abuelo materno. Pero Álvaro Juan decidió emigrar después que recibió noticias de María Josefa y el marido de que en el Perú había oro y plata en abundancia.

Así fue cómo, mermada su hacienda y su familia, Lope y María, ancianísimos ya, se montaron en las carretas que los llevarían al sitio seleccionado por Sancho y los vecinos como lugar de asentamiento: las lomas de Santa Marta. Eran unas colinas suaves y frescas, con una brisa dulce acariciando casi a todas horas las laderas. No muy distante de las colinas, un río pedregoso que los indios llamaban Guanaxibo, como a uno de sus caciques, cruzaba un valle largo y estrecho y seguía su curso hasta desembocar en la costa oeste, frente al pasaje de naves en ruta al Mar Caribe. En el lomo de una colina trazaron la plaza. Era un lomo largo que remataba en dos puntas de mayor elevación y en lo alto de una punta hicieron una iglesia de adobe y paja por carecer de suficientes recursos, y blanca como fueron siempre las iglesias de San Germán. En lo alto de la otra punta los frailes dominicos edificaron un convento de ladrillo y mampostería con una capilla adosada al claustro y para llegar a ella mandaron a construir unas escaleras empinadas; los penitentes las subían de rodillas para ganar indulgencias. La capilla tenía un techo de madera y lo sostenían unas columnas hechas de troncos de ausubo, un árbol tan duro como la mismísima piedra y al que los indios otorgaban poderes sobrenaturales. Quinientos años después todavía estarían en pie, imperturbables ante el paso del tiempo tal y como Sancho lo pensara cuando autorizó su ejecución. Bajo el piso de esta capilla de los frailes dominicos, a la que pusieron losas de mármol gris que compraron de contrabando a unos franceses, enterraron a Lope López de Villalba y a María Ponce de León, quienes alcanzaron tan avanzada edad en las lomas de Santa Marta, que los vecinos creyeron que no morirían nunca. Cuando al fin sus cuerpos sin vida fueron colocados en la cripta, todos decían haberlos visto caminar por la plaza, bajar las escaleras de la iglesia, mecerse en los sillones del balcón de la casa que Sancho construyó para ellos en la plaza. El hábito de vivir estaba tan arraigado en ellos, que no pudieron morir del todo y quedaron suspendidos en el espacio neutro que separa a la vida de la muerte.

Junto a la casa de sus padres, Sancho construyó otra para sus ocho hijos y para Ana, su mujer. También miraba a la plaza y por detrás el terreno bajaba abruptamente, de modo que desde el balcón trasero se contemplaba el valle y el Río Guanaxibo cruzándolo. A lo lejos se divisaba la silueta violácea de la Cordillera Central.

El primer alcalde de la villa de San Germán en su asentamiento en las lomas de Santa Marta lo fue don Rodrigo Ortiz Vélez.

Segunda parte:
El tesoro del pirata

XI

En la privacidad de los patios de la residencia de Diego Velázquez en San Cristóbal de La Habana, Juan Ponce se refugió del mundo. Don Diego le informaba casi mensualmente de todo cuanto pasaba en la Corte del rey Carlos, y también conversaban sobre el gobierno y el desgobierno de las islas y sobre las murmuraciones que corrían de boca en boca y de costa a costa. Una de las muchísimas historias que entraban y salían era la del sacerdote dominico que andaba revolcando a las gentes con sus discursos fogosos en defensa de los indios. Según Velázquez, el cura era un disparatado y una amenaza. Don Juan escuchaba a don Diego desarrollar sus temas como quien se encuentra muy lejos de cuanto lo rodea; al principio sólo por deferencia a su anfitrión fingía interesarse, mas de tanto oír hablar de él cobró afición al dominico rebelde.

—Ese cura pretende que liberemos nuestros esclavos. ¿Cómo trabajaremos las tierras entonces? No sabe lo que dice —insistía don Diego.

—El rey lo escucha —le respondió don Juan con bastante cautela.

—El rey y toda su corte han quedado impresionados con sus palabras bien montadas, que no en balde estuvo en Salamanca muchos años quemándose las pestañas. Pero no hay caso, don Juan, sin las encomiendas no hay colonias.

—¿Pero no me dice su merced que mueren por montones? La semana pasada me hizo el relato de otra aldea en La Española. Cuando llegaron los soldados castellanos encontraron a los indios todos muertos; habían masticado una raíz venenosa y se encontraban esparcidos por doquier, unos sobre otros y con los ojos bien abiertos, como espantados.

—Ésta era su tierra y como los hemos desalojado protestan —murmuró, entre dientes, Diego Velázquez. Movía la cabeza de un lado a otro al decir esto, como para convencerse.

Don Juan estuvo a punto de comentar las luchas de don Hernán Cortés y su gente en la Nueva España. Prefirió no hacerlo pues era un poco como mentar la soga en casa del ahorcado, ya que fue don Diego quien primero quiso intentar la conquista del país de los aztecas. Era bien sabido cómo había enviado a México dos expediciones que fracasaron antes de enviar al joven alcalde de Santiago de Cuba. A última hora había dudado de la lealtad de Cortés y pensó relevarlo de su cargo, pero Cortés tenía espías entre los hombres de Velázquez y, al enterarse de los planes del gobernador de Cuba, se anticipó. Zarpó antes de la fecha indicada y logró conquistar una ciudad donde las calles estaban pavimentadas con oro, plata y piedras preciosas. Juan González, el lenguas que acompañó a Juan Ponce en la conquista de San Juan, se había ido a México con Cortés, y Juan Garrido, el negro que lo auxilió en La Florida, también. Era razonable que se fueran a donde podían, con mayor celeridad, incrementar su hacienda. A don Diego sólo le dijo:

—En la Nueva España sobran indios y acá faltan.

A pesar de los remilgos, no le hizo gracia a don Diego la observación por parecerle que ocultaba cierta malicia, y se excusó con la urgencia de quehaceres impostergables, lo cual apenó a don Juan. Ciertas fricciones surgían a veces entre ambos, y la imposibilidad de sincerarse, debido al protocolo y las formas de la cortesía, lo obligaban al disimulo. Pero si bien el código caballeresco dificultaba la amistad, por otro lado proveía la seguridad del comportamiento honrado y la protección del juramento inviolable.

Don Juan estuvo dos años sin salir a la calle y al cabo no pudo más. Salió vestido con un traje de fraile dominico, una esplendorosa tarde de julio en que el calor reverberaba en las calles de polvo de La Habana. No quiso que don Diego, quien era harto conocido por la población, lo acompañara, pues quería ensayar el anonimato que le esperaba de ahora en adelante. Si bien siempre fue hombre que quiso destacarse del grueso de los otros hombres, ahora debía pasar desapercibido. Debía mirar de soslayo y no de frente. Debía mantener la voz y los ojos bajos, al menos mientras alguien pudiera reconocerlo. Pero nadie, en aquella tarde de calor inverosímil, se fijó en él. Caminó hasta el puerto pegado a los muros de adobe por protegerse del sol y con la capucha cubriéndole la cabeza. Entonces vio el mar. Contempló largamente el infinito azul y respiró su olor a sal y a algas submarinas. Escuchó el sonido de las olas lamiendo los cascos de los galeones, los navíos y las balandras y escuchó a las gaviotas chillar como siempre, desde tiempos inmemoriales, lo habían hecho. Entonces pensó en sus hijas y en sus nietos allá en su amada Sant Joan y supo que si bien no podía morir era casi igual que si se hubiera muerto, pues no podría volver a ver a sus seres queridos. "Es peor que morirse", pensó, "porque al menos los muertos ni sienten ni padecen". Había anochecido cuando tocó a la puerta del palacio de don Diego Velázquez, y esa noche accedió a cenar con su anfitrión porque la soledad le pesaba más que una bola de cañón.

Hasta la limitada compañía de don Diego le fue negada un año después. Velázquez enfermó de un dolor en el pecho y de nada valieron las sangrías y las cataplasmas. Murió tranquilamente luego de confesarse y recibir los sacramentos. Don Juan Ponce lo lloró sinceramente, y el día del entierro la familia de Velázquez se extrañó de que aquel fraile dominico estuviera tan apenado. Ese mismo día se trasladó al convento de los dominicos en La Habana, donde rogó al superior de los religiosos que le permitiera ingresar a la orden como mero fraile mendicante, sin el prestigio ni las responsabilidades del sacerdocio. El religioso sólo dio su consentimiento luego de haber escuchado la terrible verdad dentro del secreto inviolable de la confesión. Si hubiera sido en otras circunstancias no lo habría creído. Sentado en el confesionario de la nave izquierda de la iglesia, fray Francisco de Guzmán escuchó la confesión de Juan Ponce como quien escucha el relato de una novela de caballerías. Las hazañas del Amadís le parecían más creíbles que lo que escuchaba. Era un hombre instruido en las aulas de Salamanca y lo más que lo conmovió fue el desamparo de Juan Ponce. Era como si tuviera la marca del Diablo en la frente. Y sin embargo, se negaba a poner su poder y su invulnerabilidad al servicio del Maligno. Aunque le temblaban las rodillas de sólo pensar en que una criatura favorecida por el Diablo habitara entre los muros de su convento, su fe en Dios fue más fuerte. Dio su consentimiento como quien arriesga su vida, pero no podía negarle ayuda a un alma que no quería condenarse. Su vocación de salvar almas para Cristo lo había impulsado a viajar a Las Indias desde Sevilla, donde de seguro hubiera estado más cómodo. Mas no era la comodidad lo que alegraba su corazón, sino el sentirse útil a la humanidad y a la Santa Iglesia.

Fray Francisco de Guzmán era un hombre valiente. Por dieciséis años fue la única compañía de fray Juan, como se le llamó, simplemente, a Juan Ponce. Muchas fueron las discusiones que entablaron paseando por los claustros del convento y muchas las confesiones que escuchó fray Francisco en la oscura intimidad del confesionario. Por consejo de su director espiritual, fray Juan estudiaba las escrituras y otros textos sagrados con gran aplicación. Se pasaba días enteros en la biblioteca del convento y hasta olvidaba comer y dormir por estar encerrado entre libros. No olvidaba rezar. Entre las condiciones de fray Francisco había estado la de rezar varias veces al día, pues temía que fray Juan comenzara a escuchar la voz del Maligno.

Sus miedos no se materializaron. Ya fuera porque quince, treinta y hasta cien años nada significaban para el Príncipe de las Tinieblas y había decidido esperar, o porque se encontraba demasiado ocupado corrompiendo las cortes europeas, especialmente a los ingleses; sea por lo que fuera, el Diablo no se personó por el convento.

Cuando fray Francisco murió, fray Juan lo lloró mucho. Poco después pidió traslado a Guatemala. Alguien le dijo que el dominico defensor de los indios andaba por aquellos parajes y sentía curiosidad por conocerlo. Así fue cómo, en el año 1540, Juan Ponce embarcó en La Habana y llegó, a lomo de mula, a la antigua ciudad de Santiago de los Caballeros, que por aquellos años se encontraba en el valle de Almonlonga, donde don Pedro de Alvarado la fundara. Era un paisaje distinto al de las islas. Aunque era igualmente verde y húmedo, el hecho de que estuviera a muchas leguas sobre el nivel del mar le daba un clima fresco, de eterna primavera. Juan Ponce casi había olvidado el frío cuando la brisa del atardecer le caló los huesos. Tuvo que pedir una manta y el indio que lo acompañaba le facilitó una tejida en los telares indígenas, de excelente nudo y brillantes colores. Todavía el sol no se había ocultado cuando llegaron a la entrada del valle. Desde lo alto del desfiladero se veían las tapias de adobe de las casas con sus patios llenos de flores todo el año y la torre de la iglesia; a un lado de la ciudad una montaña coronada por un cráter humeante y al otro lado otra montaña coronada por un cráter lleno de agua. El indio señaló al primero y dijo, inmutable:

—El volcán de fuego.

Luego señaló al segundo y dijo, igualmente impasible:

—El volcán de agua.

Más tarde, ya instalado en el convento, don Juan supo que el volcán de agua era un volcán extinto que había acumulado agua de lluvia hasta formar un lago. Don Pedro de Alvarado sentía fascinación por él y solía organizar expediciones hasta la cumbre cuando no andaba envuelto en alguna empresa de conquistar territorios. Que eran las más de las veces, pues su temperamento fogoso lo impulsaba sin tregua a la aventura. Era algo que molestaba a su joven esposa, doña Beatriz de la Cueva, pues su corazón enamorado necesitaba de la constante presencia del amado. Pero poco podía su amor contra el arrojo aventurero de don Pedro. Los indios, deslumbrados por su audacia y su figura, le llamaban Tonatiuh, "hijo del sol". De éstas y de muchas otras cosas se enteró Juan Ponce a las pocas semanas de estar en el convento de Santiago de los Caballeros, y cuando preguntó por fray Bartolomé, el fraile que defendía a los indios, le informaron que se encontraba evangelizando nativos por las montañas. Había traducido el evangelio a la lengua de los indios mayas y hasta canciones cantaba en esa lengua acompañándose con su guitarra. Ya regresaría.

Pero pasaron largos meses sin rastro ni noticia de fray Bartolomé y el obispo Marroquín quiso saber su paradero, porque temía que los indios mataran al docto e insigne fraile. Con el propósito de informar al obispo sobre los progresos alcanzados por fray Bartolomé en su gesta evangelizadora, los dominicos pidieron voluntarios que viajaran a las impenetrables selvas para encontrarlo. Don Juan Ponce de León, fray Juan para los buenos frailes, sorprendió a todos con su disposición a ir, alegando experiencia en atravesar tupidas selvas tropicales, lo cual los frailes no dudaron dado el entusiasmo y la seguridad con que lo decía. Al escucharlo no pudieron impedir la sospecha de un pasado de guerras y aventuras, mas no pasó de eso. Una mañana dulce en el recuerdo que aún tendría fray Juan cientos de años después, salió junto a fray Abelardo, un joven oriundo de Extremadura y muy inocente todavía, rumbo a las selvas de los maya-quiché. Llevaban a dos indios consigo para que abrieran el camino y les sirvieran de guías y al cabo de varias semanas preguntando en las aldeas que encontraban a su paso, les informaron que el padrecito que cantaba historias no se encontraba lejos de allí.

Estaba sentado sobre una piedra a la sombra de un árbol cuya copa redonda rozaba las nubes cuando al fin lo alcanzaron. Les hizo señas para que se sentaran en el piso y siguió absorto en su tarea por un rato. Luego sonrió, más para sí mismo que para ellos, y comenzó a cantar. Ni Juan Ponce ni fray Abelardo entendían lo que decía, pero sonaba muy bonito y les sorprendió la destreza de fray Bartolomé con la guitarra y su bien templada voz.

—No entiendo lo que dice, pero tiene usted una hermosa voz —se aventuró a decir Juan Ponce.

Fray Bartolomé rió divertido. Era un hombre de unos sesenta años a quien la vida y sus constantes batallas en vez de endurecerlo lo habían dulcificado. Tenía una nariz grande y recta, una mirada tierna y una boca sensual. Tras la aparente bondad se transparentaba una capacidad inagotable para ser fiero. Era un hombre apasionado. Eso don Juan no lo ponía en duda. Reconoció en él un espíritu indomable y recio, el mismo espíritu que Juan Ponce había cultivado en su juventud. El porqué este hombre se había dedicado a defender a los indios en vez de construirse una heredad todavía le resultaba incomprensible. Tendría que vivir cientos de años y observar las alzas y bajas de la Historia para comprenderlo.

—Les cantaré en castellano —dijo entusiasmado fray Bartolomé. Y entonó una canción sobre cómo Cristo caminó sobre las aguas.

—Es la más que le gusta a los inditos —añadió riendo bajito.

No dio más explicaciones. Fray Juan habría querido preguntar por qué y por qué y por qué. No pudo porque dos indios llegaron corriendo a decir que necesitaban al padrecito. Fray Juan y fray Abelardo siguieron a fray Bartolomé, quien agarrándose hábilmente la sotana bajó el monte dando saltos con extrema agilidad y asombrosa rapidez. Los buenos frailes estaban con la lengua afuera por la falta de práctica, les dijo fray Bartolomé riéndose de buena gana al verlos seguirlo a duras penas, tropezando con las lianas y enredándose en los arbustos.

Al llegar a la aldea fueron conducidos a una casa donde un niño lloraba a todo pulmón mientras la madre se esforzaba por aliviarlo y consolarlo. Fray Bartolomé miró a los presentes y vio a un sacerdote maya que lo miraba con desconfianza. Había estado intentando curar al niño y resentía la llegada del hombre que contaba historias. Fray Bartolomé fue donde él y le hizo un saludo de respeto. Luego se acercó al niño, alzó sus párpados y miró su lengua. Era evidente que tenía fiebre y fray Bartolomé ordenó le trajeran mantas. Con ellas fue cubriendo al niño mientras tarareaba una canción. Cuando lo tuvo bien envuelto se arrodilló a su lado, hizo la señal de la cruz y rezó un padrenuestro. Después otro y después otro. Fray Juan y fray Abelardo se arrodillaron junto a él y rezaron también. Transcurridos unos quince minutos, el niño, quien sudaba y sudaba, dejó de llorar, y media hora después dormía plácidamente. Entonces fray Bartolomé le quitó algunas mantas, le dio un beso en la frente y ordenó a la madre que le avisara cuando el niño estuviera despierto. Agradecida, la mujer quiso besar sus manos, pero fray Bartolomé la apartó con suavidad hablándole en su lengua. A fray Juan y a fray Abelardo les indicó que lo siguieran y lo acompañaron hasta el borde de la aldea, donde entró a una choza de paja muy humilde.

—Ésta es mi casa. Siéntense, por favor —les indicó con los ojos bajos.

Se sentaron en el piso, embobados como niños ante un mundo de fantasía.

—*Mens sana in corpore sano*, decían los antiguos, y mucha razón tenían, que sólo sanando el cuerpo sanamos el alma.

Así comenzó a hablarles fray Bartolomé y estuvo un rato narrándoles sus curaciones y sus éxitos en la tarea de ganarse adeptos al cristianismo. "El secreto", les dijo, "es hablarles en su lengua". Luego añadió:

—Y no decirles que sus creencias son falsas y con ello hacerlos sentir avergonzados.

Hasta qué punto el santo fraile predicaba a su manera pudieron comprobarlo al día siguiente, pues fray Bartolomé celebró misa en un edificio donde aún había ídolos paganos con ofrendas de flores y velas encendidas.

De regreso al convento fue con gran regocijo que fray Juan y fray Abelardo narraron a sus superiores los éxitos de fray Bartolomé, mas evitaron mencionar los ídolos paganos y la, a los ojos de cualquiera, exagerada liberalidad de fray Bartolomé en lo que respecta a las creencias religiosas de los indígenas. Era preferible no menear mucho aquel cocido, había pensado fray Juan, y el bueno de fray Abelardo había estado de acuerdo. El obispo Marroquín recibió la noticia de los logros evangelizadores con alegría, pues quedaba comprobada la sabiduría de su decisión al acoger a fray Bartolomé cuando otros obispos no lo quisieron en sus diócesis.

En estas idas y venidas transcurría entonces la vida de fray Juan en el convento dominico de Santiago de los Caballeros cuando se supo que don Pedro de Alvarado había muerto en una de sus campañas de conquista de nuevos territorios. Su viuda doña Beatriz de la Cueva pareció enloquecer. Pasaba los días y las noches subiendo y bajando las anchas escaleras de piedra de su palacio y apenas hablaba. Lo único que la ataba a la vida era su niña de cinco años, a quien abrazaba llorando cada vez que la traían a su presencia. La desmesura de su pena la hizo llamarse a sí misma "La sin ventura" e hizo pintar de negro todo el palacio, por dentro y por fuera, cubriendo de cortinajes negros los salones. Ella misma vestía toda de negro. Rezaba desde la mañana a la noche para poder consolarse y por alcanzar una resignación que le permitiera criar dignamente a su hija.

La resignación no llegaba. Día tras día crecía su rebeldía ante Dios y sus designios, y ni los azotes a su espalda en la intimidad de la habitación lograban desenredarle las emociones. Tal vez por eso aquella noche del 10 de septiembre del 1541, cuando la tierra comenzó a temblar, a doña Beatriz no le dio miedo. Le dio una especie de alegría de que la castigaran por su rabia. En medio de los muros tambaleantes miró al cielo de manera desafiante y dijo, como quien habla cara a cara con Dios:

—No te tengo miedo.

Semejante soberbia hizo temblar más aún la tierra y el cráter del volcán de agua se resquebrajó por uno de sus lados. Una inmensa muralla líquida descendió las laderas arrasando con todo lo que a su paso se encontrara. Era tal el estruendo de las aguas, que en el convento de los dominicos los frailes las sintieron venir cuando todavía estaban lejos. Se habían reunido a rezar en la capilla al comenzar el terremoto, pero la amenaza de las aguas los obligó a subir a los techos con la esperanza de que no se desplomaran. Desgraciadamente los muros del convento no resistieron el empuje y los buenos frailes fueron arrasados por las furiosas aguas, que llevaban en su corriente perros y caballos, ventanas, hombres, mujeres y niños, carruajes, árboles, en suma, todo cuanto encontraban a su paso. Al llegar al palacio del gobernador de Guatemala, las desbocadas aguas lo derrumbaron. A la mañana siguiente, los escasos sobrevivientes encontraron el cadáver de doña Beatriz bajo los escombros de la capilla. Estaba abrazada al cadáver de su hijita y a la cruz del altar, lo cual hizo pensar que se había arrepentido en un último suspiro. Aunque nadie podría asegurarlo.

Fray Juan fingió haberse salvado en el techo de un edificio que no se derrumbó, pero lo cierto es que fue arrastrado largo trecho por la corriente viendo a sus compañeros frailes ahogarse en medio de la más terrible desesperación. Por casualidad logró asirse al madero de una casa que se mantenía firme y trepó hasta estar fuera de la corriente. No murió porque no podía morir, pero los gritos de las víctimas y el estruendo de las aguas marcaron sus días y sus noches durante años. El dolor ajeno lo hizo sufrir y solía despertarse en medio de la noche porque soñaba que el torrente lo cubría de pies a cabeza. Al cabo lo olvidó, porque en el caso de estas catástrofes sólo el miedo a la muerte, emoción que le era ajena, deja huellas perdurables.

No quiso permanecer en Santiago de los Caballeros a pesar de que los sobrevivientes mudaron la ciudad a otro valle. Partió a lomo de mula hacia el Puerto de la Veracruz siempre con su hábito de fraile y con la esperanza de encontrar alojo en algún barco que partiera hacia Sevilla. Como pasaban las semanas y no llegaba la flota que esperaban, finalmente decidió hacer lo que quiso hacer desde un principio, y fue irse con una caravana que se dirigía a la capital de la Nueva España, allá en lo alto del altiplano central del continente. De nuevo entonces a lomo de mula subió por los desfiladeros, admirado de la variedad y belleza de estas nuevas tierras, las cuales daban fe de la grandeza de Dios en cada recodo del camino que descubría, desde el pie de los cráteres nevados o desde lo escarpado de las laderas de la montaña que los indios llamaban la "mujer dormida". El cielo era tan azul y límpido que parecía iba a romperse al menor sacudón, como si de un cristal finísimo soplado en Venecia se tratara. Cuando llegaron a la entrada del Valle de México tuvo que contener la respiración, que ya por la altura se le hacía dificultosa. En medio del valle rodeado de montañas había un lago y en medio del lago una isla y en medio de la isla una ciudad. Los indios que los acompañaban le dijeron que se llamaba Tenochtitlán, y don Juan no pudo evitar sonreír para sus adentros al pensar en Diego Velázquez. Ahora comprendía el alcance de la amargura del viejo conquistador cuando Cortés lo traicionó. Con el agravante de que al gobernador de Cuba le habían contado que las calles de México estaban empedradas con oro y piedras preciosas. Pero también comprendió por qué Cortés no consideró que debía lealtad a nadie. Entre la tropa española en Guatemala había conocido veteranos de la conquista de México, caballeros aguerridos y cubiertos de cicatrices que le habían contado sobre Cortés. Gran locura había sido

internarse quinientos castellanos en una ciudad enemiga de casi un millón de habitantes y los que lograron salir con vida nunca lo olvidarían. Fray Juan sentía
que el guerrero que había en él, y el cual había mantenido dormido por tantos años, se le revolcaba de
orgullo ante la valentía y el arrojo de su raza. La ciudad, que relucía bajo el sol allá abajo en medio del
lago, estaba unida a tierra firme por medio de varias
calzadas. Don Juan consideró el valor defensivo del
lago, el cual servía la función de un foso como el de
los castillos de España, y se admiró de los conocimientos de estos inditos no tan humildes como los de
su isla de Sant Joan, pero a los que había masacrado
Cortés con la mismísima tranquilidad que tuvo él al
hacer lo mismo, pues razones de guerra eran. Tanto
las calzadas como las plazas le parecieron de dimensiones impresionantes. "Nunca había visto plaza tan
grande", dijo a los indios, aprovechando su condición
de fraile para indagar en sus costumbres. Éstos lo
miraron con cierto desprecio, pensó Juan Ponce, y
dijeron:

—Donde está la plaza central de los españoles
estaba la plaza de Montezuma.

Luego callaron y por más que fray Juan les
hizo preguntas no respondieron, mas éste entendió
que la escala monumental de ciudad de México, que
era una escala desconocida en España, se debía a los
cimientos de la ciudad anterior.

Al entrar buscó asilo de inmediato en el convento de los dominicos y allí estuvo por algunas semanas, maravillándose a cada paso de la riqueza de
los edificios y las iglesias. Preguntó por Cortés y le
dijeron que había regresado a España. Preguntó por
Juan Garrido, el negro que fuera su sirviente y luego
el de Cortés, y le dijeron que había muerto el año
anterior. Esto lo hizo con mucha cautela y con temor
a ser reconocido, pero al cabo se fue despreocupando,

pues todos parecían demasiado absortos en enrique-
cerse o en envidias y otras miserias cortesanas para
fijarse en un fraile mendicante. Un día en el convento
se supo que a fray Bartolomé lo habían nombrado
obispo de Chiapas y pensó ir a verlo, pero desistió
ante las presiones de sus superiores en la comunidad,
muchos de los cuales no simpatizaban con fray
Bartolomé. Obedeció y viajó al norte a predicar, con-
viviendo con gentes muy pobres que a duras penas
lograban arrancar el sustento alimenticio a una tierra
arenosa y seca. Sólo gracias al maíz sobrevivían. No
era difícil entender por qué los indios del norte, al
igual que los mayas de Guatemala, adoraban un dios
del maíz. Las tortillas que comía diariamente llegaron
a saberle al más blanco pan de trigo y aún mejor.
Labraba la tierra con los indios para ganarse su confianza y su alimento y también porque intentaba comprender a quienes quería llegar, y cierto día en que
predicaba sobre la bondad de Cristo se encontró admirado ante lo que decía, tan admirado como los mismos inditos, quienes se extrañaban de que el dios de
los españoles fuera bueno cuando los españoles eran
tan malos.

—El padrecito habla del dios del amor. ¿Y el
dios de la guerra cómo se llama?

—Hay un solo Dios.

A menudo no podían comprenderlo, y cuando
esto sucedía, fray Juan se arrodillaba a rezar y a pedir
fuerzas, pues las preguntas lo ponían a dudar y temía
que fuera el Diablo, quien lo reclamaba al fin. Por
épocas se castigó el cuerpo con el silicio. Jadeante y
sudoroso, rezaba porque su fe no se debilitara nunca,
ya que era su única protección contra el Maligno.

Un día despertó muy temprano, mucho antes
de que saliera el sol, con el deseo de regresar a España metido entre ceja y ceja. Al cabo de varios días no
lo pudo soportar y sin regresar al convento de ciudad

de México ni avisar tan siquiera a sus superiores, tomó la ruta hacia el golfo. Llegó a Veracruz con los pies llagados y feliz de volver a ver el mar después de tantos años. El aire salado le alivió la pena que le apretaba el pecho. Esta vez tuvo suerte y había pasaje en los navíos que zarpaban para España, pues la flota de Menéndez de Avilés estaba en puerto y escoltaría los buques que iban cargados de oro y plata.

En vez de seguir hasta Sevilla con la flota, Juan Ponce se bajó en Cádiz y viajó por la costa atlántica de la península hasta llegar a Oporto, donde alguien le había dicho que había un manantial que aliviaba todos los males. No encontró el manantial curativo y halló el Río Duero, que venía cruzando a España desde las montañas al norte de Soria y desde los alrededores de la mítica Numancia hasta descargar sus aguas en el Atlántico. Luego de beber las aguas y bañarse, como era su costumbre hacer en todos los ríos y fuentes que encontraba, por si acaso podía derrotar de esta manera al Diablo, decidió refugiarse en los monasterios cistercienses del norte de España. El oficio de fraile mendicante lo había agotado y debía retirarse del mundo por un tiempo, al menos mientras todavía vivieran quienes podían reconocerlo. Después podría armar un barco y buscar el antídoto a la endiablada fuente de la eterna juventud. Si era reconocido antes de encontrar la cura, de seguro perdía su alma al Diablo. A pesar de las ganas de morirse que tenía, a pesar del cansancio de vivir que lo agobiaba, don Juan se estremeció al pensar en Lucifer. Quería morirse, pero no achicharrarse en las pailas del infierno. Si cerraba los ojos le parecía ver la isla del río cristalino entre las piedras y el paisaje tropical alrededor. También a menudo creía escuchar la risa del de la pata de cabro.

Entonces, justo unos días antes de llegar a Poblet, el monasterio cisterciense en los valles de Cataluña en el que pensaba encerrarse, por siglos si fuera necesario, Juan Ponce vio al Diablo. El fraile había recorrido un largo trecho de camino ese día y descansaba recostado contra unas piedras. Esa noche dormiría en compañía de unos pastores que ya roncaban junto a él. Pero como aún no quería dormir, se solazaba mirando las estrellas e inventando alguna que otra historia sobre ellas. Disfrutaba al recordar las historias de Ovidio que había leído en el convento de La Habana. Como monje cisterciense en Poblet, volvería a leer los clásicos. Ya estaba disfrutándolo por adelantado cuando una sombra se materializó junto a él. Era un hombre alto de unos cuarenta años y se apoyaba en un cayado de pastor. Se sentó frente al fuego y dijo que dormiría con el grupo. Fray Juan asintió con la cabeza, pero el terror lo inmovilizó cuando creyó percibir que los ojos del viajero eran rojos y chisporroteaban. Entonces fingió sentir frío, abrazó sus piernas y colocó la cabeza sobre sus rodillas. En esta posición lo sorprendió el amanecer. Al mirar hacia donde estuvo el desconocido, éste se había esfumado, pero al inspeccionar las huellas en el polvo comprobó, efectivamente, el rastro de una pata de cabro.

XII

Mientras Juan Ponce leía los clásicos al amparo de los
muros románicos del monasterio de Poblet, en su
pequeña isla de Sant Joan, perdida en el medio del
Mar Caribe, se sufrían vicisitudes sin fin. Pocas eran
las noticias que de aquellos parajes llegaban a los
monjes; sólo se supo que el pirata inglés Francisco
Drake la había atacado, sin éxito gracias a la Divina
Providencia, pero también gracias a los cañones del
fortín a la entrada de la bahía de Puerto Rico. Escasos
años después, sin embargo, George Clifford, conde
de Cumberland, desembarcó por la playa del Escambrón y había logrado tomar la ciudad. Se comentaba
que Clifford se había comportado como un caballero,
pues fusiló a uno de sus hombres en castigo por abu-
sar de una mujer criolla. Ya ondeaba la bandera inglesa en las torres del palacio de los gobernadores de
Sant Joan cuando sobrevino una peste que diezmó las
tropas inglesas, y fue esto de tal manera, que el conde
decidió abandonar la isla antes de que murieran todos. Semejante prodigio fue interpretado como señal
de la ira divina, y los monjes al escuchar el relato tuvieron por seguro que Dios favorecía a España. Ya
para esos años Juan Ponce había leído todos los clásicos de la biblioteca de Poblet. Había aprendido el
latín y el griego y podía leer a Ovidio en el original,
de modo que las noches sin luna en que paseaba
por los huertos de uva, higos y legumbres cultivados

por los monjes, podía identificar las constelaciones y recrear las historias de sus orígenes con gran facilidad. También estudiaba el hebreo, y para la época en que pidió traslado a un monasterio de Francia ya hablaba francés. Como su vida nunca tendría fin, necesario era que su curiosidad por aprender se adecuara a esta circunstancia. Era lo único que podía hacer para combatir el hastío de vivir y Juan Ponce tenía terror al hastío, pues maldecir la vida era igual que maldecir a Dios y caer en la trampa del Diablo.

Durante todos estos años de reclusión y estudio, años en que cambiaba de monasterio cada cierto tiempo porque su eterna juventud no fuera a constituir motivo de escándalo, Juan Ponce supo poco de su isla caribeña y de la descendencia de los Ponce de León en ella, pero un día de pronto recordó a su hija María. Y entonces recordó a Lope y a sus nietos en la casa de San Germán y fue tan grande la nostalgia que las lágrimas comenzaron a fluir abundantemente y tuvo que guardar los pergaminos que manejaba por no estropearlos. Recordó a Juana e Isabel y sintió un deseo incontrolable de abrazarlas. Debía volver e intentar encontrarlas en la herencia de ellas que tuvieran sus descendientes, se dijo. Así pensaba y suspiraba el monje, pues extrañaba a los suyos que habían muerto muchas generaciones atrás. No erraba del todo en su esperanza de reencontrarlos en sus descendientes, sin embargo, pues la familia de Juan Ponce se había mantenido firme en sus tradiciones y debido a la escasez de habitantes en la isla se habían casado tíos con sobrinas, tías con sobrinos y primos con primas, subrayando así los rasgos familiares. Si estas prácticas a veces se volvían excesivas y nacían niños ciegos, mudos, de pies deformes y carentes de inteligencia, los encerraban en el cuarto más apartado de la casa. Entonces las mujeres tomaban la determinación de casarse con oficiales del ejército español, a

quienes incorporaban a la familia por aquello de sa-
near la raza.

Había, para el 1660, fecha aproximada en la
que el monje cisterciense Juan Ponce se sintió abatido por la nostalgia de los de su propia sangre, dos
ramas de los Ponce de León en la isla de San Juan.
Unos vivían en la capital, en la ciudad de Puerto Rico,
y éstos eran los descendientes de Juana y García
Troche. Como Luis, el único varón de Juan Ponce,
había ingresado al convento, fuerza fue proveer a la
isla con descendencia que llevara el apellido del ilustre conquistador. Y esto es lo que hizo García Troche,
y fue que dio a su propio hijo el apellido de la madre, y este hijo fue personaje principalísimo y docto que
se llamó Juan Ponce de León Segundo. Fue alcaide de
La Fortaleza, veedor de la isla y regidor del Cabildo
de la ciudad de Puerto Rico, además de gobernador y
el primer cronista puertorriqueño. Tuvo a su vez descendencia de varones, y los hijos de los hijos de sus
hijos constituían una de las familias más influyentes
de la capital para la fecha en que Juan Ponce quiso
conocerlos.

La segunda rama de la familia vivía en San
Germán de la Nueva Salamanca, la villa fundada por
Lope López de Villalba y que había cambiado de
asentamiento tres veces huyendo de los saqueos de indios y piratas. La última ubicación en las lomas de Santa
Marta había prevalecido porque eran buenos los aires,
por la fertilidad milagrosa de la tierra y por la terquedad de sus pobladores. Gracias a los verdísimos y
abundantes pastos, el ganado prosperaba y los vecinos de San Germán, que no eran muchos que digamos, vivían de la venta del cuero y la carne de las
reses y de vender la melaza de la caña de azúcar. No
había, para 1660, más de treinta casas en la villa. Las
de la clase acomodada eran de madera y las de los
pobres eran de paja con techos de yagua, todas ubi-

cadas a ambos lados de las dos calles trazadas a lo largo de la loma central; iban desde la iglesia y la plaza hasta el convento de los dominicos. Muchos de los vecinos de San Germán no residían en la villa; vivían en las mismas haciendas, donde construían casas de madera de dos pisos con balcones alrededor para avistar el mar a lo lejos y las montañas en lontananza.

De los seis hijos que tuvieron Lope y María, sólo los hijos de Sancho llevaron el apellido López de Villalba, pues Pedro Juan hizo lo mismo que su primo de la capital y esto fue llevar el nombre Ponce de León. Sus descendientes, hombres voluntariosos y mujeres que no se quedaban atrás, se apellidaron Ponce de León. Lope y María estuvieron de acuerdo porque Sancho tenía ocho hijos y cinco eran varones, así que aunque Álvaro Juan se hubiera ido al Perú y nunca volviera a saberse de él, había muchos López de Villalba por los alrededores, demasiados para Sancho, quien temía a la maldición fratricida de la familia. De sus cinco hijos varones Sancho escogió al primogénito, José Juan, para comunicarle los secretos familiares. No se sorprendió cuando José Juan escuchó su relato de la maldición fratricida sin pestañear. No pareció afectarse tanto como él, en aquella ocasión en que Lope había hecho otro tanto con su primogénito. Se limitó a ponerse muy serio, con una cara de tragedia que espantaba hasta a las moscas. Pero al describirle los sótanos del castillo de Villalba el joven sonrió.

—Los mosaicos del piso representan una pelea de gallos.

José Juan dijo esto como si recordara un lugar que hubiera conocido en su infancia. Después le describió al padre las estatuas de los dioses paganos y dijo:

—Estoy seguro de haberlo soñado alguna vez.

Sancho sabía que no era eso pero asintió por no contrariarlo y por no escarbar muy hondo en asuntos que él mismo no comprendía. Años después, antes de morir, le confesó a José Juan que cuando su padre se lo había contado a él, era también como si lo hubiera sabido siempre. La certidumbre del recuerdo fortalecía el alma y el carácter, pensó José Juan. Al alcanzar la madurez no tuvo duda dello, y de acuerdo con esta convicción transmitió los secretos familiares a todos sus hijos, hombres y mujeres por igual. Violaba la costumbre, pero los sucesos ya quedaban tan distantes en el tiempo y en el espacio que fueron convirtiéndose en leyenda. Todos los López de Villalba sabían que descendían de la aristocracia de Navarra y que, aunque nunca fueran a España, allá había un castillo que había sido un palacio romano en la antigüedad. Así es que aunque vivieran en casas de madera que se pudrían con las constantes lluvias torrenciales y volaban por los aires cuando azotaban los huracanes, los López de Villalba caminaban con la frente en alto por el orgullo de su estirpe, el cual les servía para afrontar las dificultades y las vicisitudes sin tregua propias de la precaria existencia que llevaban los vecinos de San Germán.

Todos los López de Villalba eran ganaderos. Tenían tierras en abundancia en el Valle de Lajas y en Guánica y sus animales pastaban en las tierras suyas propiamente y en las silvestres que a nadie pertenecían. El problema era que a menudo no encontraban a quién vender los cueros. Legalmente sólo se permitía el comercio con Sevilla y eran pocos los navíos que se molestaban en parar en San Juan porque la isla era pequeña. La mayoría sólo se detenían por tormentas, reparaciones o abastecimiento de agua y alimentos. Además, era difícil la transportación a la capital debido a la mala condición de los caminos, que eran farragosos, rodeados de muy espesa arboleda, pantanos y caudalosos ríos que las lluvias hinchaban. Faltaba la carne en la capital y en San Germán se pudría en los campos. A menudo mataban las reses por los cueros y dejaban perder la carne.

A esto se sumaba el asunto de los esclavos negros que se escapaban de las haciendas y se internaban en los bosques. Estos cimarrones vivían de cazar reses para comer, mayormente ganado mostrenco, y hubo años en que los ganaderos perdieron cientos de vacas por causa de estos negros. Pero era tanta la abundancia, que más problema era vender los cueros y la carne que proteger los animales de los depredadores. No que no lo hicieran. De cuando en cuando los López de Villalba reunían a los García de la Seda, a los Del Toro, a los Ramírez de Arellano, a los Quijano y a los Ponce de León, hombres de pelo en pecho y pobladas barbas, con unos brazos duros de tirar el lazo y cortar cabezas vacunas con hachas afiladas, y se tiraban al monte en busca de los cimarrones. A veces los cogían y los azotaban a manera de escarmiento, o los colgaban de la rama de un árbol para que la vista del ahorcado impidiera la fuga de quienes pensaban en ello. Pero las más de las veces ni se molestaban porque siempre podían comprarse más negros, o cambiárselos por vacas a los franceses, y un negro que no quería trabajar costaba caro mantenerlo y creaba problemas de insubordinación en las barracas.

El problema mayor consistía en vender los cueros; y si se podía, algún azúcar y un poco de jengibre. Así es que, a espaldas de los soldados españoles, los Ponce de León, los Ramírez de Arellano, los Quijano, los López de Villalba, los García de la Seda y los Del Toro se deslizaban escondidos y calladitos hacia la costa sur en las tempranas horas de los amaneceres, cuando les avisaban que venían franceses, ingleses y holandeses, quienes valoraban los cueros de los sangermeños. Si los contrabandistas se encontraban por las costas de La Aguada, hacia allá se dirigían con sus mercancías y al amparo de la noche lograban obtener negros, vino, telas, aceite de oliva y harina de trigo. Debían galopar largas horas para hacer estos trámites que constituían un gran riesgo, pues el contrabando era un delito por el que degollaban a los culpables. Pero por lo general, gracias a la Virgen Santísima y a todos los santos del santoral católico, los soldados españoles se hacían de la vista larga. Y esto era así porque su actitud de aquí no pasa nada les era recompensada con vino en abundancia, detalle nada desdeñable para la tropa, que le tenía mucha afición.

En estos dimes y diretes de la difícil sobrevivencia se encontraba la parentela sangermeña de Juan Ponce cuando el monje y otrora conquistador de Sant Joan y La Florida sucumbió al ataque de nostalgia aquella mañana de agosto del 1660. Como era su costumbre cada vez que se sentía acorralado por las circunstancias, Juan Ponce quemó sus naves y salió del monasterio cisterciense sin informar a nadie su decisión. Tomó el camino a Madrid y dormía entre pastores y de cara a las estrellas, como en tantas otras ocasiones, comiendo de lo poco que llevaba en el zurrón y de lo que lograba mendigar. En Madrid fue directamente al convento de los dominicos y pidió audiencia con el prior. Al verlo no dudaron los buenos frailes que se trataba de un santo, dada la extrema humildad de sus vestiduras de monje y la cultísima forma en que hablaba, todo esto combinado con una suavidad de maneras que sólo otorga la seguridad de haber vivido mucho. Por ello lo hicieron pasar enseguida y mientras esperaba sentado en un banco del claustro, Juan Ponce recordó las veces que había paseado entre aquellos arcos y aquellas columnas. Hacía ya tantos años que se le perdía la cuenta, pero se acordaba de algunos frailes, muy especialmente de fray Francisco de Guzmán allá en La Habana. Fray Francisco había sido su confesor y su maestro y también había sido su amigo, algo que hacía más de cien años no tenía. También se acordó de fray Bartolomé, a quien muy a pesar suyo nunca pudo volver a ver, y seguía acordándose de frailes como el joven e inocente Abelardo, quien murió ahogado por las aguas del Volcán de Agua, cuando le informaron que el prior lo recibiría. Caminó entre los arcos góticos del claustro de piedra hasta encontrarse al pie de una gran puerta de madera labrada. En un costado della una pequeña puerta se abrió y por esta apertura pasó Juan Ponce, inclinándose para no golpearse la cabeza.

El prior se encontraba sentado detrás de un escritorio, y estuvo firmando unos papeles sin alzar la vista por algún tiempo, mientras Juan Ponce escudriñaba los lomos de los libros que cubrían las paredes. El prior no era viejo, pensó, aunque tampoco era joven; sería mayor que él, que todavía tenía cincuenta años aunque representara cuarenta porque no tenía canas. Durante el siglo pasado se había afeitado la barba y el bigote por si acaso alguien pudiera reconocerlo, pero recientemente había recuperado la barba.

—¿Los reconoce?

Era la voz del prior, quien lo observaba con curiosidad.

—Sí, claro, sí señor, Ovidio, Séneca, Aristóteles, San Agustín, Santo Tomás.

El prior sonrió.

—¿Y en qué puedo ayudar a nuestros hermanos cistercienses?

Juan Ponce negó con la cabeza.

—No se trata de eso.

—¿Y entonces qué se le ofrece?

—Verá usted...

No sabía cómo empezar, pues el hábito de contar su historia comenzaba a borrarse. Dijo lo más prudente.

—Pido confesión. Por Cristo y su Santísima Madre, no se niegue a escucharme.

El prior se molestó, pues no estaba él para confesar a cuanto monje se le antojara meterse en su convento. Mas creyó percibir una desolación que lo intrigó.

—Venga conmigo.

Y al decir esto se levantó y cruzó varias habitaciones hasta llegar a la gran nave de la iglesia de Santo Domingo que estaba junto al convento. Juan Ponce lo siguió hasta un confesionario y en la secretividad de sus maderas y terciopelos narró su historia. Al principio el sacerdote se mostró incrédulo.

—¿Que en el 1513 usted bebió de la fuente de la eterna juventud?

—Fui engañado por Satanás.

—Digamos que Dios lo castigó por pretender transgredir las leyes de la naturaleza.

—Debe tener usted razón. Bien es cierto que Satanás sólo puede actuar si Dios lo permite.

—¡Ajá! Comprenderá que no puedo darle la absolución.

Juan Ponce suspiró. Bien diferente era en este nuevo siglo la idea de la caridad cristiana. Fray Francisco de Guzmán no había dudado en ayudarlo. Entonces suplicó:

—Debe ayudarme. Quiero volver a América. Quiero volver a San Juan. Quiero encontrar el río que me devuelva a la posibilidad de la muerte. Ya he sufrido bastante.

La angustia de su voz era auténtica y el prior cedió.

—¿Qué desea de mí?

Juan Ponce le explicó su necesidad de volver a ingresar a los dominicos para así arribar a su isla sin despertar sospechas. Tras pensarlo un rato, el prior accedió a su petición. Y así fue cómo Juan Ponce volvió a ser fray Juan, fray Juan de Sanlúcar esta vez, y volvió a vestir la túnica blanca y la capucha. Seis meses más tarde su velero entraba a la bahía de Puerto Rico. A pesar del estrepitoso saludo de los cañones del Castillo del Morro y de los acelerados latidos de su corazón, Juan Ponce creyó que soñaba. Miró los muros de las magníficas fortificaciones de la ciudad, las cuales había terminado de construir el gobernador don Íñigo de la Mota Sarmiento en el 1638 y quedó admirado, mas luego, caminando por las calles de tierra se lamentó del pasto y la maleza que crecían por doquier, pues daban a la ciudad un aspecto de abandono. Tanto era así, que los vecinos dejaban sueltas a sus bestias de carga en lugar de darles de comer, para que pastaran en las calles de la capital. Aparte de esto apreció muy buenas casas de cal y canto con techos de tejas, algunas de dos pisos y con patios atrás. Había unas trescientas casas en total, y en todos los patios y casi por todas partes vio árboles de naranjas y limoneros, plataneros y papayos, por lo que dedujo que los pobladores habían cobrado gran afición a la fruta. El convento de los dominicos era hermoso, con un espacioso claustro y un gran patio adosado a la iglesia. Se subía al segundo piso por una escalera ancha que conducía a una galería a la vuelta redonda. Desde las celdas se veía el mar y las fortificaciones construidas en la punta de la isleta. Si bien ya no tenía costumbre del calor, no lo pasó muy mal porque una brisa arrulladora que venía del mar soplaba día y noche.

Como cierta fama de sabio lo acompañaba, el obispo quiso conocerlo. Lo invitó a cenar a su palacio, que quedaba muy cerca del convento, y fray Juan se admiró del servicio de plata y de los muchos lujos que tenía el prelado, cuando era evidente que no era una ciudad muy próspera. Según el propio obispo, a veces hasta el vino de consagrar faltaba, y la harina para hacer hostias también. Debían remediarse con aguardiente de caña y pan de casabe, que eran productos de la isla. Los contratiempos surgían, le confesó el obispo, porque los barcos españoles no venían a San Juan. La tropa estaba mal vestida y peor alimentada. Había más mujeres que hombres porque éstos emigraban buscando mejores condiciones de vida, y las pobrecitas no encontraban marido, especialmente si los padres no tenían con qué darles una dote. Por esta razón se había tenido que fundar un convento de Las Carmelitas, para albergar a las señoritas sin casar y dar una solución honrosa al conflicto.

Y así hablando el obispo le contó de las gentes que vivían en la isla, díscolas y remilgosas en su mayoría, quisquillosos como nadie, orgullosos, egoístas.

—Esta gente vela por sus intereses. No tienen grande amor a España, no crea usted.

Juan Ponce debatió con la poca información que tenía por azuzar al prelado:

—Tengo entendido que cuando el holandés atacó estuvieron bravos y dispuestos a dar su vida por España.

—No lo dudo, defendían su pellejo, no se olvide. De entonces acá se han vuelto más majaderos y rebeldes.

El fraile devoraba cada palabra del obispo a la vez que devoraba los manjares de la bien surtida mesa: carne de res y de carey, casabe, plátanos, piña, naranjas y dulces en conservas harto deliciosas. Las transformaciones que se habían llevado a cabo en el proceso de formación de la sociedad isleña lo divertían y paró la oreja cuando escuchó:

—En especial esos Ponce de León, unos revoltosos que andan, las más de las veces, metidos en litigios con el gobernador y los militares.

Juan Ponce tuvo que hacer un esfuerzo por contener la risa que lo ahogaba. No esperaba este giro de los acontecimientos. Esa noche, en la soledad de su celda, rió de buena gana con los comentarios del obispo. Sentado en la ventana miraba los reflejos de la luna rielando sobre el mar y las carcajadas sacudían su cuerpo.

Aunque le había sido asignado el convento de San Germán de la Nueva Salamanca, quiso demorar algún tiempo en la capital. Lo primero que hizo fue visitar su propia tumba. Había sido trasladada desde La Habana y se encontraba en la iglesia junto al convento. Inicialmente la inscripción le produjo cierta extrañeza:

> *Aqueste lugar estrecho*
> *Es sepulcro del varón*
> *Que de nombre fue león*
> *Y mucho más con el hecho.*

Leyó y releyó la misma lápida que había leído hacía ya más de un siglo hasta que terminó por parecerle cómica y entonces comprobó que la vanidad ya no lo tentaba. El asunto de sus descendientes era diferente, pues era más una cuestión de soledad que de vanidad. Se devanaba los sesos buscando un pretexto para conocer a los Ponce de León. No podía presentarse en la sala de una casa con armadura, casco y espada en mano y decirles:

—Yo soy vuestro antepasado.

De seguro lo encerrarían en las mazmorras del presidio. Pero moría por conocer a los descendientes de Juana y García Troche. A los de Lope y María ya tendría más tiempo y razones para conocerlos. En cuanto a sus parientes capitalinos, con el propósito de echarles un vistazo pasaba cuantas veces podía frente a las casas de los Ponce de León, que eran varias y muy bien puestas. Vio esclavos y esclavas salir y entrar a ellas con legumbres y carnes y en una ocasión, a través de una ventana creyó ver un perfil de mujer que le recordó, sin duda, a su Leonor. Pero como las mujeres de la aristocracia criolla salían poco a la calle, tuvo que viajar a San Germán sin haber visto de cerca a alguna de las mujeres.

A Luis Salinas Ponce de León lo vio bien. Caminaba una mañana por el claustro en compañía de otros frailes, quienes discutían acaloradamente el dogma de la virginidad de María, el cual era cuestionado por los herejes alemanes, cuando el prior fray Damián de Henares, quien andaba envuelto en la discusión tan acalorado como cualquiera, recibió notificación de que tenía un visitante. Al escuchar el nombre de quien solicitaba audiencia se extrañó.

—Es la primera vez que pisa este convento —dijo en voz alta.

Claro que fue indiscreto al decirlo así; al menos eso pensó Juan Ponce. El prior lo había mirado al susurrar su comentario y fray Juan casi se veía obligado a preguntar de quién se trataba. El prior se le adelantó.

—Es don Luis Salinas Ponce de León.

A Juan Ponce se le erizó la piel. Como movido por un resorte se acercó al prior y le sugirió, haciendo uso de su autoridad de hombre sabio, que sería mejor si él lo acompañaba a recibir a tan importante personaje.

Así de refilón entonces fue como tuvo fray Juan su primer encuentro con sus descendientes. Cuando entraron al despacho del prior, don Luis se encontraba de espaldas, parado frente a un cuadro de Santo Domingo que engalanaba la pared izquierda. Al sentir los pasos del prior y fray Juan, viró para saludarlos. Fray Juan lo devoró de un vistazo. Usaba una casaca negra de tafetán y calzones de la misma tela, medias negras y zapatos de hebilla de plata. La blusa tenía cuello y puños de encaje. "Todo un caballero español", pensó fray Juan al percatarse de la distancia que se establecía entre los religiosos y el egregio personaje.

—Ah, fray Damián —dijo en un tono entre alegre y cortés —hoy me levanté decidido a visitar el convento del cual soy patrono.

—Por la gracia de Nuestro Señor y de su ilustrísimo tatarabuelo que Dios tenga en su gloria.

—Le aseguro a su merced que si no le he visitado a menudo no ha sido por desidia. Digamos que ha sido por razones de Estado. ¿Le parece?

—Por supuesto. Sea como usted prefiera, don Luis. ¿Gusta de tomar asiento?

Y muy suavemente fray Damián lo condujo hasta la butaca frente a su escritorio. Sólo entonces cayó en la cuenta de que no había presentado a fray Juan.

—Ah, don Luis, se me olvidaba. Usted perdone. Este fraile que me acompaña es el sapientísimo fray Juan de Sanlúcar, quien va en misión predicadora a la villa de San Germán, a donde se trasladará próximamente.

—¡Ajá! ¡Va usted para la selva! Vaya, vaya usted a domar aquellos potros salvajes de mis primos.

Lo decía burlándose y fray Juan pensó que era simpático; un poco brusco tal vez, pero con cierta ternura en la voz. Le hizo gracia su manera de hablar, más dulzona que la de los españoles, como si ablandara las palabras al decirlas.

—Haré lo que pueda —dijo fray Juan fingiendo seriedad y modestia.

Don Luis lo miró fijamente al escuchar su voz y fray Juan tembló. "¿Será que intuye algo?", pensó. "¿Qué sentirá cuando el sonido de mi pensamiento le retumba en los huecos del alma? Tiene mis ojos azules y el temperamento de mi prima Francisca. Sí, eso es. Pero más campechano. Un orgullo informal y campechano, qué cosa." Tenía el alma en un hilo, pero el caballero criollo pareció descartar como inoportuna la sospecha, si alguna, que se le asomaba al cerebro, y volvió al asunto que lo traía al convento. Don Luis fue directo al grano.

—Le diré, fray Damián, que ese impuesto que el gobernador va a imponer a la carne me parece criterio errado.

"Asuntos de dineros lo traen aquí", pensó fray Juan, "no es asunto de pecadillos por absolver".

—Usted sabe —continuó don Luis— que el impuesto al aguardiente es razonable, pero la carne es alimento básico de la población.

Fray Damián estaba muy serio.

—Comprendo. ¿Desea usted que el gobernador conozca su posición?

—Eso sería aconsejable. Y, por supuesto, mi aportación a los dineros del convento, que recibe anualmente, le será remitida pronto.

Hablaba como si el país le perteneciera y Juan Ponce estuvo seguro que caminaba por la calle como si se tratara del patio de su casa. Era curioso, pero oyéndolo hablar así, taimado y autoritario a la vez, se sintió menos solo. No logró, sin embargo, percibir rasgos de Juana en don Luis.

Temprano en la mañana del día siguiente, embarcó en un velero hacia la bahía de Guánica, pues las lluvias habían vuelto intransitables los caminos. Los dominicos de San Germán, que estaban avisados, irían a recibirlo al puerto.

XIII

XIII

Lo que pasa es que estos españoles no saben lo que es criar ganado y cultivar la tierra en este país. Si por ellos fuera ya nos habríamos muerto todos. Entre las enfermedades, los piratas y las tormentas, de nosotros no quedaba ni uno vivo. El ciclón de hace dos años nos dejó en la ruina. Las cosechas quedaron inservibles después de las inundaciones y el trapiche hubo que arreglarlo; todo quedó volcado y maltrecho por los vientos. ¡Malditos! Había que ver cómo bajaba el río Guanaxibo. Se salió de su cauce e inundó toda la llanura. Se me ahogaron cientos de vacas. El clima en este país está de madre. Allá en España se creen que es fácil; con la boca es un mamey. Y luego vienen los gobernadores a cobrar los impuestos; ¡como si tuviéramos con qué pagar! Hace dos años nos los perdonaron por lo del ciclón. ¿Cómo iban a pedir lo que no hay? ¿De dónde íbamos a sacar para pagar? Si no fuera por los dineros que recibe de México el gobernador Pérez de Guzmán, no tendría con qué pagar la tropa. En fin, que ya le dije a Emilia que había que apretarse la cintura porque las cosas no andaban muy boyantes. A mí me parece que esos españoles roban como les da la gana. Siempre hacen lo que les sale de los cojones. Mi padre me contaba que el hijastro de Juan de Haro, allá para el año 39, fue a buscar los dineros a México y no regresó. Al cabo le formularon cargos a de Haro y creo paró en la cárcel. Ese año del 39 no le pagaron a los soldados, como tampoco les pagaron muchos otros años en que se robaron los dineros de México, o vinieron muy mermados porque diz que con ellos compraban mercancía para revender acá y de la venta era que le pagaban a los soldados. Las más de las veces les pagaban con ropas que los infelices vendían para jugar cartas y gallos, para emborracharse y para alimentar a los hijos de sus sucesivos amancebamientos. A la verdad que deben ser bien pobres esos muchachos españoles que aceptan venir al Caribe a servir en el ejército. Probablemente no pueden escoger; o los engañan con falsas promesas. Y bueno, nosotros en San Germán lo que queremos es que nos dejen vivir en paz. Allá ellos en la capital con sus enredos. Ya me cansé de pedirles que enviaran navíos a nuestro puerto para que recogieran mercancía. No hay manera de que entiendan. Se nos pudren las carnes y los plátanos. Si no fuera por los franceses, los ingleses y los holandeses, ya habríamos estirado la pata. Por cierto que ayer le compré un vestido a Emilia. Me costó cinco reses, pero valió la pena. Anoche le pedí que se lo pusiera y en la intimidad de nuestra alcoba lo modeló para mí. Es de seda, con saya y jubón bordados con hilo de oro. También le compré unas perlas para sus preciosas orejas. Se veía hermosa en extremo.

Estaba contenta con el traje. Desde que lo vi, supe le iba a gustar porque era azul y ese color le queda bien a su piel dorada por el sol. Esos holandeses siempre traen ropa usada muy buena. El holandés de la balandra roja trae cajas de vestidos bien finos apiñados junto a las cajas de botellas de aceite y de vino. Ayer hizo un buen negocio, pues también le vendió ropa a mi hermano José Miguel. Como vive en la casa de la finca no sé en qué ocasión su mujer va a usar ropas finas; tal vez para las festividades de Navidad; querrá impresionar a Emilia, lucir mejor que ella tal vez. ¡Quién entiende a las mujeres! Les encanta deslumbrar a las otras mujeres. Emilia pasa horas frente al espejo de su tocador poniéndose menjurjes y ungüentos en la cara y cepillándose sus largos cabellos. Todo para verse bonita; es importante para ella. Yo le digo que a mí no me importa, que yo la quiero de todas formas, pero sospecho que no me cree. Cuando le digo que es la madre de mis hijos y que eso es suficiente, pone cara de quien oye llover. Mira hacia otro lado y hace comentarios como:

—¡Qué calor!

Entonces busca un abanico y se sienta en el sillón a mecerse, con las piernas abiertas y la blusa algo abierta también y se echa fresco con una coquetería que me enciende la sangre. Siempre Emilia ha sido así: changa, changuísima. Desde que éramos niños yo la velaba con el rabo del ojo. Los varones montábamos a caballo y ella quería montar también, como Ana Josefina, que montaba con nosotros y subía y bajaba los cerros agarrada de las crines igual que una salvaje. Ana Josefina se robaba la ropa de sus hermanos Pedro Juan y Fernando para montar como hombre. Emilia no llegaba a tanto. Con su falda de algodón blanco se limitaba a saltar sobre el lomo del caballo y no había quién la alcanzara. ¡Qué mujer la que me ha tocado!

Siempre la quise. Diez años y tres hijos después todavía la deseo. No fue la primera mujer que tuve, pero es la que más me ha gustado. Cuando muchachos nos íbamos con las negras; era nuestra manera de aprender. Felícita era bien joven cuando era esclava de mi madre y yo la velaba en las mañanas cuando iba por los cuartos recogiendo las escupideras llenas de orines y mierda para vaciarlas en la letrina y luego lavarlas en el patio. Las recogía debajo de las camas y yo estaba pendiente porque al doblarse se le veían las tetas. Yo ya tenía como trece años cuando me atreví a tocárselas. Con ella me hice hombre aquella misma noche y en noches posteriores y sucesivas me escurría hasta su cuarto mientras todos dormían. Dejé de verla cuando mi madre la vendió a un comerciante francés, tal vez porque se había dado cuenta de lo que estaba pasando. Después fui donde otras negras que los muchachos conocían; los Ponce de León tenían una esclava que nos traía locos a todos por el buen par de nalgas que tenía. José Miguel fue el primero que se la tiró y después fueron Pedro Juan y Fernando. Yo fui el último, pero sabía más que los otros por mi experiencia con Felícita y como se dieron cuenta que la negra me prefería, me cobraron mucho respeto. Ellos dejaron de ir donde ella y sólo yo seguí frecuentando su habitación, aunque cada vez menos porque estaba muy enamorado de Emilia. Hasta cuando ayudaba a papá a marcar las reses me parecía tenerla junto a mí. No que tuviéramos todo el ganado marcado. Había manadas de ganado mostrenco por todas partes. No teníamos suficientes negros para cuidar del ganado manso; son demasiados caros y escasos. Los ingleses, cuando traen negros, los cambian por cueros, pero no siempre traen. Si hubiéramos tenido más negros habríamos sembrado más caña de azúcar. Se necesitaban muchos más de los que teníamos para cortar la caña y operar el trapiche. Y para hacer el aguardiente de caña que a los ingleses les encanta; dan armas y pólvora a cambio, que no es mal negocio.

A pesar de mi continuo esfuerzo, los negocios de la familia no han mejorado gran cosa en estos últimos ocho años en que he estado a cargo. Papá murió repentinamente de un dolor en el pecho; una noche se despertó con el dolor y para el amanecer ya había entregado su alma a Dios. Toda la familia rodeaba su cama cuando dejó de respirar. Sólo sufrió unas pocas horas, menos mal; al morir recuerdo que me miró y dijo:

—Cuida a tu madre y a tu hermana.

Tenía el crucifijo entre las manos. Leonor Josefa lloró mucho, hasta más que mi madre. Como era la menor era la más mimada y mi padre tenía un amor especial por ella. Quizá porque fue la única hembra que sobrevivió; las otras niñas que le nacieron a mamá murieron en la temprana infancia de fiebres y pulmonías. Leonor Josefa nació fuerte y nunca se enfermaba y mi padre se la llevaba consigo a los cañaverales, la montaba frente a él en la silla y la aguantaba con el brazo mientras galopaba por los caminos entre las cepas de caña. Creo que por eso se casó con Pedro Juan, porque le recordaba a mi padre, y es verdad que Pedro Juan se parece a papá mucho más que José Miguel y que yo, tiene la misma forma de cara y hasta en las manos se le parece. Aunque eran primos no es para que se parezcan tanto, pero como en San Germán casi todos somos primos y volvemos a emparentar con cada nueva generación, debe ser por eso. El padre de Pedro Juan, don Francisco Ponce de León, era un señor de muy mal carácter. Si nos metíamos a jugar dentro de la casa nos botaba gritando insultos terribles; sapos y culebras salían de su boca. Pedro Juan no salió a él; la que salió a él fue Ana Josefina.

A pesar de que era atrevida y revoltosa, Emilia no era como Ana Josefina. Su padre, don Gaspar Del Toro, era un caballero muy gentil que fue teniente a guerra por muchos años y después regidor. Cuando los Del Toro caminaban por San Germán con sus botas, sus sombreros de ala ancha y sus capas de seda, era cosa digna de mirar. Crió muy bien a Emilia, que aunque algo díscola, sabe estarse en su sitio. Lo que pasa es que es como despreocupada. A veces sale al balcón en enaguas y blusa y debo regañarla, no sea encienda el deseo de los esclavos que puedan verla. Es que es una coqueta. Si por ella fuera, andaba media desnuda por toda la casa. Al esclavo que se atreva a mirarla yo mismo le corto la cabeza con el hacha que cuelga de la pared de la cocina.

Al morir mi padre me dijo:

—José Sancho, todo lo que tengo es tuyo. Es la tradición de los López de Villalba. Pero como en esta isla la tierra sobra, he hecho la excepción de una finca para José Miguel. Así lo encontrarás en mi testamento.

Más o menos yo sabía que así iba a ser, pero no deja de incomodarme el rencor de José Miguel. No se conforma con una finca solamente. Menos mal que somos dos varones nada más. No, pensándolo bien, es peor. Si fuéramos más hermanos, la desigualdad se repartía, pero sólo dos es doblemente injusto. José Miguel vive en la finca que le dejó papá, pero todas las demás tierras me pertenecen a mí, el primogénito, como le pertenecieron a mi padre y no a mis tíos, quienes por eso se fueron a México, a Costa Rica y al Perú. José Miguel ha decidido quedarse porque además de la finca tiene buen ganado y caballos; con eso se las arregla. No le va tan mal, pero no me gusta cómo a veces me mira, o cómo suele comentar:

—Bueno, será como tú dices, tú eres quien manda.

Lo dice como quien entierra un puñal. O si no, comenta en voz baja:

—Los pobres no tenemos más remedio que aguantar.

No me gusta que hable así, con ese resentimiento, porque un López de Villalba no debe hablar así. Ayer lo llamé a capítulo y se lo hice claro:

—Usted compórtese, hermano. No quiero oírlo decir que es pobre. Usted tiene tierras. Además, recuerde que es un López de Villalba.

José Miguel sonrió con amargura.

—Ya lo sé, su excelencia. ¿Gusta vuestra merced de asistir al baile que daré esta noche en mi palacio?

Se burlaba. José Miguel vive en la casa de madera de la hacienda, no muy lejos del Trapiche Santa Brígida. Es muy bonita y espaciosa, pero no es un palacio y mucho menos un lugar donde pueda celebrarse un baile.

Cuando Emilia cumplió dieciocho años, en casa de don Gaspar Del Toro dieron un baile. Fue un 25 de julio, el día de Santiago Apóstol, y como era fiesta oficial hubo misa cantada, procesión del santo, correrías de caballos y música durante el día. El baile de los Del Toro coronaba las actividades; era como un resumen de la alegría general. Había mucha más gente de lo acostumbrado en las calles porque el día de Santiago baja gente de los montes y hasta de los llanos y de la costa vienen. Emilia estaba bellísima, con un traje de gasa de seda blanca que hacía brillar el marfil de su cuello y de sus manos. Lucía esa noche las esmeraldas de su madre, unos aretes y un collar que es una joya heredada por generaciones por los García de la Seda. Las esmeraldas dicen que alejan el mal de ojo y eso siempre conviene. Recuerdo que bailé con ella y no podía quitarle los ojos de encima. Quería hundirme para siempre en el misterio de sus ojos negros. Al terminar la pieza besé su mano con devoción y ella me devolvió una sonrisa. Quedé como pegado del piso por la impresión y ese día determiné que Emilia iba a ser mi esposa. Se lo dije a papá y se alegró mucho, pues era de familia conocida y de las mejores, detalle fundamental para papá y mamá, quienes velaban por la integridad familiar como si se tratara de un asunto de vida o muerte. De pureza racial y de los privilegios de los blancos se trata, de permanecer en el estrato más alto de la sociedad se trata, claro está, y yo de niño no lo entendía muy bien y quería jugar con los niños pardos en la plaza. Recuerdo que el ayo no me dejaba y decía:

—No son iguales que usted, señorito, no se puede.

Una vez me escapé y me fui a jugar con ellos porque me encantaron las canciones que entonaban. Ése fue un día inolvidable porque disfruté como nunca. Ellos no se cuestionaron que yo viviera en aquella casa de ancho balcón de madera y ellos vivieran en casas de paja con techo de yaguas. Éramos un grupo de niños y niñas que jugaban a la gallinita ciega y nada más. Pero una de las esclavas de mamá me vio y la muy chismosa y lambeojo se lo fue a decir a mi madre, quien debió mandarme a buscar con el ayo y no darle más importancia al asunto, pero en vez de eso, como le tenía tanto miedo a papá, fue a contárselo todo. A papá, un hombre que era tan bueno y tan honrado como era orgulloso, se le calentaron los cascos. Me mandó a buscar y me pegó en las nalgas y en las manos con una fusta de montar.

—¡Que no se repita! —gritó.

Me tuvieron castigado una semana; encerrado en mi habitación. José Miguel gritaba para que me asomara a la ventana a verlo jugar con Pedro Juan. El ayo los iba a llevar al río a pescar, me gritó un día. Y esa vez fue que comencé a notar que me tenía rabia, porque gozaba en estar libre mientras yo no podía salir.

Así que papá y mamá se alegraron de mi elección matrimonial porque eran gente conocida y fueron a casa de don Gaspar Del Toro a pedir la mano de Emilia. Fueron de visita a eso de las cinco de la tarde y don Gaspar y su esposa los recibieron con mucha parsimonia porque algo se sospechaban ya. Después de tomar un vino, papá se paró en medio del salón y muy solemnemente declaró su intención:

—Mi hijo José Sancho me ha expresado su deseo de unirse en santo matrimonio con su hija Emilia.

Don Gaspar, quien era todo un caballero, dicen que dijo, con pasmosa tranquilidad:

—Estoy de acuerdo con esa unión, pero creo debemos preguntarle a Emilia su parecer, no sea que lo que nos parece a nosotros no le ocurra a ella otro tanto, con lo cual caemos en error y maltrato hacia quienes hemos jurado amar y proteger.

Era demasiada delicadeza para mi padre, quien se puso algo impaciente, pero una sonrisa de la madre de Emilia antes de ir a buscarla serenó a mi madre, quien tranquilizó a papá. "Todo está bien", le dijo con los ojos.

Emilia apareció en el umbral de su cuarto con una cara de susto que daba pena, pero cuando su padre le preguntó no dudó.

—José Sancho es el hombre que yo quiero.

Don Gaspar quiso estar seguro.

—¿Crees que estás preparada para asumir las responsabilidades del matrimonio?

Emilia sólo pudo responder:

—Estoy enamorada de José Sancho. Si voy a casarme, que sea con él. Si no me caso con él, no quiero casarme nunca.

Casi parecía que estuviera amenazando a su padre con ingresar al convento si no la casaba conmigo. Don Gaspar conocía el temperamento díscolo de Emilia.

—¡Entonces te casas, y que no se hable más! ¡Celebremos!

Al decir esto abrazó a la hija con mucho amor, porque es grande el amor que siempre le ha tenido y aún le tiene, Dios nos lo cuide y conserve por largos años. Bebieron un brindis de buen vino francés comprado en contrabando y papá y mamá abrazaron a Emilia, que estaba muy azorada al ser el centro de la atención de todos. Don Gaspar llamó a los hermanos menores, a la servidumbre y a los esclavos para comunicarles la noticia y fueron desfilando frente a ella para desearle felicidad, hijos y una larga vida. Dice Emilia que esa tarde la hicieron sentir una gran señora y le gustó.

En realidad, de Emilia no me puedo quejar. Sólo que a veces es tan coqueta que me molesto. No por ella, que sé lo hace por inocencia de niña juguetona y sobre todo porque desconoce los bajos instintos animales de los machos. Me molesta piensen que no controlo a mi mujer. Ella no parece darse cuenta de eso. Me ama, lo sé, pero piensa que yo no puedo entenderla y es verdad. Ella dice que la única persona que la entiende es Leonor Josefa. Es más unida a la cuñada que a sus propias hermanas. En los tres partos de Leonor Josefa ha sido Emilia quien la ha acompañado durante el alumbramiento, porque después que papá murió mamá quedó como atontada por el dolor. Nunca pudo recuperarse; las cicatrices invisibles son imborrables. Ignoro cuáles puedan ser las cicatrices de mamá; siempre ha sido muy reservada, sus emociones se las guarda y encierra su corazón bajo llave. Por eso es mejor no sufrir, evitar los disgustos lo más posible y por eso no me voy a hacer mala sangre por José Miguel. Es trabajador como pocos y padre de cuatro hijos. Claro que quisiera su afecto y su compañía y no la tengo. Es mi hermano, pero no es mi amigo. Cuando éramos muy niños compartíamos a veces; íbamos a pescar. Eso fue antes de que le creciera el resentimiento que como una yedra cubre las paredes de su corazón.

Debo pensar en la educación de mis hijos. El cura que viene a la casa a impartirles lecciones no les enseña gran cosa. Nunca lo he escuchado narrarles episodios de la Historia de España; los hace leer la Biblia y las vidas de los santos y poco más. Soy yo quien los siento en mis rodillas y les hablo de los Infantes de Lara y del Cid Campeador, de Don Rodrigo y la Cava y de la conquista de Granada. Si no fuera por mí no sabrían nada de nada y el olvido se apoderaría de sus pequeños cerebros. El olvido es como un río, que cuando se hincha y crece sus aguas arrasan todo lo que encuentran a su paso. Debo combatir el olvido en mis hijos para que entiendan las historias del castillo de Navarra y las hazañas de nuestros antepasados. Además, yo quisiera que estudiaran y leyeran libros antiguos. Dicen que en España se leen muchos libros, pero aquí a San Germán no llegan muchos. Los frailes del convento tienen buenos libros y yo tengo los que heredé de papá. Si algún día puedo ir a España volveré con muchos libros para mis hijos y mis nietos. Eso será si algún día voy, que como van las cosas lo veo difícil. Emilia se me queda mirando cuando digo que quiero ir a España.

—¿Y para qué? —me dice—. Yo creía que detestabas a los españoles.

Entonces debo explicarle algo que a mí mismo se me hace difícil entender.

—Emilia, es que a duras penas sobrevivimos en San Germán. Sólo es legal vender nuestros productos a España, quien ni los quiere ni tiene con qué comprarlos. Los gobernadores españoles no se ocupan de los vecinos de San Germán, ni se les cruza por la mente nuestra necesidad. Están demasiado ocupados en sus negocios ilegales. Dicen que Pérez de Guzmán no contrabandea, pero sería el único.

—¿Por qué no mandan barcos de registro desde la capital a buscar carne? Aquí se pierde y allá falta. No tiene sentido.

—Desidia, Emilia, inercia, qué sé yo.

—Ya sé lo que vas a añadir: ¡Pero es la tierra de nuestros antepasados y le debemos veneración!

Emilia me conoce tan bien que sabe lo que voy a decir o a pensar antes de que se me ocurra. En efecto, España es la tierra de donde venimos los López de Villalba y los García de la Seda y los Del Toro también. Sólo que los López de Villalba somos más devotos de la tradición familiar porque así nos lo enseñaron nuestros padres y nuestros abuelos. Y así voy poco a poco inculcándolo a mis hijos.

Supe que había llegado un nuevo fraile al convento de los dominicos; directo de Madrid a San Germán, ¡qué honor para nosotros, ja! Dicen que es un sabio y siento curiosidad por conocerlo. Los dos frailes que quedaban en el convento son muy buenos e ilustrados, sólo que son españoles y el problema es que suelen tomar partido por los de su raza. No tanto los de San Germán, los de la ciudad de Puerto Rico son los que se comportan así, con tan poca compasión y comprensión hacia los vecinos aquí nacidos que somos los que mantenemos en pie este territorio del rey. Los frailes de San Germán dicen poco porque aquí no hay militares españoles estacionados. Ellos comprenden nuestra escasez, ya que aunque reciben su sustento de la capital, son los que nos ayudan a buen morir y atienden a los enfermos. Las más de las veces se callan la boca. Los curas, por el contrario, como son criollos se alían a nuestra causa, que no es otra que la de defender nuestras heredades. Es lo justo. De todas maneras, mandaré a buscar al nuevo fraile para verle la pinta. Ahora voy al hato de Lajas a ver las crías.

—¡Emilia! ¡Quiero mis botas!—

***

Debo buscarle las botas a José Sancho. Ahí está sentado en la cama hace rato, conversando con sus pensamientos. ¡Qué hombre me ha tocado! ¿Dónde estarán las botas? No están debajo de las camas. No puede ser que los niños las hayan cogido para jugar. Se los he prohibido, pero ellos insisten en desobedecer.

—¡Tribucio! ¿Ha visto las botas del señor?

—No señora.

Me lo dice con la cabeza baja. Sospecho este ladino miente. Con los esclavos uno nunca sabe lo que están pensando.

—¡Fela! Búsqueme las botas del señor.

—Sí señora.

Se va suavecito por ahí, como quien no quiere la cosa, buscándolas por los rincones. Estos niños me vuelven loca, no se quedan quietos. Que si esto, que si lo otro. Nunca se termina en esta casa. Si no estoy pendiente de cada cosa que hay que hacer, no funciona la gente del servicio. Si por ellos fuera se pasarían el día chachareando. Chúquiti, chúquiti todo el día. La de cuentos que se inventan. Especialmente Fela, tan dulce que es esa negra. Ahí viene con las botas.

—Aquí tiene, señora. Estaban en el cajón de cedro de la habitación del señor.

—Él mismo debe haberlas guardado allí, Fela.

—Pué ser...

Se encoje de hombros, se ríe y yo me río con ella y corro a dárselas a José Sancho, quien está en el balcón mirando lo que pasa en la plaza.

—Tus botas, amor.

Lo digo cariñosa porque en realidad como que se me entibia el corazón cuando lo veo así, de espaldas y en calcetines, tan alto y musculoso, tan guapo. Me encantan sus brazos fuertes cubiertos, como su pecho, de vellos dorados. Constantemente siento el impulso de acariciarle los brazos y el pecho, peludos y suaves como el lomo de un gato.

—Gracias, Emilia. ¿Dónde estaban?

Mientras habla se sienta en la hamaca del balcón a ponerse las botas. Yo hago que lo voy a mecer.

—No, mujer, que ya me tengo que ir.

Dice que no, pero yo lo conozco y me escurro detrás de él y le doy un beso en la nuca.

—Emilia...

Protesta débilmente y le doy otro beso, detrás de la oreja izquierda esta vez.

—Emilia...

Cierra los ojos al decir mi nombre de nuevo y la voz le suena ronca. Entonces toma mis manos y las besa con fervor. Me atrae a sí y caemos en la hamaca abrazados y riéndonos. Qué delicia sentir su cuerpo fuerte sobre el mío así, en medio del balcón y a media mañana. Si nos ven van a murmurar que somos unos desvergonzados, no debíamos. Se lo digo al oído y me agarra por la cabeza para besarme. Cuando nuestros labios se rozan y nos chupamos las bocas tiemblo de pies a cabeza y me humedezco por allá abajo. Es un misterio las ganas que siempre tengo de tocarlo. Le digo eso y se ríe, pero de pronto como que se da cuenta que estamos en el balcón y me aparta.

—Ya, Emilia, ya, que tengo que ir a ver a las crías.

Finjo enojo y él finge estar molesto conmigo.

—Nunca vas a dejar de ser una niña, Emilia. Ahora somos gente grande y tenemos responsabilidades. Hay que comportarse.

Dale con lo mismo. Siempre está con la matraca de que tengo que asumir seriedad. Yo no entiendo, si tengo la casa limpísima y los niños atendidos, ¿qué es lo que hago mal? Mejor no le doy importancia a sus majaderías. Además, si él me quiere como soy, ¿por qué me critica? Yo no entiendo a José Sancho. Al hacerme levantar de la hamaca, me acaricia los pezones y me guiña un ojo. Cuando me hace eso, siento los jalones que me dan allá abajo entre las piernas y me muerdo los labios. Debo mirar hacia la plaza para disimular. Aprieto bien los muslos para que se me pasen los jalones. Ya con las botas bien puestas, José Sancho se levanta, me abraza por detrás, me levanta el cabello y me besa la nuca.

—Vuelvo a la tarde. Almorzaré en la finca, ya lo sabes.

—Triburcio lleva el almuerzo. Mandé mezclar agua con zumo de limón, por el calor de Lajas.

—Gracias.

Risueño, me mira a los ojos.

—Ya sabes que no me iría.

Lo dice en serio. No, no lo dice en serio. Es que le gusta provocarme. Me besa los párpados antes de irse. Es muy cariñoso. Creo que por eso es que vivo loca por él. Una mujer como que necesita que su marido la tongonee, que la acaricie mucho. Debe ser eso lo que le pasa a Leonor Josefa. Es tan cariñosa como José Sancho, que no en balde son hermanos, y Pedro Juan no es así. No se pasa tocándola y dándole besitos furtivos. Quizás él piensa que las mujeres están para tirarlas en la cama y allí desahogarse dentro de ellas. Aunque se parezca físicamente al padre de José Sancho, y deveras que se parece mucho y Leonor Josefa me lo comenta a cada rato, en el carácter no se parece porque el viejo era cariñoso. Yo recuerdo lo amoroso que era con sus hijos, y con la madre de José Sancho también, aunque no sé si ella era tan animosa como yo. A mí siempre me pareció callada y quisquillosa. José Miguel heredó el carácter de la madre. Vive amargado por no haber nacido antes que José Sancho; a ver si eso es culpa de alguien. Es que la gente que no está contenta consigo misma tienen que echarle la culpa a otro. Entonces, lo que hacen es agriarle la vida a los demás. José Miguel siempre tiene algo desagradable que decir. Las navidades pasadas nos reunimos aquí en casa y yo tenía mucha comida, todo el día las esclavas estuvieron cocinando esos pasteles de guineo rayado rellenos con carne que preparan los negros, y los esclavos asaron un puerco ensartado en una vara, dándole vueltas sobre leños encendidos. Vinieron mis padres y mis hermanos, los Ponce de León y José Miguel y su mujer. No bien nos sentamos a la mesa, José Miguel comenzó a tirar puyas.

—Como esta casa es de príncipes, se come como en el palacio de los reyes de España.

Lo dijo en un tono de desprecio que congelaba la sangre y mi padre puso mala cara, pues sé que no le gustan los envidiosos. Menos mal que despúes llegaron los músicos de las trullas navideñas y nos pusimos a cantar y a bailar. Leonor Josefa estaba hermosa esa noche, recuerdo que tenía puestos los aretes de oro y rubíes que heredó de su madre. Dicen que las joyas con rubíes procuran riquezas, títulos y posesiones a quienes las llevan. Vestía un traje de tafetán de seda negra y el rubio oscuro de sus cabellos contrastaba con las vetas de brillo de tafetán. Bailó con Pedro Juan y con José Sancho mientras yo bailaba con mis hermanos. Se veía feliz esa noche, especialmente cuando estaba con los niños, que cenaron aparte de los mayores. Fue varias veces hasta la mesa de los niños a comprobar que comían de todo. Es una madre que no descansa y sé que adora a Pedro Juan, sólo que a veces como que se distrae y le da con soñar despierta y fantasear. Creo se refugia en sus sueños.

¡Qué distinta es Ana Josefina! Tiene el diablo por dentro. Me acuerdo cómo de pequeñita se robaba los pantalones de Pedro Juan y de Fernando para montar como hombre. Cuando la madre se distrae todavía lo hace y ya tiene veintidós años. No ha aparecido quien quiera casarse con ella; tendrán que engatusar a algún oficial español de ésos que hay en la capital para que le haga el favor; ya veo a los Ponce de León llamando a los primos de la capital con urgencia, pues peligra el buen nombre de la familia. O si no, irá a parar al Convento de las Carmelitas. Ni modo, si no se casa no se queda en San Germán. No sé lo que están esperando Pedro Juan y Fernando. Lo peor radica en el carácter de Ana Josefina. Dice que no se va a casar con el primer bobo que asome la cara. Tal vez Antonio Ramírez de Arellano se hubiera casado con ella, porque a él le gustan las mujeres de carácter, y creo que a Ana Josefina le gustaba, pero él se enamoró de mi prima Eugenia y se casaron el año pasado. Tuvo suerte Eugenia. Ana Josefina estuvo encerrada en su cuarto durante varias semanas y cuando salió estaba vestida de hombre y quería ir a matar vacas con los hermanos. Los gritos de furia de Pedro Juan y Fernando retumbaban por las esquinas de la plaza. La volvieron a encerrar en su cuarto, con tranca esta vez, hasta que se calmó y accedió a vestirse de mujer y a comportarse como una señorita. Dicen que está más calmada, pero yo lo dudo. A cada rato se monta en un caballo y se va sola hasta la costa. Azotaron al esclavo Benancio porque tenía encargado no dejarla irse sola y se le escapó. A Ana Josefina como que no le importan los demás. Sé que hace unos días convenció a Pedro Juan que la dejara ir con él a venderle unos cueros y un melao a unos ingleses que andaban por La Aguada. Hasta allá llegó con el hermano y los sirvientes y esclavos que llevaban la mercancía en carretas. Ella iba montada en su caballo preferido y hasta espada al cinto llevaba. No hay quien pueda con ella. Terminará dominando a los hermanos. Pedro Juan que no se duerma.

Casualmente ayer Leonor Josefa me comentó que Pedro Juan le habló sobre el nuevo fraile. Se dice que es conocedor del griego y el latín, del francés y otras muchas lenguas. Hace una semana Leonor Josefa y yo estábamos en el balcón, sorbiendo unas copas de agualoja y matando el tiempo en chismes y lamentaciones cuando vimos un fraile que no pudimos identificar. Iba por en medio de la plaza y al pasar miró hacia la casa. Debajo de la capucha y desde la distancia creímos ver una barba rojiza y unos ojos azules. ¡Buen mozo que es el frailecito! Los otros dos son viejolos, pero éste, jum... Leonor Josefa no le quitó los ojos de encima hasta que se perdió por uno de los callejones al lado de la iglesia. Yo le dije:

—Oye, mujer, acuérdate que es un fraile.

Al responder bajó la cabeza como abochornada:

—Sólo lo miro. Eso no hace daño.

Me reí mucho porque nunca la había visto así. Entonces ayer viene y me habla del fraile y su erudición legendaria. Estaba impresionada. Sin duda hay que conocerlo y tratarlo. Lo invitaremos a cenar, para que nos hable en griego y en francés. No podemos desperdiciar una persona culta en este pueblo donde apenas unos pocos sabemos leer y escribir. Papá quiso que las mujeres también aprendiéramos y cuando el cura venía a darle clases a mis hermanos, mi hermana y yo también aprendíamos. Leonor Josefa también sabe, porque el viejo decía que un López de Villalba tenía que ser letrado. Cuanto libro cae en sus manos Leonor Josefa se lo devora. Todos los de la biblioteca de su padre se los leyó, y algunos que Pedro Juan le trajo de los contrabandistas franceses también se los leyó. En eso es más aplicada que yo, que me entusiasmo con lo distinto y lo nuevo, pero no por demasiado tiempo. ¡Tengo las manos llenas con José Sancho y los niños! ¡Qué hombre! Como él no hay dos. Mira y que decirme que me quiere de todas formas, aunque esté fea. Que vaya a decirle eso a otra. Si no me conservo se busca una corteja y colorín colorao, este cuento se acabó; es lo que hacen muchos hombres. A veces no sé si lo hacen por verdadera necesidad sexual o porque eso los hace más machos unos frente a otros. Desde niños yo veía a mis hermanos y a mis primos compitiendo a ver quién era el más valiente, el más atrevido, el más fuerte, el que mejor montaba, el mejor espadachín. Los otros hombres deciden cuán hombre es un hombre. Y si tiene muchas mujeres es más hombre. De modo que tengo que calcular mis pasos y no creerle a José Sancho eso que me dice, que es pura mentira. Además, me encanta que me mire con deseo. Me hace sentir mujer y estar viva. No sé cómo hay mujeres que se molestan si el marido las requiere a menudo. Será que no gozan.

Sé de algunas que lo sienten como un deber. Otras lo sienten como un pecado si no se hace con el propósito de tener hijos. Eso es lo que me dice el cura que me confiesa. Uno de ellos. El otro, el que es medio primo mío, me dice que es santo que una mujer ame al marido y que Dios bendice la sexualidad matrimonial. El pobre me dice eso por hacerme feliz. Lo más probable es que sea muy atrevido al hablarme así. Yo le creo porque me conviene y no pregunto más. Tampoco comento lo que me dice por no perjudicarlo.

¡Qué día tan bello hace! Voy a ir a casa de papá y mamá con los niños. La casa de los abuelos les encanta; en especial los árboles del patio, porque pueden treparse y jugar. Yo quiero ver a papá y preguntarle si quiere venir a cenar con el fraile. Estoy segura que José Sancho dirá que sí porque él cree mucho en los libros. Además, sus antepasados están enterrados debajo de la iglesia de los dominicos; Lope López de Villalba se llamaba el más antiguo, el que primero vino de Navarra. Me asombra cómo José Sancho sabe todas esas historias. Los Del Toro, por parte de mi papá, saben que vinieron de Castilla la Vieja, creo que de Burgos, pero ahí termina la leyenda familiar. Han olvidado lo demás. Los García de la Seda recuerdan menos. Alguien debe saber de dónde vinieron, pero mamá jamás nos habló de eso. Para ella sólo existe esta isla y en ella San Germán y la capital; ni Coamo ni Arecibo existen para ella. Hace unos años fuimos a la capital, cuando yo era aún una niña. Me acuerdo que había muchas casas. Como papá era teniente a guerra tuvo que ir a ver al gobernador. Era una bahía bien grande y linda y las casas eran de cal y canto. Papá dijo que así eran las de España. Recuerdo que me gustó el puerto y las naves que había. También recuerdo los soldados. Pensé que eran pocos para defender una ciudad tan grande y papá se rió de mi ocurrencia. Yo quisiera volver a la capital, a ver las murallas y las iglesias. Para entrar por tierra se pasa por un puente levadizo, de madera. Si lo suben nadie puede entrar porque frente a la muralla hay un foso.

San Germán no tiene cómo defenderse. Ya no hay soldados destacados aquí. Si nos atacan, las mujeres y los niños tenemos que correr a los montes. Entonces los vecinos se arman y defienden la ciudad, como hicieron cuando los holandeses. El teniente a guerra Antonio Ramírez de Arellano, el marido de mi prima Eugenia, ahora está a cargo de organizar la defensa. Es un muchacho valiente, buena espada, dice mi padre. Lo malo, continúa, es que no recibe sueldo y debe trabajar sus propiedades. El puesto es algo así como un honor. Papá protesta, pero en el fondo sé que se siente orgulloso de que nosotros nos valemos solos, sin esos españoles de la capital. El Gobernador debía ser uno de los nuestros, dijo papá un día, y no esos españoles que en nada conocen nuestras necesidades. ¿Un gobernador criollo? Papá habla así en familia y temo algún día se cuelen sus palabras y lleguen a oídos de los españoles, que en los pueblos pequeños hasta las paredes tienen orejas y hablan. A los calabozos del Morro iría a parar. Debo decirle a José Sancho que le aconseje prudencia.

Al salir llamo a los niños y llegan corriendo, seguidos de las dos niñeras. Me los llevo todos a casa de papá. Cuando salimos a la calle me sobrecoge la belleza del día. En este momento, nadie puede decirme que los cielos de San Germán no son los más azules del mundo.

XIV

Al cruzar la plaza de San Germán, fray Juan de Sanlúcar no pudo evitar mirar sin disimulo hacia la casa. Estaba ubicada en una esquina, y en la segunda planta un ancho balcón techado daba la vuelta alrededor de dos de sus lados. Unas hamacas o redes tejidas colgaban, sesgadas, entre las columnas que sostenían el techo y la pared, y en el balcón de la fachada frente a la plaza había, además, dos o tres sillones. Tres puertas de dos hojas abrían al balcón de enfrente y tres más al balcón que continuaba sobre la calle lateral que bajaba la cuesta. Pero lo que lo obligó a mirar no fueron los detalles arquitectónicos, sino las dos mujeres que estaban en el balcón, una meciéndose en un sillón mientras bebía algún maravilloso líquido, con blusa escotada y sin mangas, y la otra, de pie, mirando hacia la iglesia. La hermosa joven que miraba hacia la casa del Señor estaba abrazada a una columna y era algo más recatada en el vestir que la primera porque llevaba mangas a medio brazo. Fray Juan contuvo la respiración al verlas, pues más le parecieron ángeles del cielo que mujeres lo que veía. Lo asombraba la gracia con que movían el cuerpo, el balanceo de sus brazos y la manera en que ladeaban brevemente la cabeza para mirar. Claro que no podía escuchar lo que decían, pero soñó unas voces dulcísimas. Entonces cerró los ojos. Dentro de su alma vio a la que estaba de pie tañir un arpa y se estremeció. Al volver a abrir los ojos sintió que ambas mujeres lo miraban, en especial la que permanecía sin sentarse, quien de la manera más desvergonzada no le quitaba los ojos de encima. A pesar de la distancia entrambos, sintió cómo los ojos de aquella mujer viajaban por su cuerpo. El corazón le latía fuertemente cuando apresuró el paso y se perdió por el camino que bajaba por el costado de la iglesia. Iba a ayudar al párroco con unos esclavos enfermos y sólo tras varias horas de lavarlos y administrarles alimentos comenzó a apaciguarse. Ponía paños de agua fresca en aquellas frentes consumidas por la fiebre como si de su propia frente abrasada se tratara.

No había duda. Era Leonor. Al menos algo de ella había en aquellos ojos, aunque su Leonor no se hubiera atrevido a mirar así a un hombre, y menos aún a un religioso. Aquella era la casa de José Sancho López de Villalba, uno de los cabecillas de los criollos, un hombre rico que poseía inmensos hatos de ganado, de eso estaba seguro. Desde casi el primer día en que había llegado, sabía de aquella casa. Era imposible no admirar sus balcones y el alto de sus techos. No había en San Germán muchas casas así; la de los Del Toro y la de los Ramírez de Arellano, la de los García de la Seda, quizás, pero casi todos los hacendados vivían en las fincas. En la villa residían algunos que también tenían casas en el campo para ir por temporadas, cuando el calor de julio y agosto amenazaba con derretir las paredes expuestas al sol. A fray Juan le habían señalado la casa cuando preguntó por los López de Villalba. Antes, cuando preguntó por los Ponce de León, le señalaron otra casa de madera con un balcón en el segundo piso, pero como la casa no estaba en una esquina, el balcón no continuaba por uno de los lados. Tenía un jardín de rosas adyacente y un patio atrás donde crecían plátanos, limoneros, papayos y naranjas. No faltaba el gallinero y algunos patos, y el patio de los Ramírez de Arellano también tenía gansos porque, decían los familiares, eran los mejores guardianes y los Ramírez de Arellano, desde tiempos inmemoriales, siempre habían tenido gansos para que avisaran si aparecían ladrones de gallinas.

Como San Germán era tan pequeño, en pocos días fray Juan ya conocía los nombres de los vecinos y dónde residían. Al llegar había admirado la ubicación de la villa, entre verdes praderas y lomas ondulantes, pero la congoja se apoderó de su corazón al comprobar la pobreza de sus habitantes. La mayoría de las casas eran de paja y la iglesia parroquial también, detalle que le pareció a fray Juan lamentable, ya que hasta la primera villa de San Germán a orillas del río Guaorabo, la que Lope construyera con su afán incesante y su entusiasmo febril, había tenido una pequeña iglesia de ladrillo pintada de blanco, como Lope siempre quiso que fueran las iglesias de San Germán. Ver aquella iglesia parroquial de paja con la campana de bronce a la intemperie, colgando de un palo en espera de mejor suerte, lo mortificó, no tanto por la indiferencia hacia los asuntos de la Santa Madre Iglesia que mostraban los vecinos, sino por comprobar que las cosas no necesariamente cambian para lo mejor. Ciento cuarenta años después de que Lope fundara la villa a orillas del río Guaorabo, el San Germán de las lomas de Santa Marta era poco más que el poblado original. Lo más destacado era el convento de los dominicos donde él residía, con su capilla de ladrillo y su regia escalinata trepando hacia un pico de la loma. Allí había visto, entre las losas grises, las lápidas de las tumbas de Lope y María, las de sus hijos Sancho, Pedro Juan y Josefina y las de algunos de sus nietos, biznietos y tataranietos. Caminando por la ciudad no pudo evitar pensar en Lope y María constantemente, y los vio varias veces asomados a los balcones de los Ponce de León y los López de Villalba o correteando como niños por los jardines de rosas. Hubiera querido correr tras ellos para que lo reconocieran y le hablaran, para sentir, al fin, que había regresado a vivir con su gente. Pero no quiso hacer nada que llamara la atención más de lo que ya su circunstancia de recién llegado conllevaba. Se dedicó a escuchar a las gentes y a cuidar enfermos, que mucha falta le hacía al párroco su ayuda. Secretamente planificó organizar un hospitalillo, el cual pintaría de azul tal y como Lope había soñado, y con este proyecto se tranquilizó por un tiempo, pero por más que intentó pasar desapercibido, no logró impedir que todos admiraran el alcance de sus conocimientos. Su fama de sabio se extendió por doquier. Cada vez que abría la boca para decir algo, por más simple que fuese, los que lo escuchaban abrían los ojos asombrados. Así que no fue demasiada sorpresa el recibir un día la siguiente carta:

Estimado y excelentísimo fray Juan de Sanlúcar:

Tanto mi familia como yo deseamos conocerlo. Su fama de erudito lo precede y personas como nosotros, aisladas de los centros de la civilización, necesitamos de aquellos que, viniendo de ellos, nos despierten la inteligencia y satisfagan nuestra curiosidad por conocer el mundo.

Le ruego acepte una invitación a cenar en nuestro hogar.

Suyo afectísimo,
José Sancho López de Villalba

Al fin conocería y hablaría con los descendientes de Lope y María, pensó. Estaba nervioso. Hablar con José Sancho le atraía, pero tuvo temor de mirar demasiado a las señoras; debía ser discreto. Así que la noche en que se llevó a cabo la cena no podía estarse tranquilo.

Con su hábito de dominico recién lavado y plancha-
do y las manos enfundadas en las mangas, iba y venía
por el pequeño claustro esperando a que fueran las
siete para caminar hasta la casa de los López de Villalba.
Los frailes con los que vivía, fray Carlos y fray Tomás,
lo miraban intrigados por su desasosiego. Fray Juan
no quiso explicarles, ¿cómo decirles que iba a cenar
con su familia tras ciento cuarenta años de ausencia?
Era preferible que sospecharan de sus intenciones.

A las siete en punto bajó la escalinata del convento con la agilidad y rapidez de un hombre de treinta
años. La escalera principal de la casa la subió con len-
titud. Tarareaba una melodía muy bajito para apaci-
guar los latidos de su corazón. José Sancho en persona
le abrió la puerta.

—Buenas noches, padrecito, ¡qué placer! Pase
usted.

Fray Juan sonrió fingiendo el recato que se
espera de un fraile y entró a un pequeño recibidor
adornado por un espejo de marco dorado y otros
objetos que no pudo precisar, porque casi de inmediato se acercó una señora hermosísima a quien besó
la mano sin detenerse a pensar si era lo indicado.

En aquel momento olvidaba que era un religioso y volvía a ser el Adelantado, el organizador de
viajes de exploración, el capitán de navíos y soldado
del rey. La joven no pareció extrañarse de su comportamiento y le devolvió una sonrisa devastadora.

—¡Qué alegría haya venido! —dijo.

—Es mi esposa Emilia —explicó José Sancho,
y añadió, el ver entrar a Leonor Josefa y a Pedro Juan,
los únicos invitados ya que los padres de Emilia se
habían excusado a última hora:

—Y éstos son mi hermana Leonor Josefa y su
marido, Pedro Juan Ponce de León Tercero.

Fray Juan temió notaran su agitación. Nunca
en batalla alguna, por más encarnizada que hubiese

sido, o en la más peligrosa tormenta en medio de la mar, experimentó Juan Ponce tanta conmoción espiritual. No es que tuviera miedo, emoción que rara vez había sentido. Era más bien un profundo asombro ante los misterios de la sangre y sus vínculos secretos. Estrechó la mano de Pedro Juan como quien da la mano a su propia imagen reflejada en un espejo. Era más o menos de su talla y tenía sus mismos ojos azules. Por suerte no llevaba barba, pero temió que todos se dieran cuenta del parecido de las manos anchas y fuertes, de aquellas uñas grandes y como cuadradas que siempre lo habían caracterizado. Al besar la mano de Leonor Josefa temió delatarse. No se había equivocado su intuición. Leonor Josefa se parecía a su Leonor muchísimo: la misma forma de cara, la misma piel de porcelana, el mismo pelo rubión. Tenía algo de los López de Villalba, sin embargo, algo de doña Josefa tal vez, y recordó la ocasión en que había conversado con la madre de Lope en el palacio de los reyes en Granada.

—Tenía tanto interés en conocerlo, padre.

Así dijo Leonor Josefa y fray Juan comprobó que tenía la voz recia y decidida de doña Josefa. José Sancho lo increpó de inmediato:

—Debe usted contarnos de España, fray Juan. Yo hace años que deseo ir, pero no son muchas las naves de registro que llegan a nuestras costas y, por el contrario, son muchos los trabajos que paso por preservar mis heredades, de forma que se me ha dificultado viajar. Pero no pierdo la esperanza.

Se habían sentado en la sala y un esclavo servía unas copas. Fray Juan bebió del buen vino francés antes de responder:

—En España nunca se oculta el sol.

—¿Cómo es eso?

Dijeron todos a coro y lo miraron asombrados. Fray Juan rió suavemente. Estos parientes eran tan inocentes como nuestros primeros padres en el Paraíso, pensó divertido, eran capaces de creer cualquier cosa. Pero dijo, muy serio:

—Así dicen en España. Quiere decir que en los dominios del rey don Felipe no se oculta el sol, porque cuando se hunde tras montañas y mares en la península, ya en América va subiendo al cenit, y cuando anochece en la Nueva España, en la vieja ya amanece otra vez.

Todos rieron mucho con la ocurrencia y fray Juan agradeció que celebraran algo harto conocido como si él lo hubiera acabado de inventar.

—¿Y cómo es Madrid? ¿Cómo es Sevilla?

Era Leonor Josefa quien así se expresaba, y fray Juan notó su estado de exaltación.

—Ciudades de fastuosos palacios, señora, que yo, como usted comprenderá, no frecuento. Pero tienen iglesias que hacen honor a la grandeza de nuestro Creador, en especial Sevilla, y de ella puedo hablaros, y también de las bibliotecas y de las fiestas populares.

—Aquí echamos toros en las calles, como dicen que hacen en España. Los muchachos corren delante y se divierten de lo lindo. ¡También tenemos carreras de caballos, y juegos de picas! —comentó Emilia, con un mohín infantil en los labios.

José Sancho quiso elaborar un poco:

—Tengo caballos estupendos. Todos los años participo en las carreras, que se celebran para las fiestas de Santiago Apóstol. ¡Ya las verá el próximo 25 de julio! ¡Y casi siempre gano!

Emilia continúa, entusiasmada:

—Es un experto mi señor, deveras. A mí me encanta montar, pero las mujeres no podemos competir en las carreras.

—¡Si Ana Josefina te oye! —comenta, riendo, Leonor Josefa. Mientras le explica que Ana es la hermana de Pedro Juan y que quiere hacer todo lo que hacen los hombres, Fray Juan, manteniendo los ojos bajos, observa todos los detalles de su cuerpo, sus gestos y su voz. No se atreve a mirarla demasiado por temor a la intensidad de sus sentimientos. Debe mantenerse sereno. Sus descendientes le parecen niños encantadores. Se siente orgulloso de José Sancho; haría un gran soldado del rey. Si don Felipe IV tuviera más hombres como él, no perdería territorios y tantas batallas. Es una tontería eso de que los criollos no puedan ser soldados. De Pedro Juan también se admira. Es fuerte y sano. No parece amedrentarse ante los problemas que aquejan a los hacendados y a los ganaderos; tiene la actitud de un hombre que le da el pecho a la vida.

Fray Juan los escucha desplegar una curiosidad sin límites. Lo acosan a preguntas.

—La que fue mezquita de Córdoba, antiguo templo de los califas musulmanes, adentro es como un bosque de arcos y columnas de mármol.

Describe la mezquita transformada en catedral cristiana como antes ha descrito la catedral de Toledo y los jardines de La Alhambra. Ya han cenado y han salido al balcón que da a la plaza. Leonor Josefa se le acerca.

—Lo hemos agobiado a preguntas. Usted perdone mi franqueza, padre, no deseo abrumarlo con halagos, pero no recuerdo cuándo he disfrutado tanto. Usted verá, es que me gusta aprender, y yo, como habrá visto, bueno, quiero decir que aquí en San Germán no sucede gran cosa y nos enteramos poco de los acontecimientos en España y otras partes del mundo.

Su ruego era tan auténtico, que no pudo evitar mirarla a los ojos. Fue su perdición. Aquellos ojos, tan parecidos a los de su Leonor y sin embargo tan diferentes, algo más pícaros tal vez, más desenvueltos, lo arrojaron a un abismo de incertidumbre. En ese preciso momento fray Juan de Sanlúcar, Juan Ponce de León el inmortal, el centenario, se enamoró perdidamente, como un adolescente, de Leonor Josefa López de Villalba.

Esa noche, en el camino de regreso al convento, contempló el cielo desbordado de estrellas y pidió perdón a Dios. En lo alto de las escaleras del convento se arrodilló y lloró amargamente.

—Dios mío, Dios mío, ¡por qué me has abandonado! —gritó, emulando el sacrificio de la Santa Cruz. Estuvo un buen rato de rodillas y con los brazos abiertos, mirando el cielo más hermoso del mundo sin obtener alivio.

Una vez en su celda trató de conciliar el sueño, pero no lo lograba y al fin, desesperado, salió al claustro y entró en la sacristía, donde había un espejo largo que lo reflejaba de cuerpo entero. Encendió unas velas y se miró al espejo. Tenía ojeras color ceniza y una mirada antigua, de sabio anacoreta que ha vencido todas las tentaciones del mundo. Sólo que en su caso su aspecto era engañoso, ya que acababa de sucumbir ante la última tentación, la del amor. No le quedaba duda. La zozobra de su corazón le corroboraba que se encontraba preso entre las redes del milenario mal.

Entonces se desnudó. La lozanía de su pecho lo asombró. No sin placer se contempló los músculos y el vello rojizo, las delicadas tetillas, el cuello de toro, los brazos como de bronce, el miembro varonil, las piernas y los muslos duros y suaves. El sol había marcado sus pies blanquísimos con la sombra de las correas de las sandalias. Como si contemplara su propia imagen por primera vez, se fue reconociendo por el tacto, con las puntas de los dedos de sus manos, como para asegurarse de que lo que veía era cierto; quería ver con la piel; la recién nacida pasión por una mujer lo devolvía a la realidad contundente del cuerpo.

De pronto creyó ver el destello de unos ojos rojos en el espejo y se paralizó. Haciendo un esfuerzo por vencer el espanto, se viró rápidamente. No había nadie en la sacristía. El silencio sólo era interrumpido por el canto intermitente de los sapitos que los criollos llamaban coquíes. Dedujo que su imaginación lo atormentaba y volvió a mirarse al espejo. Recuperó el recuerdo de Leonor Josefa y comenzó a acariciarse otra vez. Un dulce éxtasis le recorría el cuerpo cuando volvió a ver los ojos rojos, ahora acompañados por el rostro barbado de un hombre. Esta vez no se viró de inmediato. Miró directamente el rostro que lo miraba a través del espejo. Era el mismo que había visto aquella noche que durmió con los pastores, el mismo hombre alto y corpulento, de unos cuarenta años y espesa barba negra. Ya lo veía reflejado de cuerpo entero cuando decidió virarse. ¡Nada! De nuevo el vacío del cuarto y el silencio agujereado por los coquíes. Juan Ponce entonces se persignó. Fuertes escalofríos recorrían su cuerpo. Sin saber bien lo que hacía tomó un cilicio que colgaba de un gancho en la pared de la sacristía y se azotó las espaldas hasta sangrar. Una y otra vez castigó su cuerpo hasta que se desmayó.

Cuando al cabo de varios minutos recuperó el conocimiento, sintió frío y supo que no estaba solo. Tanteando con las manos agarró el hábito y se cubrió. Al abrir los ojos pudo comprobar que el caballero de espesa barba negra y ojos rojos estaba parado frente a él. Su sola presencia le infundió un temblor incontrolable en las piernas y una insondable repugnancia en la boca del estómago. Entonces no supo de dónde sacó fuerzas para decir, con los ojos entrecerrados y la cabeza erguida:

—No acepto tu poder. ¡Jamás vencerás mi voluntad!

Los ojos rojos chisporrotearon y todos los animales de la noche, sapos, insectos, búhos y ratones, callaron de repente y sumaron un silencio sepulcral. Afuera unas nubes espesas ocultaron las estrellas. Cuando el hombre, sin decir palabra, salió y se unió al silencio del mundo, Juan Ponce miró a través de la ventana para asegurarse de que no soñaba y no vio estrella alguna. Sobrecogido de angustia, se vistió y volvió a su celda. Ya cantaban los gallos y regresaban las estrellas cuando se quedó profundamente dormido.

Fray Carlos y fray Tomás tocaron a su puerta varias veces antes de que se despertara.

—¡Ya voy, ya voy! —gritó. Le dolían las heridas en la espalda y se levantó con dificultad.

—¿Estás enfermo? —dijo fray Tomás, extrañado de que a las nueve de la mañana fray Juan aún continuara en la cama.

—Entren, entren, está abierto. Por favor, hermanos.

Fray Tomás se acercó al lecho.

—Te has azotado anoche. En la sacristía vi el cilicio ensangrentado. Ven hermano, lavaremos tus heridas.

Fray Carlos entró con un recipiente lleno de agua fresca y lavaron sus espaldas con amoroso cuidado. Luego le untaron unas pomadas que lo aliviaron y fray Juan lo agradeció, porque aunque sabía que en pocas horas las heridas desaparecerían, no por eso dejaban de agobiarlo. Los buenos frailes, claro, ignoraban este dato y quiso respetar su inocencia. Permaneció en cama esa mañana, pero ya para el mediodía se levantó y, tras un almuerzo frugal, se fue a rezar a la iglesia. Necesitaba rezar mucho y fortalecer su fe, necesitaba hablar con Dios y comunicarle la congoja en la que la lucha contra el Demonio lo sumía. Era como si lo arrastraran sobre un lecho de piedras afiladas.

Serían las tres de la tarde cuando fray Tomás le comunicó que había una carta para él. Era de José Sancho López de Villaba y decía:

Muy eminente y respetado fray Juan de Sanlúcar:

Espero poder conversar con usted hoy sobre un asunto que urge a mi familia. Iré a verlo al convento a las cuatro de la tarde, si antes no recibo comunicación de que está indispuesto.

Atentamente,
José Sancho López de Villalba

—Verá usted —dijo José Sancho cuando fray Juan lo recibió en el claustro del convento. Se sentaron en un banco rústico con vista al valle y el religioso esperó, no sin cierta aprehensión.

José Sancho se desahogó:

—Comprenderá que me preocupo por la educación de mis hijos. ¿Sabe usted que en San Germán hay sólo dos o tres maestros, el párroco y los frailes, y que apenas dan abasto para enseñar a leer y escribir a los hijos de las familias acomodadas y que mis hijos se crían sin aprender lenguas y sin los conocimientos más básicos de Historia y geografía? Por tradición los López de Villalba siempre hemos valorado el conocimiento. Mi padre nunca hubiera aceptado que sus hijos se criaran sin leer los libros clásicos: Cicerón, Tácito, El Dante. La tradición se remonta a nuestros antepasados que vinieron de Navarra a estos lugares, donde fundaron este pueblo.

Fray Juan asintió con la cabeza pero guardó silencio.

José Sancho continuó:

—Sentirá que es extraño que le cuente todo esto, pero tengo la impresión de haberlo conocido toda mi vida. Créame, no soy hombre que condesciende a halagar al prójimo con facilidad, nunca me había sentido así con un religioso, a pesar de tener primos que son curas, mire usted. Yo, en realidad, quiero pedirle que sea maestro de mis hijos. Vendría a nuestro hogar a darles clases. Leonor Josefa mi hermana también quiere que enseñe a sus hijos, así es que serían seis criaturas. Por favor no se niegue, piense que el futuro de este pueblo estará en manos de nuestros hijos y que un nivel cultural elevado asegurará un nivel de exigencia moral. Aristos, que quiere decir virtud, es un arte que se cultiva en el ejercicio del saber; eso siempre me lo decía mi padre que su padre y su abuelo a su vez se lo inculcaron desde la cuna.

Fray Juan creyó por momentos escuchar las razones de su prima Francisca y de doña Josefa, pero no mostró emoción alguna.

—No se preocupe —dijo tranquilamente—. Seré tutor de sus hijos y de sus sobrinos. Mi deber es servir a mi Dios ayudando al prójimo.

XV

He traído a los niños a casa de Emilia para la primera
lección con el nuevo tutor. Pedro Juan quería que los
trajera el ayo, pero dije que no, que yo tenía que supervisar las lecciones y ver las materias que iban a
estudiar. Le dije que así el frailecito tendría que es-
merarse, porque si no superviso, después se hace el
que da clases y no les enseña nada de provecho;
el resultado será que le beba el vino a José Sancho.
Tengo mala opinión de los frailes, eso lo heredé de
papá, pero no creo que este fraile sea así. Sólo le monté
esa historia a Pedro Juan para justificar mi presencia
en esta casa. Ardo en deseos de volver a verlo. ¡Qué
ojos tan fieros tiene! Da la impresión de ser un hombre con un pasado tormentoso. Tal vez peleó en las
guerras de Flandes, como los gobernadores españoles que se vanaglorian de las muchas cicatrices que
tienen en el cuerpo. ¿Tendrá el frailecito cicatrices en
el cuerpo? Cicatrices en el alma sí tiene; me pareció
percibir cierta agitación en su mirada la otra noche,
cuando le dije lo mucho que disfrutaba su conversación. La verdad es que oírlo hablar me encanta, qué
no daría yo por haber viajado como él, por haber
podido leer tantos libros como él. Aquí encerrada en
este pueblo se le enmohece la mente a cualquiera.
Me acuerdo cómo, cuando era adolescente, yo quería
que viniera un caballero en su corcel alado y me robara y me llevara a vivir con él a un palacio con

muebles de oro y surtidores en los patios. Mi habitación en el palacio abría a un patio interior y todas las mañanas al despertarme miraba los árboles y escuchaba el rumor del agua y el canto de los pájaros. Emilia se reía de mí y decía que yo era una loca, pero ella no se queda atrás. Tiene loco a mi hermano. Él la adora. Yo lo conozco bien y sé que es bueno. Algo voluntarioso a veces; salió a papá. Al menos es mucho más amable que José Miguel, que tampoco es malo, sólo es torpe y envidioso. Me llevo mejor con José Sancho; siempre de niña me protegió de José Miguel, quien me ponía piedras dentro de los zapatos y se burlaba de mí porque yo era una niña. ¿Qué quería? ¿Que fuera como Ana Josefina? No, claro que no, ningún hermano quiere tener una hermana así. Y yo que le tengo cariño a la Ana, deveras la admiro, no hay quién le ponga un pie encima. La otra noche, durante la cena, le hablé al fraile sobre Ana Josefina y se mostró asombrado. Creo que las mujeres de la isla de Sant Joan lo tienen bastante azorado, debe pensar que somos poco refinadas. Ahí se acerca Emilia. Me dice que ya viene el fraile. Desde el balcón ha visto cómo comienza a cruzar la plaza. No sé por qué estoy tan inquieta. Muero por volver a verlo.

Entra muy comedido, hablando en voz baja y con las manos enfundadas en las mangas, ese hábito le debe dar calor, ¡pobrecito! Me saluda y me besa la mano, es una persona tan educada, se ve que es de buena familia. Emilia lo lleva a la habitación donde están los niños y los va conociendo uno a uno. Pone las manos sobre las cabecitas y les va preguntando su nombre. Luego dice que él les va a contar muchas historias. Emilia me hace señas para que salgamos y se queda él con los niños, supongo que enseñándoles algo de Historia y geografía. Yo también quisiera aprender, pero debo salir; Emilia insiste. Sé lo que está pensando: si me quedo los niños no atenderán, voy a empezar a hacer preguntas y la clase será para mí y no para los niños. Tiene razón. Mejor me instalo en el balcón a leer los versos de ese escritor de comedias que era mujeriego y se hizo cura después. El libro me lo trajo Pedro Juan de la capital; que y que uno de sus primos se lo dio a él pensando en mí, tengo fama de devoradora de libros. Al primo se lo había traído alguien de España. Emilia dice que fray Juan les va a dar, diariamente, tres horas de clase a los niños. ¿Aprenderán francés? ¿Aprenderán griego y latín? Muero por asomarme, pero no lo haré. Me quedaré aquí sentada en el balcón para no molestar a fray Juan.

Quisiera contarle todo lo que siento. Tal vez él pueda aconsejarme. Mejor me lleno de paciencia. Es una tarde hermosa. Aunque ya casi es verano, todavía sopla una brisa que viene de las montañas. ¡Qué bien se está en este balcón! Emilia se ha ido a la cocina a ordenar que preparen unas mermeladas. Creo harán dulce de naranja; esas negras lo hacen que es una delicia, especialmente Fela. Emilia regresa.

—¿Quieres beber algo?

—No, gracias. ¿Te asomaste a ver qué hacen?

—No. Pero no hacen ruido ni gritan. Los debe tener hipnotizados con sus historias.

Me levanto de un salto y quiero ir a averiguar. Emilia me detiene.

—¿Pero a ti qué te pasa? —pregunta, preocupada.

Tiene razón. Reflexiono y regreso al sillón y al libro. Emilia va a sospechar algo que no debe. Me daría vergüenza pensara mal de mí. Ay, Dios, ¿qué será lo que me pasa? Leeré un poco.

Hace ya un rato que Emilia y yo conversamos sobre la familia y los trajes que nos gustan y sobre cuándo volverá un barco holandés que nos traiga ropa decente, cuando los niños salen del cuarto corriendo y riendo. Parecen muy felices y se me tiran encima a

darme besos. Cuando los estoy abrazando veo a fray
Juan salir y detenerse a mirarme rodeada de mis hijos. Sonríe con cierta tristeza y se despide cortésmen-
te. Vendrá mañana a las misma hora, dice.

Así han pasado varios meses. Fray Juan llega
todas las tardes a las dos y se va a las cinco, y los
niños parecen estar aprendiendo muchísimo. Yo no
ceso de darle gracias a la Virgen por habernos enviado este santo fraile. En las fiestas de Santiago Apóstol, que son tradicionales en San Germán, se le veía
disfrutando mucho. Parece que le gusta este pueblo;
no sé por qué. Cuando tiraron los becerros a correr
por las calles, yo creí que se iba a tirar frente a ellos.
A veces no parece fraile, sino un hombre como cualquier otro. Se contuvo por no escandalizar, pero como
español de pura cepa que es, lleva esto de los toros
en la sangre. La que sí se tiró a la calle fue Ana Josefina
y se formó el lío de los pastores. Se había vestido de
hombre y se lanzó a correr delante de los toros. Por
poco la traspasan con un cuerno. Quedó revolcada
en el polvo detrás de una valla, pero cuando Pedro
Juan la recogió del piso, furioso con ella, se le echó
a reír en la cara. En vez de miedo lo que tenía era
ganas de seguir detrás de los animales. Después par-
ticipó en las carreras a pesar de la prohibición contra
las mujeres, nadie en el revolú se dio cuenta porque
estaba vestida con ropa de hombre y por poco gana.
Ganó José Sancho, que es el mejor jinete de todo el
Partido de San Germán. Desde La Aguada vino gente
a festejar, y de las fincas y de los montes también vinieron. Vi muchos de esos soldados españoles que
han desertado para amancebarse con negras y mulatas; tienen unos niños de lo más lindos, qué cosa. Se
atreven a venir a San Germán porque aquí no hay
soldados españoles y a nosotros qué nos importa que
sean fugitivos, si total, no nos molestan y lo que hacen en los montes es cultivar yuca y plátanos y traba-

jar lo menos posible, que la mayor parte del día se la pasan acostados en hamacas. Pero no deben ser mucho más pobres de lo que eran sus padres en la península; ya tienen la costumbre de la necesidad bien arraigada. Gozaron de lo lindo en las fiestas, pues le deben haber recordado a su niñez; tal vez se dieron el lujo de entregarse a la nostalgia.

Esa noche, después de la procesión del santo, yo estaba en la plaza y fray Juan se me acercó. Me dijo que se parecía a España y que las fiestas habían quedado muy bonitas y tuve la impresión, por la manera en que me miraba, que hubiera querido decir otra cosa. ¿Qué cosa? A veces cuando me mira tiemblo y tengo la impresión, pero debo estar soñando otra vez, de que es él quien tiembla cuando me mira. Debo confesarle al párroco estos malos pensamientos que me asaltan. Siempre digo esto y nunca lo hago por la vergüenza que me da, pero ¿qué de malo tiene si es pura fantasía? ¿Por soñar voy a ir al infierno? He soñado que debajo de su hábito dominico fray Juan tiene un hermoso cuerpo de hombre que me abraza y me despoja de mis ropas. Lo he soñado dormida y también despierta, y después me siento rara al hacer el amor con Pedro Juan. Digo rara, no mal. Anoche hicimos el amor y disfruté mucho, sentí mucho placer de que me tocara y me penetrara, cosa que no siempre he sentido. Antes se lo contaba a Emilia y ella se preocupaba por mí porque ella sí que siempre ha disfrutado a su marido. ¡Pero ella está tan enamorada! Y yo, bueno, no sé. Quiero a Pedro Juan, pero no tanto como Emilia a José Sancho. Y anoche sentí el placer que debí haber sentido desde el principio porque pensaba en otro hombre. Todo el tiempo, con los ojos cerrados, pensaba que era fray Juan quien me tocaba y me abrazaba. Es horrible pensarlo, pero es cierto, ¿por qué me voy a engañar? Porque si tu marido lo sabe te dirá puta, arrastrada, mala mujer y una vergüenza para la familia, te azotará, te encerrará en un convento o te dará muerte. Me repito esto una y otra vez. No soy estúpida. Ni a Emilia me atrevo a confesarle lo que siento. Debo callar para siempre, por mí, por mis hijos y también por Pedro Juan. Si total, él goza mucho si piensa que yo disfruto el sexo; qué importa en quién estoy pensando en ese momento. Pero a mí sí me importa. Y a Dios. No sé qué hacer. No me gusta decir mentiras. Yo nunca he sido mentirosa. ¿Por qué pienso continuamente en el fraile? ¿Será lo prohibido lo que me atrae? Nunca me atrevería a tocarlo. Sólo me gusta soñar que lo toco. Voy a condenarme, lo sé. Iré al infierno de cabeza. No es justo, sin embargo. Yo no tengo la culpa de sentirme así. ¿Será el demonio que me tienta de esta forma? Sí, eso debe ser. Tengo que rezar mucho a la Virgen. Iré a confesarme mañana. Al menos voy a intentarlo.

Es que fray Juan es tan agradable que en su compañía el tiempo no parece transcurrir. Su voz me recuerda a papá y en las manos se parece a Pedro Juan. También se parece a Pedro Juan en los ojos y en los brazos; podrían ser hermanos. Qué raro. Siento como si fuera familia y José Sancho se siente igual. No sé qué piensa José Miguel; he observado que lo mira con desconfianza. Pero José Miguel mira así a casi todo el mundo y muy en especial a su propia familia. ¡Pobre hermano! Mientras papá vivió no se atrevía a expresar la envidia que le tiene a José Sancho; para papá era importantísimo que sus dos hijos varones se llevaran bien. Papá no debió morirse tan pronto; me hace una falta espantosa. Todavía mamá conserva su cuarto con todas sus ropas y otros objetos personales, como si fuera un templo. Cada vez que entro y veo sus botas y la cama donde murió, me pongo a llorar.

Casualmente, fray Juan me ha preguntado por papá. Le interesa mucho nuestra familia y se la pasa pregunta quete pregunta.

—¿Y esa señora tan bella quién era? —me preguntó un día frente a una pintura en la sala de José Sancho.

—Creo que es una antepasada nuestra —le respondí— de hace mucho, pero que mucho tiempo, desde antes de venir a esta isla. Papá decía que se llamaba doña Josefa de Estela y Salvaleón, condesa de Villalba. Es mucho nombre para esa señora. Siempre nos hemos reído del nombre tan largo. La pintura ha estado en nuestra familia por generaciones. La heredan los primogénitos varones.

Vi que fray Juan sonreía y creí sentir que hubiera deseado acariciarme la cabeza. Sé lo hizo con el pensamiento, estoy segura. Pero sólo comentó:

—Una señora impresionante. Tenía el don de la clarividencia y amaba a su hijo Lope sobre todas las cosas.

Confundida, yo iba a decir: ¿Y usted cómo lo sabe? Pero preferí callarme porque el corazón se me quería salir del pecho e iba a delatarme con mis tontas preguntas. Además, tenía una mirada muy extraña y no sólo supe que decía la verdad, sino que yo no quería saber por qué sabía tantas cosas. Quizás para salir del atolladero en que nos habíamos metido, él añadió:

—Es un buen cuadro, de la escuela flamenca de pintura. ¿Sabes dónde está Flandes?

Yo eso sí lo sabía y se lo dije con entusiasmo. Habían sido tierras del rey de España y ya no lo eran; habían habido muchas guerras por eso. Y seguí diciendo todo lo que sabía porque supiera que yo no era tan ignorante. Él me escuchaba con los ojos entrecerrados como si no le importara otra cosa en el mundo que oírme hablar. Al rato me preguntó, riéndose:

—¿Te gusta mucho leer?

—Es la gran pasión de mi vida —le respondí, sin pensar en mis hijos ni en mi marido ni en nada más que no fuera su voz y sus ojos azules y fieros.

—Entonces te traeré libros. ¿Quieres leer a Ovidio?

Dije que sí casi pegando brincos, claro, y desde entonces me presta libros todas las semanas; sé que los saca de la biblioteca de los frailes aquí y en la capital, pues cada cierto tiempo viaja allá a buscar libros. A veces no sé si me trata como a una hija o como a una hermana, o si es que me trata como si fuera una criatura recién nacida. No sé cuantos años él tiene. Tal vez cincuenta, pero se ve joven y fuerte; tal vez tiene cuarenta. Es como si no tuviera edad. No me atrevo a preguntarle. Lo que sí me atreví a decirle fue:

—Fray Juan, desde que lo conozco ya no me aburro. Ahora mi vida se ha teñido de ilusión.

No debí decirle eso porque se puso muy serio y me dijo:

—No hables así, niña.

Yo hubiera querido en ese momento que se me tirara encima a besarme, pero como no lo hizo, después me encerré en mi cuarto a soñar que lo hacía. Si yo no pudiera soñar despierta, no podría soportar la vida. Ana Josefina es diferente. Ella quiere, y necesita, vivir todos sus sueños. No tiene pelos en la lengua. Un día fray Juan y yo nos habíamos detenido de nuevo frente al cuadro de doña Josefa y él me explicaba cómo los pintores flamencos pintaban a sus sujetos junto a una ventana. Así podían crear la ilusión de la perspectiva y por eso veíamos, a través de la ventana, el paisaje de Navarra y campesinos con sus vacas y ovejas; todo chiquito y como a lo lejos.

—Nunca me habían dicho que ése era el paisaje de Navarra y he visto ese cuadro toda mi vida— dije yo, admirada.

—A mí tampoco me lo habían dicho —dijo una voz a nuestras espaldas.

Era Ana Josefina. Había entrado sin que nos diéramos cuenta; tan embobados estábamos. Ella continuó:

—¿Sabe usted, señor fraile, que esa señora es antepasada mía también? Nadie sabe decirme por qué; nadie por estos parajes olvidados de Dios se dedica al estudio de la Historia, ni siquiera nuestros primos de la capital, aunque creo que sí tuve un pariente que fue historiador en el siglo pasado, pero ya no. Estuve por allá hace unos meses y pregunté cosas y han olvidado los detalles. ¿Conoció usted a mis primos cuando estuvo en la ciudad de Puerto Rico? Algo me dijo Luis, que lo había conocido a usted en el convento de los dominicos y que él le había dicho que acá en San Germán somos unos salvajes. Él es un bromista empedernido y un exagerado; salvaje será él, que se cree dueño de Puerto Rico y de toda la isla de San Juan. Y bueno, ¿encuentra usted que yo me parezco a ella? Tengo su nariz, ¿no le parece? Leonor Josefa también tiene esa nariz, pero más reducida y delicada.

Fray Juan quedó como turbado ante la agresividad de Ana Josefina.

—Señora, no deseo opinar sobre los parecidos. No me atrevería. Veo, sí, ciertos rasgos de familia. El cuerpo olvida menos que el alma; aunque nadie pueda decirle si usted es descendiente de esta señora, su cuerpo se lo dice.

—Yo tengo una antepasada que se casó con su sobrino, y de ella se decía que cuando los piratas franceses nos atacaron, ella le encajó un tiro entre ceja y ceja a uno de ellos.

Ana Josefina siempre hace esa historia. No sé de dónde se la ha sacado.

—Ni papá ni abuelito contaban eso —digo por contrariarla.

—Porque no era tu antepasada, mujer, sino la mía. Mis bisabuelos nacieron de su vientre, los tuyos no.

—No le crea ni una palabra, fray Juan, ¿no ve que vive en otro mundo?

Esto lo digo por excusar nuestras locuras, pero es innecesario, porque fray Juan parece comprendernos perfectamente. Ni siquiera se horroriza con el comportamiento de Ana Josefina. Otro fraile ya estaría amenazándola con el infierno o con la Inquisición. Nosotros ya estamos acostumbrados, pero él no tiene por qué estarlo. Aunque ahora que lo pienso, hace ya varios años que está en San Germán; parece que fue ayer que lo vi por primera vez, cruzando la plaza. Ya no me acuerdo de cómo era mi vida antes de conocerlo. Cuando estoy con él es como si el tiempo no transcurriera.

Pero transcurre. Los niños van creciendo. Ya los varones tienen doce y once años; la niña tiene nueve. Han aprendido Historia y leen el Romancero y las comedias del mujeriego que se metió a cura, Lope de Vega creo se llamaba. También leyeron la novela de un tal Cervantes, que es muy graciosa y gusta mucho en España. Eso dice fray Juan, quien la mandó a pedir a España especialmente para los niños y, como no llegaba, finalmente la conseguimos en un barco inglés que vino a La Aguada a contrabandear. ¡Los viajes que dan los libros! Voy a leerlo pronto para comentarlo con los niños, que se ríen con las ocurrencias del pobre viejo de la novela, de quien, según me cuentan, todos se ríen porque dice que unos molinos son gigantes y una aldeana vulgar es una gran señora. Fray Juan piensa que es un libro estupendo y quiero compartirlo con él.

Ha montado un hospitalillo en la calle Concepción. Ya se encontraba allí un antiguo hospital, construido junto a la ermita de la Concepción cuando se fundó la villa, pero estaba medio abandonado. El párroco y fray Juan han pedido cooperación a los hacendados y todos han tenido que donar algo. Pedro Juan contribuyó con reses y José Sancho también. Aportarán carne fresca una vez por semana. José Miguel aceptó regalar melaza y aguardiente, que con el aguardiente lavan las heridas para que no se infecten. Cada cual donó lo que pudo. El padre de Emilia regaló telas para los vendajes. Es lindo el hospitalillo. Fray Juan lo hizo pintar de azul; le echó añil a la cal y pintó los muros de adobe. El espacio tiene techo de paja, pero alberga alrededor de treinta hamacas; casi siempre llenas de enfermos. Fray Juan los atiende toda la mañana y por la tarde, luego de las lecciones de los niños, regresa. A menudo lo acompaño porque eso lo hace feliz. Se ve muy contento de tener una obra suya que mostrarme y yo, que nunca he sido caritativa, por estar con él he aprendido a lavar heridas y a dar consuelo a los moribundos. Y es que las niñas de los ricos somos unas malcriadas; siempre hemos tenido esclavas que hagan todos los trabajos de la casa y entendemos poco del dolor ajeno. No es que seamos malas, sino que no nos damos cuenta. Pedro Juan se asombra de que yo ayude a los enfermos. Al principio no quería, por lo orgullosos que son los Ponce de León, pero lo convencí con el argumento religioso; así gano indulgencias para él también, pues rezo por su alma; eso fue lo que lo convenció.

En éstas andábamos, para arriba y para abajo en asuntos de enfermos, libros y emociones prohibidas, cuando un día apareció un náufrago en las costas de Guánica. Unos vecinos lo encontraron medio muerto de hambre y de sed y le dieron de beber hasta que pudo abrir los ojos. Los tenía color azul del mar y se asustó de encontrarse entre gente que no hablaba su lengua. Venía de otra isla, creyeron que decía en mal español, y no pudo decir más. Al cabo lo llevaron a San Germán y como nadie entendía su jeringonza, fueron al hospitalillo de fray Juan, a llevárselo para que curara al inglés, como le decían. No era la primera vez que aparecían náufragos que hablaban lenguas extrañas. Otros ingleses habían aparecido antes, y también franceses y holandeses. Algunos naufragaban en sus naves debido a tormentas repentinas o por ataques de piratas; otros venían huyendo porque eran desertores o contrabandistas. Casi todos decidían quedarse y juntarse con criollas, que bendecían al mar y le llevaban ofrendas como si fuera un dios, flores y velas encendidas frente al mar, y canciones hermosísimas, y todo porque el mar a veces, cuando se le antojaba, les arrojaba hombres vigorosos para que ocuparan sus hamacas vacías.

Algo distinto tenía este inglés, sin embargo. Cuando lo trajeron yo estaba curando a una niña que tenía fiebres y al verlo me impresioné. Había tragado mucha agua salada y apenas podía tenerse en pie. Lo hice beber sorbos de agualoja para que se recuperara. Después se quedó dormido en una hamaca y allí lo dejamos por varios días. Como casi no se movía, nos habíamos olvidado de él cuando volvió a hablar en jeringonza. Repetía, una y otra vez, una historia que nadie lograba comprender. Al fin fray Juan, que sabía tantas lenguas, hizo un esfuerzo. Luego de escucharlo por espacio de media hora hizo apuntes en una libreta y al rato vino a decirme:

—Es griego. Este hombre habla en griego antiguo.

Entonces decidimos que venía de otro tiempo y que debíamos hacer lo posible por devolverlo a su época. Fray Juan personalmente se encargó de explicarle que debía intentar volver al pasado. Lo hizo en un griego libresco, como si hablara en verso, y el náufrago finalmente comprendió lo que había sucedido. No podía explicárselo, me dijo fray Juan que había dicho. Era marinero. Él había salido para Rodas con otros tripulantes, en un barco que llevaba mercancía, sillas y cerámica de Atenas, y la primera noche una tormenta había destrozado la proa al lanzarlos contra unas rocas. Amaneció en una playa rodeado de personas que no lo entendían.

Le cosimos ropas y lo embarcamos en una yola rumbo al norte. Nos dijo adiós con lágrimas en los ojos y nunca volvimos a saber de él.

Al conocerlo, José Sancho se acordó de otro náufrago inglés que había llegado a fines del siglo anterior. Se lo había contado el abuelo cuando era niño y fue bueno que se acordara, pues lo añadió al repertorio de cuentos que desplegaba todos los días de Navidad. Es tradición entre los López de Villalba el pasar las navidades contando cuentos de nuestros antepasados. Siempre ha sido así y será así por los siglos de los siglos amén. Yo me acordaba haber oído el cuento alguna vez, y creo Pedro Juan también se acordaba de algo, pero el que verdaderamente sabía el cuento era José Sancho. No era invento suyo, repetía, no y no. Era cierto, como todo lo que él contaba. Sucedió en septiembre del 1599. El inglés, y éste lo era de verdad, llegó medio muerto a la playa y cuando lo revivieron y le preguntaron de dónde venía, dijo haber dejado a tres compañeros en una isla no muy lejos de allí y con gran cantidad de hacienda. Él había embarcado en busca de ayuda, en una frágil barca hecha con retazos del naufragio. Semejante confesión encendió la codicia de los vecinos, los cuales lo obligaron a describir en detalle lo que afirmaba. La relación que de la hacienda dio nos la contó José Sancho, quien cuando entró en detalles nos dejó pasmados ante su memoria prodigiosa, aunque bien puede haberse inventado la mayor parte, pues en las personas con imaginación no se puede confiar. José Sancho desglosó el botín descrito por el náufrago de la siguiente manera:

—una alhaja con una piedra azul como la palma de la mano,

—en moneda, 41 talegones de tres cuartos de largo y uno de ancho, lleno de plata en barritas, moneda extranjera y reales de a ocho, de a cuatro y de a dos cuartos,

—siete cadenas de oro, una de ellas de ocho vueltas,

—trescientas cincuenta coronas de oro pequeñas,

—piedras finas, sin contar la grande, en la cantidad en las que pueden caber en las dos manos,

—un cuerno de unicornio,

—un buen sombrero de ámbar gris,

—hierros de plata, campanillas y cascabeles,

—cantidad de cucharas y tenedores de plata,

—un plato grande y tres pequeños de plata,

—cuatro jarros y cuatro saleros de plata,

—cantidad de anillos de oro con piedras,

—dos crucifijos de oro,

—dos collares de oro,

—dos pares de ajorcas de oro,

—perlas engarzadas en oro,

—un candelabro de plata,

—cantidad de seda,

—pólvora, especias, espadas, dagas, alfombras, pabellones, una colcha, capotes, plumajes, astrolabios, carta y agujas de marear, relojes, libros, piedras, ollas, cazos y botones.

Era un verdadero tesoro aquello y sospecharon fuera pirata, mas no lo acusaron dello ante las autoridades, sino que lo que hicieron los vecinos fue obligarlo a que los condujera a la isla del tesoro, a donde sin pérdida de tiempo se trasladaron, bien apertrechados de armas y de ánimo. Allí en efecto encontraron a los tres compañeros del náufrago y al tesoro que guardaban, el cual les fue robado, igual que ellos lo habían robado a otros. Dejando al inglés abandonado en la isla y a merced de sus tres compañeros, probablemente para ser ajusticiado por su traición, los vecinos regresaron a Sant Joan y a sus casas cargados de plata, moneda, joyas y otras valiosas posesiones.

Lo más que me gusta cuando José Sancho cuenta la historia es el detalle del cuerno del unicornio. ¿A manos de quién habrá ido a parar? Yo no me acuerdo de ninguna casa en San Germán donde haya uno. Se lo habrán cambiado a los contrabandistas por otra cosa más práctica: vino, chorizos, armas, un cuadro de la Virgen. Las joyas las deben tener algunas señoras; creo haber visto esas perlas engarzadas en oro alguna vez.

Recordar esa vieja historia del tesoro fue como mentar el Diablo y verlo venir. Hacía años que los piratas no se acordaban de San Germán y de pronto una banda de forajidos ingleses desembarcaron en Guánica y nos cogieron por sorpresa. En lo que los hombres organizaban la defensa y los expulsaban de nuestras tierras, se llevaron el collar de Emilia y unas sortijas que yo tenía, además de gallinas, patos, carne salada, ropas, platos de peltre, hachas y cuchillos y todo lo que encontraron y pudieron cargar. Pero lo peor no fue eso. Lo más terrible fue que después de los gritos, el polvo, las espadas y el susto, nos dimos cuenta que Ana Josefina no aparecía por parte alguna. Pedro Juan y Fernando la buscaron por todos los rincones mientras Emilia y yo interrogábamos a las esclavas a ver si la habían visto. Una de las esclavas de los Ponce de León, una muy joven y dispuesta, declaró:

—Yo la vi, mi señora. Un pirata inglés la llevaba arrastrada. Ella gritaba y lo mordía, pero él le dio una bofetada y ella se desmayó. Entonces se la echó al hombro como si fuera un saco de granos de maíz y desapareció por la maleza en dirección a los barcos.

XVI

La historia del rapto de Ana Josefina enfureció a sus hermanos y entristeció a todo el pueblo de San Germán, porque aunque era una joven rebelde e impetuosa, nadie dudó jamás de su buen corazón. Los Ponce de León de la capital lamentaron el suceso, avivando la esperanza de sus parientes con la posibilidad de que pidieran rescate. Era probable que los piratas quisieran dinero por devolverla a sus familiares, que estuvieran pendientes, mandaron a decir. Luis Salinas Ponce de León se personó en San Germán a expresar sus condolencias a Pedro Juan y a Fernando. Si tenían noticia del paradero de Ana Josefina, era importante que le avisaran.

—Entre todos reuniremos el dinero del rescate —sentenció con autoridad patriarcal.

El gesto fue agradecido sobremanera por los Ponce de León y los López de Villalba y por todas las familias importantes de San Germán. Les corroboraba su fe en la generosidad de aquellos que llevan el buen nombre de la sociedad en alto. Emilia y Leonor Josefa, por su parte, no paraban de llorar; les hacía falta su Ana cuyo único defecto era, después de todo, querer ser igual que los hombres, defecto que más era ingenuidad que malicia. Fray Juan, quien observaba consternado cómo las mujeres de estos tiempos se habían vuelto atrevidas en extremo, temerarias casi, en comparación con las primeras españolas que vinieron a estas islas, tuvo sus dudas sobre lo acontecido a Ana, pero no se atrevió a comunicárselas a Leonor Josefa, quien no hacía sino lamentarse por su cuñada, a quien de seguro habrían violado y asesinado sin compasión aquellos truhanes. El fraile no sabía qué decirle a Leonor Josefa para consolarla. Hubiera querido abrazarla fuertemente y no podía. Hubiera querido secar sus lágrimas con besos y hacerla olvidar todas sus penas en un instante de éxtasis amoroso. Pero el respeto a las sagradas leyes del matrimonio y al hábito dominico que llevaba se lo impedían.

Jamás sospecharon la verdad. El día que los piratas ingleses atacaron por sorpresa a San Germán, Ana Josefina estaba vestida con ropas de su hermano Fernando porque quería llegarse hasta La Aguada para indagar sobre los buques extranjeros que arribaban a sus costas a reponer sus víveres. Se dirigía a buscar su montura cuando irrumpieron en la plaza. Los vio corriendo, bravos y audaces, blandiendo sus sables y disparando sus pistolas, y una súbita inspiración le iluminó el entendimiento. No tenía tiempo que perder. Volvió a entrar a la casa de los Ponce de León y buscó a una joven esclava que le servía y en cuya lealtad podía confiar.

—Óyeme, María Dolores, si me traicionas vuelvo y te mato con estas dos manos que aquí ves, ¿me entiendes?

María Dolores, muerta de miedo por causa de los piratas primero y ahora por su ama, asintió:

—Sí señora, sí, bien sabe usted que yo la defiendo, ama, que yo estoy para servirla.

—Yo te recompensaré, ya verás. Volveré rica y te daré la libertad.

—¿La libertad, ama? ¿Me lo promete?

—Tú sabes que cumplo.

—Sí, ama, gracias, ama.

María Dolores se arrodilló y quiso besarle las manos, pero Ana Josefina la apartó:

—¿Sabes dónde está la navaja del negro Triburcio? Búscala de inmediato.

María Dolores corrió a las habitaciones de los
esclavos y regresó con la navaja.

—Apúrate —dijo Ana Josefina, y le indicó, a la
altura de la quijada, dónde debía cortar el sedoso cabello.

—Ay, ama, no —protestó la esclava.

—No digas tonterías, ¡házlo!

María Dolores cortó y Ana sacudió sus cabellos
con alegría. Entonces se caló hasta las orejas un sombrero de paja y miró a María Dolores, que se moría del susto:

—Escúchame lo que debes decir.

Y así fue cómo la historia del rapto de Ana Josefina se convirtió en la comidilla del pueblo de San
Germán y de todos los pueblos de la isla de San Juan,
y no pasaron muchos meses antes de que se supiera
en La Española, en La Habana, en la Nueva España, en
la Nueva Granada y en la península, para escándalo
de algunos y deleite de otros, como suele suceder en
tales casos.

La verdadera historia no la hubieran creído.
Una vez asegurada la lealtad de María Dolores, Ana
Josefina buscó la espada de Fernando y se escondió
entre unos matorrales hasta que los piratas comenzaron a huir llevándose lo que podían. Entonces se unió
a ellos en la carrera de regreso a los barcos. En la
confusión de la huída, nadie notó su presencia. Una
vez izaron las velas y abandonaron la costa, sin embargo, a pesar de la euforia por el botín obtenido, los
forajidos comenzaron a mirarla con desconfianza. Uno
de ellos, de barba rala y canosa, se le acercó y le puso
un cuchillo en el pecho. Tenía los ojos inyectados en
sangre a causa del aguardiente que bebía desde que
lo robara en San Germán.

—¿Y tú de dónde sales? —gritó, amenazante,
en inglés.

Ana Josefina supo por el tono que lo creía un muchacho y respiró aliviada. No entendía inglés, pero adivinó la pregunta. Aunque su voz era ronca, fingió la voz más varonil que pudo:

—Vine a unirme a ustedes —dijo en español.

Los piratas, riendo a carcajadas por el aspecto desamparado que el muchacho ofrecía, lo rodearon. Lo puyaban con sus espadas gritándole cosas que no entendía hasta que uno de ellos, de barba rubia y dientes podridos, le dijo en español:

—Muchacho, ¿dónde crees que vas? ¿No tienes miedo?

Ana Josefina lo miró agradecida.

—No, no tengo miedo. Quiero unirme a ustedes, eso es lo que quiero.

El de la barba rubia tradujo sus palabras y las carcajadas del grupo jamaquearon el aire. El pirata que la amenazó con el cuchillo preguntó, ahora divertido:

—¿Sabes manejar esa espada que llevas al cinto? ¡Demuéstramelo, mocoso!

Ana Josefina no malgastó la oportunidad. Había practicado muchas veces con Fernando y Pedro Juan, y el ayo la había adiestrado por años a espaldas de su padre. De un salto sacó la espada y se plantó frente al pirata de barba rala y canosa.

—¡A ver si te bates conmigo! —lo desafió.

El pirata, que estaba borracho, se agarraba la asquerosa barriga para no doblarse de la risa y por divertirse sacó la espada e hizo el amago de agredir al muchacho. Grande fue su sorpresa cuando Ana Josefina chocó su espada con la de él para contener el golpe y, aprovechando el aturdimiento momentáneo del otro, logró colocarle la punta de su espada en el cuello. El pirata se puso pálido, pero no perdió su buen humor.

—¡Vaya, vaya con el mocito! —balbuceó en inglés.

Ana Josefina retiró su espada y los forajidos celebraron abriendo barriles de vino y gritando palabras soeces. Querían que Ana bebiera hasta perder el conocimiento y le atosigaban vino por ojos, boca y nariz. De pronto, en medio del alboroto una figura se abrió paso y gritó:

—¡Quietos! ¡Basta ya!

Era alto y muy joven, de pelo corto, brazos musculosos y el pecho cubierto por un vello rizo. Iba descamisado; sólo vestía un pantalón bombacho hasta las rodillas, color azul, y un chaleco rojo. Fue hasta donde Ana luchaba por tragarse el último buche de vino.

—¿Y tú, muchacho, qué te pasa? ¿Nunca habías bebido vino?

Lo dijo en inglés y Ana miró implorante al rubio de dientes podridos. Éste se adelantó.

—No sabe inglés, jefe —dijo.

—¡Pues que aprenda! ¡Y rápido! ¿Me oyes?

Ana Josefina asintió sin comprender lo que decía y el jefe siguió camino hasta el puente de popa, donde estaba el piloto. Tomando personalmente el timón, giró la nave y enfiló rumbo al oeste. Ana lo supo de inmediato porque tenía el sol enfrente.

El rubio de dientes podridos, quien era oriundo de Islas Canarias, le indicó dónde estaba el agua de beber, cuándo comían y cómo disponer de sus desperdicios corporales. Ana lo agradeció e hizo memoria del sonido de las palabras en inglés. Al cabo de varios días ya entendía algunas cosas, y cuando avistaron un barco que iba sin escolta y lo abordaron, pudo obedecer las instrucciones del jefe sin ayuda del canario renegado. Peleó como cualquiera, ágil y hábil con la espada y valiente como pocos. El botín consistió de pólvora, telas, especias y barriles de vino, y los forajidos estuvieron borrachos por varios días.

Era una tripulación heterogénea. Los más eran ingleses, pero algunos eran franceses, otros holandeses y algunos africanos escapados de los barcos negreros o de las plantaciones. Un día típico sobre cubierta podían escucharse múltiples lenguas simultáneamente. A veces Ana aprendía una palabra que suponía era inglés y aprovechaba cualquier oportunidad con el canario para usarla. El rubio de dientes podridos la miraba y se reía:

—No, chico, no. Eso es francés, el jefe dijo que aprendieras inglés.

Tuvo que afinar el oído y se acordó de los pájaros en los bosques alrededor de San Germán. A veces, si el ayo la acompañaba, cuando salía a galopar en las mañanas se internaban en el bosque. En lo alto de las ramas los pájaros entretejían trinos y ella le preguntaba al ayo por cada canto que escuchaba. Diferenciar un zorzal de una reinita le tomó algún tiempo. El pitirre, sin embargo, era inconfundible. De la misma manera le tomó algún tiempo diferenciar el inglés del holandés, pero pronto se dio cuenta que el francés era distinto. Aprendió algunas frases en francés, pero se dedicó a escuchar más a los que hablaban en inglés. El renegado de Canarias le decía:

—Eso sí, eso sí. A la verdad que tienes buen oído.

Se había arrimado al único con quien podía conversar buscando protección y éste se la daba gustoso, como un padre. Y era que Ana, rodeada de hombres día y noche, sentía que a menudo la miraban con ojos deseosos, especialmente durante las borracheras. No porque la creyeran un muchacho iban a respetarla, pensó, especialmente luego que viera a dos hombres enroscados en lo que probablemente era un acto sexual. Ana no podía estar segura, pero eso debía ser, pensó al ver los jadeos de uno montado sobre el otro. No sabía lo que era un hombre sobre ella, pero había escuchado las conversaciones de Emilia y Leonor Josefa cuando no sabían que ella podía oírlas.

Entonces se dio cuenta del peligro a su virginidad y se arrepintió de su alocada aventura; jamás volvería a ver a su familia, pensó. No se atrevería a mirarlos cara a cara, a sus hermanos no. Ellos no sobrevivirían la vergüenza. Como obedeciendo un instinto ciego había buscado la protección del rubio de dientes podridos, pero sabía que la verdadera protección sólo podía venir del jefe.

Un día en que el joven cabecilla estaba en su cabina inspeccionando unos mapas, se acercó y preguntó en inglés:

—¿Puedo mirar, jefe?

Al joven le hizo gracia el inglés torpe y enrevesado del muchacho.

—¡Qué! ¿Tan pronto ya sabes inglés?

Lo dijo burlándose, pero Ana no se intimidó. Se escurrió cerca de él, ya casi lo rozaba, y mirándolo con sus grandes ojazos negros pidió:

—¿Puede indicarme dónde estamos en el mapa, jefe?

—¡Cómo te gusta aprender! ¡Te debía dar un sopapo y mandarte a lavar la cubierta!

—Ya lo hice, jefe.

Había desafío en su tono obediente; era una sumisión muy femenina, aquella que las mujeres asumen por agradar pero que es acatamiento falso, pura coquetería. Ana inconscientemente apelaba a los recursos ancestrales de su sexo.

El joven, por supuesto, no lo captó. Se limitó a sonreír y a ponerle una mano sobre el hombro a manera de gesto conciliatorio. Luego con el dedo señaló una pequeña isla en el mapa.

—¿Ves esa isla?

—Es muy pequeña ahí.

—Para allá vamos.

—¿Y por qué no a ésta, que es tan grande como San Juan?

—Después iremos allá, ya verás.

Se llamaba Jack. Había nacido en Inglaterra en el seno de una familia de comerciantes y a los quince años se había fugado de su casa para inscribirse como marino en una nave con destino a Barbados. La nave fue atacada por piratas y él decidió unirse a ellos. Quería hacerse rico pronto para montar un restorán en Port Royal, en Jamaica, o en el puerto de Londres. Ya tenía reunido un pequeño capital.

Ana Josefina se impresionó con su seriedad y determinación e hizo todo lo posible por ganarse su respeto. Ella, que nunca había hecho ningún tipo de trabajo manual, le torcía el cuello a las gallinas para matarlas y las metía en agua hirviendo para desplumarlas antes de hacer el guiso. También lavaba las ropas de Jack si él se lo pedía y luchaba a su lado cuando abordaban algún balandro que había extraviado su rumbo. Al llegar a la isla pequeñita que habían visto en el mapa y que llamaban Ille-a-Vache, Ana fue la primera en saltar a tierra junto con Jack.

En un arco de arenas doradas y aguas color turquesa decidieron sacar el barco del agua. Cada cierto tiempo era imprescindible hacerlo, pues debían limpiar el casco de algas y caracoles. Luego reforzaban los maderos que estuvieran dañados y sustituían los podridos. Ille-a-Vache, que quedaba algunas millas al suroeste de La Española, era muy utilizada con este propósito. Permanecieron en tierra unas tres semanas, y en el transcurso de ese tiempo llegaron otras naves piratas a limpiar sus cascos y siguieron de largo al ver que la playa estaba ocupada. Algunos, holandeses y franceses en su mayoría, ocuparon otras playas de la misma isla.

Durante esos días de trabajo en la nave, Jack y Ana se hicieron amigos. Por las noches Ana se acurrucaba a sus pies y él comprendió por qué buscaba protección. Le decía José, a veces Joe, pues ése era el

nombre que Ana Josefina había dado. Nunca la obligó a bañarse desnuda en la playa cuando se tiraban
todos al agua para refrescarse. En esas ocasiones Ana
se internaba en la isla, y cuando estaba segura de que
nadie podía verla, se refrescaba en un manantial o
cruzaba hasta una poza que estuviera desierta. Si lavaba sus ropas en esas ocasiones, llevaba una manta
para cubrirse en caso de que llegara alguien de improviso. Si Jack sospechó algo, calló su sospecha, y
los demás marinos ya no se atrevían a molestarla pues
era el chico del jefe y con toda la malicia del mundo
asumían un vínculo sexual.

No lo había. Ese tipo de relación no parecía
interesarle a Jack y a menudo le expresaba a Ana su
deseo de llegar a Port Royal para que fueran a las
casas de putas. Verás qué hembras buenas, le decía;
él tenía una mujer llamada Cathy que le gustaba mucho. Podía prestársela si quería. Ana fingía interés y
entusiasmo, mas por dentro comenzaban a arderle las
entretelas del corazón.

Una vez estuvo limpio el casco y remendadas
las velas, limpia la ropa y descansada la tripulación,
zarparon rumbo a Jamaica. Llegaron a la bahía a eso
de las seis de la tarde y dispararon los cañones en
señal de saludo. Una salva de cañonazos les respondió desde el puerto a modo de bienvenida. Port Royal
se vanagloriaba en esos años de ser la ciudad más rica
y corrompida del mundo y el arribo de un barco donde ondeara la bandera negra era siempre motivo de
júbilo. Además de los barcos piratas que venían a vender su botín, había en sus muelles, y anclados en la
bahía, barcos negreros cargados de hombres y mujeres encadenados, barcos cargados con harina, vino y
aceite, melaza, cacao y gengibre, barcos de guerra de
su Majestad e innumerables navíos que transportaban
frutos menores entre las islas más pequeñas. A lo largo de las estrechas calles de Port Royal prosperaban

los sastres, los peluqueros, los joyeros y los plateros, las tabernas y las casas de putas. No era raro que una madama llegara una mañana donde el joyero a vender un anillo de rubíes o un candelabro de plata, pues los bucaneros solían pagar los favores de las putas con los frutos de sus robos. Hordas de marineros se tambaleaban a lo largo y a lo ancho de las arenosas calles, de la taberna al prostíbulo y del prostíbulo a la taberna, sus bolsillos llenos de doblones de oro y joyas de incalculable valor, los cuales terminaban en los cofres de los mercaderes.

A esta ciudad habitada por un amplio registro de rufianes llegó Ana Josefina esa tarde, y sus ojos de niña mimada sangermeña no podían creer lo que veían. Nunca había visto una puta, toda emperifollada de arandelas y collares y ofreciendo sus encantos con tal descaro; le llamó la atención la manera en que se apretujaban los pechos para que pareciera que se les salían por los escotes. También se fijó en cómo se levantaban la falda para mostrar las rodillas, blancas, blanquísimas las de las europeas y color madera las de las mulatas. Esa noche, en la privacidad de la cabina de Jack, quien andaba con la Cathy refocilándose a su gusto y gana, Ana Josefina buscó un espejo de marco dorado que Jack tenía, robado de algún barco español lo más probable, y se abrió la camisa para mirar sus senos. Los vio blancos y duros, de pezones rosados y se preguntó si a Jack le gustarían. Con ambas manos se los empujó hacia arriba y hacia el centro, a ver cómo se verían si hacía lo que hacían las putas, pero retiró las manos con asco. Prefería la línea suave que sus senos dibujaban al caer. Por suerte no eran muy grandes y no se notaban debajo de la camisa blanca y el chaleco que siempre usaba, pero al desnudarlos no se veían mal, pensó algo asustada de sus propios pensamientos. A veces se los aplastaba con un pañuelo, especialmente si iban a emprender un abordaje, así los protegía y podía despreocuparse de que se los cortaran de un tajo. Volvió a palparse los senos. No había tenido su menstruación desde unos pocos días antes de huir de San Germán, algo extraño le sucedía, tal vez el cambio de rutina, la excitación constante, la novedad. Iba a serle difícil ocultar su flujo menstrual; ya se iba imaginando cómo lo haría, pero por el momento le convenía que hubiera cesado. No quiso continuar preocupándose inútilmente y acurrucada sobre unas mantas al pie de la cama de Jack se quedó dormida. Antes de que la oscuridad la envolviera del todo, logró pensar un instante en Pedro Juan y Fernando, en Leonor Josefa y en Emilia, en José Sancho y la esclava María Dolores, su cómplice. Era importante volver para cumplirle la promesa, se repitió por una fracción de segundo.

A la mañana siguiente no encontró a Jack. El barco estaba casi desierto. Sólo uno que otro borracho deambulaba por cubierta. Bajó al puerto y sólo vio más borrachos durmiendo en plena calle. Algunos comercios comenzaban a abrir y a través de los cristales de los escaparates pudo observar a los joyeros doblados sobre sus mesas de trabajo. Le pareció que uno de ellos limpiaba un collar de oro y rubíes y cerró los ojos para imaginarse cómo se vería sobre su pecho. No quiso ceder a la tentación de entrar.

Y así vagando por las tabernas y los comercios pasó gran parte de los días siguientes, escuchando las historias que corrían de boca en boca, de cómo los españoles perdieron a Jamaica, de cómo Henry Morgan aprendió el "dulce oficio" asaltando ciudades a lo largo de la costa de Sur América, de cómo era comisionado por el gobernador de Jamaica, Sir Thomas Modyford, para asaltar barcos y ciudades españolas. Ana Josefina se admiraba de las historias, y más aún del gusto con que los marineros ingleses las contaban, y al cabo de una semana podía repetir en inglés algunas de las hazañas, añadiéndole algo por no aburrir. Le gustaba lo que había escuchado a un comerciante: "Modyford emplea a los bucaneros para que no se conviertan en enemigos de Jamaica." Eran astutos los ingleses, pensó, pero no llegó a desear que se apoderaran de la isla de San Juan como lo habían hecho de Jamaica. La alegraba que le dieran guerra a los españoles y poco más.

A Jack lo reencontró en el barco una semana después. La saludó efusivamente:

—Oye chico, te busqué por todas partes para llevarte donde Cathy.

Ana fingió, haciéndose el machito completo:

—Yo puedo buscarme mis mujeres. Estuve con una francesa estupenda.

Lo dijo con énfasis y en un tono jactancioso, como había escuchado a los hombres hablar de mujeres entre sí. Jack reaccionó entusiasmado:

—¿Con Monique? Ah, bandido, es una preciosidad, con un culo que es un tesoro.

—Tal vez se llamaba así...

Ana comenzaba a sentirse incómoda y tenía tantos celos que temió se le notara y cambió la conversación. Miró el mar a lo lejos y dijo, nostálgica:

—¿Cuándo nos vamos?

Jack se rió.

—Le has cogido el gusto al mar.

—En tierra me siento prisionero.

—Ya saldremos, no temas. Pronto. Espero noticias de Morgan.

—¿El que atacó a Camagüey?

—El mismo. ¿Y tú qué sabes?

—¿El que atacó a Porto Bello?

—Sabes bastante. Ya veo por qué tu inglés progresa.

—Dicen que Morgan propuso atacar la ciudad por detrás, y que cuando los miembros franceses de la tripulación escucharon su plan desertaron, pero que los ingleses creyeron en él y desembarcaron y ganaron la ciudad y con ella 300 esclavos negros, joyas, oro y plata, sedas, candelabros. El botín se dividió de acuerdo con las reglas, el rey y Modyford tomaron su parte y Morgan su cinco por ciento.

Jack se dio una palmada en la frente:

—Caray, qué memoria tienes, muchacho. Mejor no te cuento nada, porque uno siempre espera, cuando cuenta algo que le pasó, que se olvide pronto.

Miró a Ana con recelo y ella consideró que se había excedido al hacer cierto alarde. Sólo pudo añadir:

—Quería obtener información para ti.

—Bueno, ya veremos —dijo Jack entre dudoso y burlón.

Y durante las semanas que permanecieron en Port Royal se mantuvo alejado de ella, ocupado en abastecer el barco, que se llamaba el Greyhound, de pólvora, armamentos y víveres y de darle mantenimiento a las velas y los cañones. Ana Josefina trabajaba en enmendar velas toda la mañana, pero luego conseguía un caballo y galopaba hasta Saint Iago de la Vega, o Spanish Town, como le decían los ingleses, donde los edificios de ladrillo construidos por los españoles le recordaban a la isla de San Juan. Galopando por las playas de la bahía y por los llanos circundantes se consolaba, pues ya no podía ocultarse a sí misma el hecho de que estaba enamorada de Jack. No sabía qué hacer para ganarse su amor y la vida se le hacía insoportable.

Sucedió la última noche que permanecieron en puerto. Jack reunió a la tripulación sobre cubierta y desde el puente de popa les anunció:

—Saldremos con Henry Morgan a conquistar Cartagena.

La tripulación empezó a gritar, unos a favor y otros en contra. El rubio de dientes podridos que era amigo de Ana protestó:

—¡Mejor solos! ¿Por qué con Morgan? Se queda con la mejor parte del botín.

Varios compañeros lo secundaron:

—¡Con Morgan no! —gritaban.

Pero Jack insistía:

—Cartagena es la ciudad mejor fortificada del Caribe. ¿No la han visto? Yo sí. Tiene murallas anchas como caminos, sobre ellas transitan los carruajes y tiene más cañones que cincuenta barcos juntos.

—¿Y allí nos va a llevar ese borracho?

—¡Moriremos todos!

Jack trató de calmarlos. Morgan sabía lo que hacía, era un estratega genial, les dijo.

Pero fue sólo luego de varias horas de deliberaciones que decidieron acatar la decisión de su capitán, más seducidos por la posibilidad de los lingotes y doblones del oro del Perú que por cualquier otro argumento.

—Zarpamos mañana en la mañana para reunirnos con Morgan y sus barcos en Ille-a-Vache —dijo Jack al finalizar la reunión.

La proximidad del peligro y la aventura agudizó el mal de amores que sufría Ana. Esa noche, mientras se preparaba para dormir a los pies del lecho de Jack tal y como lo había hecho a lo largo de tantos meses, esperó a que éste la mirara mientras, sentado en su escritorio, estudiaba unos mapas. Jack levantó la cabeza para comentarle algo y en ese momento Ana, quien dándole la espalda se había abierto la camisa, se viró como quien no sabe lo que hace, como por descuido. La luz de luna que se colaba por las ventanas de la cabina iluminó sus pechos duros y Ana creyó desfallecer al ver la sorpresa y el desconcierto retratados en el rostro de Jack. Sentía los pezones latiéndole de deseo, pero pudo decir, como si nada sucediera:

—¿Cuándo dices que llegaremos a Ille-a-Vache?

Sobrecogido, mudo de asombro, Jack se puso en pie y se le acercó. Como para comprobar que sus ojos no lo engañaban, con ambas manos le acarició los senos. Temblando, Ana lo miraba sin pestañear, sin respirar apenas. Entonces Jack muy delicadamente le quitó la camisa, el chaleco, le desabotonó el pantalón y lo bajó, le pidió levantara la pierna para sacarlo, una primero y luego otra y finalmente la despojó del calzoncillo. Sólo después que acarició sus nalgas, su cintura, su vientre y su entrepierna Jack sonrió:

—Bandida, sinvergüenza, cabrona hijadeputa —dijo en inglés.

—No pude ocultártelo más —suspiró ella cuando él la tumbó sobre la cama.

Antes de entregarle su virginidad, le hizo prometerle que la protegería, que no violaría su secreto, que entrarían juntos a batalla. Él a todo asintió porque aquella criolla de San Germán era una mujer de armas tomadas y a las mujeres así se les hace caso, eso le había enseñado su abuela dueña de un restorán en el puerto de Londres.

XVII

Era el primero de enero del año 1669 en las playas de
Ille-a-Vache y el ya famosísimo bucanero estrenaba la
nueva fragata que le había enviado Modyford. Con
altos mástiles y mascarón de proa de largos cabellos,
elegante y veloz, el Oxford, que así se llamaba la fragata, era una adquisición para enorgullecer a cualquier
capitán. Había sido recién construida en los astilleros
del rey de Inglaterra y abonaba al prestigio de Morgan
el haberla recibido. En su cabina central, adornada
con molduras doradas, espejos y lámparas de cristales
colgantes, Morgan se sentía rey de los mares. Allí reunió a sus bravos capitanes. Jack se sentó a la derecha
de la mesa, junto a otros cinco corsarios, y en el lado
izquierdo se acomodaron seis más. Morgan ocupaba
la cabecera. Con sus mapas extendidos sobre la mesa,
Morgan explicó en detalle su estrategia, la cual fue
aprobada por unanimidad. Entonces, satisfecho por
el acuerdo y siempre dispuesto a fiestar hasta el agotamiento, Morgan invitó a cenar a todos para celebrar
la ocasión. Bebieron y cantaron por un buen rato mientras comían cerdos asados esa misma tarde y gallinas
guisadas por el cocinero francés que Morgan siempre
llevaba a bordo. Bebían vino del Loira del mejor cuando Morgan mandó a disparar varios cañones para se-
llar el acuerdo. Era su costumbre, pero esa noche se
arrepentiría amargamente della, pues un marino fue
negligente, o tal vez la pólvora se había regado, o los

cañones eran defectuosos, porque en el instante más animado de la celebración todo el cielo se iluminó de pronto y el Oxford estalló. El elegante casco se partió en dos. Murieron casi todos los 250 miembros de la tripulación, con la increíble excepción de Morgan, Jack y los capitanes en el lado derecho de la mesa. Los que se sentaron en el lado izquierdo murieron instantáneamente. Morgan, Jack y los otros fueron expulsados por el estallido de la nave sin tan siquiera un rasguño en los brazos; cayeron al mar junto a los cuatro muchachos que servían de mozos en el festín. Se mantuvieron a flote entre maderos mientras veían horrorizados cómo el Oxford zozobraba.

Pronto fueron recogidos por botes de las otras naves. Aunque la impresión los afectó de por vida, en ese momento Morgan no se permitió vacilar, no se permitió ni tan siquiera la reflexión. Para no perder impulso reunió a los capitanes sobrevivientes de inmediato. La pérdida de tantos experimentados bucaneros hacía impráctico el asalto a Cartagena, dijo. De modo que decidieron optar por Maracaibo, un importante puerto de Venezuela ubicado en la ribera izquierda del estrecho que unía al gran lago con el golfo.

Al ver el resplandor y escuchar el estallido, Ana Josefina había dado por seguro que el mundo se derrumbaba a su alrededor. Una sola noche de amor en su vida era un destino que no sabía si podía soportar. Era tan grande el dolor de su corazón que no pudo llorar, de modo que cuando los botes trajeron a Jack y lo vio subir la escalerilla y saltar a cubierta sin tan siquiera un rasguño sobre sus brazos, las lágrimas la cegaron mientras la tripulación gritaba:

—Jack, Jack, el sietevidas Jack. ¡Viva! ¡Viva!

Todavía gritaban ¡hurra!, ¡hurra! cuando Jack llegó hasta ella, quien se secaba las lágrimas con las mangas, el chaleco y cuanto trapo podía agarrar.

Jack sonrió al verla y no la delató. En vez de abrazarla y besarla le guiñó un ojo.

—Chócala, muchacho, dijo raspando palmas con ella y riendo a carcajadas.

Ana Josefina rió también y agradeció su discreción en circunstancias tan difíciles. Era todo un hombre su Jack, pensó admirada. Esa noche, en la privacidad de la cabina, le confesó que lo amaba sobre todas las cosas del mundo, y al otro día, cuando se hizo oficial la noticia del cambio de planes, se prepararon juntos para la aventura que se avecinaba.

Desplegando todas sus velas, la flota navegó hasta llegar al Golfo de Maracaibo. No había fortificaciones españolas en la entrada, sólo llanuras arenosas, rocas y bosques vírgenes de tupida vegetación, pero entraron con cautela y sigilo y sin ondear las banderas negras. En el estrecho que conducía al lago había un pequeño fortín y Morgan ordenó tomarlo. Entonces ondearon las banderas de los buques y los cañones de tierra dispararon. Las naves de Morgan respondieron al fuego con un despliegue de poder impresionante, pues una de ellas, el Port of London, cargaba hasta treinta y cinco cañones. El intercambio de disparos fue breve. Los defensores del fortín poco podían hacer ante catorce naves armadas hasta los dientes y cuando Morgan y sus hombres desembarcaron, los españoles habían huido.

Un siniestro silencio reinaba en las galerías y los patios. Morgan, al frente de su tropa, sospechó alguna trampa. Entraba y salía de los cuartos con rapidez felina, viraba muebles, husmeaba detrás de las cortinas, como olfateando por los rincones, hasta que en una de las cámaras oscuras encontró una mecha que ardía a merced de la brisa. Al final de la soga había suficientes barriles de pólvora para volar el fortín y todos sus habitantes en menos tiempo de lo que toma decir sí. Según el cálculo de los españoles, la mecha debía durar quince minutos y Morgan apreció que le quedarían tres, tal vez dos. Con un movimiento rápido arrancó la mecha y la apagó pisándola con las suelas de sus botas. Jack y Ana Josefina, que lo seguían de cerca en el asalto, contuvieron la respiración.

Durante las batallas Morgan se divertía; daba grandes brincos, hablaba a gritos entre risotadas y maldiciones y desplegaba una energía de animal en acecho. Siempre el peligro le producía una alegría sin límites y aquellos que admiraban su valor desconocían el porqué. Le provocaba un único e irrepetible espasmo de placer, ése era el secreto de su audacia y de su entusiasmo. No era, entonces, que ignorara el miedo; más bien lo desafiaba, se negaba a obedecerlo, le chupaba los jugos hasta dejarlo seco.

Una vez tomado el fortín, el cual saquearon a su gusto y gana de pólvora, armas, muebles, tapices y ropas, Morgan y su gente continuaron hacia Maracaibo. Ana Josefina nunca olvidaría cómo irrumpieron en la ciudad, disparando sus pistolas y blandiendo los aceros. Ana estaba enfrascada en un duelo de espadas cuando vio que dos españoles tenían arrinconado a Jack. Con un movimiento inesperado para su adversario, Ana pudo atravesarle el corazón. De inmediato se dio vuelta y fue al auxilio de Jack, logrando despachar a uno de los españoles. El otro tuvo que vérselas entonces con lo que pensó eran dos chicos ingleses. Peleaba bien, pero al rato comenzó a cansarse y finalmente bajó la guardia y fue puesto fuera de combate.

La conquista de Maracaibo fue un éxito, pero no encontraron las legendarias riquezas que supuestamente abarrotaban los cofres de las casas, los sótanos de la ciudad y las sacristías de las iglesias.

—L'Olonnais se llevó todo. Ahora somos pobres —decían, atemorizados, algunos habitantes de Maracaibo. Otros más bravos se enardecían:

—Los tesoros los llevaron al interior para esconderlos de piratas como ustedes ¡Bandidos! ¡Rufianes!

Morgan se reía al ver los apuros de rancios aristócratas y las manipulaciones de comerciantes y artesanos, pero encontró tan poco para robar que el malhumor comenzó a agriarle el carácter. Al cabo procedieron hasta Gibraltar, un pueblo lago adentro donde pasaron varias semanas entregados a interminables bebelatas y a torturar a los habitantes para que les revelaran dónde habían escondido el oro.

Ana Josefina y Jack gozaron en esos días de un tiempo para entregarse a su amor. Los más de los corsarios, incluyendo a Morgan, se maliciaron una relación homosexual al verlos irse juntos a galopar por las playas del lago día tras día y semana tras semana. "Aquí, contra la tierra" decía Ana, pues le gustaba sentir la tierra firme a sus espaldas cuando Jack la penetraba; era más agradable que el inestable vaivén de la nave al que estaban acostumbrados. En una ocasión, al atravesar la selva subieron a una montaña hasta una poza donde se despeñaba una cascada de aguas frías y transparentes. Eran tantos los monos colgando de los árboles alrededor, que sus chillidos, entretejidos al sonido del agua al caer, ocupaban todo el espacio acústico disponible. Para hablar Ana y Jack debían hacerlo por señas. Aturdidos y embelesados a un mismo tiempo, Jack y Ana no podían creer que una imagen, de tan audible, fuera inaudible. Sin saber muy bien lo que hacía ni por qué, Jack quiso lavarse el rostro en aquellas aguas de fantasía e, imprudentemente, dejó su espada sobre una piedra. De pronto un mono peludo y blanco saltó al suelo, se acercó a la espada y extendió las manos sobre ella. Rápido como una bala, Jack reaccionó y se abalanzó sobre él para impedir que le llevara la espada. El mono no se intimidó. Gruñó para mostrar una hilera de afilados dientes e hizo amagos de morder a Jack. Furiosa, Ana se acercó por detrás y con su espada partió al mono en dos. El animal se desplomó como una masa sanguinolenta y la sangre tiñó de rojo la poza y la vegetación; bajo el influjo de un efecto multiplicador, las gotas de sangre chorreaban por doquier. Entonces se apresuraron a abandonar el lugar, temerosos de que vinieran más monos, de que bajaran cientos dellos de los árboles y atraídos por la sangre llegaran tigres, jaguares, buitres, centauros y leones alados.

    —Era como si allí comenzara el infierno —logró al fin articular Ana cuando regresaron a Gibraltar.

    Algo de la proximidad del Demonio llevaría Ana Josefina en el recuerdo heredado y sin saber por qué sentía escalofríos. Esto no le impidió, sin embargo, disfrutar de la belleza sobrecogedora del gran lago. Más de quinientos ríos y otros tantos caños y arroyos desembocaban en el inmenso cuerpo azul donde espejeaban y se fundían el cielo y la selva. El lago era el desagüe del gigantesco continente a sus espaldas y todo alrededor de su cuenca de 17 500 kilómetros cuadrados había verdes montañas. Ana Josefina y Jack salían a pasear en el Greyhound para disfrutar de las montañas y los ríos desde la cubierta. Si hubieran soñado un paraje ideal para su amor, no se habrían ni remotamente aproximado a la magnificencia del que disfrutaban. Las islas abundaban y los amantes a veces tiraban ancla para llegarse en bote hasta sus arenosas playas. Otras veces, por el contrario, anclaban para pescar, pues el lago tenía peces en abundancia exagerada. Un detalle que los intrigó fue que, aunque el agua solía ser dulce para beber, cuando subía la marea se amargaba hasta donde se encontraba la ciudad de Maracaibo.

    Como ya en la isla de San Juan apenas se veían indios, desde el principio a Ana le llamaron la atención los poblados indígenas de las orillas del gran lago. Las casas estaban construidas sobre el agua, en socos o pilotes, y en Gibraltar le dijeron que el descubridor español del lago, Alonso de Ojeda, había llamado Nueva Venecia al lugar por parecerle semejante a la ciudad marítima del Adriático. Al igual que había hecho en Port Royal, Ana gustaba de hablar con los habitantes de Gibraltar, quienes odiaban a los ingleses que les robaban su hacienda y los azotaban sin tregua y sin compasión para obligarlos a confesar los escondites de sus tesoros, pero aquel muchacho que parecía un españolito les simpatizaba. Le contaron cómo cuatro años antes habían sido saqueados por un pirata francés y se quejaron amargamente de su destino. Oyéndolos, Ana sintió una punzada de nostalgia en el bajo vientre, y si no hubiera sido por Jack se habría quedado con ellos, pues volver a hablar en castellano ponía alas a su imaginación y la devolvía a las ternuras de su infancia sangermeña.

Por suerte no tuvo tiempo adicional para blanduras y sentimentalismos. Morgan terminó por hastiarse de sus orgías y de las torturas que infligía a sus víctimas y ordenó que izaran velas. Pero se había requedado en el lago por demasiado tiempo. Cuando llegaron al estrecho que desembocaba en el golfo, lo encontraron guardado por una flota española al mando del vice-almirante Alonso del Campo y Espinosa, quien desde el puente de popa de su nave capitana, la Magdalena, contemplaba con deleite los navíos de Morgan y su gente. En el Greyhound, justo detrás del buque de Morgan, Ana Josefina y Jack tuvieron por cierto que lo bueno dura poco y que su felicidad, conjuntamente con sus vidas, tocaban a su fin. Morgan no se amedrentó. Con bien disimulada alevosía le envió al vice-almirante un agresivo mensaje: "Si no me paga diez mil ducados en oro quemaré a Maracaibo." Y añadía: "Exijo el dinero y un salvoconducto para mis barcos."

Don Alonso pensó: "He aquí que los pichones le tiran a las escopetas" y mandó a decir que no tenía intención de dejar pasar a Morgan, pero que si dejaba libres a sus prisioneros y entregaba el botín obtenido, podría navegar libremente por el estrecho y salir mar afuera.

Morgan reunió a sus capitanes.

—¡Desconfío! —gritó Jack.

—¡Pelearemos hasta el último hombre! —dijo Robert.

—¡No entregaré una sola moneda! —dijo James.

—¡De acuerdo! —rugió Morgan— ¡Pero primero jugaremos al esconder!

Los ojos le brillaban como las mismísimas esmeraldas de la Nueva Granada cuando ordenó preparar tres barcos incendiarios con azufre y pólvora. Hileras de cañones de embuste, hechos de madera, engalanaban las cubiertas mientras una tripulación de muñecos de trapo parecía manejarlos. Seis bucaneros se ofrecieron de voluntarios para la misión suicida y en medio de la noche se lanzaron hacia la flota española en un simulacro de grotesca batalla naval que más parecía burla que calculada y cruel astucia. Mientras los tripulantes suicidas trataban de escapar tirándose al agua, los barcos incendiarios chocaron con los galeones y estallaron en mil pedazos; la noche se pobló de múltiples incendios, gritos y maldiciones y la flota española quedó sumida en el pánico que el desorden provoca. Varios buques españoles, incluyendo el Magdalena del vice-almirante, huyeron hacia el fortín en la costa y Morgan capturó fácilmente a los que se desperdigaron por el lago. También logró rescatar a dos sobrevivientes de las misiones suicidas, valerosos marinos quienes obtendrían justa recompensa por su temeridad. A Morgan ahora sólo le quedaba atravesar el estrecho más allá de los cañones del fuerte pues Alonso, furioso, había reforzado las defensas y no pensaba dejar pasar ni un solo barco sin volarle los mástiles, el casco y cuanto maldito inglés tuviera a bordo.

La estrategia que Morgan puso en práctica era un viejo truco militar. Un día completo estuvo descargando hombres en un punto detrás del fuerte mientras el enemigo observaba desde los muros del fortín. Lo que no veían era que, una vez tras los arbustos, los hombres se acurrucaban en el fondo de los botes y lo que parecían botes vacíos manejados por remeros eran en realidad botes llenos. De esta manera llegaban llenos a la costa y parecían regresar vacíos aunque no lo estuvieran, truco que al repetirse a lo largo de todo un día dio a don Alonso la certidumbre de que un verdadero ejército iba a atacarlo por detrás. De acuerdo con este criterio, entonces, hizo girar los cañones en dirección contraria, proceso pesado y trabajoso que Morgan, ahogándose de risa, observaba con su catalejo. Cuando don Alonso hubo terminado el proceso de realineación de los cañones, Morgan y su flota salieron por el estrecho entre gritos de júbilo, y los cañones de los barcos dispararon salvas en celebración por el éxito de la estratagema. Don Alonso sintió los disparos como verdaderas bofetadas en el rostro y quedó humillado de por vida, tanto así, que al poco tiempo fue destituido de su cargo y enviado a prisión.

La flota de Morgan entró a Port Royal en medio del alboroto regocijado de las tripulaciones, quienes juraban contar lo sucedido a generaciones de hijos y nietos, por todos los siglos sucesivos amén. Traían un botín considerable y aún después del por ciento del Rey, el de Modyford y el de Morgan, cada marinero podía considerarse un hombre rico. Ana Josefina y Jack así lo presumían, y no tuvieron pena de saber que el rey de Inglaterra no estaba complacido con la hazaña de Morgan y que Modyford se encontraba en aprietos con las autoridades. Evidentemente el suceso era una especie de vergüenza diplomática para el embajador de Inglaterra en España y los gobiernos europeos cuestionaban la moral de tales acciones, en especial la de proteger, y hasta alentar, a forajidos que desafiaban las leyes más elementales. Por el momento entonces los piratas se desbandaron, pero esto no impidió que la leyenda de sus hazañas creciera y se extendiera como flama en castillo de paja. Llegó a La Aguada, en la isla de San Juan, en boca de contrabandistas que admiraban la manera en que Morgan se burlaba de las autoridades españolas y de allí a San Germán fue sólo un paso, de modo que la familia de Ana conoció de la aventura sin sospechar siquiera que su querida niña era uno de los protagonistas del suceso.

En vez de sepultarla en el olvido, el tiempo se encargaba de agudizar la ausencia de Ana Josefina. Leonor Josefa y Emilia, muy especialmente, la añoraban montones y no se conformaban con la versión de su muerte. Pedro Juan, por el contrario, la daba por perdida. Cuatro años habían pasado sin tan siquiera un pedido de rescate. Debió ser violada y morir de vergüenza, no pudo ser de otra manera, se repetía. Mientras, los niños crecían sanos y salvos gracias a sus madres, y sabios gracias a fray Juan de Sanlúcar, quien se esmeraba en enseñarles lenguas, matemáticas, Historia y geografía. Las lecciones continuaban todas las tardes regularmente, y era ya una rutina que Leonor Josefa acompañara luego al fraile hasta su hospitalillo pintado de azul para ayudar en las labores de caridad. Se amaban dentro del más estricto disimulo ante los demás y sin jamás nombrar el sentimiento que los unía, que no por eso les era desconocido; era una certidumbre que el paso de los años consolidaba en el más casto amor y en una amistad a prueba de balas. Claro que a menudo el deseo atormentaba duramente a fray Juan y debía azotarse varios días de seguido. Sólo sacaba fuerzas de la certeza de que era el Demonio quien así lo tentaba.

Ante los progresos en la educación de sus hijos, José Sancho no cesaba de felicitarse por la feliz idea de reclutar al fraile y un día tuvo la infeliz ocurrencia de sugerirle a José Miguel que enviara a los suyos también a la improvisada escuelita en su casa.

—Ellos ya aprendieron lo que tenían que aprender. Allá en el campo donde vivimos no hacen falta los libros. Con que sepan montar, manejar una espada y cuándo es el tiempo de sembrar y recoger, ya les basta y les sobra —le contestó José Miguel, con el tono resentido que solía emplear.

José Sancho se sintió agredido:

—Los libros siempre aprovechan; así decía nuestro padre y nuestro abuelo y nuestro bisabuelo.

—Ahora vas a venirme de nuevo con el sonsonete de lo letrados que fueron nuestros antepasados. ¡Deja eso ya! Estoy harto de tanta alcurnia. Sí, sí, ya sé, en el castillo de Villalba hay mosaicos romanos, ya me los has mentado innumerables veces. Lo decía papá, y abuelo también. Tal vez sea verdad. Aunque tal vez no, porque a la gente le gusta echárselas. ¡Ese orgullo! A mí cuando arreo vacas los libros no me sirven de nada.

—¡No hables así a tu hermano mayor!

—Hablo como me da la gana. ¿Sabes lo que pienso? Ese castillo tan renombrado nunca existió. Se lo inventó abuelo para hacerse el aristócrata. ¿No te das cuenta de que en San Germán hasta los pobres que viven en chozas de paja, que son los más, descienden de la aristocracia? Dicen que por eso es que no quieren trabajar y se la pasan hundidos en hamacas porque eso sí es digno, ¿no?

—¿No te importa saber quién eres?

—No creo que sea importante.

—¿No recuerdas el castillo? Yo recuerdo sus muros, el patio de armas a donde Lope regresó con Gregorio. Toda la familia, reunida, lo esperaba.

—¡Basta! ¡Basta ya! Yo no recuerdo cosa alguna, ¿entiendes?

José Miguel se tapó los oídos al decir esto y salió como una tempestad de la oficina del hermano, tirando puertas y pisando duro, como si sus botas fueran a resquebrajar las piedras. Juraba no recordar, pero mentía. Aunque bien podía ser la persistencia de las leyendas familiares en su imaginación, él había visto aquellos muros almenados, aquella torre, aquel patio de armas.

Sólo cuando se paraba en el ancho balcón de la casa de hacienda donde vivía con su mujer e hijos, y desde donde oteaba su propiedad y las de su hermano, José Miguel aceptaba el recuerdo del castillo que llevaba metido entre los huesos. Entonces podía ver las huestes de relucientes armaduras, lanzas y pendones bajar a galope por las laderas para enfrentarse a sus enemigos. Podía escuchar el choque de las espadas y otros hierros, los relinchos de los caballos, el rumor ensordecedor que la guerra escribe e interpreta. Pero admitirlo a José Sancho, ¡eso nunca! Eso quería decir que acataba la autoridad del padre, la autoridad de la tradición, y eso no podía hacerlo porque nomás pensarlo apretaba los dientes con furia y desesperación. Era fácil para José Sancho, porque a su hermano le había tocado mandar. ¿Y por qué no a él? ¿Por qué tuvo la perra suerte de nacer después? Daban ganas de maldecir al mismísimo Dios, pensó José Miguel. Pero no se atrevió a hacerlo.

Lo que sí hizo fue internarse con sus peones y sus esclavos en las fincas del hermano y matar reses para vender los cueros y la carne salada a los contrabandistas de La Aguada. Llevaba ya algún tiempo haciéndolo sin que José Sancho se diera cuenta y poco a poco iba acumulando buenos ducados de oro. La satisfacción era doble: se apropiaba de lo que estimaba le pertenecía y desafiaba la autoridad de José

Sancho. Es lo justo, solía repetirse al otear las propiedades desde el balcón de la casa de hacienda, a mí no
me van a poner un pie encima, ni él ni nadie, ¿que y
porque lo dice la tradición?; a otro con ese cantar.

XVIII

Yo vi al Diablo. Era él, estoy segura; si nunca había
sentido tanto miedo, si olía a azufre, si era un males-
tar en todo el cuerpo lo que me agobiaba. No es lo
mismo que los fantasmas que caminan por San
Germán, los de Lope y María por ejemplo. Los veo a
menudo caminar por el patio. Van tomados de la mano
y les gusta sentarse bajo el árbol de mangó en los
meses de junio y julio. Las ramas se doblan de lo car-
gadas de frutos que están y ellos toman los mangós
maduros y les quitan la cáscara con los dientes; chu-
pan las pepas hasta dejarlas limpiecitas. Luego van al
pozo a buscar agua para lavarse las manos y la boca.
El fantasma de Sancho, quien dicen que era hijo de
Lope, también aparece de cuando en cuando. A él yo
sólo lo he visto montado en un caballo blanco. En las
noches sin luna, especialmente en las noches de tormenta, Sancho recorre las calles de San Germán a
galope. También hay otros fantasmas que viven en la
antigua casa de la plaza, la que heredó José Sancho.
La negra Crucita se aparece por la cocina, eso dicen
las negras que le cocinan a Emilia. Ellas se mueren de
miedo y se arrodillan a rezarle a sus dioses africanos
cuando esto sucede. Emilia no ve a Crucita y por eso
no tiene miedo; se la pasa criticando a las pobres
negras por lo ignorantes y supersticiosas que son. Yo
sí la veo. Los otros días estaba sentada frente al fogón
y lloraba. Fui y le pregunté por qué lloraba y me miró

muy pero que muy triste, pero no me contestó. En realidad los fantasmas no molestan. Los hay alegres como Lope y María y tristes como Crucita, pero no hacen daño a nadie. José Sancho también los ve y ni se preocupa. Él piensa igual que yo.

Claro que el Diablo no es un fantasma. El Diablo es una persona de carne y hueso como yo y como fray Luis y como Pedro Juan. Hace daño. Verlo duele y hace llorar. Me he puesto más triste que el fantasma de la negra Crucita cuando lo vi sentado en las escalinatas del convento de los dominicos. Iba a avisarle a fray Juan que no viniera a las lecciones de los niños porque todos están enfermos con gripe, los míos y los de José Sancho. Claro que pude enviar un esclavo con el mensaje escrito, pero la verdad es que quise aprovechar para hablar a solas con fray Juan. Sería cosa del Diablo, sería él quien me metió en la cabeza esa idea. Y allí estaba aquel hombre de unos cuarenta años, con barba puntiaguda y sonrisa burlona, sentado como si tal cosa. Cuando comencé a subir por las escaleras me miró y creí iba a desmayarme. Tenía los ojos rojos como dos lenguas de fuego, Madre Santísima, las mismas bocas del infierno son sus ojos, no quería mirarlo y quería mirarlo porque como que me jalaban hacia ellos; como un imán atrae los clavos y tornillos, así sentía que sus ojos me chupaban la voluntad. "Cristo Santo, señor Dios de los ejércitos celestiales, ampárame", dije espantada e hice la señal de la cruz varias veces. Eso fue lo que me salvó porque cuando hice la señal de la cruz vi que se replegaba y como que gruñía. ¡Qué horror! Se me erizó la piel y llegué a donde fray Juan que casi no podía tenerme en pie. Mis rodillas parecían manteca sobre un fogón. Cuando le conté a fray Juan lo que me había pasado me abrazó. Por primera vez en años me tomó en sus brazos y me consoló, y noté que estaba muy afectado. Entonces me aparté para mirarlo a los ojos y vi que lloraba. Unos lagrimones como gotas de aguacero tropical le rodaban por las mejillas y hubiera querido besárselas, pero no me atreví y lo que hice fue sacar un pañuelo y secarle las mejillas, pero los lagrimones seguían saliendo de sus bellos ojos azules y me angustié más todavía al ver el estado en que se encontraba.

—Perdóname, Leonor Josefa, perdóname por favor —rogó.

Yo no sabía qué pensar.

—¿Perdón por qué? No entiendo.

Efectivamente, no entendía ni papa, ¿qué tenía que ver fray Juan con el Diablo?

—No puedo explicarte, Leonor Josefa, pero es mi culpa que el Diablo esté ahí sentado en las escaleras frente a la iglesia. Es a mí a quien busca y te hace daño a ti por hacerme sufrir, porque quiere que le entregue mi alma.

El significado cabal de lo que decía me golpeó de repente y tuve que taparme la boca para no gritar. ¿Entonces él estaba condenado a ir al infierno? ¿Y yo? ¿Me iba a condenar con él? En ese momento estaba más cerca de él de lo que nunca había estado. Fray Juan besó mis manos y me dijo:

—Leonor Josefa, sé que es pecado, y un pecado terrible, lo que te voy a decir. Allá afuera el Diablo, que lo ve todo, debe estar riéndose a carcajadas. Creerá que de seguro soy suyo. Pero tal y como están las cosas, y después de todos estos años, creo que es más pecado mentir. Yo te juro que me he azotado, que he sido puro en medio de las más atroces tentaciones. A veces me he masturbado y he corrido a confesarme, ¿qué puede hacer un hombre si su cuerpo está rebosante de deseo?

Lo dejé con la palabra en vilo. No quise escuchar más. Le di un beso en la boca y salí corriendo por el claustro dejándolo allí desesperado. Cuando bajé las escaleras el Diablo ya no estaba, aunque todavía su olor impregnaba los ladrillos de los escalones y creí escuchar su risa, un carcajeo que me helaba la sangre.

Al otro día fray Juan mandó decir que se encontraba indispuesto y fue mejor, porque los niños aún tenían algo de fiebre, pero después de una semana de indisposiciones recurrentes finalmente tuvo que venir a casa de Emilia igual que siempre, porque José Sancho protestó:

—¿Qué le pasa al fraile? ¿Se nos va a morir? Díganle que yo no doy permiso. En esta casa no se va a morir nadie.

José Sancho no sabía el alcance de lo que estaba diciendo. Su soberbia, muy característica de los López de Villalba, me hizo pensar que todos éramos víctimas del Demonio y terminaríamos hirviendo dentro de esas grandes pailas humeantes que describen los doctores de la Santa Madre Iglesia. Primero fue lo de Ana Josefina, ¡la falta que nos ha hecho!, y luego esto. Yo estaba que no podía con mi alma; trataba de cuidar a mis hijos y atender a Pedro Juan para olvidarme de lo sucedido. Ni modo. Los ojos del Demonio me abrasaban la piel; sentía que me ardían los brazos y las piernas, la boca; hasta el pensamiento me ardía. No podía acostarme con Pedro Juan por miedo a contagiarlo, por pánico a que el Maligno se apoderara de él y de mis hijos también.

—¿Qué te pasa? —decía Pedro Juan malhumorado.

No podía ni remotamente decirle. Debía callar. Yo estaba dispuesta a condenarme si era necesario, pero ellos no, ellos son inocentes. Yo soy culpable. "El amor que siento por fray Juan es un pecado delezable, odioso. No valgo nada, me detesto. ¿Y me voy a sentir así de infeliz y con este dolor en el corazón y en todo el cuerpo hasta el día de mi muerte? No puedo soportarlo. Debo hablar con fray Juan; debo, al me-

nos, confesarle mi pasión malsana." Así me recrimina-
ba y consolaba a mí misma en el colmo de la pena,
sumida en un verdadero torbellino de pasiones contradictorias.

Finalmente José Sancho mandó recado y fray
Juan se personó en la casa a excusarse.

—Don José Sancho López de Villalba, su señoría, perdone usted; he estado muy enfermo.

Mi hermano lo miró de arriba a abajo y, en
efecto, notó lo que yo desde una esquinita veía, y era
que mi fraile había perdido mucho peso y se encontraba muy afectado, el sufrimiento lo había marcado
con unas cicatrices imborrables. No sé si José Sancho
las veía, pero yo sí. En la mano izquierda tenía una
quemadura y en la derecha dos uñas rotas y un vendaje. ¿Tendría quemaduras en la espalda y en las piernas? Al pensar en su amado cuerpo sentí el deseo que
como un volcán se me prendía por dentro. Hice la
señal de la cruz y me calmé algo. José Sancho se preocupó:

—No se ve bien, fray Juan. De hecho, se ve
muy mal. Excuse mi insistencia. Velo por la educación de mis hijos, usted comprenderá.

—Comprendo perfectamente.

El fraile estaba tan afligido que hasta su voz
era como un susurro. Logró articular:

—No empece a ello, y como mi mal no es con-
tagioso, volveré a mis labores docentes comenzando
mañana.

José Sancho protestó:

—No deseo se canse demasiado. Su vida puede verse en peligro.

Al escuchar esto fray Juan pareció animarse
un poco y sonrió, aunque con indecible tristeza, y dijo,
como si hablara solo:

—¡Hasta esa bendición me es negada!

Sin embargo casi al instante se compuso:

—Créame, me hace bien trabajar con los niños. Ellos me devolverán la salud. No quiero se les vaya a olvidar el latín; y tampoco el francés. Quisiera que leyeran *La guerra de las Galias*.

Al escuchar el tan prestigioso título, José Sancho se alegró sobremanera. Se puso de pie y abrazó a fray Juan:

—Es usted un gran hombre. ¡Qué valor el suyo!

Fray Juan repetía "no es nada, su señoría, créame" y pareció mejorar.

Esa noche no pegué un ojo debido a que al otro día iba a volver a verlo y cuando Pedro Juan quiso montarme lo dejé hacer por no despertar sus sospechas y por no preocuparlo, pues me doy cuenta que mi comportamiento no es normal a sus ojos. Yo no quiero que sufra. Si es tan bueno y me quiere tanto, prefiero morir a verlo sufrir. Ésa es la verdad. Eso fue lo que quise decirle a fray Juan cuando al otro día pude hablarle. Llegó a dar sus lecciones como si nada hubiera sucedido y se veía repuesto. Noté que sus uñas ya no estaban rotas. Tampoco tenía vendaje. La marca de la quemadura en la mano izquierda, sin embargo, aún estaba allí; el carimbo del Diablo parecía.

Después, por estar solos, salimos a caminar hasta el hospitalillo pintado de azul y de repente me increpó, poniendo sus manos fuertes y calientes sobre mis hombros:

—¿Por qué saliste corriendo cuando iba a decirte que te amaba?

Yo me asusté.

—No quería saberlo. No quiero saberlo. No me lo digas. No es verdad lo que acabas de decir, sino mentira, ¡mentira!

—Es verdad. ¡Lo juro!

—¿Cómo puedes hablar así sin que el Diablo nos arrastre consigo a su reino para que nos abrasemos por toda la eternidad?

Entonces me confesó algo de lo que yo no quería oír y tampoco quería dejar de oír:

—Hace unos días luchamos. Vino a mi celda a burlarse de mi cobardía y me le tiré encima a golpearlo con los puños. ¡Pobre de mí! Estaba desesperado. Lo único que logré fue abrasarme. Tengo quemaduras por todo el cuerpo.

—Ya lo sabía. Vi tu mano. Sabía que era el carimbo del Diablo. Hay que pedir ayuda, mi amor. Hay rituales, exorcismos, maneras de alejarlo.

Eran como las cuatro de la tarde e íbamos caminando por la callejuela junto a la iglesia. No se veía un alma por parte alguna y fray Juan tomó mi mano y la apretó entre las suyas. Estaba ardiendo y temí por él. ¿Estaría posesionado por el Maligno?

—No temas —dijo como si leyera mi pensamiento—. Sé que estoy ardiendo, pero no va a pasar nada serio. Yo no puedo morir y tampoco puedo pedir ayuda.

Y añadió, enigmáticamente:

—Al menos hasta que no me entregue al Diablo no moriré. Quiere agotarme por hastío de vivir, quiere vencerme por cansancio.

Yo no entendía cómo podía ser posible lo que él decía, por qué Dios nos abandonaba, por qué un hombre tan bueno estaba condenado, pero lo que sí sabía era que lo amaba. No pudimos evitar abrazarnos, besarnos en la boca. Entre besos dijo:

—Leonor Josefa, debes saber que si sucumbimos a la pasión iremos al infierno.

—Lo sé.

Mientras dije eso mordía sus labios y quería morirme. Él se separó para mirarme a los ojos y decir, como quien desnuda el alma:

—Tampoco puedo alejarme de ti. Me das fuerza para luchar contra él. Sin ti el horror al mundo y a la vida me empujarían al infierno.

Desde ese día nuestras vidas son una pesadilla. No entiendo por qué no puede pedir ayuda, pero por amor no lo dejo, por no entregárselo al maldito Pata de Cabro. También por amor no lo acepto y huímos juntos, tal vez a Nueva Granada, o al Perú, con otros nombres, porque en cualquiera de las dos instancias el Diablo gana. ¿Cómo voy a ser el instrumento de su condena eterna y no condenarme yo? Sólo podemos intentar derrotar al Maligno sufriendo como sufrimos, fingiendo la más pura amistad, y viviéndola, sin esperanza de que Satanás se compadezca porque él desconoce la caridad y sé que desprecia el amor como Jesús Santísimo desprecia la crueldad. Rezo todos los días porque Dios nos ayude. Le rezo a la Virgen de la Monserrate todas las noches antes de dormir. Sólo con ella puedo desahogarme. Debe ser que Dios nos envía este sufrimiento como una prueba. Debemos confiar en la voluntad de Dios. Lo digo por hacer acto de humildad, porque si no, me pondría rebelde y furiosa con la injusticia de mi vida y eso alegraría al Demonio. Uy, qué dolorosa es su presencia, uy, cualquier otra cosa es preferible, es como si me quemaran los huesos y me golpearan la cara a la vez, es como si me hicieran tajos en el corazón con un cuchillo de plata.

***

Estoy preocupado con Leonor Josefa; desde la enfermedad de fray Juan se ha vuelto extraña. Ya con lo de Ana Josefina se había afectado, pero ahora es peor. Se la pasa rezando y yendo a la iglesia, cosa rara porque nunca ha sido particularmente devota. Se la nota asustada y su voz se tiñe de amargura cuando descuida su comportamiento y olvida fingir que está alegre. Pedro Juan también está preocupado por ella; me dice que a menudo la escucha sollozar cuando todos duermen.

Ha intentado averiguar qué le pasa, qué es lo que la acongoja de tal manera, pero ella se niega a compartir su pena. ¡Pobre hermanita! Tan alegre que solía subir y bajar las escaleras de mi casa, Emilia y ella se sentaban en el balcón las horas muertas a conversar, solía sentirse útil y cerca de Dios cuando ayudaba a fray Juan en su hospitalillo pintado de azul. Emilia no sabe lo que le sucede. Dice que hace ya algún tiempo que no le confía secretos; que se ha vuelto retraída y solitaria. José Miguel vino hace algunos días y se impresionó al verla.

—Hermanita, ¿qué te pasa? —dijo afligido.

Ella lo miró como distraída y se limitó a sonreír, a acariciarle los rizos rubios de su gran cabeza y a darle un beso en la frente.

Si hasta José Miguel se ha dado cuenta es para preocuparse. Él rara vez se fija en nosotros, si vive allá en la finca tan apartado del resto de la familia. Aunque yo insisto, no quiere que sus hijos estudien, ¡es una verdadera desgracia! Sin embargo se quedó mirando a Leonor Josefa por un rato y se puso triste. Por mí no lo haría; si yo estuviera enfermo se pondría a bailar en la punta del pie. Voy a tener que darle una lección un día de éstos; a veces tomo esa decisión, pero no la cumplo. Pienso en papá y en abuelo y en el castillo de Villalba y no lo hago. No sé qué hacer. La semana pasada, cuando vinieron mis peones a decírmelo, no lo podía creer. Lo sospechaba hacía tiempo porque me faltaban reses, pero creí eran los cimarrones que las matan para comer, o esos soldados españoles que se han fugado de la guarnición del Morro para amancebarse con negras y mulatas. No hay peor ciego que el que no quiere ver, bien lo dice el refrán. Ayer estuve volteando las fincas y, efectivamente, encontré muy disminuido el ganado de los terrenos aledaños a la finca de José Miguel. Si me sigo haciendo el loco seguirá el abuso. No puedo permitirle que continúe robándome que y porque papá no quería que peleáramos. Sí, claro, es mi responsabilidad como primogénito, me lo inculcaron desde la cuna, pero hay cosas que no se pueden permitir. José Miguel no respeta, se burla de mí el muy cabrón. José Miguel me odia por yo ser el mayor, no porque sea más fuerte o más valeroso, y ni siquiera lo oculta; siempre me lo ha dejado saber y hasta me lo ha dicho a la cara. Y yo magnánimo y generoso, ¡qué pendejadas! ¡Soy un idiota! Nuestra madre no puede mediar en el asunto. Ni siquiera lo comprende; no hace sino recordar a mi padre y no sale ni a la calle. Me pregunto si doña Josefa de Estela y Salvaleón, la bella señora del cuadro flamenco que cuelga en la sala de mi casa, lo habría comprendido. Es posible; aunque no pudo evitar lo que pasó.

No sé por qué recuerdo todo con tanta precisión. Me lo contaron abuelo y papá, es cierto. Pero recuerdo cosas que ellos no me contaron. Hizo mal papá en dejarle la casa de la finca a José Miguel, porque en ella José Miguel se siente dueño de las propiedades. Papá por evitar lo inevitable y tal vez porque lo presentía venir, lo hizo peor. La casa de la hacienda, aunque sea de madera, copia el modelo del castillo de piedra, es un recinto en el corazón de las heredades; cuando miramos los ganados y los cañaverales desde el ancho balcón es como si miráramos los trigales y los viñedos desde la torre del castillo. Debido a eso tuve que mandar a construir otra casa de hacienda y aunque casi no vamos allí está, en medio de los llanos de Guánica con su balcón, de cuatro hombres de ancho, alrededor. La hice construir cerca del trapiche; hay un monte de almácigos detrás y la trepé en la ladera. Es muy linda y tiene grandes árboles de quenepa enfrente. Cuando miro los cañaverales desde el balcón sé quién soy. El administrador de esa finca, que se llama La Bernarda, vive en una casita cerca y se ocupa de que la casa grande esté limpia. No sé por qué abuelo le puso La Bernarda a esa propiedad; sería por Bernardo del Carpio, ¡tanto que le gustaban al abuelo los romances! Me los cantaba él mismo; a Leonor Josefa y a José Miguel también, y sentía predilección por el valeroso caballero que pedía al rey año tras año por la liberación de su padre. Es una historia de amor filial y de orgullo de casta, como casi todos los romances viejos. Yo hubiera hecho lo mismo si mi padre estuviera en prisión, pues la honra familiar se encuentra amenazada en casos así. Mudarra tenía que vengar a sus hermanos los siete infantes de Lara para no vivir deshonrado.

Ahora yo me siento deshonrado por las trampas de José Miguel, por sus mentiras. Eso es lo que le digo cuando acude a mi llamado, porque lo he enviado a llamar para confrontarlo:

—¿Crees que me voy a quedar cruzado de brazos mientras robas lo que es mío? —le digo, casi le grito.

—No sé a qué te refieres —niega con desdén.

Es el colmo.

—¡Un caballero no miente!

Ahora estoy furioso y doy un puño en la mesa. José Miguel me mira con la cabeza bien en alto, desafiante.

—Deveras no sé lo que quieres decir.

Lo dice tranquilo, pero hay tanto desprecio en su voz que se me congela la sangre. Casi no puedo contener la rabia.

—Eres un ladrón.

Al escuchar mi acusación, me mira cara a cara y se ríe.

—Estás loco, José Sancho. ¿Para qué iba a tomar yo lo que es tuyo? Yo tengo suficiente.

—Eso creía papá; que ibas a tener suficiente. Se equivocó.

—No me insultes, hermano.

Y al decir esto desenvaina la espada, pero yo agarro la pistola que tengo sobre la mesa.

—¡Vete si no quieres que te mate! —le digo.

Le apunto a la cabeza al decir esto, pero él, rápido como un ratón, se dobla y arremete contra mí a la altura del cinturón, pierdo el equilibrio y caemos al piso, tumbando lámparas y sillas al caer.

Nos damos golpes con lo que podemos: los puños, la mano abierta, los pies y las rodillas; nos damos de arroz y de masa, José Miguel vuelca la mesa donde suelo trabajar y agarra la silla para romperla sobre mi cabeza. En ese momento, atraída por el escándalo que hemos formado, entra Emilia. Al vernos rompe a gritar y a pedir auxilio y acuden sirvientes y empleados, esclavos, vecinos y cuanta gente merodeaba en millas a la redonda; Raimundo y todo el mundo y la madre de los tomates se agolparon a la puerta de la oficina que daba a la calle, en el primer piso, justo en la esquina de la plaza frente a la iglesia. Entraron y nos separaron por suerte para ambos porque estábamos dispuestos a todo; por un momento pensé que me había llegado la hora decisiva. Se llevaron a José Miguel y a mí me subieron a la casa y me acostaron siguiendo órdenes de Emilia, quien tan pronto hubo pasado el peligro se hizo cargo de la situación con un aplomo admirable. Me lavó las heridas y me dio a beber un té medicinal sin hacerme preguntas. Pero yo sabía que esperaba mi explicación y tuve que decirle:

—Acusé a José Miguel de robarme ganado. Tengo pruebas, Emilia; testigos también.

Ella me miró y asintió. No le extrañaba la reacción de José Miguel; no le extrañaba en lo absoluto que hubiera negado haber robado. Entonces me recordó la última cena de Navidad, cuando como todos los años nos reunimos según la tradición familiar. Además de Leonor Josefa y Pedro Juan, vinieron los padres de Emilia. Habíamos invitado al fraile y le contaba cuentos a los niños; creo que narraba algún episodio de la guerra contra los moros, *Álora la bien cercada*, si mal no recuerdo, cuando llegó José Miguel con su famiia. Luego de los saludos pertinentes se acercó al fraile para hacerle preguntas sobre España, que si hace mucho frío, que si son hermosas las mujeres y otras preguntas de rigor, cuando de pronto dice en voz alta, tan alta que todos tuvimos que mirar hacia él:

—Caín tenía que matar a Abel.

Lo dijo sin titubeos y el fraile se sobresaltó. Como no sabía qué responder, calló. Los niños intuyeron que algo terrible sucedía, miraron espantados a su alrededor y las madres se apresuraron a llamarlos junto a ellas.

—Había que ilustrar el pecado de la envidia, supongo. Tenía que suceder —insistió José Miguel.

El fraile ahora apenas podía disimular su desasosiego.

—Los designios de Dios son indescifrables —sentenció por dar fin a la conversación.

José Miguel comprendió, por el tono solemne que el fraile asumía, que se sentía incómodo, pero no tuvo compasión:

—El pecado de la envidia debía ser el primer pecado, especialmente si convierte al envidioso en un asesino. Es curioso que Dios no lo piensa así; el primer pecado es la desobediencia; cuando nuestros primeros padres acceden a la tentación satánica de comer la fruta prohibida, ahí es que nos fastidiamos sus descendientes. ¿Y por qué deben los hijos pagar las culpas de los padres? ¿No le parece injusto?

Fray Juan estaba mudo y José Miguel continuó desahogándose:

—Nunca he comprendido por qué la desobediencia es el pecado número uno. Será para que la gente aprenda a obedecer a los reyes, a bajar la cabeza frente a las autoridades, a acatar la tradición.

Todos escuchábamos a José Miguel con la boca abierta y sin saber qué hacer ni qué decir. Pero era a fray Juan de Sanlúcar, el erudito en teología, a quien iban dirigidas las preguntas, más dignas de un asqueroso hereje como Martín Lutero que de un López de Villalba. En una esquina la mujer de José Miguel sollozaba, probablemente porque temía que quemaran en la hoguera al padre de sus hijos. Estábamos todos con el alma en un hilo cuando fray Juan se alzó cuan alto era, que era bastante, y mirando directamente a los ojos a José Miguel le dijo:

—Esas preguntas no deben formularse.

Nunca había visto así a fray Juan. Más parecía una orden que un consejo lo que daba; más parecía un militar que un fraile.

En ese momento José Miguel percibió algo que aún no me explico y prefirió ser discreto. Haciendo una reverencia a fray Juan retiró sus demandas, pero observé que sonreía para sí mismo con cierto inexplicable disfrute. Tiene razón Emilia. Debí asumir desde ese día que mi hermano algo tramaba, que tarde o temprano iba a desafiar mi autoridad frente a la familia y quién sabe qué más está dispuesto a hacer. ¿Robarme por qué?

¿Por qué? No puedo denunciarlo a las autoridades españolas de la capital. Lo encerrarían en las mazmorras del castillo y allí las ratas le sacarían los ojos. Sería una vergüenza sin precedentes en la familia.

—Debo intentar razonar con José Miguel —le digo a Emilia cuando me trae un caldo de gallina que despierta a un muerto.

—No te auguro éxito en ese proyecto —me responde— José Miguel no escucha a nadie.

—Tal vez le haga caso a Leonor Josefa. Él la quiere.

—¡Pobrecita! ¿Pero no ves el estado deplorable en que se encuentra? Se pasa el día frente al altar de la Virgen reza quete reza. Ha cambiado. Y lo que es peor, se niega a contarme lo que le pasa. No es por Ana Josefina, no, es otra cosa peor, mucho peor...

Entonces ya no son amigas, le digo, nunca creí eso pudiera pasar. Aún así debo intentarlo y mando a llamar a Leonor Josefa. Entra llorosa y me abraza. Sé muy bien lo mucho que me quiere, lo mucho que debe estar sufriendo por la pelea entre sus hermanos. Cuando se libera de mis brazos la veo ojerosa, la mirada nublada por una extraña opacidad.

—Hermanita adorada, ¿qué te pasa?

Ella siente mi ternura envolverla y vuelve a hundir su rostro en mi pecho, llorando sin consuelo. Debo ayudarla, ¿pero cómo? Al levantar la cabeza me dice, descontrolada:

—Es mi culpa, José Sancho. El Demonio se va a apoderar de la familia.

Está aterrada y tiembla. Trato de consolarla.

—Eso no es cierto, linda. No vamos a dejarlo. Debes reponerte, debes decirme lo que te acongoja, juntos podemos hablar con José Miguel.

Al mencionarle al hermano se cubre la cara con las manos y solloza:

—No puedo, no puedo. No valgo nada, no tengo derecho a nada.

De esta manera, sin que ni yo que velo día y noche por el bienestar de los míos me diera cuenta, la desgracia se ha ido acumulando en los intersticios de nuestras vidas. Hablaré con José Miguel sobre Leonor Josefa. Le pediré me ayude. Le pediré que hable con Pedro Juan, a ver qué hacemos. Estoy seguro que Emilia me ayudará.

XIX

Luego de la aventura de Maracaibo, Ana Josefina y Jack se establecieron en Port Royal, donde montaron el restorán que Jack siempre había soñado. Ana Josefina se encargaba de las finanzas mientras Jack se inventaba los menús y daba instrucciones a los dos cocineros y cuatro mozos que contrataron. Estaba ubicado en la calle más frecuentada de Port Royal, rodeado de bares, joyerías y prostíbulos, pero lo que importaba, que era el negocio, no les falló. Prosperó por diversas razones, una de las cuales, si no la más importante, era la prosperidad del puerto. Los barcos donde ondeaba la bandera negra continuaban arribando, y los piratas solían tener los bolsillos llenos de joyas y monedas de oro que querían gastar. También los barcos negreros anclaban en la bahía y era notorio el despilfarro de sus capitanes, quienes al parecer tenían prisa por gastar lo que obtenían con su repugnante comercio. Además, los plantadores ingleses de Jamaica obtenían grandes ganancias con el azúcar y esto abonaba a la riqueza de la colonia. Los negocios de Port Royal iban viento en popa y el de Jack y Ana Josefina no era excepción a la regla.

Antes de dispersarse debido a las ambigüedades diplomáticas y a los dimes y diretes de Morgan y Modyford con la corona inglesa, Jack reunió sobre cubierta a los tripulantes del Greyhound.

—Voy a casarme, chicos —dijo abriendo los brazos como para mostrar que había entregado su corazón.

La tripulación lo miró llena de estupefacción. Luego se miraron unos a otros y comenzaron a cuchichear entre sí. Jack volvió a alzar la voz:

—Voy a casarme con Ana Josefina Ponce de León, una señorita de San Germán, egregio pueblo de la isla de San Juan —y al decir esto señaló hacia una mujer que había permanecido oculta. Ahora salió de su escondite y se mostró a todos. Lucía un traje ceñido al cuerpo que la favorecía en extremo y se había recogido el cabello en un moño. Jack le había comprado unos aretes de oro y esmeraldas que definían con sus resplandores el óvalo perfecto de su rostro.

Los marineros no la reconocieron al principio, pero cuando Ana comenzó a hablar se miraron unos a otros extrañados; les era familiar aquella voz, aquella voz era, por supuesto, ¡la de Joe, el chico de Jack! Entonces empezaron a silbar y a gritar:

—Joe, hey Joe, si te vistes de mujer te ves requetebién.

—Mira linda, debiste vestir así antes...

Y otras cosas por el estilo. La algarabía que se formó estuvo a punto de degenerar en motín. Por encima de los gritos Ana les decía que era mujer y siempre lo había sido, pero no le creían. Pensaban que era una broma genial, a Jack nomás se le ocurría, el muy descarado sinvergüenza, le decían de cariño lanzando puños al aire y dándose repetidas palmadas en los muslos mientras reían estrepitosamente. Sólo se convencieron cuando Jack dijo que iban a casarse porque Ana iba a tener un hijo.

Entonces se produjo un silencio sepulcral.

—Un hijo no es broma, chico —dijo el canario que ayudó a Ana cuando era una recién llegada al

Greyhound. Caminó hasta ella y le besó la mano, haciendo una reverencia.

—A sus pies, señora —dijo, conmovido, en español.

—Gracias, compañero, nunca olvidaré su amistad y su ayuda —contestó Ana con una sonrisa que derretía corazones.

Uno a uno fueron desfilando los filibusteros para rendir honor a la esposa de Jack y esa noche, olvidado el protocolo y la precaución, terminaron juntos en una taberna formando una bulla que quedó inscrita en los anales del aunque usted no lo crea de Port Royal.

Casi un mes más tarde inauguraron el restorán con la celebración de la boda, a la cual asistieron todos los tripulantes del Greyhound. Los casó un sacerdote católico que hicieron venir de Santiago de Cuba, porque Ana insistió en que si no era un sacerdote no había boda. Ese día se veía más hermosa que nunca antes en su vida, a pesar de que ya se le notara el vientre crecido o tal vez por esa misma razón, ya que el embarazo le iluminaba la mirada y sonrosaba sus mejillas. Ana Josefina era feliz. Algún tiempo después de iniciar su relación sexual con Jack le había regresado la menstruación, y en pocas semanas ya estaba preñada. Le crecieron los senos, perdió la cintura, aumentó de peso y el bajo vientre se le puso tenso como un tambor. No podía, por lo tanto, seguir fingiendo que era un hombre. Aunque tampoco quería hacerlo. Ser madre se le antojaba la aventura más audaz y maravillosa de la creación.

Así fue entonces cómo una sangermeña y un londinense abrieron un restorán, al que llamaron *El león de fuego*, en el puerto jamaiquino de Port Royal. Entre las carnes asadas, los desabridos guisos y los panes de la dieta londinense que tan bien conocía Jack en razón de su tradición familiar, Ana introdujo

unas yucas al mojo y unos aromáticos arroces guisa-
dos de su propia tradición, los cuales recordaba y
añoraba con lujo de detalles, aunque ignorara cómo
confeccionarlos. Tuvo la suerte, sin embargo, de encontrar un cimarrón escapado de la isla de San Juan
que había trabajado en las cocinas de las más encumbradas familias de la capital. El susodicho se enteró
que se buscaba un cocinero y se presentó al local de
El león de fuego.

—Señora, yo he cocinado para grandes señores —dijo el negro en español correctísimo y haciendo una gran reverencia.

A Ana la divirtió el rebuscamiento firulístico
del negro y lo contrató de inmediato. Recordaba sus
días de señorita sangermeña al escuchar el español
isleño y el incesante chismorreo que acompañaba el
constante ir y venir por la cocina, tan idénticos a los
de la servidumbre de su casa. Si no hubiera sido por el
hijo que sentía moverse en su vientre, se habría dejado arropar por los velos de la nostalgia, pero la responsabilidad de su maternidad la mantenía con los
pies bien puestos sobre la tierra. No podía darse el
lujo de entregarse a las voces que la llamaban desde
el pasado.

Durante siete meses, *El león de fuego* tuvo
como asiduos parroquianos a los ex marineros del Greyhound, para quienes el lugar era punto fijo de encuentro. Los más navegaban con otros piratas y algunos
se dedicaron a otros oficios, pero se mantenían leales
a Jack; eso era lo que querían decir al frecuentar el
restorán. De modo que cuando Jack decidió regresar a
la piratería respondiendo a un nuevo llamado de Morgan, no le fue difícil reunir a un buen número de los
integrantes de su vieja tripulación. Morgan planeaba
un ataque a la antigua ciudad de Panamá a orillas del
Océano Pacífico, o sea, al otro lado del istmo. Modyford y él sabían que los días de los corsarios comi-

sionados por la corona inglesa estaban contados, y querían darle un último golpe al poderío español. Se habían enterado que Inglaterra y España se encontraban en el proceso de negociar un acuerdo sobre el derecho de los ingleses a poseer propiedades en América. El tratado se firmó en julio del 1670, pero Morgan y Modyford astutamente se habían adelantado, y entonces ya era tarde para avisar a Morgan, quien el 29 de junio había reunido los 36 barcos de su flota en la bahía de Bluefields. Allí se encontraban, en punto para la cita, Jack y su gente. La sangre les bullía en las venas al ver cómo llegaban las naves donde ondeaba la bandera negra. Ana Josefina, quien había dado a luz un hermoso varón hacía escasamente ocho meses, no pudo acompañar a Jack. Quería y no quería, dijo cuando él le comunicó su decisión.

—Mejor sería que no fueras tú tampoco —comentó algo molesta por no poder participar. No quiso detenerlo, sin embargo, por conocer la afición de Jack a la guerra, a su barco y a sus hombres. Sólo insistió en que se cuidara mucho.

—Piensa en tu hijo —dijo.

Fue gracias a que pensó en su hijo que Jack sobrevivió, pues el plan de Morgan incluía atravesar la espesa jungla a pie después de desembarcar en la costa atlántica del estrecho. Durante ocho días o más se abrieron paso entre árboles y lianas, pantanos, fieras, miles de mosquitos y las flechas envenenadas de los indios, quienes los hostigaban para luego perderse en la maraña impenetrable. Lo peor era el hambre. Llevaban escasas provisiones por aligerar la marcha y pensaron comer lo que encontraran a su paso, pero los españoles destruyeron las cosechas y todo lo que se pudiera comer. Jack luego le contaría a Ana cómo ablandaban las carteras de cuero para cortarlas en los trozos que asaban y comían.

Al llegar al llano frente a la ciudad de Panamá, los mil doscientos hombres parecían una muchedumbre de mendigos, con las ropas desgarradas y los estómagos vacíos. Se desconoce si fue la desesperación lo que les dio brío, pero atacaron a las tropas españolas con un empuje irresistible. En medio de la batalla, el gobernador español creyó darles el golpe de gracia. Hizo salir dos manadas de toros para que aplastaran a los bucaneros bajo sus patas y los ensartaran con sus cuernos, pero los curtidos guerreros no se asustaban fácilmente, y menos aún de bestias a las que solían cazar, en La Española, para comérselas. Una serie de disparos bien calculados lograron desorientar a los toros, quienes se dieron vuelta y embistieron contra las tropas españolas. La rica ciudad cayó en manos de Morgan y en febrero del 1671 la caravana de regreso consistía de ciento setenta y cinco burros cargados de oro y plata, joyas, piedras preciosas, obras de arte de las iglesias, vestidos, loza, adornos y seiscientos cautivos. Jack regresó a Port Royal y a los brazos de Ana Josefina con una buena ganancia.

Sería su última aventura filibustera. Morgan y Modyford fueron enviados a Londres para responder por sus actos irresponsables y desobedientes y por haber violado el Tratado de Madrid. Ante tales acontecimientos, Jack decidió dedicarse a Ana, su hijo y su negocio por el resto de su vida. Pudo irse por cuenta propia a piratear con el Greyhound, como había hecho en ocasiones anteriores y como decidieron hacer otros corsarios, mas el ánimo no le daba para tanto, pues las responsabilidades familiares le serenaban los ímpetus. Al año siguiente Ana dio a luz una niña. Su vida transcurría entonces sin mayores contratiempos, entre bebés, cuentas de dineros y recetas culinarias, cuando hacia finales del 1672 su felicidad se vio arrancada de cuajo. Jack se encontraba supervisando una leña que había comprado para los fogones del restorán. De repente sintió escalofríos y mareos y cayó al piso. Ana vino corriendo al escuchar los gritos de los empleados y al tocar la frente de Jack comprobó que ardía. Las fiebres duraron tres días y murió sacudido por violentas convulsiones. Algunos dijeron que eran las fiebres de los mosquitos de la selva panameña; otros que los españoles le habían echado mal de ojo.

Ana Josefina a duras penas podía consolarse. Abrazaba a sus hijitos y lloraba, a gritos primero y luego en silencio. Días y hasta semanas estuvo así, como un alma en pena. Continuó administrando *El león de fuego* por disciplina, pero al perder a Jack se había esfumado su interés en las delicias culinarias anglocaribeñas. A veces, al despertarse, creía estar en San Germán, miraba a su alrededor extrañada, desconociendo el entorno de su habitación y hasta llamaba a la esclava María Dolores para que la ayudara a vestirse, llamaba a Pedro Juan y a Fernando, a Leonor Josefa y a Emilia. Sentía un deseo incontrolable de recorrer los llanos de Guánica en los caballos árabes de Pedro Juan.

Así fue entonces cómo un día al parecer igual a cualquier otro vendió el negocio, empacó algunas pertenencias y acompañada tan sólo de dos esclavas que llevaban en brazos a los niños se embarcó en un velero de contrabandistas quienes, le dijeron, la llevarían al puerto de La Aguada, en la isla de San Juan, donde iban a intercambiar hachas, pólvora, vino, vinagre y aceite de oliva por los cueros, carne salada y azúcar de los sangermeños.

La madrugada en que arribaron a La Aguada, Ana Josefina no pegó un ojo. Pasó la noche escudriñando el horizonte y cuando al fin, al iluminarse el borde del cielo, se dibujó la silueta de la isla de San Juan, el corazón quería salírsele del pecho. Se mordía los puños y daba unos saltos de alegría tan desacostumbrados que la tripulación pensó que a aquella viuda se le habían podrido los maderos del cerebro. Cuando pudo controlarse un poco, Ana Josefina bajó a la cabina y regresó con su hijo en brazos.

—Mira, Jack, mira, esa tierra que ves es la mía, ¿entiendes? Y va a ser la tuya también.

El niño Jack, a quien posteriormente llamarían Jaime, nunca olvidaría aquel momento, pues la emoción de su madre caló hondo en su carácter y se instaló en el centro de su sensibilidad.

Al desembarcar con sus pertenencias, sus hijos y sus esclavas, Ana reconoció algunos de los sangermeños que habían venido a contrabandear y los saludó con gestos de júbilo. Éstos no podían creer que fuera ella, la habían dado por muerta, decían, y querían saber lo que le había sucedido. Intentaba explicar algo cuando vio a un señor que descargaba cueros de una carreta. Era él, por supuesto, era José Miguel López de Villalba. Dejó a todos con las preguntas en la boca y corrió a abrazarlo. José Miguel, huraño, dio un salto atrás y puso la mano sobre la empuñadura de la espada que llevaba al cinto.

—¿Cómo? ¿Quién? —dijo aturdido al ver que era una mujer.

—Soy yo, Ana Josefina.

Ella lo dijo casi como una súplica.

José Miguel se frotó los ojos. Luego los abrió y volvió a cerrarlos. Al abrirlos de nuevo exclamó:

—¡Ana Josefina! ¡Santo cielo! ¿Eres tú deveras?

Ana asentía con la cabeza mientras reía al ver el susto del hombre. Él alargó las manos y las puso sobre los brazos de ella para contemplarla mejor.

—¿Pero no estabas muerta? ¿Eres un fantasma?

Ana repitió su negativa varias veces y José Miguel la abrazó diciendo, conmovido:

—Júrame que no eres un fantasma.

Entonces Ana le indicó a los niños, quienes de la mano de las esclavas contemplaban la escena:

—Son mis hijos.

José Miguel se dio una palmada en la frente como para despertar de un sueño y no hizo preguntas indiscretas. Montó a Ana, a sus hijos y a las esclavas en una de las carretas que traía consigo y después de llenar la otra de aceite de oliva, vino y pólvora tomaron el camino de San Germán. Ana contemplaba las montañas y los valles como embobada y con la ansiedad del reencuentro con sus hermanos apretándole la garganta.

Horas después la carreta se detenía frente a la casa de los Ponce de León en la plaza de San Germán. Desde la calle José Miguel llamó a gritos a su hermana:

—¡Leonor Josefa!

Las esclavas de la casa se asomaron al balcón a ver quién era y qué quería y una de ellas reconoció enseguida a Ana.

—¡Es la amita! ¡Es la amita! —gritó dando saltos, y corrió por todos los cuartos de la casa gritando lo mismo hasta que Leonor Josefa, quien estaba rezando en su cuarto, salió de su ensimismamiento. Tenía a la esclava María Dolores a su lado diciéndole a gritos que Ana Josefina había regresado.

—No puede ser —dijo, y negaba con la cabeza como para decirlo doblemente.

—¡Claro que es ella! Venga, señora, venga a ver.

Leonor Josefa se asomó al balcón y vio a José Miguel bajando unos bultos de la carreta. También vio unos niños preciosos corriendo alrededor de los caballos. Entonces se dio vuelta y vio a Ana. Había subido las escaleras corriendo y la miraba desde el centro de la sala.

Se abrazaron. Leonor Josefa le tocaba la cara y le metía los dedos en los ojos y en la boca para asegurarse de que no era un fantasma. Si lo era, no se parecía a los otros fantasmas que ella había visto, es-

pecialmente porque se reía mucho y daba unos abrazos como de hombre de tan fuertes. Entonces Leonor
Josefa fue hasta una butaca de la sala, se sentó en ella
y sentó a Ana en el piso a su lado para que recostara
la cabeza en su falda, porque ella sabía, por instinto,
que eso era lo que debía hacer. Cuando Pedro Juan y
Fernando irrumpieron en la sala, avisados por la noticia que ya corría de boca en boca, las encontraron
en esa misma posición. Leonor Josefa acariciaba la
cabeza sobre su falda y no hablaban; la sensación de
sentirse acogida a un regazo maternal era lo único
que a Ana le importaba en aquel momento.

El grito hizo trizas el encantamiento.

—¡Ana!

Era Pedro Juan. Ella alzó la cabeza asustada
porque temía el rechazo del hermano. Pero él le abrió
los brazos y en ellos comprendió que al fin había regresado a casa.

—Ahora no quiero explicaciones —dijo Pedro
Juan cuando ella intentó balbucear unas palabras—
has regresado y eso es suficiente.

Cuando abrazó a Fernando ya no pudo contener las lágrimas. Leonor Josefa la separó del hermano
dulcemente y la condujo a su antigua habitación, donde la hizo recostar para que se calmara. Mientras, Pedro Juan y Fernando intentaban conversar con los
niños. José Miguel les explicó. Ana Josefina había en-
viudado y regresaba a casa. Era lo único que sabía.
Ella le había dicho:

—Se me murió Jack.

Los detalles sobraban. Era una Ponce de León
y eso era suficiente. Pedro Juan dio órdenes de alojar
a las esclavas; los niños dormirían temporeramente
en el mismo cuarto que su madre.

Poco a poco fueron regresando a la normali-
dad de la rutina diaria y tras unos días de reposo, Ana
Josefina hizo llamar a María Dolores.

—Voy a comprar tu libertad —le dijo mirándola con dulzura.

—¡Ay, amita! ¿Deveras?

—Lo prometido se cumple. Además, has guardado mi secreto con lealtad extraordinaria. Quiero me lo sigas guardando, pero eres libre. No tienes que trabajar en esta casa. Puedes ir donde quieras.

María Dolores se arrodilló frente a Ana para besarle las manos. Ana la hizo levantarse.

—No es necesario que hagas eso. Mejor siéntate a mi lado y cuéntame lo que pasó aquel día y las cosas que han sucedido en todos estos años.

—¿Puedo quedarme a trabajar con usted?

—Por un tiempo, si quieres. Te pagaré un sueldo. Después sería bueno fueras a la capital, para que hicieras otros trabajos y conocieras otro lugar. Pero ahora cuéntame.

Ana estuvo largo rato escuchando las historias que María Dolores, contenta como nunca antes en su vida, le narraba con entusiasmo. Al contarle de la extraña tristeza de Leonor Josefa, Ana se preocupó. Era cierto la encontraba desmejorada. ¿Qué sería? Cuando le contó de la pelea entre José Miguel y José Sancho se preocupó más todavía. Comenzaba a anochecer cuando despachó a María Dolores, no sin antes decirle:

—¿Y qué? ¿Creíste no iba a volver?

María Dolores bajó la cabeza avergonzada. No estaba segura, dijo, con los blancos nunca se sabía. Ana Josefina sintió la amargura detrás de la respuesta, pero no por eso dejó de decirle esa noche a Pedro Juan:

—Quiero comprar la libertad de María Dolores.

Pedro Juan protestó:

—La libertad se da a las esclavas viejas que ya no sirven para trabajar y a uno le sale caro alimentarlas. María Dolores es muy joven.

Ana insistió:

—Yo te la compro. Tengo dinero. Por favor, Pedro Juan.

—Está bien, si te empeñas, pero si manejas así tu dinero, pronto estarás pobre.

Ana Josefina no quiso discutir. Habría tenido que decir cosas que prefería callarse y no deseaba contrariar a su hermano. Había traído consigo un buen capital en doblones de oro y joyas y pensaba irlo invirtiendo sabiamente. Tal vez compraría ganado; tal vez se construiría una casa. Aunque deseaba reintegrarse a la familia, no era ciertamente igual que antes. Después de vivir en Jamaica y de recorrer otras islas, especialmente las inglesas y las francesas, la isla de San Juan se le antojaba pobre y despoblada. Barbados, que era una isla mucho más chica, tenía sobre diez mil ingleses y veinte mil negros, con grandes plantaciones de azúcar. Martinica tenía sobre diez mil franceses y holandeses y alrededor de veinte mil negros; ella había visto aquellas fincas trabajadas que eran un primor. Los hacendados de esas islas eran ricos de verdad. Recién ahora Ana se daba cuenta de que San Juan era una isla rodeada de islas enemigas bastante más pobladas que ella. También se daba cuenta de lo aislados que estaban en San Germán. Si no fuera por los barcos de contrabando, el mundo ni se enteraba que existían. Era su gente, sin embargo, y la perspectiva adquirida no la hizo vacilar en su determinación de quedarse con los suyos.

Y defenderlos si era preciso. Eso no se le había ocurrido antes, pero tuvo oportunidad de darse cuenta aquella tarde en que unos pescadores vinieron a avisar de que un barco de piratas había zozobrado frente a la costa suroeste. Rápidamente los vecinos se armaron y ya se preparaban para montar a las órdenes de Antonio Ramírez de Arellano, el teniente a guerra nombrado por el gobernador con el propósito de dirigir las defensas, cuando vieron llegar a Ana Josefina, quien, montada en un hermoso caballo blanco, se unía a ellos. El teniente a guerra, que estaba tenso, la mandó de vuelta a casa. Fernando, José Sancho y Pedro Juan sonrieron al verla. Ni aun después de ser madre Ana iba a cambiar, pensaron.

—Antonio, ¿no ves que ella es así? Quiere pelear con los hombres. Déjala. Si no la dejas y desobedece, ¿qué vas a hacer? ¿Encerrarla en un cuarto con llave? ¿Quieres que ella te odie?

Era Pedro Juan quien así aconsejaba a Antonio. Ana sólo dijo:

—Quiero defender a San Germán. Tengo experiencia, lo juro.

Antonio Ramírez de Arellano, quien la conocía desde niña y hasta en ocasiones se había adiestrado en la espada junto a ella, no tuvo más remedio que acceder. Pero que se supiera que él no lo aprobaba, dijo muy serio; las mujeres debían quedarse en sus casas. Se repetía lo mismo en voz baja mientras se desplazaban hacia la costa, pero simultáneamente se admiraba al ver a Ana Josefina galopar junto a los hombres con un ánimo y una entereza fuera de lo común.

Un poco antes de llegar al mar, el teniente ordenó desmontaran y se acercaran con sigilo, ocultándose tras las rocas y los arbustos. Lo que vieron los enfureció. Varios centenares de forajidos se encontraban regados por la playa; algunos apenas recién salían del agua. Con mucha cautela y sin hacer ruido, el teniente les indicó que montaran y formaran un semicírculo. Entonces ordenó el ataque. Los náufragos, que estaban desprevenidos y desarmados los más, daban vueltas y pedían clemencia, pero los sangermeños los fustigaron sin compasión, matando a diestra y siniestra. Cegados por la rabia, cortaban cabezas, brazos y piernas. ¿Qué se creían estos rufianes, que podían venir así porque sí y robarles impunemente lo

que necesitaban para su sustento? Con ánimo esforzado defendían lo suyo y Ana, tan brava o más que
cualquier hombre, defendía aquello que ya nunca le
podrían quitar, que era su gente y el sentirse una parte
de un todo como siente una mano, o una oreja, un
labio, que es parte de un cuerpo. Nunca había estado
tan segura de ello como en aquel momento.

Así y con sobrada razón vapuleaban a los
atacantes cuando el teniente a guerra ordenó que
detuvieran la matanza.

—Hagámoslos prisioneros —dijo — para que
trabajen en nuestras fincas.

Les amarraron las muñecas y los tobillos y
mientras esto hacían preguntaron por el capitán que
los había instigado a la empresa.

—Se ahogó en el naufragio —dijo un francés
de barba enredada de algas que intentaba hablar el
español.

Antonio Ramírez de Arellano creyó la historia
y no volvió a preocuparse por el cabecilla del grupo.
Su noble corazón debió dudar de lo que le dijera aquella gente sucia y de tan baja calaña, pero era más valiente que astuto y no sospechó. Allí mismo frente a
sus ojos, acuclillado entre los suyos se encontraba el
maldito pirata y era ni más ni menos que el gobernador de la isla de La Tortuga, Beltrán D'Oregón, el señor de las prostitutas y los venenos como le decían, y
quien se había encaprichado con asaltar la isla. Para
ello había reunido los quinientos hombres de los cuales aquella noche sobrevivían algo más de la mitad,
acurrucados alrededor de fogatas. Malamañoso al fin,
D'Oregón ocultaba su identidad para salvar el pellejo. No bastándole con eso, cuando los sangermeños
lo interrogaron fingió ser mudo y una especie de re-
trasado mental. En vez de hablar daba grandes saltos
en el aire y ejecutaba piruetas acompañándolas con
gestos faciales que producían ataques de risa a quie-

nes lo veían. Convencidos de que era un infeliz payaso, los sangermeños soltaron sus amarras tal y como
habían hecho con el cirujano desde el comienzo, por
respeto a su oficio. D'Oregón y el cirujano andaban
libres por el campamento mientras sus compañeros
permanecían maniatados y esa noche, al amparo de
la oscuridad, escaparon.

Fueron deslizándose entre los arbustos hasta
llegar a la playa. Entonces recogieron maderos del
naufragio y reuniéndolos intentaron construir una
balsa. También se ayudaban con árboles que cortaban. Tras varias horas en estos menesteres, en medio
de la noche cerrada e iluminada únicamente por una
luna como un huevo dorado, avistaron un bote que
se aproximaba a la costa. Llevaba un mástil y dos velas.
Rápidamente ocultaron su rudimentaria balsa y se escondieron detrás de unas palmas. Al irse aproximan-
do la embarcación, vieron que era una canoa de
pescadores, quienes al llegar a la playa procedieron
de inmediato a descargar lo obtenido aquella noche:
peces, cangrejos y algunas tortugas.

D'Oregón y el cirujano esperaron escondidos
hasta que uno de los pescadores se internó en los arbustos, tomando el sendero que probablemente lo
conduciría a la choza rudimentaria donde dormía.
Nunca supo lo que le ocurrió. D'Oregón alzó un hacha que traía y le partió en dos la cabeza. Murió en el
acto. Alertado por el ruido, el otro pescador intentó
huir, pero los piratas abordaron la canoa y lo mataron
de un hachazo en el corazón. Luego, para no dejar
huella de sus crímenes, los rufianes montaron ambos
cadáveres en la embarcación y los tiraron por la borda
en altamar, ya muy lejos de la costa para que fueran
devorados por los tiburones, los dragones marinos y
demás bestias feroces de las profundidades del Mar
Caribe. Habían pensado dirigirse a Santa Cruz mientras construían la balsa, pero al obtener el bote deci-

dieron dirigirse a La Española. Tuvieron suerte y buenos vientos y arribaron al puerto de Samaná sin grandes dificultades.

D'Oregón estaba que echaba chispas. A pesar de su fama como envenenador de perros y proveedor de putas, el fracaso del asalto a San Germán lo convertía en el hazmerreír de sus compañeros de infamia. Debía regresar a rescatar a los prisioneros; eran hombres experimentados a los que necesitaba para consolidar su reputación y su fortuna. ¿Cómo iban a derrotarlo a él, el terror de los mares del sur, unos infelices pueblerinos que ni siquiera eran soldados profesionales? Cierto que peleaban bien; daban buenos golpes y eran estupendos jinetes. Había observado bien sus cualidades mientras fingía ser idiota y hacía cabriolas en el aire por mendigar mendrugos de pan. Pero el asunto no podía quedar ahí. Ya verían esos comemierdas con ínfulas aristocráticas quién era él, descendiente de guerreros medievales que habían librado grandes batallas por el honor de Francia. Tan pronto obtuvo una embarcación más resistente, bordeó la costa norte de La Española para dirigirse a La Tortuga. La islita quedaba frente a la punta noroeste y era una auténtica cueva de ladrones, pues la totalidad de sus habitantes se dedicaban a la piratería. Formalmente era colonia de Francia, pero era dudoso que le rentara muchas ganancias a los borbones.

A D'Oregón no le tomó sino escasamente dos semanas reunir los hombres que necesitaba. De acuerdo con su plan, desembarcarían por otra playa, probablemente la bahía protegida de Guánica. La conocía bien por haberla utilizado en ocasiones para resguardarse de tormentas.

Su plan debió funcionar. Sólo que D'Oregón cayó en su propia trampa, y ésta fue el estimar en poco las capacidades militares de los sangermeños. Una vez vencidos los asaltantes y hechos prisioneros condenados a trabajos forzosos, Antonio Ramírez de Arellano no bajó la guardia. Algo malició cuando se enteró que el payaso y el cirujano habían huido y mandó a llamar a Ana Josefina. Al verla presentarse ante él como si fuera una guerrera de leyenda, sintió que se le aceleraba el corazón. Se controló y la hizo sentar frente a su rudimentario escritorio de campaña.

—Dime, Ana, tú que conoces cómo razonan estos piratas, ¿van a volver?

Ana Josefina sonrió. Su antiguo novio no la defraudaba. Tenía instinto para la guerra.

—Volverán, Antonio. No creen que podamos detenerlos. Si lo hicimos la primera vez fue porque naufragaron.

El teniente a guerra puso cara de pocos amigos.

—Aunque no hubieran naufragado los habríamos derrotado. ¿No es así?

Lo dijo con una convicción tan absoluta que Ana, quien no estaba tan segura, no se atrevió a responder de otra forma y asumió la misma seguridad.

—Claro que sí, Antonio. Mi brazo no descansará hasta expulsar de nuestras tierras a cuanto mequetrefe intente despojarnos.

Y al decir esto cerró la mano derecha sobre la empuñadura de su espada.

Antonio se puso de pie y se cuadró tal y como corresponde a un oficial.

—Sé que cuento con su apoyo incondicional, soldado —dijo muy formal, pero tenía en los ojitos un burbujeo dorado que Ana no pasó por alto. Entonces ella también se cuadró:

—A sus órdenes, teniente —dijo, e iba a salir como cualquier otro soldado habría hecho. Pero el teniente quiso subrayar el algo intangible de aquel encuentro y tomando su mano se la llevó a los labios.

—Señora, en realidad quien está a sus órdenes soy yo, su más ferviente admirador.

Ana agradeció la coquetería aunque sospechara que era una manera de recordarle su condición de
mujer: quería decirle que no fuera a creerse, aunque
peleara, que era igual a un hombre. Sonrió con dulzura pero dijo:

—No olvides apostar centinelas por toda la
costa. Volverán, y pronto.

Y así fue. Escasamente cinco semanas después
de la primera invasión, los centinelas de las costas de
Guánica llegaron a galope una mañana anunciando
que dos barcos piratas, ondeando la bandera negra,
se aproximaban a la bahía. Esta vez el teniente a guerra estaba bien organizado. Había pedido hombres a
las autoridades militares del Morro y no se los habían
enviado; había pedido armamentos y tampoco y, finalmente, había comprado en contrabando, de su
propio peculio, unas piezas de artillería. Las tenía bien
guardadas cerca de la costa y las hizo trasladar a
Guánica de inmediato mientras él y sus hombres de
caballería, incluyendo a Ana Josefina, se alineaban en
la playa para dar fe ante los franceses de que impedi-
rían el desembarco. Al verlos D'Oregón ordenó a los
artilleros de los barcos que barrieran la playa con
metralla. La caballería se vio forzada a retirarse detrás
de la vegetación que bordeaba las arenas y donde el
teniente a guerra tenía ocultos sus soldados de infantería y los cañones.

Viendo que los sangermeños se retiraban,
D'Oregón y sus hombres desembarcaron. Como no
sospechaban la emboscada, comenzaron a pasearse
por la playa muy ufanos, disfrutando de antemano las
riquezas que pronto iban a obtener. Al verlos allí, al
alcance de su artillería, Ramírez de Arellano ordenó a
los cañones que dispararan. De pronto, la playa se
llenó de explosiones y cuerpos destrozados. Sorpren-

didos por las descargas, los piratas buscaron refugio en los arbustos y malezas, pero allí los esperaban los sangermeños, quienes de tan enardecidos que estaban en poco tiempo acabaron con ellos. Los que intentaron escapar fueron perseguidos por la caballería y muertos en el acto y fue sólo gracias a la celeridad de sus pies que D'Oregón logró llegar a un bote y con unos pocos de sus hombres regresar a los barcos. Izando velas sin dilación, se dieron a la fuga.

Antonio Ramírez de Arellano, José Sancho y José Miguel López de Villalba, Ana Josefina, Pedro Juan y Fernando Ponce de León, los Del Toro, los García de la Seda, los Quijano, los Pérez y los Sánchez, los Rodríguez y los Maldonado de San Germán los vieron alejarse llenos de orgullo, pues se sentían más dueños de su tierra que nunca antes. Ellos solos, con su esfuerzo y su valor y sin la ayuda de los españoles de la capital, habían defendido sus heredades.

XX

A pesar de todas las desgracias que nos han acontecido, al menos Ana Josefina regresó. Cuando la vi allí en medio de la sala, casi no lo podía creer. Puse su cabeza sobre mi falda para acariciarle los cabellos porque era lo único que se me ocurría hacer con alguien que regresa de la muerte. En medio de mi tristeza, me ha producido una gran alegría tenerla con nosotros. Se ve tan estupenda, tan fortalecida y llena de vigor. Me recuerda a mí como yo era antes. Ana se ha desarrollado en una mujer maravillosa y yo me he convertido en un guiñapo. El amor ilumina a algunos y a otros los destruye. Mientras a mí me tiene hecha una basura, a fray Juan le da fuerzas para seguir luchando. Durante el ataque de los franceses se excitó tanto que creí iba a montar cualquier alazán y a unirse a los defensores. Yo no lo detuve. Me gustó su ánimo. Más parecía un militar que un fraile. Siempre he pensado eso al observarlo, pero no debía extrañarme porque el apóstol Santiago montaba un caballo blanco y dirigía a los cristianos en sus luchas contra los moros. Él mismo iba al frente de las tropas, arengándolas. Después de todo, defender nuestras tierras es tan importante como defender la fe. Creo que fray Juan no se decidió a pelear porque temió que el Diablo saboteara a los defensores y ayudara a los piratas por dificultarle la vida más todavía. Además, creo que se sentía indigno. Somos muy desgraciados. A mí el deseo frustrado me ha drenado el alma, parezco un paisaje sin vegetación, un páramo infectado de serpientes. A menudo cuando no estoy rezando siento en la nuca el aliento fétido del Maligno. Aunque no siempre pueda verlo sé que se encuentra a mi lado porque su presencia me hace sufrir; a veces los demonios que lo sirven me arrancan las uñas de las manos y de los pies; es tan grande el dolor que pierdo el conocimiento. Cada vez que sucede, en la casa hay un corre corre terrible. Por eso José Sancho estaba muy preocupado por mí, mientras que yo, bueno, lo que a mí me preocupaba era no poder ayudarlo. ¡Pobre hermano!

Parecía que todo iba a arreglarse cuando regresaron de derrotar a los franceses. Venían eufóricos, dando gritos de júbilo, y José Sancho y José Miguel cabalgaban uno al lado del otro. Duró poco la paz. A los pocos meses volvieron a surgir las tensiones y la malquerencia. José Sancho y sus hombres se metieron en las tierras de José Miguel, le mataron un montón de reses y se las llevaron para sacarle los cueros y salar la carne. A la noche siguiente, José Miguel y sus hombres, llevando antorchas encendidas, irrumpieron en los hatos de José Sancho. Sólo que esta vez, para que estuviera claro que era una venganza, dejaron los animales allí tendidos, bajo nubes de moscas y el entusiasmo de los buitres, quienes en pocas horas los dejaron en el hueso. Tantas osamentas peladas, blanqueando a merced del sol y de la lluvia, era una bofetada en la cara de José Sancho. Puso hombres armados a velar sus ganados día y noche, y creo que también velaban los cañaverales, pues los hombres de José Miguel intentaron incendiar La Bernarda. Si lo hubieran logrado hasta la casa arde; tan bonita que es y tanto que disfruto mecerme en las hamacas del balcón. José Miguel no atendía a razones. Traté de hablar con él y no me fue posible. Por mucho que me quisiera, no iba a dar su brazo a torcer porque yo se lo pedía. Le dije:

—Olvida esto. Ten juicio. José Sancho es tu hermano. Deben estar unidos contra los que les desean daño.

Se me echó a reír.

—Precisamente mi mayor daño es él.

Y al decir esto casi se veía contento. Creo que era porque al fin no tenía que fingir. Yo sabía que odiaba la mentira y amar a su hermano era en él un sentimiento imposible porque estaba en pugna con su orgullo.

Sin embargo, también es cierto que el amor y el odio se unen por la espalda. Pueden ser caras opuestas de un mismo sentimiento. José Miguel decía que odiaba a José Sancho, pero mentía. Aunque no se diera cuenta. Eso estuvo claro cuando pasó lo que finalmente tenía que pasar. Es terrible que lo diga así, como si fuera poca cosa, pero no es eso. Es que era inevitable; era el destino. José Miguel mató de un balazo a José Sancho cuando volvieron a meterse en su hato a matar reses. Eran como las tres de la tarde. Esta vez los estaban esperando y José Miguel sabía a quién de los invasores tenía que apuntar. No titubeó. A José Sancho la bala le atravesó la frente, justo entre ceja y ceja, y le salió por el cogote. Se desplomó sin emitir una queja. Entonces José Miguel ordenó que dejaran de disparar y dispuso que los hombres recogieran el cadáver y se lo llevaran a la viuda. Después de apostar centinelas alrededor de la casa, José Miguel subió al balcón. Comenzaba a bajar el sol y con las manos sobre la baranda contempló el paisaje que se esparcía a su alrededor. Hasta donde se desdibujaba el horizonte que se teñía de oros y rosados todo era suyo. Ahora él era amo y señor y se sintió eufórico y reivindicado, lo sé. Pero también sé que luego cayó de rodillas y sollozó. Cubrió su rostro con las manos y

maldijo su destino y maldijo el día en que había nacido. Nadie me lo contó pero yo sé que así fue. Conozco demasiado bien a José Miguel para saber que no
pudo ser de otra manera.

Emilia agrietó la bóveda del cielo con sus gritos cuando le trajeron a José Sancho. No creo jamás
haber visto una pena igual. Dentro de la tristeza que
yo tenía, porque yo adoraba a José Sancho, porque
era bueno y generoso, porque era inocente, porque me
amaba y protegía, porque era el guardián del honor familiar y el defensor del castillo de la memoria de nuestra raza, quise consolar a Emilia. Fue inútil. Se arran-
caba los cabellos y se rasgaba las vestiduras. Se mordía
los labios hasta hacerlos sangrar y los tenía hinchados
y morados de tanto hacerse daño. Tuve que desaparecer todos los cuchillos y otros objetos afilados de la
casa porque quería enterrárselos en el pecho. Había
que velarla día y noche porque intentó tirarse por el
balcón en varias ocasiones. Ana Josefina vino a ayudarme y gracias a ella pudimos evitar que se matara.
Ana la agarraba por ambas muñecas y le gritaba:

—¡Piensa en tus hijos! ¡No los dejes sin madre!
¡Tienes que vivir para ellos!

Ayudó mucho la presencia de Ana porque,
como era viuda, ella bien sabía por lo que estaba
pasando Emilia.

Aunque no era lo mismo. No creo que Ana
Josefina amara a su inglés como Emilia amaba a José
Sancho. Lo de Emilia era la locura; ella misma me juraba, en aquellos felices días en que nos sentábamos
en las hamacas del balcón a chismear de hombres,
que después de diez años de matrimonio todavía tem-
blaba cuando José Sancho la tocaba. Bien que recuerdo la ansiedad que sentía al verlo, el placer que el
amor sexual del marido le producía. Algo así no puede olvidarse y sucede una vez en la vida. ¡Pobre Emilia!
Poseer el cielo de la dicha y perderlo es peor que no

haberlo conocido nunca. Aunque tal vez no. Pienso que Emilia no se arrepiente de aquella felicidad que tuvo y hasta le da fuerzas. En el fondo aquella dicha la alimenta, le hace posible amar a sus hijos y al mundo que la rodea.

Pero eso es ahora, cuando ya han pasado muchos años. Porque al principio no sólo quiso matarse. También juró venganza y si no la detenemos habría descuartizado a hachazos a José Miguel. Después juraba acudir a las autoridades españolas para que lo ejecutaran. En vano le decíamos que no era posible porque José Sancho y sus hombres habían entrado armados a las propiedades de José Miguel. No era posible enjuiciar al que mata por defender lo que le pertenece. Emilia no podía entender.

—¡Es injusto! ¡Es injusto! —gritaba.

Yo misma tuve que rogarle a José Miguel que no fuera al entierro. Pedro Juan y yo fuimos hasta la finca y lo encontramos derrumbado en un sillón. Hacía tres días que no dormía. Tampoco quería probar bocado, dijo la mujer, quien estaba verdaderamente aterrada.

Cuando oyó mi voz, José Miguel levantó la cabeza. De verlo en aquel estado empecé a llorar, no podía contener los raudales que salían de mis ojos. Le abrí los brazos como pidiéndole que me dejara quererlo, porque sabía que él lo necesitaba y que si en aquel momento yo lo rechazaba iba a morirse. Entonces él me abrió los brazos también y lo abracé allí mismo en el sillón, sentada en su falda besándolo y consolándolo. Fue bueno que lloráramos juntos.

Tanta desgracia debió hundirme más en el lodazal inmundo en que se había convertido mi existencia, pero no ha sido así. El dolor ajeno me ha hecho olvidar el propio. He tenido que sacar fuerzas de donde no las había para afrontar la muerte de un hermano amantísimo y luego, peor aún, el crimen del otro. Soy la única que entiende que José Miguel, el Caín de esta familia, no es malo. Es una víctima del destino, le digo a fray Juan, quien me mira y asiente. Él sí que entiende. Comprende lo que digo y se asombra de que yo lo vea así. Es que papá temía al destino fratricida de los López de Villalba, le aclaro.

—Era tradición en nuestra familia temer ese destino e impedir su cumplimiento.

Fray Juan me mira con la mirada más tierna del mundo cuando hablo de estas cosas. Si en esos momentos no nos revolcamos por la tierra y mordemos el polvo arrastrados por el deseo es porque el miedo al infierno es mayor. Creo que fray Juan le tiene más miedo que yo, pero debe ser porque ha vivido más y sabe más. Si por mí fuera, ya le habría entregado mi cuerpo hace rato, aunque me achicharrara en calderos de hiel, aunque los demonios me sacaran las uñas de los pies y de las manos todos los días y por toda la eternidad. Tantos años de deseo, de amor verdadero, debían darnos derecho al placer, pero no. Debíamos haber purgado ya nuestras culpas. ¿Es que no hay compasión por nuestras miserias? Emilia tiene razón, no hay justicia en este mundo. Después de su desgracia sin paralelo posible hemos vuelto a ser amigas, igual que antes que llegara fray Juan. A veces he logrado que sonría al recordar las maldades que hacíamos de jovencitas.

—Es como si tuviera un roto en el pecho —me dice tratando de explicarme la falta que le hace José Sancho.

Ella sabe que veo a José Miguel y no me dice nada. Comprende es mi hermano también, pero los otros días me dijo:

—José Sancho debió matarlo aquel día que pelearon en la oficina.

Entiendo cómo se siente pero no puedo estar de acuerdo. Emilia continuó:

—Poco se perdía con él. En cambio con José Sancho se perdió un gran hombre y el sostén de muchos. ¿Qué será de esta familia sin él?

Yo no quiero discutir, pero podría argumentar que José Miguel se ha hecho cargo de los negocios de la familia con destreza y responsabilidad y que a ella no le falta nada. Yo bien sé que la primera persona por quien se siente responsable José Miguel es por la viuda y los hijos del hermano. Espero que Emilia no le transmita su odio a los hijos, especialmente a los varones que ya son hombres y se harán cargo de su patrimonio. No quiero ni pensar en lo que podría suceder. Ya no nos reunimos la noche de Navidad como hacíamos por tradición. Nos reunimos José Miguel y su familia y Pedro Juan y yo y la nuestra y también Ana Josefina y sus hijos, pero Emilia se niega a asistir. Tiene derecho, supongo. Rezo porque no se desate una cadena de errores trágicos. Nadie quiere eso.

Sólo el Maligno quiere. Él siempre quiere lo peor. Él quiere la traición, la envidia, el asesinato, el robo, la mentira y la cobardía. Ésas son sus armas afiladas y crueles. ¡Maldito! Hace menos de dos años volví a verlo sentado en las escalinatas del convento de los dominicos. Llevaba una gran capa negra y debajo de sus pliegues flotantes bien que se veía la pata de cabro. No dudé obedecer mis más ciegos y oscuros impulsos. Regresé a mi casa y tomé la espada heredada de sus antepasados que Pedro Juan había colgado de un clavo en una esquina de la sala. Al regresar todavía el Maligno estaba sentado en un escalón a medio camino de la entrada de la capilla, riéndose de mí, o al menos eso me pareció. Subí los escalones con determinación ciega, cogí la espada con ambas manos y le corté la cabeza de un solo tajo, la cual rodó escaleras abajo conjuntamente con el sombrero de plumas rojas que llevaba puesto. El sombrero fue empujado por el viento y rodó hasta el camino. La alegría que tuve fue muy grande. Pensé, idiota que soy, que había logrado liberarme. Pero él de lo más tranquilo se levantó, bajó las escaleras, recogió la cabeza, le puso el sombrero y volvió a ponérsela como quien se calza una bota, como quien se pone un chaleco. Entonces sí que se reía con ganas de mi ignorancia sin igual. Y yo, en vez de seguir de largo o de echar a correr, me le paré enfrente y aguanté las náuseas que me sacudían el cuerpo. Los ojos eran como dos hogueras; era ver las mismísimas bocas del infierno dentro de ellos. Ahora sé que al infierno se entra por los ojos del Diablo.

Debo haberme desmayado cuando lo toqué. Me recogieron y me llevaron dentro del convento y me dieron un té y cuando desperté sentí que me ardían dos dedos de la mano izquierda. Miré y tenía quemaduras en las puntas, como si hubiera metido la mano en un fuego. Fray Juan se enojó al confesarle mi temeridad, pero la verdad es que mi cuerpo quería comprobar si era cierto que la piel del Diablo quemaba. La quemadura tardó tanto en curarse que creí la tendría hasta el día del Juicio Final. Un día desapareció y pienso que tal vez el Maligno también va a desaparecer. Se lo dije a fray Juan y sonrió tristemente.

—Lo hará si yo me voy.

Sé que quiere regresar a España para llevarse consigo todos los males que amenazan con destruirnos. No se va por mí, aunque suele repetir:

—Debo irme para salvarte.

Pero no lo hace porque le digo que sin él no podría seguir viviendo. Ya mis hijos han crecido y no me necesitan. Pedro Juan me necesita, él sí. Y José Miguel, el único hermano que me queda, también me necesita. Se ha vuelto bondadoso en extremo y a veces hasta ayuda a fray Juan en el hospitalillo azul. ¡Las vueltas que da el mundo! Desde que murió José

Sancho, Ana Josefina gana las carreras de caballos de la fiesta de Santiago Apóstol. También gana las de Corpus Christi y las del día de San Juan, aunque ya no se tira a correr a pie detrás de los toros. Ana se hizo construir una casa de madera de ancho balcón no muy lejos de la mía, al final de la calle. Detrás tiene buen terreno con establos para sus caballos. También compró una finca para caballos y ganado y viaja personalmente a La Aguada a venderle cueros, potros y yeguas a los franceses y a los ingleses. Le va bien, pero pronto va a irle mejor aún porque sospecho va a volverse a casar. Eugenia, la prima de Emilia que estaba casada con el teniente a guerra Antonio Ramírez de Arellano, se murió de parto. Ya le había dado cinco hijos y murió al parir el sexto, un bello varón que Emilia quiere criar. Se lo ha pedido al padre y él se niega, a pesar de que Emilia es quien se lo está cuidando día a día y es bueno para ella porque así se ocupa y pasando trabajos con el niño se olvida de llorar por José Sancho. Antonio debía dárselo. Él siempre está ocupado trabajando sus tierras y disciplinando las milicas sangermeñas, y cuando no está en eso se la pasa de visita en casa de Ana Josefina. Ya habían sido novios en la adolescencia y sé que a Ana le gustaba, pero como era tan casquivana, Eugenia se lo quitó. Era más femenina Eugenia, más coqueta.

En ese sentido Ana ha cambiado. Se la ve de lo más arreglada asomándose al balcón, con sus aretes de esmeraldas iluminándole el rostro y su traje de raso negro que le compró a un contrabandista holandés realzándole la figura. Antonio Ramírez de Arellano la visita todos los domingos por la tarde. Sube las escaleras muy estirado y ella lo recibe en la sala, sentada muy formal en un sillón de caoba. Conversan sobre el clima y las cosechas y beben agualoja. Al rato él se levanta y se despide besándole la mano. Es todo un caballero este señor y le ha expresado a Pedro Juan el deseo de casarse con Ana. Pedro Juan ha dado su consentimiento, claro.

—Si la convences tienes mi visto bueno —dice, divertido.

Suele ser escéptico en todo lo que se refiere a la hermana. Hace tiempo la da por incorregible. A mí me parece que Ana no va a necesitar que la convenzan mucho. Me habla a menudo de su teniente a guerra y le encanta cabalgar junto a él cuando se dan la vuelta por los hatos de los Ramírez de Arellano.

Sólo queda esperar que la desgracia más reciente no acabe por borrarnos del mapa. Nos enteramos por un aviso que mandó el gobierno de la capital. En la ciudad de la isleta habían enfermado muchos y todos los síntomas indicaban que era la viruela. Lucifer y sus secuaces nos envían esta última prueba. ¡Una peste! Deben haber envenenado el agua; tiemblo de pensarlo. Dicen que un barco holandés trajo la viruela. Unos marineros enfermaron en puerto y las autoridades los aislaron de inmediato, pero parece que un vagabundo robó sus ropas y a los dos días amaneció con convulsiones, fiebres y las pústulas hediondas cubriéndole todo el cuerpo. Murió dando gritos y maldiciendo a Dios, qué horror, qué fiesta para el Maligno.

Después se esparció el contagio como se extienden las aguas de una inundación. Las casas donde alguien enferma son aisladas, las autoridades clavan las puertas y pintan una cruz negra sobre sus paredes para indicar que el mal reside en aquel lugar. Reina en la ciudad un espanto sin límites. Familias enteras han muerto: el padre, la madre, los diez hijos y los cinco sirvientes; todos fueron metidos en la carreta de los sepultureros, quienes diariamente recorren las calles de la ciudad de Puerto Rico para recoger los cadáveres. Escondidos debajo de sus capuchas negras estos hombres, que debían ser ejemplos de caridad cristiana por el hecho de estar arriesgando la vida, son a menudo gente de la más baja condición. Aprovechan las circunstancias para robar las joyas y el dinero de los apestados. Me cuenta fray Juan que un señor muy distinguido llamado don Rodrigo, sintiéndose enfermo, mandó llamar a un criado de su más absoluta confianza; quince años hacía que lo empleaba en su servicio. Le pidió avisara a un médico. No quería se lo llevaran al hospital, lazareto u hospicio, que no sé bien cómo lo llaman, donde llevan a todos los enfermos sin distinción de clase, edad o sexo. Lo aterraba pensarse rodeado de mendigos, prostitutas y esclavos llenos de llagas y horadando el aire con sus gemidos. Pero el criado, que si mal no recuerdo se llamaba Griso, en vez de ir al médico se presentó con los odiados sepultureros, y al verlos su amo don Rodrigo le gritaba:

—¡Traidor! ¡Qué haces! ¡Quince años en mi servicio! ¿Cómo puedes responder a mi confianza y generosidad con tan vil alevosía?

Los sepultureros cargaron sus míseros miembros, que se retorcían en agonía, y lo tiraron en la carreta junto a otros que apenas respiraban y otros que recién habían expirado. El criado abrió los cofres donde su amo tenía la fortuna heredada de sus padres y haciendo cuentas con los sepultureros se repartieron el caudal. Una vez hubieron partido sus cómplices, Griso no pudo resistir la tentación de buscar entre las ropas de cama del enfermo a ver si se había extraviado alguna joya. Su codicia fue su perdición, pues las sábanas lo contagiaron y al otro día su propio cuerpo amaneció cubierto de pústulas.

De esta manera la desgracia desnuda la maldad de los hombres; en tales circunstancias sus peores instintos, que suelen esconder entre los pliegues de hipócritas acciones, salen a la superficie. Es también cierto, sin embargo, que en circunstancias similares puede ocurrir lo opuesto y que un corazón generoso se muestra a la vista de todos con su tenue y tierna luz nimbándolo. Los frailes del convento de los dominicos en la capital, por ejemplo, se han distinguido por el amor con que cuidan a los enfermos. Las galerías del convento han sido habilitadas para alojarlos y son muchos los frailes que se quitan el pan de la boca para darlo a los apestados. Varios han muerto al contagiarse y aún así continúan ayudando a su prójimo con alegría, en el ejercicio de la caridad, que es la única verdadera fe cristiana. A mí, a estas alturas, es lo único que me queda por hacer y por eso ayudo a fray Juan en el hospitalillo azul, el cual ha sido habilitado para recibir a los apestados que aparezcan por estos contornos. Ya han muerto muchos en Ponce, Arecibo y La Aguada. En San Germán aún no hemos recibido el azote pleno de la plaga, pero pronto llegará y estoy dispuesta a todo si con ello puedo ayudar a alguien. Me siento así de verdad; no es sólo que piense que es lo correcto. Por eso sé que el Diablo no me ha vencido todavía. En realidad, creo que ya no puede derrotar mi voluntad, porque mi sacrificio ha sido el más grande que pueda pedírsele a una mujer y estoy dispuesta a dar mi vida por mis semejantes si fuera necesario. Ayer cuando ayudé a fray Juan a curar unos llagados lo supe verdaderamente. Tenían la mirada apagada, unas caras amarillentas y los labios les colgaban como si fueran idiotas, pero yo sentí hacia ellos un amor que se me salía por los poros. Fray Juan no quiere que me les acerque; teme por mí. Él en cambio se arriesga sin temor alguno. Dice que ya sufrió la viruela y sobrevivió, lo cual lo hace inmune. No sé si creerle, porque su cara no está marcada de hoyos, pero admiro la forma en que se dedica a los enfermos. Los lava y les cura las llagas sin sentir asco. Es tan absoluta su dedicación que no come y apenas duerme.

Ahora debo irme a descansar porque siento mareos y llevo dos días en pie. Con esta plaga anda todo al revés, como si las cosas pudieran ponerse peores. Me molesta la luz. ¿Es mediodía? Creí eran las cinco de la tarde. Se me nubla la vista. Debo decirle a Emilia lo de mi amor oculto y puro; ella lo sospecha y hace unos pocos días me reveló su pensamiento. Le mentí y lo negué. No debo mentir; la mentira es demasiado triste. Le diré la verdad y ella comprenderá. Será un consuelo y una compañía. ¡Si pudiera hacerlo! Ya el callar se ha vuelto para mí como el respirar. Vivo para mi secreto, soy idéntica a él; si mi secreto deja de serlo yo dejo de existir. Ha modelado un silencio lleno de paz dentro de mí. Debe ser por eso que ansío su plenitud.

XXI

La muerte de Leonor Josefa sumió al pueblo de San Germán en un letargo pegajoso. Pedro Juan y José Miguel lloraban como niños en el entierro, al cual asistieron casi todos los habitantes de la región, a pesar de las prohibiciones oficiales de que no se reunieran. El amor a ella fue más fuerte que el temor al contagio. La vistieron de blanco como a una novia y el ataúd, de fina caoba labrada, era el más bello que se había visto jamás en aquellos parajes. Lo cargaron José Miguel y Pedro Juan, y luego los hijos y los sobrinos, la nueva generación de los López de Villalba y los Ponce de León, y fue necesaria mucha cristiana resignación para poder soportar el sufrimiento que los embargaba. La habían velado en la capilla de los dominicos porque fray Juan insistió en que Leonor Josefa ocupara el mismo centro, con las tumbas de sus antepasados sosteniéndola. José Miguel como cabeza de familia despidió el duelo, y bien se veía que nadie como él podía hacerlo. Era el más solo que se quedaba, pues con ella se iba lo mejor de sí mismo. Así lo dijo frente a todos sin temor a parecer débil. Ana Josefina lo miró compadecida de su soledad, y hasta Emilia olvidó por unos momentos su rencor y pudo sentir lástima. Cuando Leonor Josefa ocupó su lugar entre las tumbas de sus antepasados, un perfume de flores silvestres inundó la capilla, y siglos después todavía podía sentirse, como si aquellos muros fueran setos de rosales y mirtos.

Al cabo, el embate de la peste comenzó a ceder y lentamente recuperaban el ritmo normal de la vida y sus conflictos. A fray Juan se le hacía cada día más difícil respirar. Al morir Leonor Josefa tuvo la tentación de entregarse al Diablo. Se sintió sucio y se sintió culpable. Aquel ángel de virtud había sido sacrificado por su causa. ¿Qué duda le quedaba de que el Demonio lo golpeaba donde más le dolía? Él era culpable de haberla involucrado en sus asuntos, era responsable de haberla hecho la más infeliz de las mujeres. El horror a su propio egoísmo fue abismal. Si hubiera podido, se habría quitado la vida. Enajenarse totalmente, entregarse a la demencia, era otra posibilidad de escapar. Pero no le era viable, pues su mente estaba más lúcida que nunca antes. De tanto haber vivido veía en el fondo de todas las cosas sin hacer el más mínimo esfuerzo.

Tenía que regresar a España. Debía al menos ocultarse del mundo, irse de aquel lugar donde su presencia hacía tanto daño. Luego de los azotes de la peste, su isla de San Juan estaba despoblada. Más de la mitad de los habitantes de la ciudad de Puerto Rico habían muerto; más de un centenar habían fallecido en Ponce y otro tanto había sucedido en Arecibo y La Aguada. Tal vez debido a su aislamiento, San Germán había sido el poblado menos afectado, pero había suficientes muertos para espantar al más insensible. De la familia cercana sólo había fallecido Leonor Josefa, la mejor, la mejor de todos, se repetía fray Juan, quien a menudo creía verla cruzar la plaza, entrar al hospitalillo, subir las escalinatas del convento, parada en un balcón y abrazada a una columna como aquel día remoto en que había contemplado su hermosura por primera vez. También había muerto uno de los hijos de Antonio Ramírez de Arellano, dos hijos de la familia Quijano, dos de los Rodríguez y algunos esclavos. No eran tantos, unos dieciocho en total, pero para fray Juan era el

mundo entero. Estaba convencido de que Leonor Josefa había muerto porque no deseaba vivir. Era para
maldecir al cielo, pero por suerte fray Juan sabía que
a quien tenía que maldecir era al mismo Lucifer. Le
habló en voz alta, lo instó a que se presentara a la
soledad de su celda nocturna; quería verlo.

—Ven, maldito ángel caído, ven. Y qué, ¿ahora no te atreves? —lo retaba, furioso.

El malamañoso no se presentó. La única respuesta al llamado de fray Juan fueron los cantos de los
coquíes y los chillidos de los grillos. Entonces, en
medio de su insondable angustia fray Juan comprendió que Lucifer había perdido la batalla contra Leonor
Josefa. Ella había sido más fuerte que el mismísimo
Pata de Cabro y por eso él no se presentaba para va-
nagloriarse de su triunfo. Amor mío, pensó fray Juan
agradecido, y tuvo la certidumbre de que al menos el
alma de Leonor Josefa se encontraba disfrutando del
bienestar eterno.

Todavía estuvo un tiempo en San Germán,
atendiendo a los enfermos que quedaban en su
hospitalillo. Gracias a sus cuidados muchos sanaron,
y aunque quedaban con el rostro marcado por las
huellas de la enfermedad, daban gracias por haber
sobrevivido. Besaban las manos de fray Juan como si
de un santo se tratara. No se sentía santo; muy al contrario. Las alabanzas lo hacían sentir como un farsante
y, una vez desapareció la urgencia de la crisis, hizo
los arreglos para regresar a España. José Miguel fue el
último en despedirse. Sensibilizado por el sufrimiento, creyó ver en los ojos de fray Juan un destello del
amor que sintió por su hermana. Dijo que comprendía por qué debía irse. También dijo:

—Comprendo por qué Leonor Josefa lo quería tanto.

Lo que el hermano jamás podría comprender
era de qué manera fray Juan amaba a Leonor Josefa;

ni ella misma había comprendido el alcance centenario de ese amor. Fray Juan se sentía como un verdadero apestado, como un monstruo de muchas cabezas y miles de lenguas de fuego. Como no podía explicarle, se limitó a decir adiós lo mejor que pudo.

—Cuide a su familia, José Miguel. No cuestione las leyes de Dios. Acepte lo que venga como ha tenido que aceptar su destino.

Y añadió, después de recordar las conversaciones con Leonor Josefa:

—Usted no es malo. Pida perdón a Dios.

José Miguel sonrió con amargura:

—Me tocó ser Caín, al igual que a otros antepasados.

—No desdeñe la tradición porque no ha sido benévola con usted.

—La casa de mis padres le corresponde a mi sobrino, el hijo mayor de José Sancho. También a él le corresponden los hatos que fueron de su padre. Acataré la tradición, pero me llevaré el retrato de aquella señora, el que está en la sala. A mi sobrino no le interesa.

—Lléveselo. Se llamaba doña Josefa de Estela y Salvaleón y era una gran dama. Su hermana tenía rasgos de ella. Y también, en algunas cosas, Ana Josefina.

—¿El castillo de Villalba existió deveras?

—Sí, existió.

José Miguel no preguntó cómo fray Juan lo sabía. Sólo insistió:

—¿Es cierto que en los cimientos del castillo hay unos mosaicos romanos que representan dioses de la antigüedad?

—Eso no lo sé, pero si usted lo recuerda, allí deben estar.

Al cabalgar de regreso a su casa en la hacienda, los escalofríos recorrían el recio corpachón de José Miguel. De los pies a la cabeza se sentía traspasado por el misterio de la vida y de las cosas.

Fray Juan abandonó a San Germán un día ca-
luroso de agosto del 1690 y no regresaría hasta doscientos años después. Se fue a lomo de mula atravesando los grandes llanos del sur y trepando por las
escarpadas laderas de las montañas, tal y como había
escalado los abismos de Guatemala y México. Quiso
irse por tierra por conocer todavía mejor aquella isla,
por transcurrir una vez más por sus espacios y poseer-
la; era, después de todo, más suya que ningún otro
país en el mundo. Pero debía abandonarla porque ya
comenzaba a hacerse extraño que no envejeciera; no
importa lo que hubiera sucedido, habría tenido que
irse. Sólo podría quedarse si encontraba el río del
antídoto, el agua pura, purísima y santa que lo devolviera a la mortalidad y lo liberara de la maldición. Algo
le decía, en su fuero interno, que ese río estaba en su
isla. Quizá porque era su destino, porque él mismo,
con su esfuerzo, había fundado la hispanidad de este
espacio. Durante los últimos años la había recorrido
lo poco y lo mucho que le fuera posible y en cada río
que atravesaba habíase detenido a beber. No le importó en ocasiones que el agua no estuviera limpia; ni
siquiera le importó cuando estaba fangosa y pestilen-
te. Bebía. Bebió en el río Guanaxibo, en el río Guaorabo y en el Río Grande de Arecibo, el cual desembocaba en el esplendoroso delta de verdes islas; bebió
en el Río Piedras y en el río Guaynabo, en el río Ca-
guas y en muchos más. Ninguno lo devolvió a la certidumbre de la muerte. Y ahora debía partir con el
corazón más acongojado que nunca y dejándola despoblada, tristísima, agotada su población por la lucha
contra el Maligno. La sierra, al cruzarla, se le antojó
más bella que los Pirineos de su España natal.

Dos meses le tomó la travesía de regreso a
España, pues los vientos no fueron favorables y en-
contraron tormentas que les desgarraron las velas.
Estuvieron a punto de zozobrar, pero al cabo arriba-

ron a la desembocadura del Guadalquivir y al puerto de Sevilla. Al desembarcar se dirigió de inmediato al convento de los dominicos para hablar con el prior que había escuchado su confesión hacía ya treinta años, pero le informaron que había muerto de peste durante el último azote. No tenía a quién explicarle por qué había regresado a España. Entonces, sin esperar órdenes de sus superiores, se dirigió al norte atravesando la Sierra Morena por los estrechos caminos de los pastores. Una vez más durmió con ellos bajo las estrellas acurrucándose junto al fuego para calentarse. Una vez más también, una noche se despertó sobresaltado y sintió que en medio de la más absoluta oscuridad lo miraban fijamente. En efecto, al abrir los ojos comprobó que a escasos pasos de distancia el rostro del Demonio lo miraba. Parecía suspendido en el aire, como colgando de un hilo invisible. Fray Juan comenzó a temblar. Más que miedo era rabia lo que tenía, y poniéndose de pie de un salto quiso gritarle su odio, su determinación de vencerlo, su orgullo ante el hecho de que Leonor Josefa había salvado su alma. Quiso también gritarle que no le temía, pero no le salió la voz. Parecía que le hubieran pinchado la garganta con unas tenazas. Era el Maligno que no quería escucharlo, pensó fray Juan, pero no, no le iba a permitir ni siquiera esa victoria. "No podrá impedir que piense porque no tiene poder sobre mi pensamiento", se dijo con determinación, y le hizo frente al Maligno con la única arma que tenía. "No pudiste contra Leonor Josefa, no pudiste", le gritó mentalmente una y otra vez mientras los ojos del Demonio, como calderas humeantes, centelleaban en medio de la noche. Gradualmente, como velas que se van consumiendo, se fueron apagando hasta dejar la noche más oscura posible, sin estrellas, sin luna, sin tan siquiera nubes que conservaran alguna claridad del día transcurrido.

Aunque no pudo volver a dormir en el resto de la noche, se sintió más fortalecido, y a la mañana siguiente, luego de tomar el vaso de leche de cabra que le ofrecieron los pastores, siguió camino rumbo al norte. Luego de atravesar gran parte de Extremadura se bañó en las aguas del Guadiana y las bebió, y algunas semanas después hizo lo mismo en el Tajo, pero las aguas de las montañas de España que corrían hacia las costas de Portugal tampoco le devolvieron lo que deseaba. Estaban frías en extremo a pesar de ser verano y lo hicieron añorar las tibiezas tropicales del río Guanaxibo. Al cabo de varias semanas entró en Castilla la Vieja y probó las aguas del Duero, concentrándose mentalmente y llamando al Maligno para que lo viera, para que supiera cuánto se esforzaba en derrotarlo. Tampoco tuvo el efecto restaurador y para comprobarlo se cortó el antebrazo con una piedra afilada. La herida fue muy breve. La sangre no fluyó y al cabo de pocos minutos ni siquiera tenía un rasguño. ¡Si al menos el cansancio de tantos siglos vividos lograra doblegar sus espaldas! Estaba tan joven y recio como aquel primer día en la isla del Diablo en que creyó bendición lo que era maldición eterna. Nunca dejaría de arrepentirse de su orgullo, nunca; así se lo decía a Dios en sus oraciones nocturnas.

Había seguido una ruta directa al norte, un poco sin estar muy seguro a dónde iba y más bien buscando ríos dónde sumergirse y beber, pero a la altura del Duero se dirigió al este, caminando siempre junto al cauce hasta pasar Valladolid y Aranda del Duero. Allí giró hacia el norte cruzando ondulados campos de trigo verdes aún, cuyas espigas se mecían sensuales a merced de las brisas de Castilla. Al beber en el río Esgueva supo que debía detenerse en el monasterio de sus hermanos dominicos en Silos, debía quedarse allí algún tiempo, allí debía implorar a Dios que lo perdonara, entre aquellos muros del siglo once que, según le habían contado, eran de los más hermosos de la cristiandad. No se sintió defraudado al recorrer el claustro. Conversó con los capiteles de águilas, ciervos, pájaros, leones y arpías como si siempre los hubiera conocido y ante la tumba de Santo Domingo volvió a pedir perdón por el orgullo desmedido de haber buscado el río de la inmortalidad.

Permaneció entonces en Silos, acogido a la hospitalidad de sus hermanos, quienes disfrutaban de sus historias de América. Les contó de las familias de San Germán y de los descendientes del conquistador Ponce de León, al que conocían por haberlo leído en los libros, pero lo más que disfrutaron fue la historia de Ana Josefina, con quien de seguro pecaron con el pensamiento en el más casto de los rituales eróticos de la fantasía. Entre los muros medievales de Silos volvió a dedicarse al estudio, entregado a la exploración de los manuscritos del rito mozárabe que eran el más preciado tesoro de la biblioteca. Era un alivio regresar a los libros antiguos después de los años en la isla de San Juan. Además, entre sus bellas páginas ilustradas podía recuperar el recuerdo de Leonor Josefa y el recuerdo de su primera Leonor, ambas tan unidas que eran casi una sola mujer en su corazón.

Al cabo de cincuenta años de caminar por el claustro se sabía de memoria los monstruos y los entramados vegetales de estilo mozárabe de los capiteles, los portales románicos y los artesonados de la capilla. Ya casi todos los monjes que le habían dado cariñosa acogida habían muerto y los que aún sobrevivían andaban tan ocupados en sus libros, tareas agrícolas y cantos religiosos, que si se asombraban de su eterna juventud no lo decían. Casi todas las horas de ocio las pasaban rezando y durante la hora de comer escuchaban los evangelios que se leían en voz alta. Aunque en un comienzo fray Juan había considerado regresar a Poblet, la santidad de Santo Domingo de Silos lo sedujo. Entre sus muros nunca se asomó el Maligno, y en todos esos años y en los próximos ciento cincuenta más sólo lo vio camino a Burgos, cuando en tres ocasiones visitó sus abadías por razones de estudio, camino a Salamanca, a donde viajaba a menudo por las mismas razones, y camino a Santiago, cuando quiso asistir, un 25 de julio, a las fiestas del apóstol. Casi siempre Pata de Cabro se le apareció mientras dormía y sus rezos y firme voluntad lograron alejarlo. Durante esos años continuó bebiendo las aguas de todos los ríos que se encontraba por el mundo. Por los caminos de los pastores de toda Europa bebió las aguas del Garonne, el Loira, el Sena, el Rin, el Elba, el Danubio, el Arno, el Po y el Vístula. Motivado por los relatos de los jesuítas en oriente, pidió permiso para unírseles en Filipinas. De allí abordó un velero a la China, al Japón, y a varias otras islas del Pacífico. Ni siquiera en el Yangtze obtuvo los añorados resultados. Entonces, esclavo de su propia obstinación, se embarcó hacia La India en razón de su estudio de las religiones y como consecuencia de los insondables designios de Dios Santísimo, pero tampoco el sagrado Ganges logró curarlo de la inmortalidad. Al bajar las escalinatas de Benares y entrar al agua escuchó la risa del Maligno a sus espaldas. Efectivamente, el Diablo se encontraba entre los peregrinos, vestido con túnica blanca y sandalias, y para mayor burla sus ojos rojos brillaban como piedras de fuego al descender los escalones.

Regresó a Santo Domingo de Silos con el corazón oprimido y se refugió en los libros nuevamente. Así estuvo algunos años hasta que aquellos que aún podían reconocerlo le informaron que en Francia había un grupo de intelectuales que intentaban hacer acopio del saber universal. Iban a publicar una enciclopedia, le dijeron. Él que tanto había estudiado y vivido, él que sabía más del mundo que ningún otro, debía unirse a ellos, insistió un anciano fraile con quien hacía décadas conversaba.

—Esa gente dice —dijo el anciano reduciendo su voz a un susurro— que la vida de hombres y mujeres sobre este planeta puede mejorar si sustituimos la fe por la razón.

—¿Eso dicen en París? —expresó asombrado fray Juan— ¿Fe en la razón? ¿La razón humana sobre la fe en Dios Padre?

—Eso.

Fray Juan vio la preocupación en el rostro del sabio fraile y se preocupó más aún, tanto, que al día siguiente tomó su cayado y volvió a emprender un peregrinaje, esta vez no tan lejos. Sólo iba a París, dijo a los frailes más viejos, y atravesó los portales de piedra labrados en el siglo once con gran desasosiego en el corazón.

Como había enviado aviso de su visita, fray Juan fue recibido con gran entusiasmo por Diderot, quien laboraba incansablemente en la publicación de la enciclopedia. El fraile sabio de Silos, de quien se rumoraba que nunca envejecía porque había probado un té de raíces mágicas en oriente, era más que bienvenido, y una luminosa tarde de octubre Diderot lo recibió en su casa. Se encontraban allí reunidos D'Alembert, Jean Jacques Rousseau, Voltaire, el barón d'Holbach y Condorcet y se preparaban para cenar.

—Oh, qué gusto, fray Juan —dijo Diderot radiante de entusiasmo. Fray Juan se impresionó con su amplia frente y con la enérgica determinación de su voz.

—Pase usted, pase —añadió amablemente Diderot— le presento a estos señores.

Durante la cena de codornices en vino del Valle del Loira la conversación fue manipulada hábilmente por Voltaire para provocar al fraile recién llegado.

—Yo pienso —dijo Voltaire alzando los brazos— y lo digo dondequiera que me meto, que a Dios poco le importa nuestro destino. Creó el mundo y sus leyes y se retiró.

—Su teoría de Dios como el maestro relojero, el gran mecánico del universo, ha recorrido Europa y ha despertado grandes dudas —le contestó sin alterarse fray Juan, dándose perfecta cuenta de que Voltaire deseaba empujarlo a un debate.

—A Dios, si existe, sólo podemos conocerlo a través de sus obras, estudiando la naturaleza —interrumpió Condorcet.

Los ánimos comenzaban a cargarse.

—Decía Bacon que estudiar el mundo material es conocer a Dios —insistió Diderot.

Durante la discusión, fray Juan notaba que a su lado d'Holbach se movía, inquieto, sobre la silla. Finalmente se puso de pie y exclamó, furioso:

—¡Qué Dios ni qué historias dicen! ¡Dios no existe! Sólo existe la naturaleza. Es la creencia, la tan mentada fe, la que genera el crimen, las brujas, los herejes. Sólo una sociedad de ateos tiene la esperanza de ser moral.

—¿Entonces usted no cree en el Diablo tampoco? —lo increpó fray Juan, adoptando, astutamente, el tono del que cuestiona una premisa filosófica.

D'Holbach quedó asombrado ante la sencillez de la pregunta, hecha como quien indaga sobre si el sol sale diariamente por oriente.

—La gente cree en el Diablo porque necesita culpar a alguien por sus crímenes. Son como niños, que no saben aceptar la responsabilidad que les corresponde —dictaminó d'Holbach.

Fray Juan sonrió tímidamente:

—¿Entonces los seres humanos somos el origen del mal?

Ahora frente a él, airado, se alzó la figura de Rousseau. Dio puñetazos sobre la mesa y dijo, con vehemencia:

—¡El ser humano es naturaleza y es inocente! La sociedad es la culpable, la civilización y sus injusticias y desigualdades...

A fray Juan lo conmovió la pureza del alma de quien así se expresaba y no quiso contrariarlo. Bien podía él tumbarles aquellas construcciones intelectuales como quien derriba un castillo de naipes, pero pensó que para convencerlos tendría que revelarles su terrible secreto. Alguna función tendría en el orden divino de las cosas aquella desmedida confianza en la razón humana y no osó contrariarla. Años más tarde, al llegarle al monasterio de Silos las noticias de los sucesos de París, comprendería que la vida y la historia se encargaban de desmentir a aquellos hombres, ingenuos como niños que juegan con los juguetes que acaban de inventarse. Pero ese día, y en días sucesivos, se limitó a hacer preguntas y a contestar algunas que se le hacían, como por ejemplo:

—¿Ha observado usted en sus viajes y peregrinaciones si todas las razas y culturas del mundo tienen algo en común?

—Conciben un ente superior —respondió fray Juan sin inmutarse, y comentó, muy racionalmente: Para todas las razas y culturas Dios es una metáfora del misterio.

—¿Pero no cree usted que podemos descubrir y explicar con la razón todos los misterios del universo? —preguntó, muy excitado, Voltaire.

—No —dijo fray Juan, y su convicción absoluta impresionó a Voltaire—, la metáfora es el vínculo emocional más profundo que los humanos podemos establecer con el mundo.

Al cabo de varios meses en estos dimes y diretes con los enciclopedistas, fray Juan regresó a España, no sin antes escribirle a Diderot un tratado sobre los ríos del mundo donde hacía acopio de sus conocimientos geográficos y comparaba la temperatura y claridad de las aguas y las variaciones de sus corrientes. Al volver a refugiarse entre los manuscritos mozárabes de Silos, comprendió que él ya había vivido demasiado para poder comunicar la totalidad de sus conocimientos a persona alguna, y si seguía estudiando era por indagar en su convicción de que era imposible conocerlo todo. Podía vivir mil años y no podría saber todo lo que existe para conocerse. El estudio de la naturaleza utilizando el método científico, observación y experimento, había confundido a un grupo de hombres buenos y bien intencionados y eran muchas las transformaciones que la ciencia y la resultante tecnología iban a ocasionar, pero en lo fundamental el ser humano permanecía el mismo: temía a la muerte el muy tonto, y buscaba dar sentido a su vida a través del trabajo y de la fe en otra existencia.

Cuando las tropas de Napoleón invadieron a España, no se molestaron en ocupar a Silos, de modo que tampoco se vio perturbado su sosiego por luchas callejeras. Después supo que los españoles habían expulsado a los franceses, y algún tiempo más tarde le llegó la noticia de las guerras de América y de cómo España había perdido sus colonias. Sólo le quedaban Cuba y Puerto Rico, le dijeron un día en que lograron apartarlo de los textos mozárabes.

La noticia de Puerto Rico le despertó el recuerdo de su isla de San Juan, a la cual le habían cambiado el nombre, de eso ya se había enterado en el siglo anterior, y de repente dio en recordar sus montañas violáceas, sus ríos caudalosos y sus llanos poblados por gigantescos árboles. Varios días estuvo quieto, con las manos sobre el regazo y mirando sin ver los manuscritos abiertos frente a él, dedicado exclusivamente a recordar. Iba como abriendo puertas en el castillo de la memoria. Y así fue redescubriendo las gentes de San Germán, la capilla puerta del cielo del convento en lo alto de la colina, su Leonor Josefa y su primera Leonor, su prima Francisca, duquesa de Zahara, su casa en Caparra, sus bellas hijas Juana, Isabel y María, su expedición a las islas con el objetivo de capturar indios para esclavizarlos, sus hombres asaeteados y moribundos, su yerno Lope y su nieto Sancho, aquellas palabras que le dijo José Miguel al despedirse:

—¿El castillo de Villalba deveras existe?

La frase le despertó el deseo de volver al castillo de Villalba, y sin embargo pasaron todavía muchos años antes de que se decidiera. La afición a recordar se volvió tan intensa que pasaba horas, días y semanas sin moverse, sumido en una contemplación interna que los monjes malinterpretaron, pues creyeron que se comunicaba con Dios, y que era misticismo lo que sólo era entrega al recuerdo de lo vivido. Nadie supo cuánto tiempo permaneció inmóvil, recorriendo los laberintos de su memoria. Dejó de comer y dormir y sólo de vez en cuando aceptaba beber agua o comer alguna fruta. Los frailes más ancianos, quienes mejor lo conocían, se fueron muriendo y aún fray Juan no se movía, y así transcurrieron largos años, ya ni siquiera bebía agua, y los monjes temían acercársele por no perturbar la visión divina. Ni las noches frías de invierno parecían afectarlo. Entonces, inesperadamente, un soleado y cálido día de julio fray Juan se puso de pie y ensayó algunos pasos. Al principio las rodillas se le doblaban, pero muy pronto recuperó la fortaleza de sus piernas y brazos. Miró a su alrededor y no vio persona alguna. Los manuscritos que hojeaba habían desaparecido y todos los libros de la biblioteca también. Caminó por los cuatro lados del claustro y sólo vio los rostros de los santos esculpidos en los capiteles, los pájaros de cuellos enlazados, los exquisitos ciervos modelados por el antiguo maestro del siglo once. Los cipreses del patio estaban tan altos que parecían rascar la barriga del cielo con sus puntas verdes. Penetró en la capilla, en las celdas del convento y en la sala capitular. Se habían llevado la tumba de Santo Domingo. El más absoluto silencio reinaba por doquier. La basura de hojas y ramas secas acumulada por los rincones, los nidos de pájaros y el pasto alto que cubría el patio del claustro lo convencieron de que hacía ya muchos años que el convento se encontraba abandonado. Algo aturdido por lo inesperado de las circunstancias, salió del convento. Al bajar las escaleras de piedra encontró a un anciano sentado en el último peldaño, quien al verlo se postró a sus pies:

—¡Kyrieleison, bendito el que viene en el nombre del señor, Cristeleison!

Fray Juan negó con la cabeza tales adjudicaciones y con dulzura quiso levantar al buen hombre.

—No soy ningún santo, se lo aseguro. ¡Levántese!

El hombre no quería mirarlo y se rehusaba a obedecer. Sólo quería rezar postrado ante él, y repetía sus letanías una y otra vez. Fray Juan sólo logró tranquilizarlo cuando se arrodilló a su lado y rezó con él.

—Padre nuestro que estás en los cielos —dijeron al unísono.

El buen hombre se detuvo asombrado:

—¿Usted es fray Juan de Sanlúcar?

—Yo soy —respondió fray Juan—. ¿Y usted me conoce?

—Tuve que velar por usted todos estos años. Los frailes me lo dejaron encomendado y me prohibieron molestarlo. También tenía que velar porque nadie se enterara que usted estaba en trance divino, y por eso he regado la voz de que el convento está habitado por fantasmas, señor, para que los niños del poblado no entraran. Si alguien llega a enterarse de su presencia, hubieran convertido el convento en un lugar de peregrinaje. ¡Es un milagro, señor, un milagro!

Y al decir esto volvió a hincarse de rodillas frente a él, mirándolo embelesado. Fray Juan lo ayudó a ponerse de pie e insistió en que dejara de rezar.

—¿Dónde están los monjes?

—Se fueron señor, hace ya cuarenta años, pero debo informarles semanalmente de usted, todas las semanas les escribo; ellos me enseñaron a escribir, señor, yo sólo trabajaba en el huerto, era huérfano y ellos me criaron; ya usted no se movía por aquel tiempo.

—¿Has pasado toda tu vida de portero, cuidando mi inmovilidad?

—¡Es un milagro, señor, usted es santo, bienaventurados los que vienen en nombre del Señor!

Fray Juan quedó entristecido ante la inocencia de que creyeran obra de Dios lo que era obra del Demonio y sólo pudo sonreír débilmente. Entonces el buen hombre le explicó que cada cierto tiempo traían víveres del convento dominico de Burgos para el mantenimiento de su familia. Además, él cosechaba legumbres en el antiguo huerto del convento.

Al mencionarle la comida, el fraile sintió la imperiosa necesidad de comer algo y debe haber puesto una cara de hambre desesperada, porque el portero lo miró y dijo:

—¿Desea usted algo de comer, señor santo?

Fray Juan dijo que sí mientras reía sin poderse contener y el portero pensaba que los santos eran bien raros, pero había que perdonarles todo. Después de saborear un buen cocido con un buen pan y un buen vino se sintió mejor que el día que cenó codornices con los franceses, y dando las gracias al portero tomó el camino en dirección al norte.

—¿Qué diré a los monjes cuando les escriba mañana? —dijo, algo turbado, el portero.

—¡Dígales que me fui por los caminos del mundo a predicar!

Y dando la espalda a Silos se internó en los montes cruzados de senderos. Esa noche durmió, como tantas otras noches que había recuperado al explorar el castillo de la memoria, de cara a las estrellas, y de nuevo sintió el aliento fétido del Demonio soplándole en la nuca. Al despertar sobresaltado volvió a verlo. Estaba ahora vestido de manera muy distinta: pantalón largo cayendo sobre zapatos de cuero marrón, chaqueta larga sobre chaleco y, debajo, camisa blanca con corbata. Terminaba el atuendo un sombrero de alta copa y un bastón en la mano derecha. Sus ojos rojos eran, sin embargo, los mismos, y fray Juan sintió cómo la mirada del Diablo le quemaba la piel. Sentía un dolor tan grande de sólo tenerlo cerca, que tuvo que morderse el labio inferior para no gritar. No lo habría oído nadie, porque ni pastores había en muchas millas alrededor, pero no quería darle la satisfacción de su debilidad a quien lo había condenado a vivir para siempre. Hincó las rodillas en el duro suelo castellano y alzó frente a sí la cruz que llevaba colgada del cuello. El Maligno lo miró con desprecio pero retrocedió.

—Vas a encontrar el mundo muy cambiado, Juan —dijo riéndose a carcajadas mientras se alejaba.

Al confundirse su silueta con la oscuridad de la noche, aún se reía con un vozarrón de trueno que parecía presagiar tormenta.

XXII

Juan Ponce de León, también llamado fray Juan de Sanlúcar, se dirigió al norte sin rumbo muy preciso, pero evitando a Burgos por temor a ser interceptado, quizás interrogado, por alguien que sospechara de su aspecto de náufrago. Varias veces durmió acompañándose de los pastores y sus rebaños, pero las más dormía solo, junto a un árbol o sobre el heno de un granero y en compañía de las bestias de labranza. Tal y como era su antiquísima costumbre, en cada riachuelo y en cada río que encontraba a su paso bebía y se limpiaba. Además, el calor del verano arreciaba según avanzaban julio y agosto por la meseta castellana. Aunque no se acercó a Burgos, ni a Santander, Bilbao o San Sebastián, desde lejos las ciudades le parecieron mucho más populosas, de bordes extendidos y edificios como almacenes, grises y cubiertos de hollín. Altas chimeneas expeliendo humo negro marcaban la silueta de la urbe como antes la marcaran las torres de las catedrales. Y así vagó por algunos meses sin saber hacia dónde se dirigía. Sólo cuando llegó a las colinas ondulantes de Navarra supo cuál era su objetivo: lo movía la urgente necesidad de volver a Villalba, el pueblo blanco que los López de Villalba todavía recordaban como si lo llevaran impreso en la sangre que corría por sus venas. Si deseaba regresar a Puerto Rico, como se iba dando cuenta que le ordenaba el corazón, era preciso que fuera a Villalba a reencontrarse con el origen del recuerdo de sus descendientes.

El trigo de las colinas alrededor del pueblo comenzaba a madurar cuando fray Juan se acercó a Villalba, y admiró el oro de las espigas que parecían bailar al recorrerlas las brisas del atardecer. El encaje de ondas entretejidas seducía como si los montes fueran sirenas susurrantes cantándole al silencio de miles de años transcurridos. No habían transcurrido inútilmente, pensó fray Juan, atrapado en el encantamiento de aquel lugar; aunque tal vez sí. Aquellos campos eran los mismos que había conocido hacía ya casi cuatrocientos años, siempre el surco de la tierra recibía la semilla; siempre ésta germinaba y crecía en espigas, verdes y luego pardas, de dorados penachos cargados de semillas; espigas que serían segadas para que la semilla se convirtiera en pan. Y siempre las colinas de pinares, perfiladas en el horizonte, se renovaban para presenciar el espectáculo meciendo sus oscilantes cabelleras. Y todo ese proceso precedía a la Historia, era más antiguo que la palabra. ¿Qué pensará la tierra de nuestros pasos sobre su delicada piel? Sin duda le dolerían los incendios, los desprendimientos de piedras, las heridas que los hombres le hacían para construir paredes y torres sobre su vientre.

En éstas y otras elucubraciones en que solía empantanarse estaba cuando vio a lo lejos la silueta de Villalba. Se alzaba en lo alto de la colina más alta del contorno, más blancos que nunca los muros alrededor de la aldea, más blancas que nunca las almenas del castillo, las torres, las casas, los caminos. No eran superficies encaladas como las de Andalucía, recordó. La piedra de aquellas montañas era así de blanca por efecto de algún componente mineral. Decían que las montañas, de tan fieras, se habían tragado las nubes. Ni una sola nube manchaba hoy el cielo; el azul estaba tan imperturbable como el día en que Lope regresó de América, tan impasible como en aquella ocasión, durante la guerra de Granada, en que Juan Ponce visitó a doña Josefa de Estela y Salvaleón. Lo habían recibido como se recibe a un guerrero, en el gran salón de armas, la condesa sentada en su butaca de terciopelo rojo con bordes dorados y bajo un dosel igualmente rojo, bordado de blasones. Traía noticias de don Pedro y su hijo mayor Miguel Juan, quienes peleaban junto al rey don Fernando y la reina doña Isabel; venía a pedir víveres y aportaciones en oro al costo de la guerra, había dicho Juan Ponce. Doña Josefa fue generosa. Juan Ponce regresó a Granada con sacos de trigo y bolsas de monedas, dando fe de la lealtad que los López de Villalba profesaban a los reyes. Años más tarde había vuelto a ver a doña Josefa en Sevilla, en los aposentos de la reina doña Juana. Le parecía volver a escuchar las palabras de doña Josefa:

—No me retenga a Lope en Indias, don Juan, se lo suplico.

Ni la misma doña Josefa, que era clarividente, pudo ver en los libros del futuro lo que iba a ocurrir. Su corazón quedó hecho pedazos cuando Lope mató a Miguel Juan, pero aquella estirpe de Caínes se mantenía idéntica a sí misma y hasta en los hatos de San Germán se había cumplido inexorablemente el destino familiar. Entonces, ¿qué habría sucedido con los descendientes que quedaron en Villalba? Fray Juan se preguntaba éstas y muchas cosas más al contemplar la puerta de Santiago, que era la que ahora atravesaba para entrar al pueblo. Vio al apóstol labrado sobre la piedra del arco y recordó la puerta del mismo nombre en la ciudad de Puerto Rico, allá en su isla perdida en el lejano Mar Caribe. Los deseos de regresar a ella le azuzaban el lomo mientras avanzaba por las calles empedradas. Estaban desiertas a esta hora del día por ser la hora de la siesta y cerradas las puertas de las casas por impedir que entrara el calor, que ya no era tanto como en agosto, pero que al mediodía siempre azotaba. Largo rato caminó por las calles alrededor del castillo. Los muros, en mal estado, se habían desmoronado por trechos. Algunas casas también se encontraban en ruinas, sin tejas, con arcos derrumbados. Otras, tan sólo abandonadas, tenían puertas y ventanas abiertas por donde entraban libremente los perros y las palomas. En vez del puente levadizo que antes conducía al castillo, habían construido un rústico puente de madera y la gran puerta con rosetones de bronce había desaparecido.

Cuando vio que las casas comenzaban a abrirse, fray Juan se dirigió a un aldeano que ensillaba un caballo frente a un establo.

—Buen hombre, ¿puede informarme si el castillo está habitado?

—Sí, señor cura. Siempre ha estado habitado.

—¿Viven aún los condes de Villalba? —se atrevió a indagar.

—Son muy ancianos ya...

—Pero sus hijos y sus nietos, ¿no los acompañan?

—Algunos hijos se fueron a Barcelona, otros a Madrid y Sevilla, otros a América; los nietos andan recorriendo el mundo en esas máquinas que silban.

—¿Máquinas que silban?

—El pito de la locomotora, señor.

Fray Juan recordó haber visto a lo lejos máquinas extrañas. Largas como gusanos, atravesaban el horizonte al atardecer, especialmente en las tardes en que el cielo enrojecía y el aire parecía hecho de fuego. Comenzó entonces a sentir cierta perplejidad ante el mundo al cual regresaba. ¿Sería esto lo que el Maligno quiso decir al hablarle aquella noche? Era la primera vez en casi cuatrocientos años que le hablaba. "Vas a encontrar el mundo muy cambiado", le había dicho en un tono burlón. ¡Qué repugnante era la voz del maldito! Daba náuseas recordarla. Para poder respirar tuvo que espantar el recuerdo que le zumbaba en los oídos.

Dio las gracias al aldeano y cruzó el puente. En el primer patio del castillo las anchas escalinatas de piedra estaban desiertas. Allí habían esperado a Lope su padre, su madre y sus hermanos, rodeados de servidores y de músicos franceses. Ahora sólo se veían algunos perros merodeando y también algunas cabras y gallinas. En una esquina había un montón de heno y en otro rincón una carreta vieja, de ruedas rotas, se pudría. Fray Juan subió los escalones de piedra y golpeó a la puerta. Tuvo que hacer caer el gran aldabón varias veces antes de sentir unos pasos. Al abrirse un poco la gran puerta, vio un rostro que pestañeaba.

—¿Qué desea? —dijo el viejo, molesto con la luz ardiente de las cuatro de la tarde.

—Quisiera ver a los señores, el conde y la condesa, si es posible.

—Iré a preguntar. ¿Quién los procura?

—Dígales que es un fraile que conoció a los López de Villalba en América.

El portero pareció comprender.

—Pase usted, padrecito, espere a la sombra.

Y lo hizo franquear el portal de piedra y entrar a un zaguán oscuro. Al fondo, una galería de arcos góticos daba a un patio con árboles frutales y un aljibe. Sentado en un banco de piedra labrada con escenas de guerra, recordó su primera y única visita. Innumerables servidores recorrían entonces estos corredores ahora vacíos, yendo y viniendo apresuradamente con el propósito de realizar tareas impostergables. Hombres armados montaban guardia a la puerta del castillo. Varios jardineros atendían el huerto. Mujeres de largas faldas y delantales blancos entraban y salían de los aposentos. "Esto parece una tumba", pensó casi con envidia.

El portero regresó al poco rato.

—Los condes lo recibirán en breve. Sígame, por favor.

Y al decir esto lo hizo subir por otra escalera de piedra hasta el gran salón donde doña Josefa lo había recibido. Aún estaba sobre la chimenea el retrato de don Sancho López de Villalba pintado por un pintor flamenco, y en las paredes colgaban armaduras, lanzas y ballestas, adargas y rodelas. Mirando a su alrededor, fray Juan sintió que el tiempo era una ilusión, que nada de lo vivido era real, tal vez lo había soñado y muy pronto doña Josefa se sentaría en su silla de terciopelo rojo y le hablaría con su dulzura inolvidable.

Una voz recia, aunque algo gastada por los años, lo sacó de su ensimismamiento:

—Buenas tardes, señor fraile, ¿dice usted que conoce a nuestra familia en América?

Era un hombre alto y fuerte todavía, de unos setenta y cinco años quizás, y le tendía la mano mientras sonreía con sincero interés. Juan Ponce respondió entusiasmado:

—Muy buenas a usted, señor conde. Así es. Soy fray Juan de Sanlúcar y he conocido a su familia en la isla de Puerto Rico.

El conde frunció el ceño.

—¿Puerto Rico? Sólo he sabido de los López de Villalba que fueron a Nueva Granada, aunque ahora que usted lo menciona, creo recordar haber escuchado la historia de uno que huyó a esa isla...

—Por haber matado a su hermano Miguel Juan.

Fray Juan terminó la frase y el conde lo miró sorprendido.

—¿Sabe usted toda la historia de mi familia? Por favor tome asiento. ¿Desea un vino?

—Sólo un poco de agua. Gracias.

Fray Juan tomó asiento mientras el conde tocaba una campanilla de plata que sobre una mesa estaba e impartía órdenes a un sirviente.

—Pronto vendrá la condesa. Noticias de América no es poca cosa para ella, que siempre se interesa por allende el mar.

—Sé algunas cosas de su familia, pero no tantas. Los conocía en la villa de San Germán, donde poseen hatos de ganado y cultivos de caña de azúcar.

—Por acá nunca hemos sabido de ellos. Pensé se habrían muerto todos, o que, entregados al olvido, se habrían mezclado con indios y negros.

—No olvidan este castillo. Han heredado el recuerdo de sus blancos muros y la imagen de don Sancho.

Y al decir esto fray Juan miró hacia el óleo flamenco que colgaba sobre la chimenea. Al escuchar sus palabras el conde se extrañó.

—¿Sabe usted el nombre de mi ilustre antepasado?

—También sé que peleó contra los moros y que su hijo don Pedro estaba entre los caballeros que entraron a Granada con los reyes Isabel y Fernando aquel día glorioso para la cristiandad.

—Yo soy descendiente directo de don Ramiro, hijo de don Pedro. Heredé este castillo de mi padre, don Álvaro, quien tuvo once hijos que se fueron a vagar por el mundo. Como soy el mayor de los varones tuve que quedarme, por las responsabilidades de mi condición, como usted comprenderá.

—Y usted se llama...

—Miguel Juan López de Villalba...

Y sonrió al decir su nombre, pero fray Juan se ofuscó, porque recordó al otro Miguel Juan y pensó en los innumerables Sanchos, Migueles, Juanes, Pedros, Álvaros y Ramiros que poblaban el recuerdo de esta familia. Era un recuerdo laberíntico marcado por trampas y oscuros pasadizos, puertas falsas y escaleras que no conducían a parte alguna. Y mientras así pensaba recordó la última pregunta que le hiciera

José Miguel el día que abandonó a San Germán luego de la muerte de Leonor Josefa:

—¿Es cierto que en los cimientos del castillo hay unos mosaicos romanos que representan dioses de la antigüedad?

Era tan poderoso el recuerdo que se encontró repitiendo la pregunta como un autómata, como si se la dictaran al oído.

El conde se sobresaltó tanto al escucharla que se puso de pie y fray Juan temió que abandonara el gran salón de armas, pero en ese momento entró la condesa y tuvo que recuperar su compostura. Pálido y con el rostro desencajado, dijo:

—Ana María, éste es fray Juan de Sanlúcar.

La señora vestía de tafetán negro, con alto cuello de encaje blanco y mangas hasta la muñeca. Fray Juan al saludarla tropezó con sus ojos y supo que estaba ante una voluntad de hierro. Ella sonrió y extendió la mano, que fray Juan besó con reverencia.

—A sus pies, señora.

Ella volvió a sonreír y se sentó en un centenario butacón de terciopelo rojo a observarlo con interés. El conde entonces logró decir:

—Cuando entraste, fray Juan me preguntaba sobre los mosaicos romanos que hay en los cimientos de este castillo.

Ella no se inmutó.

—Parece que nuestros parientes en América han olvidado la discreción —dijo con firmeza.

Y explicó:

—Ha sido un secreto por casi dos mil años. Podíamos haber sido quemados por la Santa Inquisición si se revelaba la existencia dellos.

—La Inquisición de la Santa Madre Iglesia ha sido abolida, mi señora, ya nadie puede mandarlos a la hoguera —dijo fray Juan.

—Lo sé. Si de inmediato no le he mandado a encarcelar acusándolo de alucinaciones, demencia y alevosía criminal, por algo será.

Fray Juan no supo si era una broma, pero sonrió:

—El recuerdo de este castillo, sus muros, sus cimientos y sus habitantes vive en la sangre de los López de Villalba de San Germán, ciudad de la isla de Puerto Rico, señora.

—No lo dudo, asintió doña Ana María sin emoción y con cierta impaciencia. Entonces, dirigiéndose al conde, rió a carcajadas al decir:

—Y bueno, Miguel Juan, ¿qué hacemos con este fraile?

Fray Juan no pudo evitar pensar en doña Josefa de Estela y Salvaleón al percibir el donaire y la gracia despreocupada de la condesa.

—¡Bajemos a los sótanos y a las mazmorras! —exclamó el conde encogiéndose de hombros—, hace muchos años que no bajamos, Ana María.

—¡Bajemos entonces! —y al decir esto la condesa se puso vivamente en pie e hizo sonar la campanilla. Varios sirvientes acudieron al llamado de su señora, quien pidió le enviaran al portero. Siempre pestañeando, éste se presentó.

—Gregorio, busque las llaves de los pasadizos subterráneos. Están en el cofre de sándalo sobre la mesa de trabajo del señor.

—Sí, señora condesa. De inmediato.

Y así fue como aquella luminosa tarde de septiembre Juan Ponce de León bajó a las mazmorras del milenario castillo junto al conde y la condesa de Villalba. Los pasadizos húmedos y oscuros parecen arterias de un animal monstruoso. De trecho en trecho los chillidos de las ratas agujerean el silencio y se escucha como si arrastraran unas cadenas. Juan Ponce ignora si aún hay prisioneros enterrados en vida, pero no osa peguntar. El trayecto se vuelve fatigoso; a pesar de los respiraderos, el aire maleado por los siglos dificulta la respiración. Entonces Gregorio introduce una gran llave enmohecida en la cerradura de una puerta de bronce. La puerta gime al abrir y don Miguel Juan ordena encender las velas de los candelabros que carga el ayudante de Gregorio.

Juan Ponce creyó alucinar una vez más. Al cabo de tantos siglos vividos creía haberlo visto todo, pero aquellos pisos hechos de pequeñas piedrecitas de colores eran únicos. Algo parecido había visto en Italia y en Grecia; también en el norte de África, en sus múltiples andanzas en busca del antídoto a la inmortalidad del Diablo. Nunca antes encontró tan delicada la línea, sin embargo, tan ricos los oros y los rojos. Pidió a Gregorio que acercara un candelabro. La lucha entre gladiadores parecía hecha ayer. Los brazos musculosos brillaban, los ojos centelleaban. En el anfiteatro dibujado detrás, la muchedumbre volvía a enardecerse. Casi podía escuchar los vítores y los abucheos de los espectadores. Esta escena ocupaba el área central del mosaico y era circular. A su alrededor, cinco pentágonos representaban una pelea de gallos, un jardín con una casa al fondo, una cacería de jabalí, otro jardín donde dioses y diosas paseaban, y un grupo de mujeres celebrando un ritual. Juan Ponce admiró la maestría de los romanos en el arte del mosaico, pero admiró más aún las estatuas de bronce que estaban en los nichos. La más hermosa para él, la de la mujer con una larga túnica, volvió a recordarle a doña Josefa, pero también le recordó a su amada Leonor Josefa. Mirándola apasionadamente, casi no pudo apreciar la estatua del mancebo desnudo y la del hombre de edad madura, vestido con túnica y con un cetro en la mano derecha y un pergamino en la izquierda.

Los condes guardaron respetuoso silencio mientras Juan Ponce repasaba las superficies. Estaba absorto.

—Esto es maravilloso —dijo—. Debe estar en un museo, don Miguel Juan. La reina regente doña María Cristina lo recompensaría.

—De ninguna manera —respondió el conde con determinación—. Es el altar de nuestros antepasados y continuará siéndolo por los siglos de los siglos.

—¡Esta obra de arte pertenece a la humanidad!

—No, señor fraile. Es el orgullo de mi estirpe en razón de su antigüedad. Nos pertenece sólo a nosotros.

—¿Sus hijos se sienten de igual manera?

—Por supuesto. Ellos saben que si alguna vez se derrumba el castillo, el altar de sus antepasados deberá descansar bajo los escombros.

—No trate de entendernos, fray Juan —añadió doña Ana María mirándolo con compasión—, sólo déjele saber a nuestros parientes en América cómo nos sentimos los López de Villalba.

—Ellos sí entenderían —musitó Juan Ponce— juraría que recuerdan cada piedrecita de los mosaicos, el perfil de cada estatua.

Ya de regreso a los salones principales, doña Ana María le mostró el comedor. Había una pared de ventanales que abrían a los techos de la aldea y a los trigales que a lo lejos comenzaban a madurar. Las otras tres paredes estaban cubiertas de retratos al óleo, y entre ellos encontró el de doña Josefa de Estela y Salvaleón.

—En San Germán tienen una copia de éste, —dijo señalándolo.

—Ah, sí, doña Josefa —rió bajito el conde—. Estaba casada con don Pedro —y señaló a otro óleo en la pared opuesta.

Juan Ponce no pudo encontrar, claro está, retratos de Lope o José Sancho, pero fue repasando uno a uno los óleos y encontró rasgos dellos en varios de los caballeros. Aquel señor a caballo se parecía a su querido Lope y aquel otro de grandes bigotes, junto a una cortina de terciopelo, también. No quiso preguntar cuántos de aquellos habían sido víctimas del destino familiar, el pecado de Caín, pero le pareció percibir en el silencio de los condes el presagio de esa maldición. Era tarde cuando se despidió, pues no quiso aceptar la invitación a pernoctar en el castillo, y esa noche, de cara a las estrellas, se sintió pequeño e insignificante, como una hormiga, ante los misterios que anidan en el corazón humano.

Al otro día, como le era urgente regresar a la isla de Puerto Rico, se encaminó hacia el sur montándose de polizonte en un tren que llevaba carbón. Al llegar a Sevilla debió dirigirse al convento de los dominicos, para alojarse allí. Pero como su cuerpo se resistía, decidió dejarse conducir por él y sus pasos lo llevaron a un cuartel de milicias. En deferencia a su hábito dominico nadie lo molestó, y fue auscultando los detalles de la tropa tomando grandes precauciones para no llamar la atención. Vio los uniformes de rayadillo, un algodón blanco con finas rayas azules, el pantalón holgado cayendo sobre el zapato y la chaqueta larga abotonada al frente, vio la corbatita negra rematando el cuello de la camisa, el sombrero de ala redonda y algo levantada hacia arriba. Entonces vio las armas: fusiles largos y finas espadas que los oficiales llevaban al cinto. Se detuvo un rato frente a los pesados cañones de hierro. Inexplicablemente y sin aviso, el fragor de la batalla regresó a su sangre y sintió un entusiasmo que creía perdido. Entonces, aguzando el oído, escuchó a alguien decir que aquellas tropas iban para América, destinadas a Cuba y a Puerto Rico.

Un escalofrío recorrió su cuerpo. La coincidencia era demasiado. Allí mismo y sin titubear un instante, a pesar de pasadas claudicaciones, decidió recuperar su vocación de soldado. Fue al mercado de Sevilla y preguntando aquí y allá consiguió que un gitano le facilitara una muda de ropa a cambio de su sotana. En la tienda del gitano, al ponerse los pantalones, los zapatos, la camisa y el sombrero se miró al espejo y vio a un hombre de unos cuarenta años, bastante buenmozo, con barba entre rubiona y rojiza y fulgurantes ojos azules. La ropa le pareció cómoda y fresca y era tan grande su exaltación que el gitano, que lo creía cura que ha burlado la clausura, le indicó el lugar donde podía conseguirse una mujer. Juan Ponce se divirtió con la ocurrencia y se fue a conocer la Sevilla más reciente, admirado de los cambios. Había palacios más fastuosos que nunca antes, parques arbolados donde se paseaban las familias y amplias avenidas repletas de carruajes. Le llamaron la atención las mujeres, varias de las cuales lo miraban con franca coquetería al pasar. Tenían una cinturas tan breves y un desconcierto tan alegre de encajes y de arandelas que sintió deseos de perseguirlas y piropearlas.

Hacia el atardecer se dirigió al cuartel. Quería saber si era posible apuntarse de voluntario en las tropas que iban para Puerto Rico, dijo al oficial de guardia, quien lo miró perplejo:

—¿Usted quiere ir a esa isla? Hay una guerra allí.

—La guerra es en Cuba. Y ahora mismo no hay. Hubo.

—En Puerto Rico también se alzaron hace unos años, en el sesenta y ocho; de un momento a otro vuelven a hacerlo.

—No importa. La guerra es el trabajo del soldado.

El oficial lo miró como quien duda de lo que oye y dijo, casi burlón:

—¿Tiene sus documentos?

—Sí, claro.

Y sacó unos papeles que el gitano le había falsificado. Según ellos se llamaba Juan Pérez y había nacido en Burgos. Tenía treinta y dos años. Era letrado y maestro en varias lenguas. Era soltero. Al oficial algo le estuvo sospechoso y lo repasó de pies a cabeza, aunque no pareció dudar de su edad.

—¿Huye usted de alguna mujer?

Juan Ponce tuvo que contener la risa. Puso cara muy seria y dijo:

—No, señor.

—¿Ha disparado un rifle alguna vez?

—Esos modernos no. He disparado unos modelos más antiguos que tenía mi abuelo. Salíamos a cazar.

Y siguió ensartando mentiras blancas por un buen rato mientras el oficial llenaba papeles y más papeles y él los firmaba.

Y así fue como Juan Ponce de León reingresó al ejército español después de casi cuatrocientos años de ser fraile dominico. Cosas de fraile se le habrían pegado, porque lo que el oficial pensaba, igual que el gitano, era que un letrado así, con clase, no podía ser sino un cura que escapaba la clausura. Decidió no escarbar por darle una oportunidad de vivir al pobre, y su sentimentalismo fue una suerte para el antiguo Adelantado jefe de ejércitos conquistadores de nuevas tierras. Esa misma noche durmió en el cuartel, y como había escogido caballería, tuvo a la mañana siguiente su fresco uniforme de rayadillo, pero con pantalones de montar y altas botas de cuero. Durante las semanas de entrenamiento, no pasaron por alto los oficiales de la tropa que el Juan Pérez era diestro en el caballo y sabía de disciplina militar, razón por la cual lo ascendieron prontamente, y cuando el regimiento estuvo listo para zarpar a América ya era sargento. Subieron al tren que los conduciría al puerto mediterráneo de Cartagena un 28 de noviembre de l890 y una semana más tarde subían a un crucero llamado Cristóbal Colón. Al ver el nombre del crucero que abordaban Juan Ponce rió para sus adentros. Tanto el casco de acero del espléndido barco como las dos chimeneas que ya humeaban orgullosamente era algo que el Almirante nunca ni tan siquiera sospechó. "Como tampoco sospechó que había descubierto un nuevo continente", pensó divertido, "de seguro le hubiera encantado esa hilera de cinco cañones de largo alcance que tenemos a cada lado". Detrás, en la popa, ondeaba la bandera de oro y grana, y debajo, las calderas consumían toneladas de carbón para que los motores llevaran el barco a su destino. Juan Ponce echó de menos la ceremonia de izar las velas y el maravilloso silencio de los veleros, que surcaban las aguas tan callados que podían oírse las maderas crujiendo al aguantar el peso que transportaban. Estos nuevos barcos son sin duda mucho más resistentes y rápidos, se repetía para convencerse, pero tuvo que acostumbrar sus oídos a las vibraciones producidas por los motores y al ronroneo persistente.

El viaje transcurrió sin contratiempos atmosféricos y mecánicos y diez días después de haber zarpado de Cartagena avistaron la isla de Puerto Rico. Desde la mar profunda la isla se veía verde y majestuosa, coronadas de nubes sus azules montañas. Al reconocer la bandera española, los castillos de San Cristóbal y El Morro dispararon cañonazos de bienvenida. El Cristóbal Colón entró por la boca de la bahía y Juan Ponce, ahora llamado sargento Juan Pérez, admiró los gruesos muros del Morro y las poderosas defensas de las que se vanagloriaba. La ciudad lucía más casas, edificios mucho más altos. Debió haber habido un aumento considerable de población, pensó. En efecto, un oficial con quien había conversado varias veces le informó que desde que España perdiera sus colonias en el continente, se había preocupado por el desarrollo económico de Puerto Rico. Estimuló la inmigración de corsos, franceses, canarios, alemanes, catalanes y mallorquines, quienes habían desarrollado la agricultura y el comercio, especialmente la producción de café. "El cuarenta por ciento de las tierras cultivadas son de café", añadió el oficial, "y casi todas las fincas están en la montaña". Y al decir esto señaló hacia las azules crestas.

Escuchándolo, Juan Ponce sentía que se inflaba de orgullo. La había dejado despoblada y empobrecida y la encontraba próspera y poblada por empresarios europeos. Era como un sueño convertido en realidad el que la sociedad que él fundara se hubiera desarrollado así.

Desembarcaron en la Dársena. Los anchos muros de piedra se alzaban a pocos pasos y entraron a la ciudad por la puerta de San Justo. Debieron entrar por la puerta de San Juan, que quedaba más cerca del Morro y los cuarteles, pero el muelle estaba ocupado por otro crucero. Subieron entonces por la Calle San Justo hasta la Calle San Sebastián, donde viraron a la izquierda para llegar a los cuarteles. De todo lo que veía se admiraba Juan Ponce: los comercios, las calles, los señores de chaqueta larga y elegantes barbas y bigotes, los carruajes, las mujeres desenvueltas y coquetas. Aquel bullicio era perturbador para quien había pasado tan largos años enclaustrado. Esa noche, alojado temporeramente en los cuarteles de Ballajá, aún sentía en su cuerpo las vibraciones de la travesía oceánica. Desde su ventana se veía un cielo de luna llena donde las nubes se bañaban, sensuales, en su tenue resplandor.

Un poco para aliviar la tensión de sus músculos y según su muy antigua costumbre, decidió escribir un segundo diario. Sacó de su mochila una libreta forrada de cuero que había comprado en Sevilla y durante días sucesivos escribió lo siguiente:

7 de diciembre de 1890

He regresado de nuevo a mi isla de San Juan, ahora llamada Puerto Rico. La ciudad capital ha permanecido en la isleta y aunque yo inicialmente me opuse y quería que permaneciera en Caparra, creo que fue un acierto de Hernando Mogollón, Sancho de Arango y Diego de Arce, y un desacierto mío. Sin duda el aire es inmejorable y la ubicación de la ciudad ha facilitado la defensa de la plaza. No pude yo prever entonces cuán codiciada sería por ingleses, holandeses y franceses, quienes buscaban arrebatar a España lo que sus bravos adalides obtuvieron con el arrojo de su espada. Pensaba entonces en una ciudad de pobladores que desarrollaran la agricultura, y veía más propicia una villa rodeada de sembradíos de yuca que un puerto de hondo calado beneficioso al comercio y de fácil defensa en caso de guerra. Pensando algo, sin embargo, en lo que entonces dispuse para San Germán, el que fuera sede de pobladores que sembraran la tierra, tarea histórica que encomendé a Lope y sus descendientes, que son también mis descendientes, veo que no estuve del todo desacertado. El oficial del Cristóbal Colón me informó, entre otros asuntos, que las ciudades más prósperas y pobladas de la isla son las del suroeste, siendo éstas Ponce, San Germán y Mayagüez. Si mal no recuerdo, también me mencionó las villas de Utuado y Lares, regiones muy ricas por la producción de café. De modo que deduzco que alguna razón yo tenía, pues las villas más firmemente asentadas son las que derivan su sustento de la tierra. Ya ardo en deseos de irme a San Germán, a donde he pedido traslado en virtud de mi condición de voluntario. Dentro de poco seremos trasladados algunos compañeros de infantería, otros de caballería y yo, a la ciudad de Ponce, que según me cuentan es la más grande del país.

8 de diciembre de 1890

Hoy tuvimos el día libre y pude caminar a mi antojo por la ciudad murada. Son ciertamente estupendas las defensas de los castillos del Morro, San Cristóbal y San Gerónimo. El último me dicen que fue crucial en la derrota que sufrieron los ingleses que intentaron apoderarse de Puerto Rico en el 1797. Salí por la puerta de Santiago, que es la puerta de tierra, y caminé hasta el final de la isleta. Allí hay un puente de mampostería que comunica con la parte que antes se conocía como Cangrejos, y a la que ahora llaman Santurce. El camino que une a Santurce con la ciudad murada y por el otro extremo con la villa de Río Piedras lleva mi nombre, lo cual me honra sobremanera. Bien veo que no he sido olvidado; aunque no creo que sea mi persona lo que recuerdan, sino el nombre de aquel que fundó la hispanidad de este espacio. De todas formas, la persona que fui es una bien lejana de la que soy, pues no se vive en vano y menos aún quien vive con el Diablo soplándole en la nuca.

De regreso a la ciudad murada me detuve en la Plaza de Santiago, justo junto a los muros y frente al teatro de la ciudad, que hermoso y bien plantado me pareció, y me detuve un rato a descansar en los bancos que bajo sus frondosos árboles hay. Entonces vi una estatua en su centro, erguida en lo alto de una columna. Me acerqué al cabo por satisfacer mi siempre ávida curiosidad, y grande fue mi asombro al ver lo que grabado en una placa tenía: Don Juan Ponce de León, fundador de la Villa de Caparra y descubridor de La Florida. Miré la estatua, muy bien hecha por cierto, de recio bronce y fundida en España estoy seguro, y no encontré parecido con el recuerdo de mi imagen, aquel que conservaba en el archivo más polvoriento de mi atribulada imaginación. No acerté a reconocerme en aquel rostro barbado y voluntarioso y en aquel cuerpo vestido con la armadura de quienes servíamos a los reyes Fernando e Isabel. Es extraño no reconocerme en el recuerdo de mi gente. Debo volver mañana a la Plaza de Santiago.

9 de diciembre de 1890

Volví a la Plaza e hice un esfuerzo por verme vestido con armadura y yelmo, como en la estatua allá en lo alto de la columna. Recordé cómo atravesé los tupidos bosques de esta isla en la expedición en que fuimos a socorrer a don Cristóbal de Sotomayor, quien había sido traicionado por aquella india, porque aunque Juan González dijera lo contrario, que y que ella le había avisado a don Cristóbal nunca creí su versión. Lope me acompañaba y ya era evidente su buen ánimo y su tesón a prueba de incertidumbres. Luego recordé mi viaje a La Florida y aquel día aciago en que sucumbí a la tentación de la inmortalidad. Es posible que yo fuera algo así como esa cara que mira hacia la bahía, pero he olvidado el rostro que en aquellos tiempos yo tenía. Aunque no he envejecido en lo más mínimo, sino todo lo contrario, mi expresión facial debe de haber cambiado. Mi mirada no será la misma como mi corazón no es el mismo. He vuelto a dejarme crecer barba y bigote, como cuando llegué a esta isla y llevaba yelmo y armadura. Ahora llevo chaqueta y pantalones de rayadillo, mucho más frescos y cómodos, y un sombrero que me protege del sol como nunca lo hizo el yelmo de hierro, que pesaba en exceso.

He intentado averiguar sobre los Ponce de León de la ciudad murada, pues de seguro Luis Salinas Ponce de León, aquel a quien conocí en el convento de los dominicos cuando regresé la primera vez, habrá tenido descendientes. No he podido lograr gran cosa. Al parecer sus hijos casaron con criollas y peninsulares y se fue diluyendo el recuerdo de los antepasados. También parece que los negocios no prosperaron demasiado, o tal vez fueron desplazados por peninsulares, pues según puedo apreciar, tienen privilegios sobre los criollos, cosa que éstos probablemente resienten y con sobrada razón. No he podido ubicar en la ciudad murada alguna casa donde residan los Ponce de León. Puede ser que se hayan mudado a Santurce, donde me cuentan que hay casas con grandes balcones y huertos con árboles frutales.

12 de diciembre

Hoy nos trasladamos a la ciudad de Ponce a través de la Carretera Central, que tardó treinta y tres años, la edad de Jesucristo, en completarse. Recién en el 1886 se terminó y en su construcción me cuentan que trabajaron presos venidos de Cuba. Con pico y pala tuvieron que abrir brecha en la montaña; es maravilla ver los puentes sobre los desniveles y los abismos y la manera como la carretera va bordeando los contornos. En los riscos han sembrado unos árboles importados de oriente a los que llaman flamboyanes. Dicen que cuando florecen en junio, son tan rojas las cascadas de flores que la carretera parece tener un marco de fuego. Todavía pienso que esta sierra se parece a los Pirineos; fue lo que pensé cuando me fui hace doscientos años.

Al acercarnos a Ponce no podía creer lo mucho que ha crecido esta ciudad, que por cierto también lleva mi nombre. ¡Si era escasamente un poblado con un puñado de bohíos! Desde la carretera vi grandes llanos dedicados a la caña de azúcar y en medio dellos se alzaba Ponce. Tiene una plaza amplia de hermosas proporciones y unas casas como palacios; con estatuas sosteniendo los arcos de las entradas.

Mañana viajo a San Germán con unos pocos infanteros. Las tropas destacadas allí son apenas dos batallones; casi todos los que cruzaron la isla de norte a sur conmigo se quedan aquí en Ponce. Lo primero que haré, luego de reportarme al teniente coronel, será ir a la tumba de Leonor Josefa.

***

Efectivamente, luego de entregar los caballos que traía de Ponce e instalarse en los cuarteles que junto a la Ermita de San Sebastián y frente a la Plaza del Rey estaban, caminó por la Calle Concepción hasta donde una vez estuvo su hospitalillo. Para su sorpresa y regocijo aún era un hospital, agrandado y mejorado, según pudo observar. Sus paredes de mampostería estaban pintadas de un azul claro, como Lope López de Villalba siempre quiso que estuvieran los hospitales de San Germán, y Juan Ponce sintió una paz en el centro de su alma que no recordaba haber sentido en siglos. Le parecía ver a Leonor Josefa curando a los enfermos, su rostro de ángel ajado por el cansancio y la edad y finalmente cubierto de llagas. Ante el recuerdo de su bondad y de su amor verdadero, los ojos se le llenaron de lágrimas y se apresuró a tomar la Calle Santiago Veve para dirigirse a la capilla del convento de los dominicos. Ya no podían verse los muros del convento junto a la capilla y en lo alto de la escalinata, pues un terremoto había ocasionado que se desplomaran. Pero la capilla estaba intacta, con la cresta y su campana en el centro y con el techo de vigas de ausubo idéntico a como lo viera tantas veces en el pasado. Con el corazón latiéndole fuertemente y las lágrimas resbalándole por las mejillas, la barba y su uniforme de rayadillo, el sargento de caballería Juan Pérez se aproximó a la lápida más blanca, a la que más luz propia tenía y se arrodilló frente a ella. Decía:

Leonor Josefa López de Villalba. No muy lejos había
una lápida que decía Lope López de Villalba y a su
lado otra, grabada con gran arte, que decía María Ponce
de León. Un intenso perfume de flores silvestres inundó la capilla cuando el soldado se inclinó a besar la
palabra Leonor.

XXIII

Don Juan subió las escaleras del otrora convento de los dominicos cegado por las lágrimas. María y yo jugábamos en uno de los jardines de nuestros descendientes cuando lo vimos pasar. A veces nos sentamos en los bancos de las plazas a ver pasar la gente y reírnos de sus exageraciones lamentosas, pero ese día jugábamos debajo del limonero porque a María le gusta ver caer los limones cuando maduran. Los recoge del piso para aspirar su perfume.

—Es tu padre —le dije a María, y ella se sobresaltó.

Lo reconoció enseguida a pesar del uniforme de rayadillo, como también sucedió al verlo disfrazado de fraile hace ya muchísimo tiempo.

—Fíjate, María, que vuelve a San Germán en vez de regresar a San Tervás del Campo, donde nació —le comenté por decir algo, y ella, que lo ama tanto, hizo un gesto de negación con la cabeza mientras decía:

—Los Ponce de León no son como los López de Villalba, Lope. Si sus descendientes están aquí, él viene. Se siente solo. Se siente responsable por este pedazo de mundo que él fundó.

—Quisieras ir a abrazarlo.

—Sí, Lope, eso quisiera. Pero no puedo.

Entonces se me puso triste, casi tanto como cuando murió Leonor Josefa y vio a su padre aplastado por el dolor. La alivió saber que Leonor Josefa había ido al cielo donde al fin es feliz; el Demonio no pudo con ella, ¡bendita sea! Pero la maldición que pesaba sobre su padre llenaba a María de congoja. Lo peor era no poder hablarle, que él no supiera hasta qué punto lo comprendíamos, porque si lo hubiera sabido se aliviaba. Al menos se sentía más acompañado. Él nos hablaba cuando nos veía en los patios y en los balcones de los López de Villalba y los Ponce de León; aunque no podíamos contestarle se ponía contento de saber que andábamos por allí, y más todavía por lo mucho que siempre ha querido a María.

Casi todos los sangermeños nos ven. Creo que los ayudamos a vivir. Sienten alegría de saber que andamos por ahí jugando a que estamos vivos. Aún amamos la vida sobre todas las cosas y por eso no podemos morir del todo, qué se le va a hacer. A Dios no podemos engañarlo. Yo amo a María más que a Dios y ella me ama a mí más que a Dios. En vez de subir al cielo o bajar al infierno nos hemos quedado en nuestras tumbas y por las tardes salimos por un rato. A veces también salimos por la noche, o por la mañana, todo depende. Don Juan nos había visto, dije, y sabía que conocíamos su desgracia. Fue el Diablo quien nos contó. Nos encontró un día sentados en el techo de la capilla viendo la caída del sol; disfrutábamos el brillo dorado que a esa hora tiene el río Guanaxibo. Vino y se sentó con nosotros a ver el sol. Yo le dije que se fuera:

—Váyase, maldito. Usted no tiene poder sobre nosotros.

Se echó a reír como un loco:

—Tampoco ustedes sobre mí.

Y era como si se jactara de que no podemos espantarlo con un crucifijo como hace la gente. Nuestra única arma es el amor que nos une. Contra eso él sabe que no puede. Entonces le dije a María, bien decidido:

—¡Vámonos!

Lo que él dijo nos paró en seco:

—Tu padre, María, don Juan Ponce de León, el egregio Adelantado, está condenado al infierno.

María quedó paralizada y exclamó:

—No le creo, maldito, miente, ¡miente!

—Cayó en la tentación de beber en el río cuyas aguas dan la inmortalidad. Le tendí esa trampa y no supo resistirse. No ha muerto. Fingió morir en Cuba y ese cuerpo enterrado en la ciudad de Puerto Rico es el de otro.

—¡Miente! —gritó María, furiosa.

—Ya verán que es cierto lo que digo. Pronto volverá a San Germán.

Y al decir esto, el Pata de Cabro desapareció.

Eso fue hace ya más de doscientos años, cuando don Juan regresó convertido en fraile. Un día estábamos en la plaza y él pasó y se quedó mirando al balcón donde Emilia y Leonor Josefa se mecían en hamacas. Se quedó absorto mirándolas y no nos vio, pero María sí lo vio y tuve que abrazarla y besarla mucho. Esa noche durmió en mi tumba. El Demonio había dicho la verdad, cosa extrañísima. Don Juan no podía morir y tampoco envejecer. Estaba condenado a vivir para siempre, y si se desesperaba y maldecía a Dios, el Demonio se lo llevaba derechito al infierno.

Cuando nos dimos cuenta de que don Juan se estaba enamorando de Leonor Josefa, pensamos que Lucifer había vencido. Los vimos quererse y desearse con desesperación y no poder unir sus cuerpos. María rezó mucho porque su padre fuera fuerte, pero cuando lo escuchábamos azotarse era terrible. Una noche Pata de Cabro entró en la celda de don Juan y al rato salió de lo más campante. Daba la impresión de que se divertía mucho con el sufrimiento de su víctima. También torturaba a Leonor Josefa. Un día ella le cortó la cabeza, la muy inocente. Fue la vez en que se quemó la mano al tocarlo.

Después fue aquel lío de Ana Josefina. Se fue con los piratas y regresó al cabo de varios años, viuda, con dos niños y rica, pero tan brava que peleó junto a los sangermeños para derrotar al pirata francés, D'Oregón creo que se llamaba. María y yo nos fuimos a una colina cerca de la playa y vimos el primer y el segundo desembarco de los franceses. Toda nuestra fuerza espiritual la dirigimos a dar ánimo a los defensores. Fueron valientes y pelearon por lo suyo con honor. Ese día nos sentimos orgullosos de ellos y de nuestra patria. Luego Ana Josefina se casó con el teniente a guerra Antonio Ramírez de Arellano y tuvieron cinco hijos más; él ya tenía otros hijos de su primera mujer. Así emparentamos con los Ramírez de Arellano, que también son originariamente de Navarra, del pueblo de Arellano, cerca de Estela.

Ana Josefina fue muy feliz con su teniente a guerra. Se amaron mucho; casi tanto como María y yo. Siempre que paseaban por la plaza los veíamos riéndose, y a veces, mientras fueron jóvenes, montaban a caballo y volteaban juntos las fincas y los hatos. De viejos salían en coche y siempre se estaban riendo. Cuando se emocionaba, Antonio le besaba las manos a Ana Josefina con un respeto y una ternura que María y yo admirábamos. Murieron de vejez y con escasas horas de diferencia, él a las cinco de la tarde y ella a las ocho de la noche. Sus hijos, sus nietos y sus bisnietos, sus tataranietos y otros descendientes han mantenido una tradición de decencia y servicio público que honran a San Germán. Los hombres han sido alcaldes y las mujeres maestras. La primera escuela pública para niñas en San Germán se estableció en el 1817 y su profesora fue doña Teresa Ramírez de Arellano.

No sé si fue Ana Josefina o fue Antonio quien dio importancia a la educación. Ana se había criado entre gentes que valoraban los libros y había visto cómo fray Juan educaba a los hijos de Emilia y Leonor Josefa. Algo aprendió ella también, no sólo del fraile Juan de Sanlúcar, sino de la época en que ella vivió en las islas inglesas, de las que, por cierto, contó muy poco. Ana Josefina hablaba inglés y sus hijos mayores también y quiso que los de Antonio aprendieran. Cuestión que le dio pena que el fraile Juan de Sanlúcar se regresara a España e hizo venir un fraile de la ciudad de Puerto Rico para que fuera maestro de sus hijos. Estuvo poco tiempo. Ana no se dio por vencida y a través de los contrabandistas contrató a un francés, que entró ilegalmente y residió muchos años en San Germán. Se llamaba Mesié Guillot y enseñó a los hijos de Ana Josefina y Antonio y a muchos otros niños de las familias más conocidas como los Del Toro, los De la Seda, los Quiñones, los Quijano, los López de Villalba y los Ponce de León. Los niños de Ana se casaron con los hijos de esas familias y con sus primos, y también con primos segundos y terceros, de modo que finalmente todas nuestras familias están emparentadas. Los hijos y los hijos de los hijos de estas familias se esparcieron por el suroeste de la isla y fundaron Cabo Rojo, Sabana Grande, Mayagüez, Guánica, Añasco y muchos más. Cuando de tanto casarse unos con otros sale un niño de cerebro averiado, lo encierran en un cuarto de la casa para que nadie se entere y allí se pudre año tras año hasta morirse. No se puede saber. Si se sabe es una vergüenza. El orgullo familiar a veces es bueno, porque obliga a la decencia, otorga dignidad y es acicate al entusiasmo de emprender grandes hazañas, pero a veces recurre a la hipocresía y a la mentira y desemboca en el espanto.

La incidencia de idiotas podía haber ido en aumento, mas por suerte en los últimos tiempos han llegado catalanes y corsos y mallorquines para comprar fincas de café y establecer comercios y se han casado con jovencitas casamenteras de estas familias, que los preferían a los primos por el instinto de preservar la raza que llevamos en la sangre a Dios gracias. Europeos como los Tió, los Vivoni y los Esteve se acriollaron muy pronto y luego ni pensaron en Cataluña y ni siquiera en Córcega ni en Mallorca. ¡Qué dulce es esta tierra! La brisa que recorre sus árboles arrulla como una madre. Es una lástima que mi madre nunca viniera a San Germán. Murió soñando con mi regreso a Villalba y nunca se repuso de mi ausencia; fue un vacío que trató de llenar con los nietos. Por desgracia para ella, a mí me tocó ser Caín; los López de Villalba somos una raza de Caínes. No podemos eludir ese destino; aunque lo sepamos y hagamos todo lo que está a nuestro alcance para impedir su cumplimiento cada cien o doscientos años. Nunca se sabe dónde va a recaer la mano de la fatalidad. El caso de José Miguel y José Sancho fue terrible; un hombre tan decente como fue José Miguel, trabajador como pocos y un padre cariñoso y responsable, pero llevaba impreso en su cerebro, desde su nacimiento, asesinar al hermano. Él no lo sabía como yo no lo sabía, yo nunca quise matar a Miguel Juan, era él quien me odiaba, yo sólo me defendí, en el momento en que nos revolcábamos por el piso yo sólo podía pensar en que o era él o era yo. El destino no siempre se cumple de la misma manera; en el caso de José Miguel y José Sancho el asesino era el que odiaba. El destino es seguro, no falla, pero está sujeto a las leyes del azar. Hay épocas de calma, como los remansos de los ríos, que vienen despeñándose cuesta abajo y por ratos se tranquilizan en charcas y lagos. Los hijos de José Sancho y Emilia sólo fueron tres, y los varones no llegaron a desarrollar antagonismos. Ya tenían bastante con el rencor de Emilia hacia José Miguel, pero los nietos dellos sí tuvieron bastantes altercados por asuntos de dineros y porque uno de los muchachos se pasaba cambiando de lugar unos espeques con alambres para apropiarse de un manantial. Un día el muchacho amaneció muerto, bocabajo sobre unas raíces de flamboyán y con un puñal clavado en el corazón. Nunca se supo quién fue, pero la gente sospechaba y el rumor corrió de boca en boca por mucho tiempo. María y yo vimos el cadáver cuando lo llevaron a la capilla de los dominicos, donde lo velaron. No lo pudieron enterrar allí porque ya no había espacio y lo trasladaron al cementerio. La madre lloraba mucho. El hermano también, pero María y yo pudimos detectar en el brillo de sus ojos un regocijo profundo. Nunca nadie supo de su crimen, ni siquiera su mujer, con la que tuvo once hijos. Se necesita mucho carácter y sangre fría para guardar un secreto así durante toda una vida.

Al multiplicarse y mezclarse con corsos, mallorquines, catalanes y otros peninsulares, parece que la sangre se ha ido diluyendo y en lo que va de este siglo no hemos visto a un López de Villalba asesinar a un hermano, pero no me atrevo a asegurar que mi estirpe se haya liberado de ese amargo destino. Probablemente los López de Villalba que se han mezclado muchas veces con los Ponce de León se han liberado; ésos sí. La generosidad y el arrojo valeroso de la raza de don Juan y de María nos borró esa tara. Aunque no me atrevo a asegurarlo; ahora hay unos hermanos López de Villalba en San Germán que no me auguran nada bueno. Son descendientes de José Miguel y aunque los hijos de José Miguel resultaron hombres de bien y se ayudaban unos a otros, muchas generaciones después vuelve a resurgir el destino familiar; es como los ríos, que discurren tranquilos y de pronto se despeñan. María y yo solemos verlos pasear por la plaza y sentarse a tomar el fresco en el balcón de la casona. Los dos hermanos mayores discuten mucho y el padre se preocupa al verlos pelear y les habla de la historia familiar, que lo menos loable en tales casos, bien lo decían los antiguos, es callar, pues el que calla otorga. Ignorar el pasado hace daño y nos induce a cometer los mismos errores. Estos López de Villalba peleones tienen una hermana muy hermosa con cara de ángel que se llama María Leonor y que es muy alegre. María mi mujer dice que se parece a mi suegra doña Leonor en el carácter, en la cara y en la forma de caminar. María dice que su madre se reía mucho, especialmente cuando don Juan le hacía chistes. Yo le digo que sí, pero que María Leonor es más bullanguera, más aficionada a las fiestas y a los bailes. Recuerdo un día en que jugábamos en el jardín de su casa, que es donde está el limonero que a María le gusta. María Leonor bajó al jardín a buscar unos limones para hacer un refresco y nos vio. María quiso irse y yo le dije que no, porque vi en la cara de la niña esa alegría que la caracteriza. En vez de darle miedo o de ir a contárselo a la madre, se sentó en los escalones a mirarnos y a mandarnos besos y a decirnos que nos quería mucho. Entonces, para que no nos escapáramos atravesando la tapia que separa al jardín de la calle, se puso a cantar. Tiene una voz preciosa que nos sedujo. Parecía un ángel de verdad y tan embobados estábamos que no nos dimos cuenta que se acercaba a nosotros poco a poco. Alargó la mano para tocarnos y cuando su brazo atravesó nuestros cuerpos y comprobó que éramos de aire, dejó de cantar. Desaparecimos enseguida y se quedó allí sentada, algo confundida, bajo el limonero. Pero ni eso le quitó su alegría, porque otro día que nos vio, trepados en un árbol de mangó esta vez, nos saludó muy contenta de vernos. Como no se acercó, seguimos comiendo mangós como si no estuviera allí, y ella se reía de vernos la boca y las manos embarradas.

—Qué bueno que les gustan —decía María Leonor— a mí también me encantan.

Sus hermanos se llaman Ramiro y Álvaro, como mis hermanos, qué cosa. Los López de Villalba siempre le ponen los mismos nombres a sus hijos y sólo mi nombre, Lope, es el que nunca volvieron a utilizar, porque dicen que como todavía ando por ahí, mejor es que haya un solo Lope. ¡Esta familia mía tiene cada ocurrencia! Y bueno, el asunto es la hostilidad de Álvaro hacia Ramiro, que es el mayor. Ramiro va a estudiar medicina, eso le dice al padre, a quien no le desagrada la idea. Va a enviarlo a París a estudiar. El problema es que Álvaro también quisiera estudiar medicina, pero el padre le dice que no porque alguien tiene que cuidar las fincas y los hatos. De ahí nace el resentimiento de Álvaro, y María dice que es comprensible pero yo digo que no, debe acatar la decisión del padre, quien ha determinado que sea Ramiro el que vaya a París. Álvaro y Ramiro cuando nos ven en el patio se sonríen; creo que vernos haciendo maromas los divierte. A mí me alivia que se olviden de sus pugnas por un rato, porque lo que yo no quisiera es que el resentimiento de Álvaro siguiera en aumento.

Así estaban las cosas cuando don Juan regresó por segunda vez y lo vimos cruzar la calle y subir las escalinatas. Lo seguimos de lejos para que no se percatara de nuestra presencia y lo vimos besar la tumba de Leonor Josefa. Allí estuvo arrodillado largo rato, hasta que cerraron la capilla. Después lo vimos varias veces a caballo al frente de sus soldados y María daba saltos de felicidad al verlo montar de nuevo, tan gallardo y apuesto, tan señor, suspiraba. Él cuando nos encontraba sentados en las barandas de un balcón nos miraba con mucho amor y decía:

—Ya ves, hija, lo que me ha sucedido.

Y a mí me decía:

—Hijo, Lope, quisiera descansar.

O a veces añadía:

—Siempre pienso en ustedes. Ya veo que cuidan de este pueblo, que cuidan de los míos. Gracias, hijos.

María prefiere que su padre sea soldado a que sea fraile porque se acostumbró de niña a verlo a caballo. Al principio nos asombró que sólo fuera sargento, pero pronto lo ascendieron a teniente. Lo más probable fue que advirtieron su instinto para la guerra, además de su educación y su experiencia, aunque en el fondo yo creo que don Juan tiene corazón de agricultor; cuando cabalga por la llanura mira con nostalgia el ganado y los campos de caña.

Dos o tres meses después de haber llegado, don Juan comenzó a frecuentar las casas de las familias conocidas. Como era un oficial tan caballeroso y culto, se le abrían todas las puertas. Los Ponce de León quedaron impresionados con él y visitaba la casa de la plaza, frente a la catedral de San Germán de Auxerre, casi todos los domingos por la tarde. Fue allí que conoció a María Leonor. Verlo y enamorarse fue una sola cosa. ¡Pobre chica! ¡Tan bella y tan alegre! Se enamoró tan locamente que escribía cartas desaforadas a su prima de la capital, hija de esos parientes nuestros que viven en Santurce, dicen que en una casa rodeada de árboles frutales. Yo no la he visto. A los parientes sí los vemos, porque en las navidades vienen a San Germán y se alojan en la casa cerca de la capilla, la que tiene el jardín con el limonero que a María le gusta. Es una casa fresca y espaciosa; en el segundo piso tiene un balcón del ancho de cinco hombres por dos de sus lados. Detrás tiene una terraza con vista al río y en el fondo del paisaje se yerguen las montañas violáceas de la cordillera. Todas las Navidades la casa se llena de los parientes de San Juan, Cabo Rojo y Mayagüez, y los peones de la finca asan lechones en el patio de atrás. Las cocineras no dan abasto de tanto hacer pasteles, arroz con gandures y plátanos maduros asados. Las fuentes de arroz salen llenitas y humeantes de la cocina y regresan vacías. ¡Qué mucho come esa muchachería! María y yo disfrutamos estos fiestones porque nos recuerdan a los que nosotros hacíamos cada Navidad. Me acuerdo de Crucita y las esclavas bajando al huerto a buscar los ajicitos y el culantro. Ya no hay esclavos como antes; se emanciparon en el 1873 y casi todo el mundo estuvo de acuerdo; el gobierno pagó a las familias que tenían esclavos para que fueran libres. A pesar de esto, los domésticos continuaron en el servicio de la casa, sólo que ahora con paga. Y es que las esclavas de la casa eran como parte de la familia; criaron a los niños y alimentaron a los señores, lavaron la ropa y los pisos por tan largo tiempo, que ya las casas no podían funcionar sin ellas. Casi veinte años después de la emancipación, para las navidades las sirvientas hijas de las que fueron esclavas rayan los guineos y amortiguan las hojas para los pasteles, fríen las almojábanas y preparan el arroz con coco y el majarete. En ocasiones como ésta el fantasma de Crucita se la pasa rondando por las cocinas.

Al igual que cuando María y yo encabezábamos la tribu familiar, durante las festividades la casa es un entra y sale que no tiene fin. En Nochebuena vienen los asaltos de la gente que va de casa en casa cantando. ¡Cómo le gusta la fiesta a esta niña María Leonor! Las navidades pasadas bailó toda la noche y sus primas de Cabo Rojo y Mayagüez también. Desde que se enamoró del teniente Juan Pérez, sin embargo, anda por la casa ensimismada, se pasa el día en un sube y baja las escaleras del jardín que nos tiene preocupados a María y a mí. A menudo se nos queda mirando como quien dice: "¿Qué me sucede? ¡Díganme!", y nos muestra las cartas que le escribe a la prima de San Juan. La primera decía así:

Queridísima Tere:

Ayer lo vi. Iba montado en un caballo blanco y se veía guapísimo. No sé por qué me gusta tanto un oficial a caballo. Será porque sueño que me va a alzar del piso y a montarme junto a él y a llevarme a vivir en un palacio. Al verme me saludó con una inclinación de cabeza y una sonrisa. ¡Tiene un porte tan gallardo! Yo quisiera poder verlo a menudo y que viniera a visitarme a casa de mis padres. Parece que no se atreve. ¿Será por miedo a papá? Yo no creo que el teniente Juan Pérez le tema a nadie. Cuando lo conocí, lo más que me gustó fue que pensé que desconocía el miedo. No puedo haberme equivocado así. Tiene algo muy especial en la mirada, como si hubiera vivido mucho, como si supiera todo lo que hay por conocer. ¡Y yo que casi no salgo de este pueblo! Para las fiestas de Santiago vamos a la casa de tus padres, eso sí, y en las tardes nos paseamos por la ciudad murada. ¡Qué pena que se hayan mudado a Santurce! Aquella casa en la Calle San José, donde tú y yo jugábamos en la sala, a mí me encantaba. Sentábamos a las muñecas en los sillones y las mecíamos como si fuéramos mamás. Nunca me olvido de aquella casa. Desde el balcón veíamos pasar a los soldados. Mi afición a la tropa se origina en aquellos años. Y ahora llega a San Germán este oficial de caballería que y que nació en Burgos. Dice que tiene treinta y dos años, pero se ve mayor. Digo, yo creo, Tere, porque habla como un viejo bien viejo. Que no es que me disguste, pero no se puede saber tanto como él sabe y ser joven, qué sé yo.

No sé lo que me pasa, Tere. Cada vez que cierro los ojos lo veo frente a mí, su mirada azul y su barba rubiona, su cuerpo duro y fuerte. No me importa que sea mucho mayor que yo. ¿Tú crees que se casaría conmigo? A papá no le desagrada; dice que es un hombre muy culto, y eso que a papá no le gustan los españoles. Dice que no le dan puestos de poder político a los puertorriqueños, que los comerciantes españoles explotan a los pequeños agricultores y muchas cosas más que no quiero repetir. Si papá se entera que te escribo esto me regaña. Pero con el teniente Juan Pérez es otra cosa. Dice papá que le parece haberlo conocido toda la vida. La semana pasada estaban sentados en el balcón de la casa de los Ponce de León en la plaza y dice papá que se puso a hablar de los López de Villalba y del castillo allá en Navarra y que el teniente Juan Pérez sabía toda la historia.

—Hay unos mosaicos romanos en los cimientos del castillo —dice papá que dijo el teniente. A través de quién lo supo, papá no me contó, pero está impresionado.

Me haces tanta falta, Tere. ¿Por qué no te casas con ese muchacho Tió que te gusta y te vienes a vivir a San Germán? Así tendría con quien hablar. Mis dos hermanitas son demasiado chicas y no saben guardar secretos. Tú eres mi única verdadera hermana. Cuídate mucho y escríbeme.

Te quiere,
María Leonor

La segunda carta, dos meses después, decía así:

Queridísima Tere:

Papá insiste en que el teniente Juan Pérez es una persona muy especial. Dice que más parece puertorriqueño que español, pues aunque habla con acento de allá, con las erres fuertes y las zetas, profesa un afecto tan grande a esta isla que parecería nació entre nosotros. Opina que los puertorriqueños deben tener mayor gobierno propio y que el gobernador de la isla debe ser puertorriqueño. Bueno, ¿y entonces por qué no se quiere casar conmigo? No me ha dicho nada, Tere; de amores quiero decir. Sólo a veces, si me distraigo, encuentro que él me está contemplando. Le gusta que me siente al piano a tocar danzas y que cante para él.

Tengo poco más que contarte. Los días pasan lentos en este pueblo y vivo para el momento en que logro verlo. Y tú, ¿cuándo te casas? Pienso que ese muchacho Tió tiene suerte, pero más suerte tengo yo porque tendré a mi hermana en San Germán.

Abrazos y besos,
María Leonor

Luego de un año, hubo una tercera carta:

Queridísima Tere:

No te quisiste casar con Tió y me dejaste sola en este pueblo. Cada día estoy más enamorada y cada día me desespero más. Si llego a cumplir veinticinco años sin novio me quedaré jamona. ¡Nadie quiere casarse con una vieja de veintiséis! ¡Y tampoco me quiero meter a monja! Ay, Tere, es que después de conocer al teniente, los demás hombres me parecen bobos. Sólo me gusta Francisco Ponce de León; es un hombre de honor, y más joven que el teniente. Tal vez Francisco se casaría conmigo; cuando nos vemos hablamos mucho, de todo lo que se nos ocurre. No estaría mal casarme con él a pesar del miedo que tenemos a que los hijos salgan idiotas; ¡somos primos innumerables veces! Esa historia del castillo de Villalba nos la han contado año tras año a los dos, y lo que es peor, ambos recordamos los mosaicos. No sé ni cómo, por qué vericuetos de la herencia familiar, el cuadro de doña

Josefa de Estela y Salvaleón está en su casa, sí, en la casa de sus padres al lado de la catedral. Chica, yo prefiero al teniente, pero él parece que me dijera: para allá no voy a mirar, de eso nonines.

¡Me siento rechazada y vieja y apenas estoy comenzando a vivir! Lo que sucede es que llevo demasiado tiempo esperando a que el teniente se decida, Tere. Y total, él se puede regresar a España en cualquier momento, aunque jura que nunca abandonará esta isla. No entiendo. Es como si hubiera estado aquí antes. Vuelvo y te repito que sabe tanto que uno se asusta. Hace un tiempo me dijo que yo le recordaba a alguien y parecieron humedecérsele los ojos. Después se arrepintió de habérmelo dicho porque yo insistía en saber quién era. Le dije que si era a la señora que está en el cuadro en casa de Francisco y se rió mucho.

—No —me dijo—, a ésa no.

—¿A cuál entonces, a cuál? ¡Qué malo eres conmigo! No me quieres decir...

—No puedo, María Leonor. Perdóname, no puedo.

Ya ves, Tere, cómo están las cosas. Yo no creo que él me ame. Pero le conviene casarse conmigo y a la larga me va a querer porque le simpatizo y le recuerdo a alguien a quien sí quiso; eso es lo que pienso. Hermanita, voy a ir a verte pronto para quedarme unas semanas contigo. Necesito tu compañía. Mamá no entiende. Piensa que debo aceptar a Francisco.

—¡Pero si Francisco no me ha hablado de amores! —le contesto contrariada.

—Ya lo hará. María Leonor, ya verás.

Siempre mamá habla con esa seguridad que me pone los pelos de punta.

Te quiere tu prima,
María Leonor

La cuarta carta no tardó mucho y fue breve.

Queridísima Tere:

La semana que viene voy a la capital a pasarme unos días contigo. Prométeme que iremos a pasear a la ciudad murada y que entraremos al castillo del Morro a ver a los soldados. Es bueno que pasemos unos días juntas antes de que te cases con el comerciante español. También quiero conocerlo. Algo tendrá para que tú lo quieras. Papá, como detesta a los españoles, dice que se casan con las criollas por interés monetario. Dice que para los españoles, que son unos cazafortunas, el matrimonio es un negocio. No digo que tu español sea así, pero ¿por qué no te casaste con el corso que me contabas? Bueno, allá tú. Debes estar enamorada. Bien se ve que mi teniente Juan Pérez de Burgos no es un cazafortunas; ya casi no lo veo. Me cuentan que anda en campaña militar por otros pueblos de la isla. En fin, que te veo pronto.

Tu hermana,
María Leonor

Era lógico y razonable que no hubiera más cartas, o al menos, que María y yo no tuviéramos que leerlas. Se ve que María Leonor se sentía bien sola con su amor no correspondido y nos había convertido en sus confidentes. Estuvo como un mes en la capital visitando a los parientes de Miramar y como don Juan Ponce, o mejor dicho, el teniente Juan Pérez de Burgos, andaba en campaña militar por los pueblos del oeste, no supimos más de ellos hasta que él regresó. Al volver lo primero que hizo fue ir a la capilla y besar otra vez la tumba de Leonor Josefa. Como lo espiábamos detrás de un altar pudimos ver que lloraba, pero ahora era de loca alegría. Lloraba y se reía sin poderse controlar; le pasaba la mano a la lápida y volvía a besarla, le hablaba a Leonor Josefa y le pedía perdón, se llevaba las manos juntas al corazón y le contaba cosas que no podíamos oír. Como era un momento tan trascendental no nos atrevíamos a acercarnos. Después fue al altar principal y frente a la Santa Cruz rezaba y daba gracias a Nuestro Creador. ¿Qué podía haberle sucedido? Decidimos entonces aproximarnos un poco, y al vernos don Juan nos miró con un amor inmenso y le dijo a María:

—Hija, al fin he derrotado al Demonio. ¡Hija! ¿Te das cuenta de lo que esto significa?

Y a mí me dijo:

—Lope, hijo, encontré el río. ¿Te das cuenta? ¡Lo encontré! ¡El río del antídoto, Lope, las aguas que me han devuelto a ser mortal!

Y al decir esto volvía a caer de rodillas frente al sagrario, dando gracias una y otra vez.

Mientras esto sucedía yo me di cuenta que el Diablo merodeaba por la capilla y salí buscándolo. Estaba al pie de las escalinatas y echaba chispas por los ojos y fuego por la boca. Su rostro expresaba odio, rencor, traición, asesinato, la suma, en fin, de todos los peores instintos.

—Se ha salvado de ti, maldito —le dije alzando los brazos y dando saltos— ¡Bendito sea Dios! ¡Bendito sea Dios!

Lucifer estaba tan furioso que daba golpes en el aire con su rabo colorado y me amenazó:

—Me la van a pagar. Grandes desastres sucederán a este pueblo y en especial a la familia Ponce de León. ¡Maldita isla ésta! Si pudiera la hundiría en el mar!

Y lanzando improperios y vulgares obscenidades se hundió en la tierra allí justo frente a mis ojos. María y don Juan habían salido y también vieron cómo se abría el terreno para recibirlo. Luego se cerró sin dejar huella, pero el olor a azufre era insoportable. Entonces don Juan nos hizo sentar junto a él en las viejas escalinatas de ladrillo y nos contó lo sucedido:

—Siempre por disciplina bebo en todos los ríos a los que me aproximo. Buscando el antídoto he recorrido el mundo, pero siempre sospeché que las aguas que curaban la maldición del Diablo estaban en mi isla. No sé por qué lo presentía; será que Dios tuvo compasión de mí. He tratado de servirlo y de no ofenderlo. ¡Tuvo compasión! Hace cinco días íbamos camino a Mayagüez cuando, antes de llegar a la ermita de Hormigueros, supimos de unos disturbios en el poblado Rosario y hacia allá nos dirigimos. Era una tarde calurosa y húmeda y subíamos una colina por un camino de tierra, cuando vi un pequeño río que sobre unas piedras ásperas serpenteaba. A ambos lados del cauce crecían unas bambúas hermosísimas, gigantescas plumas verdes parecían al adornar las orillas del río. Por el hábito de siglos, y por el calor de la hora del día, ordené a mis hombres desmontar. Era aconsejable descansar en aquella umbría, les dije. Cuando hice un cuenco con las manos para beber las aguas algo turbias en razón de los aguaceros torrenciales que habían caído, tuve una corazonada: "Éste es, Juan, éste es", me pareció escuchar. Creí iba a desmayarme de tan fuerte que me latía el corazón. Entonces bebí. Sentí una sed de siglos. Volví a llenar el cuenco de mis manos y volví a beber y de pronto me sentí agobiado por un gran cansancio. Me empezaron a doler todos los huesos y el deseo de dormir se apoderó de mi cuerpo. Era como si la fuerza física y la invulnerabilidad de la que había disfrutado por siglos me hubieran abandonado. Me sentí despojado, vacío, desnudo, aliviado. Mis hombres también bebieron, pero a ellos no les afectó en lo más mínimo; a mí me afectó tanto, por el contrario, que creyeron me habría picado alguna araña venenosa. La sospecha de mi increíble hallazgo cobraba peso con cada instante que transcurría y mentí: "Debió picarme un alacrán." Dije eso para poderme recostar un rato y tan pronto armaron una tienda de lonas para alojarme, me introduje en su interior y oculto a las miradas de mis hombres hice, una vez más, la prueba. María, amada hija, cuando herí mi antebrazo con el cuchillo tenía el corazón en la boca. Las manos me temblaban. Vi la sangre brotar y me dolió. Vi que la herida no cerraba y lloré de felicidad. Di tanto las gracias a Dios que me parecía verlo, y también creí sentir que me abrazaba y me consolaba. Una paz tan maravillosa me inundó el alma, que me quedé profundamente dormido y ya anochecía cuando desperté. Los hombres habían levantado tiendas y comían sus raciones y al verlos tomé la decisión de que pernoctáramos allí. El enfermero, quien vino a curarme porque la herida se enconaba e infectaba, se extrañó de que tuviera ese tajo en el antebrazo; me miró sin entender y no le di explicaciones, ni tengo, que para algo soy su superior. Al otro día atendimos el asunto del poblado Rosario, unos agricultores que incendiaron la finca de un español, los trajimos prisioneros a San Germán después de otro asunto en Hormigueros y aquí estamos de regreso y yo tan y tan aliviado y tan feliz de volver a conocer el cansancio y el dolor de huesos, que no tengo cómo explicarlo; no encuentro las palabras, Lope. María, al fin voy a descansar, al fin veré a tu madre; al fin veré a Leonor Josefa.

Así habló el Adelantado y nosotros llorábamos de felicidad al escucharlo y dábamos gracias a Dios por haberle perdonado la soberbia de querer ser inmortal. Como no podemos hablarle, sólo lo oíamos y reíamos o llorábamos con él. Tampoco podemos abrazarlo porque somos de aire, ¡y María quería tanto abrazarlo y besar su frente, besar sus manos curtidas por la guerra, el trabajo y los siglos! Tanto que nos quejamos del cuerpo cuando lo tenemos, que si nos pesa, que si se cansa, que si hay que alimentarlo y duele, que si esto o lo otro, y cuando ya no lo tenemos nos hace falta. ¡Qué no daría María ahora por volver a tener un cuerpo para abrazar a su padre! Pero don Juan está feliz de haberse librado de la maldición y de poder morirse, de sentirse cansado, de tener que comer tres veces al día y ser, nuevamente, un hombre normal. Tanto así, que sucedió lo inesperado. Un día estábamos María y yo debajo del limonero en el patio de los López de Villalba y María Leonor bajó las escaleras pegando brincos de felicidad. Estaba eufórica y traía en la mano una carta dirigida a la prima de San Juan. Quería que la leyéramos.

La quinta carta decía así:

Queridísima Tere:

¡Soy la más afortunada de las mujeres! ¡Al fin mis oraciones han sido escuchadas! ¡Voy a casarme! ¡Sí, sí, con él! ¡Con el teniente Juan Pérez de Burgos! ¿Con quién iba a ser? Anoche vino a casa a pedir mi mano. Papá estaba tan asombrado que no sabía qué decir. Le preguntó a mamá y ella se excusó y vino a preguntarme.

—María Leonor, ¿tú quieres casarte con ese español?

Antes de que terminara la pregunta yo la estaba abrazando y tapándome la boca para no gritar. Abrí los ojos bien grandes y asentí con la cabeza y ¡al fin pude decir!

—Mamá, ¡yo lo amo hace años!

Ella como que no podía creer lo que estaba pasando pero dijo:

—A mí me importas tú. Si es por tu felicidad, sea bienvenido en nuestro hogar.

Me caso, Tere, ¡y pronto! Ya recibirás la invitación.

Un beso,
María Leonor

Al parecer don Juan no se decidía a casarse con María Leonor porque era inmortal y estaba condenado al infierno. No quería hacerle daño a la niña; no quería destruirla como destruyó a Leonor Josefa. Ahora que es mortal es diferente, ahora quiere volverse a casar. Los años le irán doblando el espinazo y sus sienes se cubrirán de plata y quiere envejecer con dignidad. No lo culpo, pero a la vez pienso que don Juan es bien atrevido. Le pide demasiado a la vida. ¡Esa niña es tan inocente! María no recibió la noticia con mucho entusiasmo. Pensaba en su madre, estoy seguro. De todas formas, allí estuvimos el día de la boda; no podíamos perdernos aquel evento. Fue en Catedral, por supuesto, y todas las familias encumbradas de San Germán estaban invitadas. También invitaron a parientes de San Juan, Mayagüez, Ponce, Cabo Rojo, Hormigueros y Añasco. A las siete de la noche, bajo los candelabros de cristal de roca, comenzaron a desfilar hombres, mujeres y niños elegantísimos; las costureras de los pueblos del suroeste no durmieron las dos semanas que precedieron a la boda. Justo a las siete y media llegó María Leonor, en un coche tirado por cuatro caballos blancos. Entró del brazo de su padre por la nave central mientras una soprano cantaba el Ave María de Schubert acompañada por el órgano. María y yo nos ubicamos en el último asiento, aunque nos vieran, qué más da. La gente nos miraba y sonreían, se nota que nos tienen cariño, o que ya están acostumbrados a nuestra presencia. Desde allí vimos a don Juan desposar a María Leonor; el sacerdote al final les dio la bendición. La fiesta fue en los jardines de la residencia de los López de Villalba y bailaron hasta la madrugada; vino una orquesta de Ponce que animó a todos hasta que no hubo quien se quedara sentado. María y yo nos cansamos de ver tanto pariente junto y nos retiramos temprano a la capilla.

De esto hace ya algunos años y don Juan y María Leonor se establecieron en la Calle de la Cruz, en una casa de tres puertas que abren a un ancho balcón en el segundo piso. A veces nos sentamos en el balcón, o nos vamos al patio de atrás, donde hay un árbol de pana y otro de aguacate. A María Leonor le encanta vernos en su casa y a don Juan también, pero casi siempre andamos por los recovecos del jardín de los López de Villalba donde está el limonero, y fue allí donde nos dio la noticia de que iba a tener un hijo. Sin embargo cuando fue a tener su segundo hijo la noticia nos la dio en el balcón de su casa en la Calle de la Cruz. Al vernos vino corriendo desde la cocina. Es una mujer buena y don Juan parece contento y ya empieza a envejecer bastante. Tiene canas en la barba, camina más despacio y padece de problemas de digestión. No se queja nunca. Más bien es lo contrario; diríase que se regocija con sus dolamas, es tan inmenso su alivio y tan infinita su tranquilidad al verse libre del Pata de Cabro.

Envejecer es parte importante de la vida. María y yo envejecimos juntos y por eso nuestro amor es invulnerable a la muerte. La pasión del amor es un misterio. No se explica por qué ni cómo uno llega a querer a otra persona más que a uno mismo. Ya ni se concibe vivir sin la persona amada. Y sin embargo a veces, aunque María ocupa todos mis pensamientos, el recuerdo de Guiomar se me cuela por alguna diminuta, casi imperceptible, grieta en el cerebro. Me debe haber amado mucho para hacer lo que hizo, deslizándose hasta mi dormitorio por las noches. Yo fui un egoísta y la disfruté. No consideré su sacrificio ni el dolor que iba a sentir cuando yo abandonara a Villalba. Ya no podía quedarme. Guiomar lo sabía y no le importó. Había leído mucha poesía provenzal y se atrevió a vivir sus fantasías. Murió joven, es una lástima; creo que ahora la entiendo mejor. Si yo no hubiera matado a Miguel Juan tal vez me habría casado con ella. No habría regresado a San Germán. Ése fue el destino que mi madre vio para mí y no se produjo. A cambio sucedió mi vida con María. Tal vez la casualidad, o el azar, es la dimensión más real del mundo y de las cosas.

Las rencillas entre Ramiro y Álvaro, los hermanos de María Leonor, se han mitigado. No se han visto durante años porque Ramiro estudia medicina en París. Ya se había embarcado cuando don Juan tomó la decisión de casarse y por ello Ramiro no asistió a la boda. Cuando regrese a San Germán veremos a ver qué pasa.

XXIV

El 12 de mayo de 1898, a las cinco horas y 17 minutos de la madrugada, los habitantes de la ciudad de San Juan despertaron sobresaltados. Numerosos proyectiles estallaban contra las paredes de los edificios y el aire del mar llegaba cargado de detonaciones lejanas. Poco después, a las cinco horas y 24 minutos, los muros de las casas se sacudieron y la tierra tembló con las vibraciones de los cañones de los castillos del Morro y San Cristóbal. La sorpresa fue total. Nunca esperaron, ni civiles ni militares, lo que estaba ocurriendo. Frente a las costas de Puerto Rico había, maniobrando en una elipse que iba desde Isla de Cabras hasta Punta Escambrón, la escuadra de los Estados Unidos de Norteamérica al mando del almirante W. T. Sampson. Consistía de siete buques: el Indiana, el Iowa, el New York, el Amphitrite, el Terror, el Montgomery y el Detroit. Cada buque navegaba paralelamente a la costa y hacía fuego por andanadas con sus baterías de estribor. Cuando rebasaba San Cristóbal y estaba casi en Punta Escambrón, viraba al norte y luego al oeste, continuando el cañoneo con sus piezas de babor hasta llegar frente a Isla de Cabras. De esta manera cada buque completaba un circuito y volvía a comenzar. Aterrorizados ante la magnitud del ataque, la población se debatía entre huir, esconderse o ser testigo de los hechos. Hubo aquellos en quienes la curiosidad venció al miedo y al amparo de las murallas observaban las maniobras de los buques enemigos. Hubo otros, ancianos, enfermos, cojos, ciegos a tientas y sin lazarillos, madres con sus hijos de las manos, quienes huían en abigarrado tropel, como un rebaño que se desmanda. Los campesinos, que hacia la madrugada solían entrar a la ciudad para vender sus cargas de aves y vegetales, se daban vuelta a todo correr por la carretera de Río Piedras.

Tres horas duró el fuego, que en todo momento fue desventajoso para los españoles. Por cada cañón en tierra había seis en el mar y la escuadra norteamericana sufrió pocas bajas. La ciudad, por el contrario, quedó muy lastimada; un muro del cuartel de Ballajá se desplomó y la fachada de la Iglesia de San José quedó muy averiada. Algunas casas perdieron pedazos del techo y a otras se les agrietaron las paredes. San Sebastián 2, 9, 15, 19 y 21, San Francisco 20, 21 y 61, Sol 1 y 13, Fortaleza 39, 41 y 47 fueron algunas de las estructuras más dañadas. Era evidente que se intentaba demoler El Morro, pues recibió 32 impactos. El Castillo de San Cristóbal sufrió algo menos, pero hubo artilleros muertos y piezas inutilizadas. A las ocho y media de la mañana todo había terminado. Entonces la ciudad entró en un frenesí de actividad. Se atendían los heridos y se recogían los escombros y los soldados se apresuraban a reorganizarse. En La Fortaleza, el general Macías reunió a sus jefes militares. Después de agrias disputas que cumplieron la función de un bien merecido desahogo, se acordó inicar preparativos para una defensa prolongada.

—Mañana intentarán entrar a la bahía —dictaminó el coronel Camó.

Algunos calculaban que el bombardeo se reanudaría durante la noche y los artilleros durmieron al pie de los cañones y obuses. Ángel Rivero, oficial español a cargo del castillo de San Cristóbal, ha narrado esa noche inolvidable: "Las linternas estaban prevenidas para el tiro de noche y llenos grandes recipientes con agua de jabón para refrescar las piezas; abajo, los artificieros cargaban proyectiles, colocándoles espoletas de tiempo y percusión; a cubierto de las macizas bóvedas, médicos y practicantes disponían vendajes, algodones y frascos de líquidos diversos; se hacía el menor ruido posible, se hablaba y transmitían órdenes en voz baja; la ciudad estaba a oscuras, y ni aun se permitía a los transeúntes encender sus cigarros. Patrullas armadas vigilaban los recintos, y de cuarto en cuarto de hora se oía el ¡alerta!, que corría de puesto en puesto, y era contestado con el ¡alerta está! del último centinela. Desde las cuatro de la madrugada toda la guarnición estaba en pie y en sus puestos de combate; a las cinco, los artilleros entraron en baterías; jefes y oficiales, subidos a los parapetos, examinábamos el horizonte con nuestros gemelos de campaña."

A las cinco y media una leve brisa barrió las brumas de la madrugada y los ansiosos defensores vieron que la escuadra enemiga había desaparecido. Aquí y allá flotaban, como residuos de un festín, cajas vacías que habían contenido pólvora y proyectiles. La decisión del almirante Sampson de retirar sus naves confundió al general Macías y a sus oficiales. Habían calculado erróneamente la estrategia enemiga, mas no por ello dejaron de alegrarse, considerándose vencedores. Habían logrado detener un desembarco; no podían imaginar que el bombardeo hubiera perseguido otro objetivo.

La noticia oficial que informaba sobre la victoria de las tropas españolas llegó a San Germán ese mismo día 13 de mayo de 1898, y el capitán de caballería Juan Pérez de Burgos celebró junto a sus hombres el feliz desenlace. En el cuartel de la Plaza del Rey se dieron vivas y se juró morir por la patria. Esa noche el capitán escribió en su diario:

13 de mayo

Es raro que no intentaran forzar el puerto. De seguro regresan con refuerzos. Probablemente Sampson ande buscando la flota de Cervera y se dirija a Cuba. Por el momento no debemos preocuparnos, pero de lo que no tengo duda es de que los yankis le tienen puesto el ojo a esta isla. En casa de mi suegro, que es desafecto a España, se comentan muchas cosas, como por ejemplo, el que varios puertorriqueños estén colaborando con los norteamericanos. Hace un par de semanas se mencionó un tal Roberto H. Todd y ayer hablaron de un señor llamado Mateo Fajardo. La familia de este último tiene fincas en Hormigueros y mi suegro lo conoce. A veces, cuando los sangermeños comienzan a hablar de política, prefiero retirarme discretamente. No deseo que María Leonor sufra por los desacuerdos entre su padre y yo.

Todo comenzó con el hundimiento del Maine en la bahía de La Habana y la declaración de guerra de los Estados Unidos. Hasta ese momento mi suegro y yo no teníamos mayores desavenencias, pues aunque fuera antiespañol yo le daba la razón. Él defendía sus intereses económicos. Además, abogaba por un gobernador puertorriqueño, opinión que comparto. Pero desde que estalló la guerra es diferente, pues él y muchos como él piensan que Norteamérica los liberará del yugo español y les dará la libertad que ansían. Creo que pecan de ingenuidad, pero si yo lo digo no vale. ¡Habla un español! Así se lo he expresado a María Leonor y ella asiente aunque no parece muy convencida de lo que digo.

Dos días después volvió a escribir:

15 de mayo

En esta guerra no parece irnos muy bien en Cuba. Mi suegro y otros señores de San Germán se alegran dello.

Creo que lo más que ha encendido su resentimiento hacia los peninsulares han sido los privilegios de estos últimos. No sólo ostentamos el poder político y militar sino también el económico. Sé que los comerciantes españoles le prestan dinero a los agricultores y luego les cobran intereses usureros y se les quedan con las cosechas y hasta con las tierras si no pueden pagar. Por eso sucedió lo de aquel español de Cidra, que tuvo que huir cuando los deudores se rebelaron. La mujer del español, que era criolla, quedó a cargo de la casa y hasta allá llegaron los agricultores para exigirle les entregara los libros. Los tenía guardados en un cofre debajo de la cama. Muerta de miedo, ella tuvo que entregárselos e hicieron una fogata con ellos.

Las circunstancias de la guerra nos tienen los nervios de punta. María Leonor hace la que no se quiere dar cuenta y todas las noches, después de cenar, se sienta al piano. Canta canciones españolas y danzas puertorriqueñas. A veces también canta arias de las óperas italianas que ha escuchado en el teatro La Perla de Ponce. Suelen venir compañías de zarzuelas y de ópera y cuando esto sucede los sangermeños van a Ponce a oírlas, aunque a veces algunas cantantes vienen a San Germán. María Leonor no se pierde una. Si yo no puedo acompañarla va con sus padres o con su hermano Ramiro. Como Ramiro estudió seis años en París, es muy aficionado a la ópera. Suele lamentarse de la falta que le hace Francia y es pesado y latoso escucharlo alabar tanto a ese país. Total, yo lo conozco mejor que él y no me impresiona tanto. Me acuerdo de aquellos enciclopedistas con sus infantiles entusiasmos. En realidad, es poco ya lo que puede impresionarme. Cada día me levanto con más dificultad. Es como si tuviera moho en las coyunturas de los huesos. Hasta el café he tenido que dejar. Me daban unas hervideras terribles. También he tenido que dejar el vino, al que, por suerte, nunca tuve excesivo afecto. A pesar de estas molestias me siento bendecido por el perdón de Dios. Si un día siento la tentación de quejarme y, más aún, la de añorar aquella salud que acompañaba mi antigua invulnerabilidad, la descarto como se echa a la basura un hediondo trozo de carne podrida. Que el Demonio aún pueda tentarme me horroriza. De lo que me resta de vida sólo deseo la tranquilidad. Mis hijos son como dos manantiales de agua pura. Cuidarlos y proveer para ellos es mi única ambición.

***

Casado desde hacía seis años con María Leonor López de Villalba, don Juan Ponce de León, bajo el nombre de Juan Pérez de Burgos, fue ascendido a capitán con relativa rapidez en razón del acopio de conocimientos militares que ostentaba. Había vuelto a formar una familia y envejecía con la dignidad que su condición exigía. En su casa en la Calle de la Cruz, la vida se deslizaba plácidamente hasta el advenimiento de la guerra. Eran sólo dos batallones en San Germán, pero formaban parte del regimiento Cazadores de Alfonso XIII. De acuerdo a esto, aquel trascendental día del 25 de julio del 1898 recibieron órdenes de incorporarse a la lucha. Luego que se firmara la capitulación en Santiago de Cuba, una expedición a cargo del mayor general Nelson A. Miles había zarpado el 21 de julio de Guantánamo con el objetivo de invadir a Puerto Rico. Los planes iniciales fueron los de invadir por San Juan o Fajardo, pero Miles se enteró, a través de sus espías, que el gobierno español conocía estos planes y organizaba una poderosa resistencia. Sin la autorización de Alger, el Secretario de Defensa, Miles decidió efectuar la invasión por la Bahía de Guánica. Así tomó la precaución de informarlo a su superior:

22 de julio

"Señor: Nuestro objetivo ha sido el puerto de Fajardo o el Cabo San Juan; pero ha transcurrido tanto tiempo desde que esto se acordó, y tal publicidad se ha dado a la empresa, que indudablemente debe haber llegado a conocimiento del enemigo. Aunque juzgo conveniente hacer una demostración frente a los puertos de San Juan y Fajardo o Punta Figueroa, no estoy resuelto a desembarcar en ninguno de ellos, porque pudiéramos encontrarlos ocupados por numerosas fuerzas españolas.

"Si por medio de un desembarco simulado los atraemos hacia estos puertos, entonces, moviéndonos rápidamente hasta el de Guánica (donde el mar, cerca de la costa, tiene cuatro y media brazas de profundidad, habiendo además facilidades para el desembarco), llegaremos allí desde San Juan en doce horas (una noche) y sería imposible para los españoles concentrar sus fuerzas en el sur antes de nuestra llegada."

Al no recibir respuesta inmediata, Miles asumió toda la responsabilidad del cambio de planes y ordenó a la flota variar de rumbo. El 24 de julio penetró por el Canal de la Mona y navegando con todas las luces apagadas llegó a Guánica a las 5:20 de la mañana del 25 de julio. La expedición consistía de los buques de guerra Massachusetts, Yale, Dixie y Gloucester y diez transportes conducían las fuerzas, que sumaban 3 415 hombres. Los primeros en poner los pies en tierra puertorriqueña fueron 28 hombres al mando del teniente Huse y el teniente Wood y desembarcaron en un pequeño muelle, donde de inmediato arriaron la bandera española e izaron la norteamericana. Entonces los escasos españoles que por aquellos lugares se encontraban y habían acudido, unos doce valientes guerrilleros al mando del teniente Enrique Méndez

López, comenzaron a disparar, forzando a los yankis a buscar protección. Ya levantaban una barricada cuando el Gloucester rompió fuego con sus cañones de tres y seis libras y los españoles se retiraron. El desembarco de las tropas regulares de los Estados Unidos se llevó a cabo sin mayores contratiempos. Así fue entonces cómo, en el día de la fiesta de Santiago Apóstol, patrono de la nación española, mientras en la Catedral de Santiago de Compostela los peregrinos oraban y se inclinaban ante el santo a caballo, y el gigantesco incensario de plata se columpiaba sobre sus cabezas, en la bahía de Guánica se escuchaban los cañonazos de los invasores.

Las tropas españolas, conscientes de su propia insuficiencia para hacer frente al enemigo, pidieron refuerzos a Ponce. Dos compañías del batallón Cazadores de la Patria, al mando del teniente coronel Francisco Puig, llegaron en tren especial. También esperaban las dos compañías del batallón Cazadores de Alfonso XIII que guarnecían a San Germán, pero estas últimas nunca llegaron, porque aunque se pusieron en camino, el comandante Espiñeira no siguió adelante al escuchar las historias del poderío militar norteamericano que contaban los campesinos. No andaba del todo desacertado el general Miles al haber considerado el apoyo que los puertorriqueños iban a dar a los yankis como un factor decisivo. El capitán Juan Pérez de Burgos, quien formaba parte del batallón Cazadores de Alfonso XIII al mando del comandante Espiñeira, transcribió sus pensamientos ese día, y durante las dos semanas que le siguieron hizo otro tanto.

25 de julio

Los yankis han desembarcado. Era de suponer regresarían, pero al hacerlo por Guánica nos han tomado por sorpresa. Es astuto ese general, de quien me cuentan que derrotó a un líder de los indios de Norteamérica, uno a quien consideraban invencible; creo se llamaba Gerónimo. Recibimos órdenes de incorporarnos a las fuerzas del teniente coronel Francisco Puig y ya estábamos en camino, ansiosos de combatir al invasor y de expulsarlo de nuestras playas, cuando nos topamos con unos campesinos que venían de Guánica. Caminaban por el medio del camino de lo más tranquilos, pero al vernos empezaron a hablar sin ton ni son, urdiendo unas historias a las cuales no debimos dar crédito alguno. ¡Si andan descalzos y lo único que comen es plátano hervido! Que si eran miles de tropas las que desembarcaron, que si los barcos eran tantos que cubrían el horizonte, que si los cañones de guerra eran más de quinientos y habían hecho cenizas el poblado. Contaban y no paraban de contar, hablando desordenadamente, y no había manera de enderezar la información. Quise aconsejar al comandante que hiciera caso omiso a estos relatos, pero Espiñeira tomó en serio lo que a todas luces era fantasía y, por qué no, entusiasmo. Sé que esas gentes nos detestan; lo he comprobado en muchas ocasiones. Están bien contentos de que los yankis nos hayan invadido. ¡Qué cabrones! No sé por qué de pronto me he acordado de los indios que había en esta isla cuando arribé a sus playas por vez primera. Recuerdo el odio con que nos miraban cuando los traspasábamos con nuestras espadas, en aquella ocasión en que cruzamos la cordillera para castigar a los que mataron a don Cristóbal de Sotomayor. Lope siempre decía que eran unos cabrones antes de caer sobre ellos, para así partirlos en dos con el brío juvenil que lo caracterizaba. Estos jíbaros son blancos en su mayoría, algunos son mulatos, negros son los menos, pero me recuerdan a los indios. Lo que los hermana debe ser el rencor que emite la mirada de los que se sienten humillados. Espiñeira se impresionó con los relatos mientras a mí me impresionaban las raíces tan hondas del odio que la humillación ha sembrado. Es un buen soldado este comandante, pero las botellas de vino del valle del Rioja son su debilidad y a menudo ignora dónde se encuentra. No quiero pensar que interpretó el ánimo de los jíbaros como miedo porque ese sentimiento era el que se alojaba en su corazón. Sea por la razón que fuera, nos ordenó no continuar y regresar a San Germán, donde permanecemos en espera de nuevas órdenes del general Macías.

26 de julio

Nos hemos enterado que las fuerzas del teniente coronel Puig han entablado combate con los yankis y que han sufrido algunas bajas. La tropa carece de provisiones y han tenido que comer quenepas y mangós, además de mazorcas de maíz que han ingerido crudas a falta de otra cosa. Los soldados arrancaban las mazorcas de las matas y desayunaban allí mismo, en medio del campo. Esto me lo cuenta un campesino que entró a San Germán para vender yautías, calabazas y tomates. Nuestro campamento está ubicado en las afueras de San Germán, y estamos alertas, listos para entrar en acción en cualquier momento. María Leonor vino a visitarme acompañada de los niños y los estuve abrazando largo rato. Sé que teme por mí. Es una niña alegre y buena; quiere y cuida a mis hijos. Debo decir nuestros hijos; soy muy torpe. María Leonor me ha proporcionado unos años de descanso espiritual, libre al fin del Maligno, pero no me conoce verdaderamente. Cree que soy alguien que no soy. Jamás entendería. La verdad le haría daño, igual que le hubiera hecho daño a Leonor Josefa. Sólo quise sentir de nuevo, como cuando era niño, la protección de una mujer. Cuando me di cuenta que se había enamorado de mí, me atreví a pretender disfrutar de su amor. Debo ser más honesto. Debo decir que necesitaba su amor. Aunque es sólo una niña, es muy maternal e intuye mi necesidad.

Digo que es buena, pero es una López de Villalba desde los pies a la cabeza. Habla del castillo como si hubiera estado allí. Dice que un antepasado del siglo dieciséis, de nombre Sancho, se pasó toda su vejez, que fue larguísima, contándole historias a los nietos, bisnietos y tataranietos. Debe referirse al hijo mayor de Lope y María, a quien conocí de niño antes de fingir mi muerte e irme a Cuba. Dice que el viejo Sancho recitaba romances de memoria, y para darme el ejemplo me repite los versos del conde Fernán González:

que vayades a las Cortes
que se hacían en León;
que si vos allá vais, conde,
daros ha buen galardón.

Es asombrosa la memoria de esta raza. Heredan el recuerdo como se hereda el color del cabello y el tamaño de la nariz. Lope siempre lo dijo, que ellos eran así. Pena que ya no puede hablarme, pero verlos a él y a María me produce una alegría profunda.

28 de julio

El general Macías ordenó la retirada de los Cazadores de la Patria al mando del teniente coronel Francisco Puig. Me cuentan que éste se ha resistido a replegarse y dar la espalda al enemigo, pues andaba animoso y jovial y muy seguro de vencer unas tropas que le parecían bisoñas e indecisas, pero ha tenido que obedecer al general. La retirada comenzó ayer a las nueve de la mañana. Salieron de Yauco hacia Sabana Grande.

No tenemos más noticias. Nosotros seguimos acampados en las afueras de San Germán y no sabemos qué hacer porque recibimos órdenes contradictorias. Un día llega un telegrama ordenando que procedamos al ataque y al rato llega otro dando contraorden. Ardo en deseos de caerle encima a esos yankis. No me van a quitar mi isla; yo no los voy a dejar. Lucharé hasta la muerte por este pedazo de tierra, por este mundo que he construido con mis propias manos. No importa tanto que los españoles se vayan, pero si los yankis vienen y se apoderan de nosotros, van a dejar su huella. Son gente muy agresiva.

30 de julio

Ayer entraron las tropas norteamericanas en Yauco. Dicen que el pueblo los recibió como a héroes aunque, según me informan, fueron los pobres los más festivos. Daban gritos y saltos y hasta corrían como locos. Me duele decirlo, pero quien me lo dijo no mentía. En horas de la mañana se izó la bandera de los Estados Unidos en la Alcaldía. El día antes se había izado en Ponce. El general Miles amenazó con disparar los cañones de sus barcos contra la hermosa ciudad, y los cónsules extranjeros negociaron la rendición para salvarla de la ruina. A las cinco de la tarde del día 28, según informes, el general Miles recibió a todas las autoridades de la ciudad en el salón de actos de la casa municipal y en un breve discurso aseguró respetaría la religión y las costumbres del país. Rogó a los funcionarios permanecieran en sus puestos y mantuvieran el orden de la población y de sus barrios. Su discurso fue traducido a los asistentes por el cónsul inglés Fernando M. Toro. Una vez terminado el acto, el general regresó al Yale, el cual se encuentra anclado en el puerto de Ponce.

31 de julio

Seguimos sin órdenes precisas. En Ponce el enemigo ha desembarcado tropas adicionales, pero aún permanecen inactivas.

1 de agosto

También a Guánica han llegado más barcos. Según nuestros informantes, desembarcaron alrededor de 2 896 hombres entre oficiales y soldados. Un contingente se dirigió a Ponce y otros se alojaron en Yauco. Aún desconocemos su plan de acción.

2 de agosto

Recibí hoy una noticia de Arecibo que me ha entristecido. El teniente coronel Puig se disparó un tiro de revólver sobre la sien derecha. Su cadáver fue hallado esta madrugada por un pescador. Al parecer, la noche antes había bajado a la playa vestido de uniforme de gala y con todas sus armas. Cumpliendo con el ritual de los guerreros de la antigüedad, optó por salvar su honor quitándose la vida; como Marco Antonio. La retirada de sus tropas a través de Peñuelas, Adjuntas y Utuado había sido desastrosa. Cuentan que se abrían paso bajo una lluvia torrencial; hombres y caballos rodaban por tierra a cada momento. Puig tuvo que ordenar a los soldados que abandonaran equipo e incluso las mochilas para poder llegar a Adjuntas.

Al arribar a Arecibo, después de cruzar la isla de sur a norte durante veinticuatro horas sin descanso ni comida, le fue entregado un telegrama destituyéndolo de su puesto. Puig quería hacer frente a los yankis y le ordenaron retirarse. Yendo en contra de su propio criterio, obedeció, y fue castigado por ello. Injusticia tan grande es espantable. Pienso que el general Macías y su Estado Mayor no han organizado bien la defensa. Cierto que los campesinos no ayudan; a veces sus historias y acciones ambiguas parecen actos de sabotaje contra nosotros. Somos poco más de 8 000 soldados regulares y los invasores ya suman muchos más, dicen que alrededor de 25 000, pero si todos los puertorriqueños se hubieran unido a nosotros como voluntarios en la defensa de esta tierra, no habría quien pudiera derrotarnos. Este hecho es una realidad y no se puede tapar el cielo con la mano, como bien dice el refrán, pero he decidido que yo, al menos, pelearé hasta el final. ¡Viva España! Así lo he expresado al comandante Espiñeira y él se siente igual.

3 de agosto

María Leonor ha venido de nuevo al campamento acompañada de los niños. Me ha traído unos dulces de mangó y un caldero de arroz guisado con habichuelas blancas. Se preocupa por mi alimentación y porque duerma bien. Le he repetido hasta el agotamiento que no hay de qué preocuparse, pero es poco el caso que me hace. Sin duda es una digna descendiente de doña Josefa de Estela y Salvaleón.

4 de agosto

Recibimos informes contradictorios sobre los movimientos de las tropas enemigas. Al parecer se reorganizan después del desembarco. El comandante Espiñeira ha recibido órdenes de incorporarse a las guarniciones de Mayagüez. Salimos mañana a primera hora.

5 de agosto

Estamos acampados en las afueras de Mayagüez, cerca del cementerio. Los campesinos huyen de nosotros y se esconden en los montes, pero en el pueblo es diferente. Esta tarde pude conversar con un español casado con una puertorriqueña. Es curioso que, aunque los criollos odian a los españoles, a las mujeres criollas les encanta casarse con ellos. El español es panadero y repostero en Franco y hermanos, un negocio de gallegos. Él también es gallego y vino a trabajar por una temporada, pero se enamoró y se quedó. Él fue quien me contó que la gente estaba bien contenta con la invasión. Tiene que ver con los compontes, me dijo. Él vivió esa experiencia. Yo aún no había regresado a Puerto Rico para esa fecha, el 1887, pero cuando llegué todavía se hablaba mucho de la crueldad de los soldados españoles. Torturaban a los campesinos para que confesaran si habían incendiado la finca de algún peninsular. También los torturaban si pertenecían a algún grupo separatista o autonomista. El general Romualdo Palacios se había impuesto la tarea de descubrir una conspiración contra el gobierno español. Exceso de celo, el de ese señor, aunque era natural que a la postre hubiera un levantamiento. ¿A quién le gusta que venga gente de afuera a mandar?

6 de agosto

El mes de marzo pasado, el Partido Autonomista ganó las elecciones. Yo voté por ellos. Habrían ganado mucho antes si hubieran permitido votar a los pobres; ésta fue la primera votación donde pudieron participar. Ya íbamos en camino de alcanzar las libertades fundamentales y ahora esto. Qué extraño destino el de mi isla; lo difícil que se le hace ponerse en pie.

9 de agosto

Una expedición de casi tres mil soldados yankis ha salido esta mañana de Yauco, camino a Mayagüez. La dirige el brigadier general Teodoro Schwan y han acampado en las afueras de Sabana Grande. Estas tropas siguen el camino indicado por el escucha puertorriqueño Eduardo Lugo Viña. Mateo Fajardo, ése que según mi suegro pertenece a una familia de hacendados de Hormigueros, también acompaña al general Schwan y ostenta el grado de coronel. Va al lado del general orientándolo en lo referente a un terreno que conoce bien. Es una ventaja militar considerable. Y me pregunto: ¿qué oscuro y torcido impulso lleva a este hombre, un señor con todas las de la ley, a unirse a los norteamericanos? Se engaña si piensa que son unos redentores y nos van a ofrendar la libertad. Nosotros los puertorriqueños somos ingenuos; y me cuento entre ellos a pesar de haber nacido en San Tervás del Campo. ¿Quién iba a decir hace seis años, cuando me casé, que los Estados Unidos iba a invadir a Puerto Rico? Ahora que me acuerdo, en San Germán creo haber escuchado un chisme sobre Mateo Fajardo. No estoy seguro de que era él, pero contaban de una señora que enviudó y al cabo de varios años tomó por amante a un mayordomo. Tenía tres hijos quienes, al enterarse de los amoríos de su madre, decidieron rifarse el privilegio de matar al amante. ¡Cuestiones de honor! Le tocó a Mateo y salió huyendo en una balandra después de perpetrar el crimen. Ahora regresa con quienes se lo permiten, con quienes a cambio de su colaboración le perdonan su ofensa. ¡Así se vende la patria! Puede que no sea cierto y sea sólo un rumor, puede ser que algún enemigo desee difamarlo, puede ser que la historia se refiera a otra familia, pero si fuera Mateo Fajardo, explicaría su proceder.

Mañana haremos frente a los yankis. ¡De aquí no pasarán! En el camino entre Hormigueros y Cabo Rojo hay unas colinas donde podremos tomar posiciones ventajosas.

10 de agosto

La tropa está extenuada, hambrienta y con los uniformes destrozados. Hemos acampado sobre el camino de Maricao, en espera de volver a dar batalla mañana.

     La refriega de hoy duró más de tres horas. Hacia la madrugada nos habíamos trasladado a Hormigueros. Subimos hasta la Casa de Peregrinos y consideramos las posiciones más ventajosas en las lomas cercanas. Hacia las doce, cuando nos disponíamos a almorzar, sonaron los primeros tiros. Eran los guerrilleros que yo había apostado en la carretera de Hormigueros, quienes disparaban a los escuchas de Lugo Viña. De inmediato ocupamos las posiciones estudiadas, a espaldas del cementerio, sobre unas alturas llamadas de Silva.

     Al poco rato llegaron informes sobre la ubicación del enemigo. Decían que alrededor del mediodía habían entrado triunfalmente en San Germán. Cuando escuché esto se me formó un taco en la garganta. ¡Mi bella ciudad en manos de los yankis! El sólo pensarlo me enfurecía y me arengaba a luchar. Creo que tanto yo como mis hombres estábamos dispuestos a todo cuando avistamos la vanguardia de las tropas. Dejé que avanzaran un trecho, y después que pasaron el puente de hierro ordené hacer fuego. Descarga tras descarga llovía sobre ellos. Cayeron varios soldados y algunos caballos. Jinetes, infantes y artilleros, confundidos, se arremolinaron en un montón. Tal parecía que no esperaran ser recibidos por una balacera. Algunos buscaron protección detrás de unos grandes árboles a orillas del río Rosario. No podían precisar nuestra posición debido a que utilizábamos pólvora sin humo, pero al cabo calcularon la dirección de las detonaciones y se reorganizaron. Emplazaron sus cañones y nos causaron bajas, pero lo más que nos afectó fueron las ametralladoras, que primero nos disparaban desde las orillas del río, y más tarde a la derecha, y más allá del puente de Silva.

Estábamos en desventaja en número y armamentos, pero a pesar dello sostuvimos la posición por más de tres horas. Yo tenía muertos y heridos y mandaba avisos a las tropas del coronel Soto emplazadas en el cerro Las Mesas, para que me enviaran refuerzos y municiones. No obtuve respuesta y tampoco me enviaron víveres ni agua. Cuando ya se terminaban los cartuchos di la voz de asegurar en los fusiles los cuchillos Máuser. Estaba decidido a caer sobre el enemigo con nuestras bayonetas y entablar un combate cuerpo a cuerpo. Justo en ese momento, el comandante me mandó llamar y me hizo varias preguntas acerca de lo sucedido y de nuestra actual situación. Fui muy breve e insistí vehementemente en la necesidad de refuerzos. También le informé que iba a lanzarme sobre el enemigo para traspasarlos con nuestras bayonetas. Cuando regresé hasta donde habían estado mis hombres, no los encontré. El capitán Huertos los había hecho retroceder a un punto que pude ver y corrí a incorporarme. El coronel Soto cubrió la retirada desde el cerro Las Mesas y continuamos atravesando los montes hasta llegar aquí. Yo no hubiera ordenado retirarnos aunque me lo pidiera el coronel. Todavía no entiendo bien lo que sucedió.

***

Hasta aquí lee el diario de Juan Ponce de León, quien fue soldado del rey Alfonso XIII durante la Guerra Hispanoamericana bajo el nombre de Juan Pérez de Burgos. El 13 de agosto, mientras intentaba cruzar un río durante la retirada de las tropas españolas, un balazo en la cabeza puso fin a su vida. El cadáver, junto con las pertenencias, fue entregado a su familia en

San Germán. El diario del valiente capitán es considerado por sus descendientes como un tesoro inapreciable y como tal lo guardan.

XXV

Trajeron el cadáver de don Juan y lo velaron en la capilla donde descansan los restos de tantos de sus descendientes. María al enterarse de su muerte sintió mucha pena, pero luego recordó lo que él le dijera al librarse del Maligno y recuperar la posibilidad de la muerte: que ahora podría volver a ver a doña Leonor y a Leonor Josefa. Eso la llenó de consuelo porque lo sintió acompañado por ellas y disfrutando de la dicha sin límites de los bienaventurados.

A don Juan le rindieron honores militares en su funeral, y los numerosos oficiales norteamericanos que asistieron fueron los primeros en ensalzar su heroísmo. Morir en batalla es la mayor gloria posible para un soldado, dijo el capitán Smith, a quien le fue encargado despedir el duelo. También dijo que la admiración hacia el enemigo intrépido y valeroso es el privilegio del soldado y una de las pocas satisfacciones de la guerra. Nosotros no entendíamos ni papa de lo que decía, pero Ramiro, quien habla inglés además de francés, se encargó de traducir palabra por palabra. Habían trasladado el cadáver de la capilla al cementerio en un coche tirado por seis caballos y cubierto de flores blancas. Detrás marchaban soldados armados y un contingente de músicos. María y yo observamos la ceremonia escondidos detrás del panteón de los Ramírez de Arellano, donde descansan los restos de Ana Josefina, Antonio, sus hijos, nietos, bis-

nietos y demás descendientes. A don Juan lo enterraron en el panteón de los López de Villalba, porque
aunque no era uno de nosotros, lo era en realidad;
eso dijo el suegro al dar su consentimiento. María
Leonor se lo había pedido entre sollozos y no pudo
negarse, ni aunque el muerto fuera español. El suegro
también dijo unas palabras frente al ataúd.

—Era un verdadero soldado y un caballero
—logró decir, pero estaba muy afectado y no pudo
continuar.

Entonces Ramiro tomó el lugar del padre y
habló de las cualidades del capitán Juan Pérez. Lo que
Ramiro más apreciaba era su vasta e inconmesurable
cultura, que era tan asombrosa, dijo, que ni en París
había conocido algo semejante.

—¿Por qué cuando habla siempre tiene que
mencionar a París? —me comentó María, bastante molesta.

Yo no supe qué contestarle, porque es verdad
que Ramiro resulta pesado con sus constantes refe-
rencias a París. No tengo idea a lo que se refiere, porque no conozco a Francia y poca falta que me ha
hecho. Es como una manía que adquieren los que han
estudiado en Europa o en Estados Unidos, la de andar
comparándolo todo con el otro país que conocieron.
Ni a María ni a mí nos es posible opinar, ya que aunque nací y me crié en Villalba, en todos estos siglos
no he salido de aquí, y María ni siquiera recuerda a
España, pero don Juan había viajado el mundo entero
y prefirió regresar a San Germán. Él decía que éramos
su gente y que eso era lo más importante.

De todos modos era incómodo ver cómo lo
enterraban sus enemigos. Los músicos tocaron el himno de la nación española y luego tocaron el himno de
Washington. Menos mal que envolvieron el cadáver
en la bandera española y que frente a su lápida des-
plegaron otra bandera de oro y grana.

Álvaro también estaba presente en el entierro y sintió mucho la muerte de su cuñado. Se habían hecho bastante amigos y don Juan le alababa mucho su habilidad para los negocios, en especial las fincas de caña de azúcar, las cuales cuidaba con esmero. Álvaro había comprado maquinaria en Inglaterra para montar una central azucarera donde se refinara el azúcar hasta ser blanca como la nieve, porque así la querían en el mercado internacional y muy especialmente en los Estados Unidos, y a don Juan le había parecido una excelente idea. Creo que se preocupaba mucho por ensalzar a Álvaro para que no se le encendiera la envidia al hermano. Pero no hay caso. Ramiro regresó hecho todo un doctor en medicina y montó una oficina en la Calle Luna. Siempre está atestada de gente. El prestigio de su oficio es grande, porque un médico es algo así como un sacerdote pero mejor, porque cura el cuerpo, que es el origen tanto de nuestros grandes placeres como de la mayoría de nuestros sufrimientos. Los médicos disfrutan de prestigio y de mucho poder. Ese hecho le revuelca la bilis a Álvaro, pero lo más que lo fastidia son los humos de superioridad que se da Ramiro en razón de su educación parisina. Yo espero que no tengamos que despertar un día con la noticia de que han encontrado el cadáver de Ramiro en la zanja de un cañaveral.

María Leonor percibe la rivalidad entre sus hermanos y, como conoce tan al dedillo la historia familiar, se la pasa preocupadísima.

—Yo sé que tiene que pasar —nos dice cuando, a raíz de un altercado entre los hermanos, nos va a buscar debajo del limonero.

Entonces protesta, dando puños en el aire:

—¿Por qué ellos, por qué?

No podemos consolarla. Nunca se sabe por qué el destino escoge a unos y a otros no. La pobre estaba fuera de sí al enterarse de la muerte de don Juan.

Cuando le trajeron el cadáver a su casa en la calle de la Cruz, sus gritos se oían hasta en la capilla de los dominicos. La familia se asustó y Ramiro tuvo que administrarle calmantes para controlarle la histeria. Amaba a don Juan verdaderamente y hasta María tuvo que aceptarme ese hecho. Durante casi un año dejó de ser la niña bullanguera y alegre que había sido. Estuvo largos meses sin poder leer el diario de don Juan; lo tenía en su dormitorio, sobre una consola y junto a una estatua de la Virgen María, y no encontraba cómo abrir sus páginas. Finalmente encontró el valor para hojearlo; es una mujer valiente y decidida que odia el miedo. Si es necesario hacerle frente a algo, ella puede temer al principio, pero toma la determinación de atreverse y se atreve. Entonces lo abrió por el mismo medio. No sé lo que leyó, pero no fue mucho pues lo cerró enseguida y se puso a llorar. María y yo andábamos por su casa ese día y decidimos irnos por respeto a su dolor.

A la tarde siguiente, a eso de las cinco, nos fue a buscar al patio de sus padres, donde solíamos subirnos a los árboles de mangó y de aguacate. Estábamos en lo alto de una rama, columpiándonos, cuando la vimos allá abajo con el diario de cuero rojo apretado contra su pecho.

—¡Bajen, bajen, por favor! —nos suplicó.

Bajamos y nos sentamos debajo del limonero y ella se sentó a cierta distancia de nosotros.

—Antiguo abuelo Lope —me dijo juntando ambas manos como si rezara— yo necesito una explicación. ¡Háblame! ¿Qué era lo que si yo sabía iba a hacerme daño?

Yo sólo pude mover la cabeza negativamente, porque no me es posible hablar con los vivos, y debo haber puesto una cara muy triste porque ella no insistió.

—El Diablo se había apoderado de su alma...

Sólo pudimos asentir y ella continuó:

—Pero logró vencerlo, ¿verdad que sí?

Volvimos a responder afirmativamente. Entonces María Leonor volvió a apretar el diario contra su pecho y sonrió.

—Él no me amaba tanto como yo a él. Amaba a otras mujeres que nunca conocí. Pero no importa. Yo tuve el privilegio de amarlo y él respetó mi amor. No me engañó.

Besó el diario y se puso de pie.

—Además, tengo sus hijos.

Se fue con la cabeza en alto y abrazada al diario de don Juan y estuvo varias horas caminando las calles de San Germán. Subía por la Calle de la Cruz y al llegar a la Calle del Ferrocarril doblaba hacia la izquierda, y pasando la estación del tren doblaba de nuevo para bajar por la Calle Esperanza. Bajaba hasta detrás de catedral y doblaba a la derecha para volver a la Calle de la Cruz. Nadie la molestó. La joven viuda era admirada por todos y la forma en que ella escogiera desahogar su pena era digna de la mayor consideración. Nosotros la seguíamos de lejos para asegurarnos que nada le sucediera. Hasta estuvo un rato sentada en un banco de la estación, como si esperara el tren que la llevaría a encontrarse con don Juan. Pero el tren que llegó traía soldados norteamericanos y al verlos pareció volver a la realidad e invirtiendo su ruta bajó por la Calle de la Cruz y regresó a su casa. Un mes más tarde aceptó una invitación a pasear que le hizo su primo Francisco Ponce de León. Fueron al campo. Salieron por la carretera hacia Lajas y regresaron al atardecer. Desde ese día María Leonor iba a pasear con su primo al menos una vez por semana y se la veía descansada y risueña cuando venían de regreso.

Un domingo los vimos salir por la carretera hacia Hormigueros y nos estuvo raro que viraran a la izquierda, como si entraran a una finca. Picados por la curiosidad nos desplazamos hasta allá y, ocultos en lo alto de las ramas de los muchos y frondosos árboles que allí había vimos algo que al principio nos produjo cierta vergüenza, pero que luego nos divirtió mucho. Francisco y María Leonor habían estacionado la calesa debajo de un árbol y se besaban con una pasión desenfrenada. Él le agarraba la cabeza con ambas manos al besarla mientras ella le acariciaba el cuello y la espalda. Él le mordía los labios y las orejas y ella gemía de dolor y de gusto. Entonces ella se abría la blusa para que él siguiera besándola y él enloquecido le chupaba los pechos, se los mordía, le levantaba la falda y allí mismo, en el asiento de la calesa, la hacía suya en medio de un revoltijo de tafetanes y algodones. Otro día que María y yo decidimos espiarlos de nuevo, fue la apasionada María Leonor quien le bajó los pantalones a Francisco y jugó un buen rato con su miembro varonil. De modo que cuando la joven viuda le anunció a sus padres que deseaba volver a casarse, la noticia sorprendió a todos menos a nosotros. Francisco pidió la mano de María Leonor muy formalmente, y los padres, por supuesto, no se opusieron. ¡Ya era suficiente tristeza para una niña tan alegre! Era hora que rehiciera su vida, dijo la madre, a quien la noticia tampoco pareció sorprender demasiado.

Así recuperó María Leonor su alegría para el bien de sus hijos y la felicidad de Francisco, quien, esperándola, nunca se había casado. El pueblo entero celebró el matrimonio y fue lindo tener algo que celebrar, porque desde que los norteamericanos entraron a San Germán todo se ha vuelto muy confuso. Ellos hablan inglés y nosotros español y no nos entendemos. Ellos piensan que nuestra gente es sucia, desordenada y holgazana, y nosotros pensamos que ellos son ignorantes, de memoria reciente, sin el peso y la solidez que otorgan los siglos vividos. No fue así al mero principio. Las tropas yankis entraron a San Germán alrededor de las doce del mediodía del 10 de agosto del 1898. El general Schwan, acompañado de su Estado Mayor, ayudantes y entre éstos el coronel Fajardo, penetró en la casa de un prominente vecino, el señor Servera Nasario, y pidió una tisana porque venía algo enfermo de los intestinos. La señora Nasario atendió personalmente al general, quien se detuvo por espacio de dos horas en la residencia. Quedó tan complacido y repuesto, que ordenó a los músicos entonar una marcha en honor a doña Apolonia Nasario. El general Schwan era todo un gran señor, lo supe al verlo y se lo dije a María para tranquilizarla. Era alto y enjuto, rígido y silencioso, con un rostro cuadrado por prominentes pómulos. Además, lucía un poblado bigote, lo cual es signo de distinción en hombres de su categoría. María y yo lo inspeccionamos con detenimiento, pues no queríamos perdernos ni un instante, ni tan siquiera un rinconcito del histórico momento. Luego el general Schwan y su Estado Mayor montaron sus caballos y se unieron a la tropa, que había acampado en las afueras de San Germán. Desde el techo de la capilla los vimos alejarse camino a Hormigueros. Al rato se escucharon disparos y María y yo nos debatimos si ir hasta allá. No podemos alejarnos demasiado de las tumbas, le dije, pero ella insistía en que quería ver lo que pasaba. Entonces fuimos a un monte cerca de Hormigueros y vimos lo que sucedió. Considero que don Juan peleó como un valiente. Fue una batalla desigual porque los yankis eran muchos más y tenían esos potentes cañones y esas ametralladoras que barrían el terreno con sus descargas.

Luego que las tropas españolas se retiraron al cerro Las Mesas, los norteamericanos acamparon cerca de Mayagüez. Aunque María y yo regresamos a la capilla esa noche, al otro día tempranito volvimos para ver la entrada de las tropas yankis en Mayagüez.

Era una mañana calurosa; el sol de agosto azotaba los techos y los muros de las casas sin compasión. Había llovido torrencialmente la tarde anterior y aún había charcos en algunas esquinas y cunetas. El agua, al irse evaporando, producía una especie de bruma casi imperceptible; los soldados se movían incómodos y como asfixiados bajo sus uniformes, tal parecía sintieran como si los cocinaran a fuego lento. El general Schwan iba al frente de sus hombres y entraron por la calle del cementerio. Luego doblaron a la derecha hasta llegar a la Plaza Colón, donde se detuvieron frente a la Alcaldía. Schwan tenía instrucciones del general Miles de tomar prisioneros a los soldados españoles que encontrara, pero no había ni asomo de uno por parte alguna.

La entrada de los invasores a Mayagüez pareció entonces más un carnaval que una guerra. Las aceras, balcones, ventanas y azoteas estaban atestados de curiosos que aplaudían y vitoreaban al pasar los soldados. En algunos lugares hubo mujeres que lanzaron flores y los caballos caminaban sobre lechos de amapolas, rosas, margaritas, canarias y claveles. Hubo soldados que caminaron bajo una lluvia de flores rojo fuego arrancadas a la rama de un flamboyán. Cierta dama anciana y ricamente vestida arrojó desde su balcón pequeñas monedas de plata, que emitían sus destellos entre los pétalos. María y yo notamos, sin embargo, que las casas de las familias más prominentes permanecieron cerradas. Sólo hubo una en la cual salió al balcón una jovencita que llevaba en la mano una bandera multiestrellada. Agitaba la bandera norteamericana mientras alzaba los brazos y cantaba el himno de los Estados Unidos. Al escucharla, los soldados también comenzaron a cantar y por un rato el desfile más pareció un concierto que una caravana de hombres cansados, sucios y tan harapientos que las ropas iban desgarradas, pedazos de pantalón colgaban de las rodillas y a través de los zapatos rotos podían verse los dedos de los pies. El grueso de la tropa acampó en las afueras, en el camino a Maricao, mientras Schwan y su Estado Mayor subían a la Alcaldía, donde muchos de los más destacados ciudadanos procedieron a felicitarlo y a colocarse bajo sus órdenes. Entonces el doctor Eliseo Font y Guillot, alcalde de Mayagüez, rindió la plaza.

Una hora antes, el coronel Mateo Fajardo, quien formaba la vanguardia del ejército junto a sus escuchas, le había pedido la rendición y el alcalde había respondido:

—Esta fuerza no rendirá las armas hasta que yo se lo ordene, y no los meto a todos ustedes en la cárcel porque son muchos y ésta es pequeña.

Supongo sería porque Font no le reconoció autoridad a Mateo Fajardo. Es posible despreciara a Mateo por pasarse al enemigo, por lo que según su criterio era una acción deshonrosa. Ante el general Schwan, sin embargo, cumplió con su deber.

Ya después María y yo nos regresamos a San Germán, donde la gente trataba de llevar a cabo sus actividades rutinarias como si nada hubiera pasado y no lo lograban. Caminaban como sonámbulos y hablaban poco, como si hubieran recibido un golpe en la cabeza o se encontraran sumergidos en una pecera.

Eso fue ya hace algunos años y la gente busca adaptarse a las nuevas realidades; aunque no es fácil. No sé por qué me ha dado con acordarme de aquel día remoto en que yo era aún un muchacho a bordo de la nave del Almirante y avisté esta isla por vez primera. De lo más que me acuerdo es de la cordillera, que parecía el lomo de un gigantesco animal dormido, un animal azul, violeta y verde. Todos guardábamos silencio para no despertarlo. Al bañarlo el sol del atardecer, se convirtió en un dragón de oro y temíamos morir si perturbábamos su sueño. Es posible que ahora la gente sienta algo parecido. La incertidumbre corroe el ánimo y no se sabe qué va a pasar. Como para María y yo un día y un año significan lo mismo, sabemos que todo pasa, pero también que todo se transforma. Lo importante es no olvidar el pasado, porque así las transformaciones y los cambios vienen de adentro, proceden conectados a lo que ya está y no fragmentan el corazón. Me parece escuchar la voz de mi madre: "Sólo los que conocen a sus antepasados y los escuchan dentro de su memoria, dentro de la sangre heredada que fluye y continúa a través de las generaciones y los siglos, sólo ésos pueden actuar con tino y dejar huella duradera en la historia de los pueblos."

Aunque se equivocara a menudo, doña Josefa de Estela y Salvaleón era una mujer sabia. Todavía la veo con su gran nariz fina y recta y sus ojos encendidos de poesía, junto a la ventana de su habitación en el castillo. Al fondo se aprecia el paisaje y hasta campesinos pequeñitos con sus ovejas y sus vacas. Así la inmortalizó el pintor flamenco y así la conocen María Leonor y Francisco y la conocerán los nietos, bisnietos y tataranietos de ellos. En mi mente vuelvo a ver a mi madre en las escaleras de piedra del castillo, esperándome junto a mi padre y mis hermanos, los músicos franceses y los sirvientes. Ella me amaba sobre todas las cosas y hubiera querido retenerme a su lado no importa a qué costo. El destino no quiso complacerla. La imagino todos aquellos años esperando mi regreso mientras se consolaba con los nietos.

Y ahora de nuevo, al fin, la veo aquella única vez que bajamos a las mazmorras del castillo y a los altares de nuestros antepasados. Contemplo embelesado los mosaicos del piso, la lucha de gladiadores en el centro, los dioses, las mujeres en su ritual, los gallos y el jabalí en los pentágonos alrededor. Paso los dedos por el cuello de la estatua de la mujer, por los pliegues de su larga túnica recogida en la cintura. Tiene el perfil de mi hermana Urraca y lleva los brazos desnudos, sandalias amarradas al tobillo y un cesto de frutas en las manos. Inclina la cabeza levemente. En los otros dos nichos hay dos estatuas más; el mancebo y el hombre de edad madura, quien agarra un cetro con la mano derecha y en la izquierda lleva un pergamino. Paso mis dedos por el bronce de sus cuerpos perfectos mientras mi madre sonríe. Creo me ve convertido en estatua, con un cetro en la mano derecha y un pergamino en la izquierda. Aunque no logro precisarlo. Lo que ella quiso y lo que sucedió rara vez se dieron la mano. De tanto ver las cosas como son, olvido cómo ella, desde su inocencia, debió mirarlas. No puedo permitir que esto suceda. Su inocencia vale lo que valen los sueños y la voluntad, que son parte principalísima de lo que es. Pero no debo preocuparme. Ahora mi madre sonríe nuevamente; María también la ve, en mi memoria. A pesar de la incertidumbre y las equivocaciones, mi madre continúa comunicándome su fuerza a través del recuerdo de aquella única vez en que me llevó a conocer la antigüedad de nuestros pasos sobre la tierra.

El castillo de la memoria terminó de imprimirse en
mayo de 1996, en Impresora Carbayón, S.A. de C.V.
Calzada de la Viga 590, Col. Santa Anita, México,
D.F. Se tiraron 3 500 ejemplares más sobrantes para
reposición. Cuidado de la edición: Guadalupe Tolosa
y Freja I. Cervantes.